Bertrand et Lola

DU MÊME AUTEUR

L'instant précis où les destins s'entremêlent, Michel Lafon/Éditions de l'épée, 2014 ; Éditions J'ai lu, 2015

Angélique
Barbérat

Bertrand et Lola

ROMAN

J'ai lu

À Bertrand. Pour Lola.
Toujours pour vous et pour toi, Isabel.

Le désir, quand il n'est pas suivi d'action,
engendre la pestilence.

William BLAKE

— Que se passe-t-il en automne ? demanda la maîtresse.

— En automne ? Eh bien… les feuilles deviennent jaunes, orange et rouges, répondit un petit garçon assis près de la fenêtre.

Paris, 5 juin 2009. 9 h 15.

Lola claqua la porte d'entrée. Elle tremblait. Elle se demandait comment elle pouvait ressentir un tel bouleversement et pourquoi tout devenait subitement limpide. *Comment une chose pareille est-elle possible quand on se marie dans sept jours ?*

Des larmes montèrent. Non, ce n'était pas possible ou ne devrait jamais l'être. Seulement la vie ose l'impensable. Mais ça, la jeune femme n'était pas en état de le concevoir. À cet instant, elle était liquéfiée, troublée, renversée par quelque chose de plus terrible qu'un déluge de questions. *Pourquoi m'a-t-il ouvert ? Pourquoi a-t-il regardé le ciel ? Pourquoi vais-je dire oui à Franck ?*

Pour quelle vie ?

La sonnette retentit. Lola jeta un coup d'œil par le judas, mais elle aurait très bien pu ne pas le faire. Elle aurait pu ne pas ouvrir, mais elle tourna la clé.

1

Paris, neuf heures et quinze minutes plus tôt.

Il faisait encore chaud quand Bertrand Roy obliqua rue Hector à l'instant où le calendrier basculait du 4 au 5 juin. Il marchait et regardait les étoiles avec une idée précise des couleurs que le ciel aurait au petit matin. Il songeait que les nuages ne surgiraient pas avant le milieu d'après-midi. Il s'arrêta devant le 43, jeta un dernier coup d'œil avant de composer le code, poussa la porte, prit le courrier qui débordait et s'endormit profondément dans un lit qui n'était pas le sien. Pour se réveiller à 4 h 30.

Comme tous les jours, dans un pays ou un autre, accompagné ou non, enfant ou à presque trente ans, son horloge interne sonnait ponctuelle. Pourtant, le jeune homme n'en souffrait pas. S'il ne dormait plus, il ne pensait pas vraiment. Il traversait les heures et les lieux, les yeux ouverts. Voyageur et libre. Il filmait et photographiait le monde. Il n'était concerné que par le présent – *il n'existe qu'une milliseconde, je la rends éternelle* – et appréciait cette fin de nuit comme un moment de vie unique. Calme. Juste être là, sans conséquence, à regarder la lumière naître au fond d'un lit, à sentir le temps filer dans un silence total, doux, presque féminin. Qui fut interrompu par l'eau s'écoulant dans les tuyaux de l'appartement du dessus.

Bertrand se tourna vers le réveil en fourrure rose et, en un éclair, ses idées se remirent en phase avec la réalité, au rythme des pas des voisins du quatrième qu'il n'avait jamais vus. Mais il savait que l'ingénieur allait épouser son hôtesse de l'air et il savait quand. Il avait plus ou moins lu le faire-part que Daphné lui avait balancé à la figure, deux jours plus tôt, accompagné d'incendiaires reproches sur lui-même, d'éloges sur le futur époux Franck Milan, de sermons sur tout et de vérités dont il n'avait que faire.

Sa réalité avait des frontières différentes de celles dans lesquelles Daphné voulait l'enfermer. C'était lâche de profiter de son absence pour récupérer ce qu'il avait laissé chez elle, mais il était temps de mettre un terme à cette relation qui n'en était pas une. D'ailleurs, combien de fois Bertrand était-il venu dans ces murs ? Plus de dix fois ? *Largement moins.* Il voyageait quatre-vingts pour cent de l'année. Il avait une vision très libre de sa vie et aucune intention de s'installer durablement ici, par inadvertance, par la force des choses ou parce qu'elle lui laissait ses clés !

Le lit était confortable, le moment agréable, même si la température montait et si les voisins étaient peu discrets. Du reste, ils descendirent l'escalier sans délicatesse et Bertrand suivit des yeux le rayon de soleil se faufilant comme une flèche jusqu'au miroir qui le renvoya chargé de particules dansantes. Le jeune homme se leva, ouvrit la fenêtre et aperçut sortant de l'immeuble, un homme grand, brun, un sac à l'épaule et donnant la main à une femme qu'il ne vit pas. Il le regarda deux ou trois secondes, tira les rideaux puis se recoucha.

2

L'épicier de la rue Hector aimait beaucoup le matin. Il sortait ses fruits et ses légumes en saluant les habitants. Tous n'étaient pas des clients fidèles, il savait que les hommes ne le sont pas. Mais en regardant Lola et Franck s'embrasser amoureusement sur le trottoir d'en face, il aurait parié la recette de sa journée sur eux. Il aurait pu écrire ce qu'ils se disaient. Le jeune homme brun promettait d'être prudent au volant et de fêter son enterrement de vie de garçon sans débordement outrancier. Elle murmurait à son oreille qu'il lui manquerait, il répondait que ces quatre jours seraient aussi rapidement oubliés que s'ils n'avaient jamais existé. Il pesta contre la fournaise et sa clim en panne. « Prends garde au grand méchant loup ! » Elle agita la main. Il klaxonna deux fois et Bertrand, au fond de ce lit qui n'était pas le sien, se dit que le futur-marié-parfait ne savait pas que klaxonner en ville était non seulement interdit, mais de mauvais goût. Comme par vengeance, les mots bien sentis de Daphné dessinant son portrait d'homme léger, infidèle et inconséquent retombèrent en une pluie comparative – *juste* – au milieu des particules de poussière qui flottaient maintenant dans un long voile de lumière. Le photographe mit son bras droit sur ses yeux et Lola fit un signe amical à Momo, l'épicier, qui déposait une nouvelle cagette d'abricots.

La jeune femme remonta les quatre étages sans un bruit. Elle ralluma les ventilateurs. Ils ne brassèrent que de l'air chaud puisque le thermomètre aimanté sur le frigo affichait déjà un éclatant trente degrés. Elle esquissa quelques pas de danse lents pour ouvrir toutes les fenêtres, comme ça, en survolant les treize longues années qui s'étaient enfuies depuis son dernier cours de classique. Son corps n'avait pas effacé un seul mouvement. La sensation était étrange. Elle figea Lola au milieu de sa chambre, réveillant les heures d'entraînement. Et mille autres souvenirs. Qui s'évanouirent à la seconde où la porte de la cuisine claqua.

Mais la future mariée ne bougea pas, elle revenait doucement dans le présent. Dans ces murs que Franck et elle quitteraient définitivement la semaine suivante. Elle songea à sa robe. Elle s'agenouilla devant le lit et glissa la main droite sous le matelas. Elle tâtonna en vain, se précipita de l'autre côté, recommença puis le renversa. Il emporta la table de nuit, les livres, les magazines, la lampe et Bertrand, quelques mètres en dessous, souleva le bras. Pas de cri. Pas de bagarre. De nouveau le silence. Enveloppant, chaud, ensoleillé.

Il fixa les ombres sur les moulures du plafond et Lola ce qui l'avait rendue folle. Là, au beau milieu, pile poil à l'intersection des médianes, brillait une clé. Elle y vit un signe. Quel signe ? Oh ! Elle ne se posa pas la question. Elle l'attrapa et l'introduisit dans la serrure de l'armoire où sa robe de mariée dormait dans une housse dorée comme un pain sortant du four.

Le crochet, tourné selon l'angle où elle l'avait placé, prouvait que Franck avait résisté à la tentation. Il se moquait des superstitions, mais *pas de la mienne.* Il l'avait titillée en l'embrassant : « Comme s'il suffisait de ne pas voir la robe avant le jour J ou de ne pas se marier un 13 pour être heureuse ! » Elle avait lancé sans honte : « Je trouve bien plus de charme au 12. » Il avait ri. « Alors cache bien cette clé ! » Et maintenant, en descendant la fermeture Éclair, Lola n'avait pas de meilleure explication mais fut piquée par une pointe acérée de crainte irrationnelle.

Est-ce que ça porte malheur de l'essayer, rien que pour soi ? La jeune femme de vingt-huit ans se tourna vers son réveil. Elle n'y vit pas l'heure, mais cette toute petite seconde de solitude où plus rien n'existe. Le passé, le présent, le futur, les frayeurs et les angoisses dansaient, entraînés par la brise qui courait en balayant sa raison.

Oui, c'était insensé de croire cela, pourtant c'était délicat à transgresser. Le malheur risquait d'être tenté, de s'infiltrer par cette faille.

Dans toute la chambre résonna la voix de sa petite sœur Elsa qui chantait à tue-tête quand l'envie lui prenait, mais qui ne se marierait jamais. Qui ne le savait pas, car on ne dit rien aux anges. Il ne faut pas les effrayer. Ils ne comprendraient pas qu'ils sont différents et qu'ils n'ont pas de véritable place dans ce monde.

*
* *

Elsa ne savait pas non plus qu'elle avait assombri l'avenir de sa famille. Elle était là et n'y était pour rien. Elle souriait et fredonnait et virevoltait n'importe où, n'importe quand. Même dans la pâtisserie où plusieurs fois par semaine la jeune fille se concentrait sur la farine, les œufs, le sel, le sucre, le chocolat, la vanille et le beurre. Elsa ne réfléchissait pas à des concepts comme « hier » ou « demain » ou « normal » ou « unique ». Seul « tout de suite » existait. Seuls les gâteaux et tout ce que la télé comportait comme personnages enfantins la captivaient. Elle regardait défiler les images comme si c'était la première fois. Elle comptait sur ses doigts et ne se trompait pas. Elle nommait les objets, reconnaissait les gens, ne leur parlait jamais la première fois. Elle ne savait pas qu'elle avait appris à marcher et parler à un âge où on ne l'attendait plus.

Combien de fois Géraldine et Jean Baratier avaient-ils entendu de la bouche de grands spécialistes que cette petite fille souriante n'aurait jamais le cerveau d'un enfant de son âge ? Autant de fois que de consultations. Jusqu'à ce qu'un homme en blouse blanche ouverte sur une chemise rose conclue :

— Il faut accepter qu'elle soit *comme ça*.

Elsa avait sautillé dans le couloir en réclamant une glace à la fraise. Le professeur avait ajouté, le regard accroché à la petite, qu'elle était belle et heureuse. Que finalement, ça comptait plus que tout le reste et qu'elle avait raison d'aimer les glaces à la fraise « parce que ce sont les meilleures ».

— Ta chemise est à la fraise.

Il n'y avait plus eu de visite. Chaque jour, Géraldine s'était accrochée au quotidien. Un progrès après l'autre. Les mots recouvrirent des objets, des sens. Une phrase, deux. Quinze. Mille. Combler les heures pour les traverser. Emmener Lola à la danse… Elsa dans les bras, sur les genoux, par la main. *Par la main.* Oublier le reste… Tout le reste. Mais l'affronter nuit après nuit en se rongeant les ongles à sang pendant que Lola, enfant, imaginait au fond de son lit la course des avions.

Quand le temps le permettait et qu'Elsa ne hurlait pas, les deux sœurs se couchaient dans l'herbe au milieu du vaste jardin. Lola regardait les minuscules flèches blanches que sa sœur essayait de pincer. Mais où allaient-elles si haut dans le ciel ? Dans un monde où tout est suspendu ? Un monde où Jean Baratier aurait évité le vertige ? Le père de Lola ne levait pas les yeux de terre. Il en vendait, il négociait la pierre, les surfaces, les murs. Il ouvrait l'étroite porte en bois au fond de sa propriété entre les deux thuyas taillés à l'arrondi et descendait le chemin sinuant jusqu'à la Marne calme, silencieuse, large, émeraude où il plongeait sa canne à pêche. Il suivait un bouchon accroché à un fil. Jamais libre, ni prometteur d'une belle prise, ne dessinant des volutes et des remous que lorsqu'il levait le poignet pour une petite gorgée. Deux. Trois. Flasques puis bouteilles pour jouer les béquilles. À force de vouloir marcher droit, de ne pas vouloir affronter la nuit, cet homme perdit le contrôle et la vie. Lola avait quatorze ans et Elsa, neuf.

— Papa ! Papa ! Papa !

La petite ne cessa jamais de mettre son couvert. Il n'avait ni retard ni accident. Parfois, Lola avait envié sa sœur. En particulier lorsqu'à la fin de la même année, elle avait raté son brevet et son passage au lycée. Sa mère ne l'avait pas accablée, elle s'était assise sur son lit.

— Ce n'est pas grave de redoubler. Ce qui est grave, c'est d'abandonner.

Elle n'en avait pas dit plus mais, dans la pénombre de cette chambre, l'adolescente avait clairement vu ce que sa mère dissimulait. C'était vague mais c'était là, comme un marécage poisseux. Son père s'y était enfoncé doucement, sans crier au secours. Géraldine avait relevé la tête :

— Je serai toujours là. Mais je compte aussi sur toi.

Lola avait redoublé puis décroché son bac *in extremis* sans la moindre idée des études qu'elle pourrait poursuivre. Sa meilleure amie Natacha s'inscrivit en fac de droit. Elle la suivit. Droit, c'est sérieux. Pourtant, elle ne se voyait pas avocate ou juriste. Elle s'imaginait travailler dans l'immobilier. Forcément, avant, on ne parlait que de l'agence qu'avaient reprise sa tante et son oncle pour ne pas s'attarder sur les autres choses. Trois ans de travail sérieux plus tard, licence obtenue sans redoublement ni rattrapage, Natacha se mit en tête de passer le concours d'Air France.

— Viens avec moi, à deux ce sera mieux !

Elles s'inscrivirent en riant et le réussirent ensemble. Jamais Lola qui, enfant, suivait la course des avions ne songea que c'était pour traverser le temps sans regarder derrière. Jamais elle n'aurait eu l'idée de se lancer seule dans quelque chose d'aussi fou. Mais le métier n'avait rien d'extravagant, il avait des règles précises et concrètes qui la rassurèrent.

Le monde était désormais à portée de main. Les expériences, partagées quand les deux jeunes femmes se croisaient dans l'appartement parisien que Jean Baratier avait acheté des années plus tôt. Il disait sans cesse qu'il prendrait de la valeur.

— Paris-Noisiel, vingt-sept minutes de RER. Quand tu y étudieras, tu reviendras le week-end et on ira à la pêche.

— Tu sais bien que je n'aime pas la pêche.

— Tu peux me faire plaisir, non ?

— Emmène Elsa !

— Ta sœur déteste les animaux. Encore plus les poissons.

— Papa !

— Tu n'es qu'une ingrate.

Son père avait le chic pour dire des choses comme ça qui laissaient des traces identiques au sillage d'un avion. Elles finissaient par disparaître, mais parfois, avec un vol, c'était de retour. Glacé et blanc. Muet et présent. Aussi perpétuel que le souvenir d'un geste.

3

Quand la sonnette retentit, Bertrand sauta dans son jean au moment où la jeune femme élancée, en T-shirt spaghetti rose pâle, short et tongs dix fois trop grandes, hésitait à rappuyer.

— Bonjour, dit-elle, surprise de voir cet homme ouvrir cette porte. Je suis Lola, j'habite juste au-dessus. Daphné est là ?

Bertrand la fixa sans répondre. Il songea « la mariée-en-devenir » et elle, « ma voisine n'est pas une menteuse ». Il appuya son épaule nue, contre le chambranle, sourit. Elle rougit légèrement. Il fit comme s'il n'avait rien vu.

— Non. Tu as besoin de quoi ?

— D'un tournevis.

Il sourit à nouveau et Lola montra la poignée en faïence qu'elle tenait dans sa main droite. Il se pencha pour la prendre, l'inspecta.

— La porte de la cuisine a claqué et j'ai malencontreusement fait tomber la tige de l'autre côté quand j'ai voulu la remettre en place.

Bertrand planta ses yeux dans ceux de Lola. Demanda, sérieux :

— Cruciforme ou plat ?

Elle redit en réfléchissant :

— Cruciforme... Plat ?

— Je vais voir ce qu'elle a. Entre.

Lola fit quelques pas, il ramassa et enfila un T-shirt gris très clair puis disparut à l'intérieur d'un cagibi. Elle aperçut sur l'étagère laquée blanche du salon, parmi la ribambelle de cadres, celui que sa voisine ne pouvait s'empêcher d'exhiber. Elle s'approcha et lut le mot écrit au marqueur rouge, souligné de quatre amples traits sur le portrait de l'homme qu'elle avait cru doué d'invisibilité. « SALAUD »

Il réapparut, elle se redressa. Il dit :

— Viens.

4

Bertrand ne dit pas un mot mais regarda Lola par deux longues fois quand ils gravirent l'escalier en parquet acajou dans la pénombre. Il était à peine plus grand qu'elle, pieds nus, les cheveux comme sur la photo, trop longs et pas assez coiffés, les yeux très noirs. Elle pensa à son amie Natacha, avec qui elle avait beaucoup plaisanté sur la mythomanie de sa voisine. Il sourit comme s'il avait intercepté ses pensées.

— Ce n'est peut-être pas la peine que je me présente.

— Non.

Au dernier étage sous les toits, le soleil matinal semblait jaillir de l'appartement resté ouvert. Bertrand attendit que Lola entre. Ils slalomèrent entre les cartons amoncelés ici et là. Il s'agenouilla devant la porte dépourvue de sa poignée, il fit jouer un tournevis pour la débloquer puis ramassa les éléments éparpillés sur le carrelage de l'autre côté. Se releva.

— Tu as les vis ?

Lola les récupéra sur la table du salon et les lui donna. Il montra leur tête, sourit.

— Cruciforme.

— Je note, dit-elle avec le même sourire.

— Réparer une poignée, c'est simple. Regarde.

Lola se déplaça sur le côté et Bertrand mesura d'un bref coup d'œil où elle s'arrêta. Il était comme ça, il aimait voir jusqu'où les gens allaient. N'est-ce pas ce qu'un photographe doit faire ? Ne pas trahir les choses et voir où se posent les limites ? Il attendait et observait. Discrètement. Il expliqua le mécanisme, *Lola a besoin d'un mètre cinquante, elle n'est pas timide mais prudente.*

Elle écoutait en suivant ses gestes. Ses mains. Elle remarqua la bague large, en argent, sur son annulaire gauche mais songea : *Sa voix est grave.* Plus grave qu'elle ne l'avait imaginé. Pourtant, elle n'y avait pas véritablement réfléchi quand elle avait eu entre les mains la photo, sans l'inscription. Elle n'avait vu que le séducteur séduisant qui rendait dingue sa voisine-journaliste-mode-à-*ELLE*. Dans les quelques conversations qu'elles avaient partagées depuis que celle-ci avait emménagé rue Hector, Bertrand avait toujours tenu la place du roi. « De cœur, évidemment, depuis bientôt huit ans. Je supporte son caractère, ses longues absences et consens à des sacrifices parce que je me régale rien qu'à l'idée de le retrouver ! Coûte que coûte ! Vaille que vaille ! Oh ! Je sais c'est très ringard, mais j'ai un goût particulier pour ce désuet-là. »

Bertrand se tourna vers Lola pour expliquer un détail technique. La jeune femme s'approcha.

— La goupille, elle va là, comme ça.

— OK.

— Après, tu bloques ici.

Elle hocha la tête, ne recula pas. *Un mètre.* Il mit en place une première vis.

— Ta poignée avait une faiblesse ?

— Franck devait la réparer.

— Il a oublié avec le mariage et tous ces cartons.

Bertrand lança un regard long, la jeune femme sourit. Il serra et dit que Daphné lui avait montré le faire-part « à sa façon ». *De quelle façon ?* songea Lola en regardant le mouvement de ses cheveux quand il se pencha.

— Vous déménagez avant ou après le voyage de noces ?

— On nous les enlève pendant notre absence.

— C'est un cadeau original.

— Utile.

Bertrand eut le même regard, elle, le même sourire. Il s'accroupit. « Hawaï, félicitations. » « Merci. » « Je ne connais pas. » « Ce sera également une découverte pour nous. » Le tournevis passa de sa main droite à sa main gauche. « Je déménage aussi, d'une certaine manière. » Il donna un dernier tour des deux côtés. « Mais je n'ai pas mille cartons ! » Lola se demanda s'il allait récupérer son cadre. Il actionna la poignée pour vérifier son bon fonctionnement. Poussa la porte contre le mur, cala une chaise, fit trois pas, posa ses outils sur la table de la cuisine et s'assit.

— Voilà. C'est réparé.

— Merci.

Bertrand sourit en sondant la couleur de ses yeux – *noisette* – et elle entendit sa propre voix proposer un café.

— On crève de chaud, mais pourquoi pas.

— Hormis de l'eau avec des glaçons, je n'ai pas grand-chose d'autre.

— J'ai très envie d'un café avec celle-là, dit-il en pointant du doigt la cafetière italienne qui séchait sur le côté de l'évier.

— Fort ?

— Plutôt.

Lola remplit le réservoir d'une main et attrapa le paquet de l'autre. Elle avait des gestes rapides et précis mais *elle n'a pas pris le soleil depuis longtemps*. Il fallait avoir un œil comme le sien pour distinguer les très discrètes marques laissées par les bretelles de maillot sur ses épaules. Elle s'excusa de l'avoir réveillé si tôt.

— Je l'étais depuis longtemps.

Elle se tourna vers lui. « Je dors peu. » *Jusqu'à quel point ses yeux s'éclairent-ils en plein soleil ?* Elle versa plusieurs doses. Bertrand s'approcha pour assembler les deux parties de « ta belle *macchinetta* ». Lola s'éloigna, mit une plaque en route. Il l'y posa. « Tu as un truc à manger ? »

— Des petits beurres.

— Rien de plus consistant ?

— Les spaghettis d'hier.

Bertrand sortit lui-même la casserole du frigo. Elle la lui prit des mains, fit réchauffer en remuant doucement. La cafetière commençait à murmurer. Bertrand dit que ça sentait bon et orienta le ventilateur sur elle. Sur ses cheveux. Elle réarrangea son chignon. « Tu en veux ? » « Non. » Il ouvrit un placard, elle en désigna un deuxième du doigt, il s'empara d'une assiette puis tendit son bras par-dessus l'épaule de Lola pour attraper deux mugs sur l'étagère. Il ne l'effleura pas, elle sentit sa chaleur. Il vit le grain de beauté rond et blond au creux de sa nuque. Il n'eut pas envie de faire de photo mais de poser son doigt dessus. De sentir le degré de douceur de sa peau. Elle tendit des couverts. Il se servit et mangea debout. La cafetière s'emballa, Lola la déplaça et coupa la plaque. *Un mètre cinquante.*

— Mariage, maison, enfant. Fiançailles ?

— Non.

— Pas de bague ?

La jeune femme sourit et remplit les tasses :

— Tu prends du sucre ?

— Jamais, dit Bertrand entre deux bouchées avant d'ajouter : C'est très bon.

— N'exagère pas.

— Jamais, Lola.

Leurs regards se rencontrèrent. *Il connaît mille Lola. Est-ce que ses yeux seront verts en plein midi ?* Elle poussa une tasse vers lui.

— Depuis combien de temps vous êtes ensemble ?

— Quatre ans.

Il enroula les spaghettis avec adresse.

— Bravo. Vous avez passé victorieusement le cap des deux ans fusionnels. Attention au virage des sept ans et à celui des quinze. Après, c'est la tranquillité absolue.

— Tu as l'air très au courant.

Il termina sa bouchée. « Daphné m'a fait de longs débats illustrés d'innombrables articles à la con. » Lola sourit, le ventilateur faisait danser une mèche. Bertrand reprit des pâtes. « Je dors encore moins en avion. J'ai le temps d'étudier la presse féminine... » Il laissa filer des secondes qui les amusèrent. « Je me fiche de toutes ces conneries autant que des débats de Daphné. »

Une deuxième mèche s'échappa, Lola les coinça derrière son oreille et Bertrand avala une fourchette pleine. Elle porta la tasse à ses lèvres mais la repoussa aussitôt. Il posa son assiette sur le comptoir, marcha jusqu'au congélateur d'où il sortit deux glaçons qu'il fit tomber dans chaque café. Ils claquèrent d'un coup sec. Il revint à sa place et dit en se resservant :

— Le temps ne fait rien au fait de connaître quelqu'un.

— Le temps aide.

— Pas toujours, Lola.

Il retint son regard. *Quel vert en plein midi ?* « Je sais depuis longtemps ce que Daphné pense et veut, comme j'ai une petite idée de ce qu'elle dit. » Lola sourit d'une façon qu'il trouva très élégante. Elle baissa les yeux sur les morceaux qui fondaient à vue d'œil. Il termina son assiette, elle but son café lentement. Releva la tête :

— Elle ne parle pas que de ton talent. Elle... t'adore.

— Elle se trompe. Je suis tout sauf un type qu'on adore.

— Tu n'as pas de sentiments ?

— Pas ceux dont elle rêve.

Lola resta dans ses yeux très noirs puis replongea dans sa tasse où seul un morceau subsistait. Bertrand dit qu'évidemment, il trouvait Daphné belle, intelligente, cultivée, dynamique, raffinée, serviable, efficace, drôle et très… La jeune femme sourit au café, il poursuivit :

— Et, vraiment très professionnelle.

Lola regarda le minuscule glaçon disparaître : « Tu n'éprouves rien d'autre ? »

— Je ne suis pas calibré pour *autre* chose

Elle reposa sa tasse. Bertrand attrapa la cafetière, fit un pas et Lola refusa d'un geste. *Cinquante centimètres*. Il se servit jusqu'à la dernière goutte.

— Je suis contre la prison et je ne serai jamais amoureux d'elle au point de perdre la tête.

Elle se tourna vers lui, marqua un temps : « Tu es très franc. » Il sourit, radieux : « Ma plus grande qualité. Parce que le salaud que je suis profite de son déplacement à Londres pour récupérer ses affaires. »

— Ne me laisse pas sa clé, je ne la reverrai pas !

Bertrand termina son café puis plaça sa tasse entre Lola et lui. À mi-distance exacte. Elle regarda ses doigts posés à plat dessus, la bague *ancienne et ethnique*. « Je lui ai donné mon faire-part parce que je l'ai croisée dans le hall le jour où je les ai récupérés. » Elle leva ses yeux *verts comme un sous-bois*. « Nous ne sommes que voisines. C'était plus par politesse que par amitié. » Bertrand sourit encore, dit : « J'avais compris » en posant sa main sur le bras de la jeune femme.

Son geste ne le surprit pas – la peau de Lola le saisit. Elle n'était pas plus douce qu'il l'avait imaginé. Même moins à la vérité. Mais elle avait une texture de miel. Il pensa à son voyage aux Philippines. Aux risques que prennent certains hommes pour escalader des falaises vertigineuses et dérober d'énormes galettes de miel. À ces quelques centimètres de distance abolie en une seconde d'effleurement. La mise au point était nette et troublante. Il retira sa main et Lola la vit s'envoler vers le placard au-dessus d'elle. Elle songea aux traces que dessinent les avions quand ils se croisent. À la chaleur qui rencontre le froid. Aux gouttes qui se matérialisent et au temps qu'il leur faut pour disparaître. Elle glissa un pas plus loin. Bertrand attrapa un verre d'eau qu'il remplit en disant : « Il a tout de même déclenché cet éclaircissement définitif. » Il serra le robinet, « Je devrais t'en remercier », et but d'un trait.

Lola le regarda – se vit le regarder – puis baissa les yeux pour atterrir stoïque et très comme-si-de-rien-n'était dans la réalité. Elle avait toujours excellé en formations, stages commerciaux ou d'entraînement, aujourd'hui était un exercice pratique de turbulences imprévues à gérer. Alors, elle redressa la tête comme si de rien n'était et Bertrand se dit que cette fille était très forte.

Il tourna les talons, fit trois pas convaincus. Seulement voilà, le miel existe et les hommes ne peuvent s'empêcher d'imaginer des installations aussi improbables que dangereuses pour satisfaire leur gourmandise. Au quatrième pas, il se rassit. Et croisa les bras :

— Cette relation n'a pas de sens. C'est une très bonne chose de faite.

— Ne crains rien, je garderai tes confidences secrètes.

— Je ne le crains pas.

Bertrand accrocha ses yeux. Il vit plus que leur couleur et Lola eut la folle envie d'entendre ce qui pouvait l'effrayer. Comme elle eut la folle envie de voir son travail. De s'asseoir à côté de lui. Elle lui aurait dit qu'elle voyageait mais sans vraiment se poser où que ce soit. Que depuis des années, elle faisait moins de photos. Qu'à force de contrôle, de règles à suivre, elle avait peut-être fermé les portes sur son propre univers.

Oh ! Mon Dieu, tout ceci n'a pas de sens. Lola pivota pour attraper la casserole et ouvrit le robinet. La bretelle sur son épaule gauche glissa. Bertrand regarda son geste quand elle la retint. Puis la fenêtre et le ciel bleu uniforme, net, immense, à portée de main. Elle versa quelques gouttes de produit vaisselle. *Qu'est-ce qui a un sens ?* Les arcs-en-ciel qui se dessinaient dans les bulles de mousse ? Cet homme qui restait assis chez elle ? Pourquoi ne le fichait-elle pas dehors ? Pourquoi ne pensait-elle pas à Franck qui avait dit de prendre garde au grand méchant loup ? Pas une fois, Lola n'imagina qu'il pourrait revenir et exiger de savoir ce que ce type foutait chez eux, assis à bâiller et se frotter le visage et dire : « Je suis en plein décalage horaire. » Pas une fois, elle ne pensa à demander autre chose que : « Tu arrives d'où ? »

— Un voyage éclair à New York. Mais pas avec Air France, Lola *Baratier*.

Elle se retourna. La voix de Bertrand, son regard, son sourire franc/joueur/assuré lui en dérobèrent un.

— Tu as lu le faire-part.

— Pas vraiment eu le temps au milieu des cris de Daphné. (Il sourit encore.) Mais en arrivant cette nuit, j'ai pris le courrier et vu ton nom sur la boîte aux lettres, Lola *Milan*.

— Oui, je vais prendre son nom, affirma-t-elle émue/fière/*belle*.

— Tu as raison, ça sonne bien.

— Je le pense aussi.

Il la félicita pour ce bel événement, elle le remercia d'une voix qu'il trouva très douce. Ils se regardèrent sans compter les secondes, sans entendre le silence, en oubliant les mots qu'ils venaient de prononcer. Il songea : *Deux mètres*. Elle : *Jusqu'où est-il allé ?* Il se passa les deux mains dans les cheveux : « Tu étais où avant-hier pour ne pas entendre Daphné m'incendier ? »

— Montréal.

— Tu as eu le temps de te promener rue Sainte-Catherine ou dans le parc du Mont-Royal ?

— Rue Sainte-Catherine.

Il plaça ses mains sur ses hanches.

— Je l'aime bien, aussi. Paisible, des boutiques intéressantes, de bons bars. Une lumière enveloppante en juin… Des gens sympas… Très chaleureux. Avenants.

Lola ne dit rien, ne quitta pas ses yeux, son sourire naissait.

— Tu as rencontré des gens sympas ?

— Comme toi à New York.

Il attendit qu'elle demande ce qu'il y faisait mais elle ne le fit pas. Son sourire ne se sauva pas, il marqua une distance. Bertrand expliqua avoir fêté l'enterrement de vie de garçon d'un copain qui se mariait dans la foulée. « C'est une erreur, il s'est endormi pendant le repas. J'ai fait de belles photos. De lui sur sa chaise. D'elle sur son épaule emmêlée dans son voile. Boudeuse. En noir et blanc. » Lola vit cette image, Bertrand le sut. Il ajouta que, plus tôt, en ouvrant la fenêtre, il avait aperçu Franck sortant de l'immeuble un sac à l'épaule. « Il l'enterre où, lui, sa vie de garçon ? » « Dans le Doubs. » « J'imagine que tes amies organisent aussi le tien ce week-end. »

— Oui.

Bertrand se leva. « Demain à Paris ? » Lola ne répondit pas, il affirma face à elle : « Demain à Paris. », puis la contourna pour traverser le salon et se diriger non pas vers la porte d'entrée, mais la chambre. Elle le suivit, muette, jusqu'à l'encadrement où, les deux tongs rivées au carrelage rouge, elle regarda ses pieds nus qui laissaient leur empreinte à chaque pas. Ses épaules quand il saisit le matelas.

— J'hésitais sur ce qui était tombé, lança Bertrand en le reposant sur le sommier.

Il ramassa draps et oreillers. Remit sur pied la table de chevet, les magazines, les livres, la lampe sans chercher à savoir pourquoi tout avait volé. Il se pencha par la fenêtre pour contempler le ciel en renversant la tête et Lola Baratier future madame Milan sentit le sol devenir étrangement mou et traître alors que des papillons se réveillaient dans un très lointain recoin de son estomac. Bertrand revint dans ses yeux. « J'aurai l'occasion de te croiser là-haut. » Elle refit surface. Posa sa main droite sur le mur :

— Les chances sont infimes.

— Mais pas nulles, dit-il en s'arrêtant devant l'armoire ouverte.

Lola retint son souffle, les papillons suspendirent leur vol. Il vit sa crainte, la housse dorée et le reste. Il repoussa la porte.

— Je ne juge pas. Je photographie le monde comme il est. Je ne m'engage pas.

Il était à nouveau face à elle, ni trop près ni trop loin, les mains sur ses hanches, le regard droit :

— Comme toi à bord.

— Les raisons ne sont pas les mêmes.

Bertrand ne bougea pas. « Et en quoi sont-elles différentes ? » Lola dit, posément :

— Dans mon métier, j'évite de donner de l'importance à ce qui n'en a pas. Il me semble qu'un photographe fait le contraire, non ?

Il ne répondit pas mais fit deux pas pour s'appuyer dos au mur. Il fixa les carreaux hexagonaux, les lignes qui se brisaient ici et là. Il répéta doucement, en suivant l'une d'elles : « Tu évites de donner de l'importance à ce qui n'en a pas et je fais le contraire. » Il lui jeta un regard long, sourit puis revint sur les lignes qui se baladaient. D'ordinaire, dans ce genre de circonstances, Bertrand n'aurait pas discuté pendant des heures. Une photo n'attend pas. La vie est courte et le temps fuit. Était-ce pour justifier ses audaces et ses séductions, ses envies et ses actes ? D'ordinaire, le jeune homme ne se posait jamais de questions – encore moins ce genre de questions –, mais maintenant, il suivait ces lignes qui se brisaient ici et là et Lola s'entendit demander :

— Qu'est-ce qui est important pour toi ?

Bertrand s'arrêta sur un point où deux lignes grises, très foncées, se rencontraient. Qui lui avait déjà demandé ça ? Daphné ? Non, certainement pas elle. Sa mère ? Son père ? Son frère ? Un prof ? *Personne*. Il observait le monde et Lola venait de poser la question. Alors sans quitter ce point des yeux, il dit :

— Il y a quatre choses que j'aime inconditionnellement : l'Afrique, le goût sucré des oranges, un bon lit pour trois ou quatre heures de sommeil et ma liberté.

Il voulut ajouter qu'il lui arrivait de croire qu'il finirait ses jours, solitaire, sur ce continent, mais quelque chose dans ce qu'il venait de prononcer le frappa. A.O.L.L. *LOLA*. Il releva la tête vers elle. Il vit tous les centimètres entre eux *sur lesquels un pont a été jeté*. Elle sourit furtivement *parce qu'elle le voit*. Elle rajusta ses cheveux et dit très sérieusement : « Sérieusement ? » Les pointes de ses seins dansèrent sous son T-shirt mais Bertrand ne regarda que ces deux mèches qui se libérèrent à nouveau. Puis le ciel, infini face à eux, qui tendait les bras. « Mon travail. Voyager. Aller là où les choses me surprennent. »

Il revint dans le regard de Lola.

— L'instant.

La jeune femme ne recula pas, ne baissa pas les yeux.

— Et si Daphné t'aimait pour tout ça ?

— Tu te trompes et je ne suis pas dupe. Elle veut me conduire à faire ce qu'elle veut.

Il marqua un temps.

— Elle n'est pas comme toi.

Lola voulut crier : « Va-t'en ! » et ne le voulait pas. Bertrand ne songeait à rien. Il la regardait. Maintenant. *Maintenant*. Alors d'un geste vif, il l'entraîna jusqu'au miroir à gauche de la porte d'entrée. Il se plaça derrière elle. Il posa ses mains sur ses bras, elle ne frissonna pas, ne quitta pas ses yeux. Ils avaient traversé le pont, ou peut-être le couloir, mais tous les deux virent précisément la distance qu'ils avaient parcourue, ensemble. Ses mains descendirent le long de ses bras. Elles étaient froides, Lola eut la sensation qu'elles étaient brûlantes. Ses doigts s'enroulèrent autour des siens. Ils étaient glacés comme lorsqu'on tombe par accident dans une tempête de neige et que le sang afflue au cœur.

— Pars.

Bertrand ne bougea pas. Elle se retourna et cria :

— Va-t'en !

5

Lola referma sa porte à clé. Son cœur explosait. Elle était frigorifiée. Des larmes montèrent pour franchir la limite de ses paupières comme elle-même avait franchi celle de son univers en descendant à l'étage du dessous. Ce n'est pas beaucoup un étage. Trois mètres verticaux à tout casser.

Oui, elle avait vu les centimètres se dissoudre. Elle avait joué sans faire le moindre geste pour arrêter les choses. Et oui, elle avait vu Bertrand faire de même. Elle avait compris chacun de ses mots comme tous ceux qu'il n'avait pas prononcés. Elle ne pleurait pas parce qu'elle était surprise, mais parce qu'elle s'était autorisée à glisser lentement jusqu'à ce moment précis sans dire « Stop ». Elle fixait la date sur le calendrier à côté de la porte. *Pourquoi vais-je dire oui à Franck la semaine prochaine ?*

Pour quelle vie ?

La sonnette retentit, Lola sursauta. Elle jeta un coup d'œil par le judas mais elle aurait très bien pu ne pas le faire.

Elle aurait pu ne pas ouvrir, mais elle tourna la clé.

6

Un téléphone. *Le mien ? Non.* Cinq sonneries. Puis le silence et la lumière du soleil haut dans le ciel qui filtrait par les rideaux d'une chambre qui n'était pas celle de Lola. Elle tourna la tête, Bertrand ne bougea pas. Elle était dans ses bras. Il respirait calmement. *Il dort.* Le réveil en fourrure rose de Daphné affichait 14 heures. Vendredi 5 juin.

Ses lèvres sur ma bouche. Sa respiration ou la mienne. Sa voix qui murmure : « Ne dis rien. »

Lola ne savait plus comment elle était arrivée dans cet appartement. Elle ne sentait que ses mains sur sa peau. Son regard. Son sexe en elle. Son rire et ses baisers. L'eau de la douche qui tombait comme un feu d'artifice. Les oranges partagées. Le silence que ni lui ni elle n'avaient encore brisé. Un autre ventilateur soulevait ses mèches. Le drap était jeté par terre. La photo de la journaliste retournée face contre meuble.

Lola se souvint de l'instant où elle avait tendu le bras pour la coucher. Comme du regard de

Bertrand quand elle avait rouvert sa porte. Oui, elle savait. Mais elle avait rouvert. Et, maintenant, les cheveux trempés, elle venait de se réveiller dans les bras de cet homme. Horrifiée et heureuse. *Heureuse et horrifiée*. Elle glissa hors du lit, il la retint.

— Reste.

— Non.

— Reste, Lola. Donne-moi quelques heures.

— Et après ?

— Et maintenant ?

Elle le repoussa et se leva. Nue. Sans gêne ni embarras. Elle dit qu'elle n'aurait jamais dû… Il ramassa leurs vêtements, ses clés et sortit dans le couloir.

— Bertrand !

Il ne l'écouta pas. Elle l'entendit monter chez elle. Elle s'enroula dans le drap et courut à toute vitesse. Un frisson la fit se prendre les pieds dans le tissu qui traînait. Elle se rattrapa à la balustrade en fer forgé et grimpa les trois mètres verticaux avec un escalier en guise de pont. Il était déjà devant l'armoire de la chambre et tenait une robe à la main. Oh ! Pas n'importe laquelle. Pas celle qui attendait son heure sagement dans une housse dorée. Non, il tenait la rouge. Celle qu'elle avait achetée un jour d'été à Londres et qu'elle n'avait encore jamais portée. À cause du temps. *Ou à cause du rouge ?*

Bertrand posa un doigt sur ses lèvres et s'assit sur le lit. Elle fit tomber le drap, lui prit la robe puis marcha jusqu'à la salle de bains. Il ferma les yeux. Il écoutait ses pas. Quelques minutes plus tard, elle s'arrêta dans l'encadrement de la porte. Elle portait la robe qu'il avait choisie. Ses cheveux étaient coiffés, ils touchaient à peine ses épaules et dansèrent avec le ventilateur quand elle se pencha pour l'éteindre.

Elle avait mis une touche de mascara. Des sandales plates. Elle ne songea pas à Franck une seule fois, mais à sa mère. Au regard calme et si maîtrisé que celle-ci avait eu en s'asseyant sur son lit des années auparavant. Bertrand se leva. Il prit sa main :

— Jusqu'à demain.

Au bas de l'escalier qu'ils descendirent en s'effleurant, en se regardant, en priant de ne rencontrer personne, il dit :

— Va jusqu'au métro.

— Je ne veux pas qu'on nous voie ensemble.

— Je te suis à cinq mètres.

Lola marchait sans être sûre de l'heure ou de la direction à prendre. Elle dépassa sa voiture sans la regarder. *Ne rien révéler, ne rien retenir, pour quelle vie ?* Elle ne songea ni à courir pour traverser le boulevard avant que le feu passe au vert en abandonnant Bertrand sur le trottoir, ni à tout arrêter. Elle s'immobilisa au milieu de trois autres personnes. Il était derrière, il restait à distance. Elle attendait qu'il prenne sa main. Elle voulait accélérer le temps pour arriver à cet instant. La chaleur était devenue étouffante, les nuages épars semblaient trop blancs, trop volumineux et prêts à se décrocher du ciel.

Est-ce qu'il y avait beaucoup de monde dans la rame ? Lola n'en savait rien. Parce qu'il y avait Bertrand, en chemise noire, les manches relevées jusqu'aux coudes, et jean marine très sombre. Il se montrait discret. Mais il la regardait, ici et là. Il voyait tout. Il attendait aussi la seconde où il pourrait la prendre dans ses bras au milieu de ce vacarme de ferraille qui grince, geint et lutte. Elle ne répondit pas quand son téléphone sonna. Ils se firent bousculer. Ils s'épiaient dans les vitres. Quand enfin quatre stations les éloignèrent de la rue Hector, ils s'étreignirent. Un millier d'heures s'écoula avant qu'ils retrouvent l'odeur des rues de Paris, au moment où l'après-midi décline, un jour chaud de juin.

— Tu as faim ? demanda-t-il en songeant à la personne qui avait essayé de la joindre sous terre.

Avant qu'elle réponde, son téléphone retentit encore. Elle décrocha :

— Oui. Oui. Non. Je n'ai pas pu. (Elle marqua un temps, regarda Bertrand qui s'engouffrait dans une pâtisserie.) C'était comment ?

Le jeune homme leur choisit deux gâteaux chacun. Parfums framboise, chocolat, fraise, café. Demanda des bouteilles d'eau, des cuillers, des serviettes. Deux grands cafés à emporter, sans sucre. Lola bavardait encore quand il sortit. Il attendit à deux mètres. Franck était bien arrivé, en pleine forme, même après avoir copieusement déjeuné avec son client. Elle rangea son portable et sourit d'une façon qui plut terriblement à Bertrand. Il reprit sa main. Dix pas plus loin, il enlaça sa taille et deux cents mètres après, ils entrèrent dans le parc des

Buttes-Chaumont qu'il connaissait par cœur. « J'y ai réalisé pas mal de reportages. » « De ? » « Un peu de tout. Sur les arbres. Mode aussi. Il y a longtemps. Et deux mariages. » Lola sourit, il l'embrassa. « Depuis que je sais tenir un appareil, j'ai fait des milliers de photos de baptême, de mariage. Tous ceux de mes voisins, de mes copains. Pas mal ont déjà divorcé. » Elle soutint son regard. « Tu es déjà venue ? » « Oui. » Il resta dans ses yeux, Lola précisa que c'était un voyage scolaire. « Alors tu as vu la grotte, le lac. » « Le temple de la Sibylle. La passerelle. » « Tout. Sauf… lui. » Bertrand tendit le bras vers un arbre, très grand avec une ramure ovale, pleine, forte. Un peu en retrait. Il affirma que c'était un orme, mais qu'il n'était pas certain de son âge. Lola s'approcha de la plaque en cuivre sur le sol. Il lut : « Cent cinquante ans. » Elle toucha son tronc, il regarda sa cime.

— Cent cinquante ans, répéta-t-elle.

— Pour une bonne trentaine de mètres.

Elle s'assit à l'ombre. Il déballa les pâtisseries. Ils les partagèrent et elle parla de celles d'Elsa sans révéler son prénom. Elle évoqua sa façon de les préparer et de vivre dans l'instant. « Ma sœur est extrêmement douée. » Bertrand sourit. Lola se pencha pour l'embrasser.

— Tu veux encore un morceau de celui-ci ?

— Oui. Est-ce que les gâteaux de ta sœur sont meilleurs ?

— De loin.

Elle s'allongea la première dans l'herbe. Il renversa un peu d'eau dans sa main et balaya ses cheveux en arrière. Resta assis, caressa une de ses jambes.

— Tu ne vas jamais chez le coiffeur ?

— Je devrais y être, là tout de suite, et c'est une coiffeuse.

— Tu ne la préviens pas ?

— Je suis détestable.

— Je pense qu'elle te pardonnera.

— Elle n'est pas terrible, dit-il en arrêtant son geste à l'endroit où sa main rencontra la robe.

Il ne chercha pas à aller plus haut. Il demanda où elle l'avait achetée.

— À Londres.

Elle aurait voulu avouer qu'elle ne l'avait encore jamais portée mais se redressa pour boire une gorgée d'eau. Il termina son café, le fond de celui de Lola.

— Je crève de chaud. Dis-moi pourquoi j'ai mis une chemise noire ?

— Parce qu'elle te va bien.

Il se coucha, la déboutonna. Les feuilles de l'orme frémissaient à peine. Il songea que les yeux de Lola n'auraient jamais ce vert sombre mais dit :

— Tu voudrais vivre cent cinquante ans ?

— Je ne sais pas. Et toi ?

Le jeune homme ne répondit pas. Il fermait les yeux. Un moment plus tard, il murmura :

— Je vais dormir cinq minutes.

— Je crois que moi aussi.

Il ouvrit son bras, elle hésita. Sans soulever les paupières, il attrapa sa main et la tira contre lui.

7

Quand ils se réveillèrent, la chemise de Bertrand était trempée là où Lola s'était appuyée. Ses cheveux étaient collés. Elle s'assit et but la moitié de ce qui restait d'eau. Se recoiffa. Il murmura : « Embrasse-moi », puis : « J'ai envie de toi. » « Je veux dîner d'abord. » « Tu aimes quoi ? » « Quelque chose de frais. » « Avec de la bière très fraîche ? » « Oui. » « Viens. »

C'était la deuxième fois qu'il articulait ce mot. Lola le nota, sa voix était un peu différente, plus ensommeillée. Une voix de matin dans un jour qui s'en va. Elle songea au décompte des heures. Celles passées, *combien encore ?* Il passa une main sur ses épaules pour épousseter sa robe, la descendit sur sa taille puis la remonta pour retirer deux brins d'herbe pris dans ses cheveux. Son portable à lui sonna pour la première fois, il l'ignora mais regarda Lola dans les yeux quand le sien se manifesta. Elle répondit, mentit, marchant les yeux rivés sur le trottoir. Ce n'était pas Franck, mais sa mère. Il cherchait des yeux les enseignes. *Quelque chose de frais, de bon, d'appétissant, d'inoubliable, de pas très loin.* Il étudia une bonne dizaine de menus. Il était exigeant. Lola songea à son travail. *Incisif comme ses yeux.* Comme son regard quand Natacha lui téléphona devant un restaurant. « Tu es très sollicitée. »

— Je vais me mar…

Elle s'interrompit. Lut le menu. Il souleva deux mèches et dégagea son profil. « Ici ? » « Oui. C'est très bien. » Il montra une table excentrée et murmura cinq mots à son oreille. Lola s'excusa pour aller se rafraîchir. Le miroir lui renvoya une image qu'elle fixa pendant une longue minute, vide. Le corps débordant dans son esprit. Elle avait faim. « J'ai envie de toi. »

Plus tard, après avoir dîné sur une terrasse intérieure dans un quartier où elle n'était encore jamais allée, quand ils marchaient en se serrant la main dans les rues pleines de jardins et d'arbres qui se penchaient avec l'envie de s'en évader, quand la chaleur était redevenue décente, elle voulut demander quel numéro il lui attribuait. Vingt ? Cinquante ou cent ? Elle tourna la tête vers lui. Il s'arrêta et l'embrassa. Elle se dit qu'il valait mieux ne pas savoir. La nuit était belle, les étoiles ultra-présentes, à l'écoute de leurs pas. Ils marchèrent longtemps et prirent un verre au milieu de gens parlant anglais, russe, italien et espagnol. Ils regardèrent les passants. « Si j'avais eu mon Canon, j'aurais photographié cette jungle nocturne. » Lola demanda pourquoi il aimait voir le monde à travers son objectif.

— Je ne sais pas. Peut-être qu'il est plus beau.

— Et l'actualité ?

— Trop horrible. Insupportable. Je ne pourrais pas.

Il posa son verre. Il se pencha et murmura à son oreille : « Je préfère la géographie à l'histoire. » Elle glissa qu'elle ne voulait rien savoir de sa géographie et qu'elle ne révélerait rien de la sienne. Il se leva et prit sa main sans un regard. Parfois, les mots sont inutiles. Parfois, ce sont les regards. L'émotion pure. Il pensa à l'air au pied du Kilimandjaro et évoqua « l'éclatance des couleurs. On en prend plein la figure. » Elle sourit : « L'éclatance… » « C'est exactement ça. »

Il parla longuement de la toute première fois où il était allé en Afrique. Il était payé pour réaliser un reportage télé mais avait pris des tonnes de photos en argentique « pour moi », il avait tout juste vingt-deux ans. À son retour, il avait plongé ses clichés dans les bains et attendu que les couleurs renaissent. « Parce que là-bas, les oiseaux ont des tonalités qui n'existent pas ailleurs. » Les hommes se tenaient droits, le regard fixé au loin comme s'ils traversaient les pays et les âmes.

— Et les femmes ?

— Elles sont très belles.

— Plus que Daphné ? demanda Lola avec un sourire taquin.

Bertrand s'arrêta, les yeux dans les siens.

— Je sais que tu l'as accompagnée deux fois chez son oncle ambassadeur à Maputo au Mozambique.

Il corrigea :

— Trois. C'est un homme avec lequel je m'entends bien, Daphné ou pas. Mais c'est vrai, l'Afrique nous a rapprochés.

Lola était très belle, mille fois plus belle que toutes les autres femmes à cette seconde. Il l'embrassa, un baiser court, puis expliqua qu'en dépit de « cette fin minable », la journaliste lui avait présenté au cours de toutes ces années les bonnes personnes qui avaient joué un rôle d'accélérateur dans sa carrière. Il le savait. Oui, il lui devait certains contrats et, oui, ils avaient partagé de bons moments, mais il...

— ... n'y a jamais eu – et il n'y aura jamais – rien de plus que cela.

Il s'attarda dans le regard de Lola. Cet homme n'était pas un salaud, encore moins souligné de quatre traits rouges. Ses yeux étaient noirs mais limpides. Elle sourit, « Je comprends », et reprit sa main. Leur promenade lente.

— Tu retournes quand en Afrique ?

— Oh ! Pas avant une éternité. La semaine prochaine, je pars faire un film au Tibet pour Arte.

— C'est bien.

— Je m'envole pour le bout du monde le jour de ton mariage.

Lola dit avec conviction, certitude et fermeté, les yeux toujours dans les siens, sans s'arrêter :

— Je ne veux jamais te revoir. Jamais.

— Je sais.

8

En pleine nuit, à une heure qu'elle ne voulait pas connaître, dans un lit d'hôtel dont elle ne demanderait pas le nom, elle s'assit. Il demanda si sa sœur était plus jeune ou plus âgée. Lola resta silencieuse. Il regardait les muscles de son visage. Elle dit : « Cinq ans de moins », puis plus rien pour ne pas en laisser échapper trop.

— J'ai un frère plus âgé d'à peine deux ans qui est très grand. Il était dominateur mais je ne l'ai pas laissé m'atteindre. Ça le rendait fou. Ça m'amusait beaucoup.

— Et maintenant ?

— On se voit peu. Je ne suis pas souvent en France, je n'ai pas d'appart, pas de voiture, pas de ligne fixe, pas de salaire fixe. Il est fidèle, je suis infidèle. Il adore la discipline, moi l'instant. Mais je l'aime bien. Il est…

Lola plaqua une main sur sa bouche.

— Je ne veux pas savoir ce que fait ton frère, où il habite, s'il a des enfants ou le nom de la ville où vivent tes parents. Rien, Bertrand.

Elle demeura immobile, fixant la tête de lit capitonnée en cuir marron rococo. Tout était kitsch dans cette chambre. Même la moquette à damier marron et ocre. Sans parler du lustre et du miroir doré immense dans lequel ils s'étaient regardés en arrivant. Bertrand avait entrelacé ses doigts aux siens en sortant de l'ascenseur. Il ne l'avait pas lâchée, même quand ils avaient traversé la pièce pour voir par la fenêtre. Il n'y avait aucun vis-à-vis. Elle donnait sur une arrière-cour, au troisième étage. Il n'avait pas tiré les rideaux. « J'aime la lumière de la nuit en ville. »

Lola revint dans ses yeux, retira sa main. Oui, Bertrand aimait cette lumière de la nuit, c'était évident. Il aimait l'imprévu, le déraisonnable, les ombres, les contre-jours, les expositions franches. Aurait-elle vu cet orme sans son regard ? *Non.* Deux pensées simultanées la traversèrent pour une raison qu'elle ne comprit pas. Mais elle confia d'une voix très sobre : « Je ne suis jamais allée à l'hôtel à Paris », puis une seconde plus tard : « Mon père s'est tué dans un accident de voiture en plein après-midi, en doublant sur une ligne blanche et en roulant trop vite pour se rabattre correctement. Il a évité les deux autres véhicules mais a fait des tonneaux. Il avait bu. Il a perdu le contrôle dans tous les sens du terme et ma mère a fait face. » Bertrand écoutait, concentré, Lola ajouta que bien sûr, il n'attachait jamais sa ceinture, mais…

— … il nous a mises à l'abri financièrement.

— Tu l'as vécu comment ?

Elle marqua un temps, sourit avec beaucoup d'élégance et de franchise :

— En y pensant de moins en moins, j'étais ado. Ma sœur, elle, continue de mettre son couvert.

— Tu avais quel âge ?

— Quatorze ans. J'ai redoublé ma troisième. J'ai perdu beaucoup d'amies, mais j'en ai rencontré une que j'adore. C'est grâce à elle que je suis hôtesse de l'air.

Elle ajouta les yeux dans les yeux : « Elle te plairait. » Il ne demanda pas son prénom, ne pensa pas à cette fille, mais à Lola, enfant. Il l'imaginait, elle. Ce qu'elle avait vécu, retenu, muselé.

— C'est difficile d'exister quand on a une sœur comme la tienne.

C'est alors que la jeune femme se rallongea, mais pas trop près de lui. Il se tourna pour voir ses yeux. Quelque chose de très beau y passa quand elle dit : « Je ne voudrais pas d'autre sœur qu'elle. » Il eut très envie de l'embrasser mais il voulait encore plus fort qu'elle se révèle. Cette femme se maîtrisait beaucoup. Elle était forte, honnête. Résistante. Il effleura son épaule jusqu'à sa main.

— Exister… je ne sais pas. Ça m'a appris à contrôler. Ce qui est parfait pour mon métier.

— Tu aimes ce que tu fais ?

— Oui. Je m'y glisse facilement comme s'il me correspondait. Porter un uniforme aide beaucoup.

— Tu te caches ?

Lola réfléchit, puis dit : « Un peu, peut-être. » Bertrand caressait ses doigts, elle poursuivit : « J'aime cette régularité étrange, cet univers. Je suis compétente. » Il sourit et, d'une voix un peu différente, elle avoua qu'elle aimait être dans le ciel, inaccessible. Seule pendant des heures à côtoyer des gens qu'elle ne reverrait pas mais dont elle gardait parfois le souvenir agréable d'échanges. Il songea : *Comme moi.* « Ce métier me laisse du temps pour mes amis et ma famille. Pour les enfants que j'espère avoir. » Il n'en aurait pas, il était prudent, il serait un père volage. « Je m'enfuirais en le laissant attendre quelqu'un d'absent. » Lola l'embrassa. Il caressa son ventre et l'imagina rond et dur. Il souhaita qu'elle soit heureuse. Il plongea dans ses yeux, murmura : « Pardon » et puis : « C'était inévitable. » C'était la réalité. Une photo de la vérité. Lola le détesta de dire ça maintenant, comme ça, et de s'excuser facilement. Elle aurait voulu le gifler mais prit son visage entre ses mains et posa ses lèvres sur les siennes. « Jamais je n'ai embrassé Franck ainsi, et jamais je ne l'ai autant aimé. » Elle disait vrai, il aurait pu le jurer.

Alors quelque chose de bien plus puissant qu'une gifle lui tarauda un endroit précis du cœur. Bertrand se redressa, Lola resta couchée, le regard dans le sien. Le pont était très beau. Et la vue imprenable sur un monde étourdissant. Il était cet homme qui mettait en lumière et repartait avec celle-ci, laissant ombres et souvenirs impossibles. Lola vit sa faiblesse, son audace, cette seconde où il la regarda différemment et *son amour pour sa liberté.* Il ne décrocha pas, reposa sa main sur son ventre et demanda si sa mère l'avait inscrite à la danse.

— J'ai fait dix ans de classique.

— Pourquoi tu as arrêté ?

— Je ne suis pas une danseuse. Je m'appelle Lola mais je n'ai rien de la Montès. Ni sa couleur de peau, ni son talent. Ni ses conquêtes.

Il sourit parce que Lola résistait. « Je ne trouve rien de glorieux dans le fait de conquérir. (Il glissa sa main entre ses jambes.) Je préfère les aventures. » Et puis son sourire s'effaça, comme ça, d'un trait, de lui-même, en l'ébranlant. Ils ne bougèrent pas. Bertrand vit alors cette image – cet instant décisif du photographe – dans sa propre vie. Il parut éternel, suspendu et prêt à vaciller d'un côté ou de l'autre. *Ne rien perdre, tout recommencer, avec toi ?* Il attendait une réponse sans vraiment demander. *Peut-être.* Lola ne trouva aucun mot ou alors en retint mille. Elle avait terriblement peur, envie, honte. Il ne fit pas un geste, ne quitta pas ses yeux, ne dit rien. Elle posa sa main sur la sienne. Peut-être n'avait-il pas tort ? *Peut-être ai-je raison ?* Peut-être était-il trop égoïste ? Mais il était honnête dans sa lâcheté. *Alors que moi, je suis une traître*. Elle pensa à Franck et au mensonge qui serait toujours là. À la culpabilité. *Horrifiée. Mais heureuse*. Pourquoi est-ce inextricable ? *Inévitable ?* Elle ferma les yeux.

Le soleil se leva, s'éleva et, pour une fois, le photographe dormit au-delà de 4 h 30, profondément, ne se réveillant que longtemps après. Quand Franck téléphona. Lola mentit en regardant Bertrand. Il appela la réception. « Je veux du café et des croissants, merci. »

Elle quitta le lit et s'enferma dans la salle de bains, il écouta l'eau. Sa robe rouge était à côté de lui. Qu'est-ce qu'elle fichait ? Il aurait voulu la voir assise sur la baignoire, face au miroir, enroulée dans une serviette à attendre. *Quoi ?* Elle ouvrit la porte précipitamment. Il était de l'autre côté. Il lui barrait le passage. Elle dit : « Non », il dit : « Si ». « Laisse-moi partir. » « Pas encore. » Il était contre elle. Ils s'effleuraient. « Tu as souri. » « Non. » « Si. » Il posa ses lèvres sur les siennes, murmura sans les enlever : « Est-ce que tu as retenu quelque chose dans mes bras ? » « Tu le sais. » « Dis-le. » « Non. Rien, Bertrand. Je t'ai donné tout ce que je pouvais. » Il ne bougea plus, elle fit glisser ses bras autour de son cou. D'une voix à peine audible, elle chuchota : « Comme tout à l'heure. Doucement. »

Ils finirent par s'endormir sans s'en rendre compte, sans le vouloir. Et commandèrent un autre petit déjeuner à 16 heures.

Elle dévora les minutes avec gourmandise, il parla du miel. « Tes yeux sont verts, maintenant. » Elle ne dit pas un mot, termina son café. Essuya ses lèvres et sauta dans sa robe. Il resta assis à la table, à la regarder. Il ne l'aida pas à remonter sa fermeture Éclair. Elle enfila ses sandales et sourit comme on dit adieu puis disparut dans le couloir. Il entendit chacun de ses pas. De ses battements de cœur. Toutes les secondes qui crevaient. Il se leva précipitamment et la rattrapa à l'ascenseur. À poil. Elle s'engouffra. Ils ne se lâchèrent pas des yeux pendant l'éternité que les satanées portes mirent à se refermer. Il voulut crier : « Ne te marie pas ! » mais les mots ne sortirent pas de leur cachette. Eux savaient qu'ils ne pouvaient être balancés à la légère. Sans conséquence. Ils savaient qu'une réponse viendrait. Blanche ou noire. Oui ou non. Dans tous les cas, une déchirure. Un renoncement dans la douleur pour elle comme pour lui.

Un couple se glissa aux côtés de la jeune femme, les yeux rivés sur la nudité de Bertrand, mais ce n'était pas ça qui leur coupait la chique. C'était leur regard tendu comme un élastique sur le point de rompre. Un regard d'adieu. C'était ça qui leur imposa le silence pendant tout le temps que ces satanées portes mirent pour se rejoindre. Clac.

9

Bertrand tomba sur le lit défait. Il avait les mains gelées comme jamais il ne les avait eues. Il revoyait tout. Aurait-elle répondu : « La même chose que toi » s'il avait eu le courage de demander ce qu'elle avait fichu avec lui pendant ces heures furtives ? Aurait-elle dit, une fois encore, que jamais elle n'avait aimé Franck à ce point ? *Aurait-elle dit qu'elle m'aime moins ?*

Oh oui, mieux valait que les mots restent planqués, à l'abri. Mieux valait être spectateur du désastre plutôt qu'horrifié d'être heureux. Bertrand ferma les yeux. Lola était là.

Non, il n'y a que son ombre.

Il enfila ses fringues, regarda les miettes sur la nappe blanche. Les couverts, le beurre qui avait ramolli. Il sortit. Dehors, le ciel n'avait plus un nuage. Il le contempla, il vit tous les dégradés infimes que personne ne regardait jamais. Mieux valait rêver à cette femme en regardant les oiseaux. N'était-elle pas un de ces oiseaux étranges ? Elle avait la peau si fine qu'on apercevait le sang battre dans ses veines.

Bertrand pensa au vert qu'avaient pris ses yeux et au rouge de sa bouche. À ses bras fins qui ressemblaient à des ailes. Peut-être volait-elle déjà en ce moment ? *Lola est hôtesse de l'air et sa mère voulait qu'elle soit danseuse. Lola est un oiseau rare qui ne touche pas le sol.*

Il s'engouffra dans le métro. L'odeur était insoutenable. « Jamais je n'ai autant aimé Franck. »

10

Lola avait couru sous la douche. Entre les gouttes qui déferlaient et dégoulinaient sur son front, elle regardait sa robe rouge bouchonnée sur le sol jaune de la salle de bains. Une tache incandescente au milieu d'une journée ensoleillée. Ma vie ? Elle coupa l'eau et s'enroula dans une serviette. S'essuya les yeux. Peut-être pleurait-elle ? Comment savoir ? La sonnette retentit, interminable. Comme la veille, elle sut qui se tenait derrière la porte.

La robe rouge atterrit dans la poubelle de la cuisine. Le sac sorti, ligoté, posé à côté de l'entrée. Lola aperçut son reflet. *La vie redevient la mienne.* Elle ouvrit.

— Ne me dis pas que tu sors seulement de la douche ? lança Natacha en entrant dans cet appartement qu'elles avaient partagé avant que Franck s'y installe.

Le ton de son amie, sa démarche gaie, son regard de jeune femme de vingt-sept ans vivant dans cet âge-là ramenèrent Lola sur terre. Elle dit :

— Je me suis endormie.

— Avec cette chaleur ? lança Nat, les bras écartés devant le ventilateur.

Sa robe en voile noir se soulevait, ses cheveux bruns s'enroulèrent autour de son visage. Elle répéta sa question, très fort.

— Cette nuit, je n'ai pas pu fermer l'œil à cause de la chaleur !

— T'as pas un truc à boire ? Glacé ?

— Fais comme chez toi ! répondit Lola en fonçant dans la salle de bains.

— Je suis chez moi ! cria Natacha en ouvrant le congélateur. Cet appartement m'aime encore et si j'avais eu les moyens de l'acheter, j'y serais très heureuse.

— Tu ne l'étais pas quand tu vivais ici !

— Est-ce que j'ai dit que c'était à cause des murs ?

Le séchoir turbinait, Lola n'entendit pas et, forcément, ne répondit pas. Natacha le débrancha.

— Hein ?

— Quoi ?

— Dis que ces murs ne m'ont jamais été hostiles !

— Si on est en retard, je n'ai pas le temps de te psychanalyser.

— Tu sais c'est quoi tes défauts ?

Lola se figea.

— Je t'écoute si tu parles sans faire de fautes de français.

— Tu es une fille qui ne m'écoute pas depuis le tout début de nos treize années d'amitié. Tu es là, tu souris, tu es en retrait, tu penses toujours à autre chose.

La jeune femme se brossa les cheveux. Nat poursuivit :

— Tu es à la bourre tout le temps, tu as le chic pour ne pas t'énerver quand moi, j'ai envie de tout envoyer en l'air et tu achètes des fringues que tu ne mets pas et que tu refuses de me prêter. Tu n'as pas fait la vaisselle...

Lola se pencha pour voir ses yeux dans le miroir. *Sombres*. Nat poursuivit :

— Et, pire encore, tu ne réponds jamais aux messages ou aux appels qu'on te passe. T'étais où, hier ?

— À la piscine. J'ai...

— Tiens, autre défaut, tu aimes la piscine, le chlore et les verrues plantaires. Et habille-toi ! dit-elle en consultant sa montre. Le taxi sera là dans cinq minutes !

Lola fila dans sa chambre. Se plaça devant l'armoire. Pensa à Bertrand. *Je ne le reverrai jamais*. Son amie passa la porte et la jeune femme choisit une robe au hasard. Grise.

— Tu ne mets plus la rouge ?

— Rouge, ça tient chaud, dit Lola en l'enfilant.

Natacha la fixa, ses sourcils se touchaient.

— Depuis quand ?

— Tu trouves que c'est moche ce gris ?

— C'est toi !

Alors, Lola blêmit. Tant, que Natacha marcha jusqu'à elle pour la prendre dans ses bras.

— Pardon ! Tu sais bien que c'est moi, la méchante. J'ai des yeux cinglants et une langue trop pointue. Je suis aigrie parce que j'ai le chic pour tomber amoureuse de types qui m'en font baver. J'ai été assez idiote pour ne pas sortir avec Franck quand l'autre con me faisait porter une paire de cornes de compétition. Remarque, il n'aurait jamais voulu de moi et moi, de lui. Il est trop… pfff… il fatigue ! Mais ? Tu pleures ?

— Non.

Natacha la dévisagea. Prit son visage entre ses mains.

— C'est le bon. C'est normal d'être stressée à J - 6. Prépare-toi à ce que ce soit pire. Franck fatigue, mais c'est un type bien, fidèle et réglo. Allez, tourne-toi, que j'attache cette fermeture.

Lola fit dos à l'armoire, au lit, au monde dangereusement délicieux qui s'étendait sous un pont magnifique. Elle vit l'ombre de Bertrand dans cet appartement, ses défauts. Son présent, son inconstance, *ses yeux devant l'ascenseur.*

— Je vais boire, ce soir.

— C'est fait pour ça, le taxi.

Le portable de Natacha retentit, prévenant que la voiture était à deux rues. Elle attrapa leurs sacs. Elles cavalèrent. Nat-la-fille-aux-cheveux-noirs en noir, Lola-la-fille-à-la-peau-de-miel en gris. Ça passe partout gris. Ça calme les ardeurs. Ça fait jour de pluie. Jour de regard baissé sur les chaussures. Lola s'immobilisa sur le trottoir.

— Mince ma robe ! Je veux dire la poubelle !

— Hein ?

Elle fit demi-tour. Son amie cria que le taxi arrivait. Lola ne répondit pas, remonta les quatre étages en courant, ouvrit la porte, attrapa le sac, referma, descendit et ralentit devant une autre porte, un étage plus bas. *Est-il revenu ?* Elle eut peur d'elle et repartit au pas de course. Pour tomber sur Bertrand qui entrait dans le hall.

Lola vit tout. Les heures passées, l'ombre, le rectangle de soleil doré dans la rue, sa chemise noire, les manches relevées jusqu'aux coudes, ses cheveux, sa silhouette, Natacha en robe noire qui se remaquillait plus loin dans le taxi, la main qu'il tendit pour prendre sa poubelle. Ses doigts pressèrent les siens, un peu. *Peut-être.* Ils étaient tout aussi gelés que la veille. Une fraction de seconde d'effleurement et un même frisson leur monta directement en plein cœur. Un dernier regard pour eux seuls, déchiré comme un adieu.

Lola s'enfuit et s'engouffra dans le taxi. Elle claqua la portière sans regarder par la vitre teintée. *Je voulais ne jamais le revoir. Ses mains étaient gelées.* Il poussa la porte du local à poubelles, souleva le couvercle du container, balança le sac de plastique noir contenant la robe rouge fluide et douce. *Je voulais ne jamais vivre ça.* Il entendit le taxi démarrer. Il attendit qu'il s'éloigne puis gravit l'escalier dans une pénombre grise, *comme sa robe.*

Par chance – non, par miracle – Natacha, trop préoccupée par son rouge à lèvres qui bavait, n'avait pas vu le type mal coiffé passer sur le trottoir, ni prendre la poubelle. Parce qu'elle l'aurait probablement reconnu. Elle aussi était entrée dans l'appartement avec la journaliste. Elle aurait pincé le bras de Lola pour dire que Daphné n'était finalement pas la menteuse qu'elles croyaient. Lola aurait rougi, bredouillé, bégayé. *Non, je me serais effondrée en disant son nom.*

11

À l'aube, la future mariée descendit d'un autre taxi. Elle était ivre, mais pas assez pour que Natacha rentre avec elle. Elle paya sans regarder la somme d'argent qu'elle tendait. Le chauffeur la surveilla tandis qu'elle bataillait avec le code. La porte cliqueta, elle oscilla jusqu'à l'escalier qu'elle gravit sa clé serrée entre les doigts.

Elle dut faire deux ou trois pauses. Respirer. Éviter l'étage incandescent. Tout ce qui était dans son estomac remontait. Doucement mais sûrement. Elle fit mille efforts et, par la grâce d'un ange, sa clé entra sans raté dans le trou de la serrure. Elle courut aux toilettes et se vida des heures durant. Et pleura. Des castagnettes enragées massacraient son cerveau. Des images inondaient son cœur. Aucun remords ne montait à la surface. C'était intolérable. Elle prit une douche froide et tomba sur le lit qui ne cessa de tanguer vers l'Afrique. Elle rêva que Bertrand lui montrait les endroits qu'il aimait. Elle sentait ses doigts froids remonter dans sa nuque. Elle dormit si mal qu'il lui était impossible de faire la différence entre ses rêves et ses pensées. Elle maudit l'alcool. *Il me faut des cafés*. Elle se leva et en prépara. Non, elle n'avait pas fait la vaisselle depuis la veille. *Hier...* Bertrand avait vissé très fort quand il avait assemblé la cafetière. Il avait serré sa main dans les rues comme s'il ne voulait pas qu'elle lui échappe. Elle songea à la façon dont Franck prenait la sienne. Elle vit les yeux noirs de Bertrand. Les mots qui s'y planquaient. Que se serait-il passé s'ils étaient sortis ? Elle était dans l'ombre de l'ascenseur. Dans cette infime fraction de temps. Lola força et la *macchinetta* se démonta. Elle rinça, lava, refit du café en s'acharnant sur les cartons.

Oui, mieux valait éviter toute question. Mieux valait s'activer. Lola remplit, ferma puis scotcha un, deux, trois, quatre, cinq, six, sept et huit cartons de vêtements, de vaisselle, de chaussures. Elle travaillait vite. Sans musique. Juste le silence de son appartement et de celui du dessous. Elle se pencha pour regarder sur son balcon. Et eut terriblement envie d'aller toquer. Pour dire : « Je ne veux vraiment plus te voir » ? Ou pour entendre les mots qui se cachaient ? *Pourquoi n'as-tu rien dit ?* Encore faudrait-il qu'il y soit ! Encore faudrait-il avoir été assez déraisonnables pour échanger leurs numéros. *Tu oublies*.

Qui parlait ? Qui voulait ? Qui avait fait l'amour avec Bertrand ? *Moi*. Cette personne que la jeune femme en nage et aux joues roses regardait dans le miroir. Cette personne qu'elle venait de trahir et d'embellir. *Je n'ai rien retenu dans tes bras*. Ça n'avait pas de sens. « C'était inévitable. » La voix grave de Bertrand était là, autour d'elle.

Dans tout l'appartement.

Lola se brossa les cheveux. Vérifia son short en jean et replaça son T-shirt noir. Elle sortit pour ne plus rester dans cet immeuble. Elle descendit en courant son étage, le deuxième plus vite encore, remonta et se retrouva devant *la* porte. Comment ? Pourquoi ? La jeune femme n'en savait rien. Elle y était. Son cœur explosait, envahissait tout son corps. Elle voulait qu'il soit là, qu'il n'existe pas, hurler : « Pourquoi moi ? » Elle sentit ses bras quand il l'avait enlacée à l'instant où elle avait rouvert. Ce qu'elle avait ressenti à ce moment précis. *Tout recommencer avec toi ?* Elle eut extrêmement peur d'elle et s'enfuit en courant jusque chez l'épicier.

Où elle tourna dans les rayons pour finalement attraper un paquet de café. N'importe lequel, du moment qu'il ne vienne pas d'Afrique. Elle passa à la caisse : « J'ai oublié mon porte-monnaie. » Momo sourit, « Vous passerez plus tard », se plaignit – comme tout le monde – de l'intolérable température, et complimenta la jeune femme sur son teint.

— Bah ! Avec sept filles à la maison, j'reconnais toujours une amoureuse !

Lola rougit, des larmes firent briller ses yeux. Il rit.

— Elles rougissent toutes ! J'espère que vous nous montrerez votre belle robe ! Ma femme est curieuse comme une vieille pie !

— Bien sûr.

Il ajouta deux oranges en précisant qu'elles aussi étaient bonnes pour le teint.

— Celles-là viennent d'Afrique. De mon pays. C'est « cadeau » pour la mariée.

— Merci.

C'était inévitable.

Il regarda la jeune femme remonter la rue. Elle suivait son ombre allongée sur le sol. Si elle étendait les bras, peut-être s'envolerait-elle jusqu'à Bertrand ? Peut-être essuierait-elle de son index le jus des oranges qu'il croquait à pleine dents. Elle le porterait à sa bouche. Peut-être ces quelques millimètres cubes de nectar auraient-ils le goût de sa peau. Mais peut-être détesterait-elle le revoir ? La jetterait-il comme il jetait Daphné ? *Peut-être serions-nous heureux ?* Son ombre s'enfuit sous une voiture, son reflet mince et courbé apparut sur la vitre, oranges et paquet de café à la main.

Non, je détesterais perdre Franck et je détesterais que Bertrand se perde avec moi.

Lola ne remonta pas chez elle. Elle ne voulait pas y être seule, elle ne voulait pas parler à Franck. *On ne sait jamais ce qui échappe. Je veux le revoir.* De nouvelles larmes montèrent. De vraies larmes de honte. Elles choisissaient le plein jour, la rue et le reflet merdique pour apparaître. La future mariée ne s'arrêta pas devant la porte cochère rue Hector et courut jusqu'à sa voiture. *Tant pis pour mon sac. Tant pis si les flics m'arrêtent.*

Lola fila en reniflant à Noisiel. Vingt-sept minutes de RER, trente-cinq de voiture. Pas d'embouteillage, un trafic dense, Lola conduisit, attentive. Elle s'éloignait de son appartement, traversa la Marne et regarda le vert qu'elle avait. Celui des peupliers qui la bordaient. Leurs feuilles vibraient, chantant tout le temps, à toute heure, à chaque promenade. Lola se focalisa sur leur mélodie et les entendait encore en arrivant chez sa mère.

Elle se gara avant le portail, le poussa, remonta en voiture, entra sur l'allée pavée à droite de la maison, coupa le contact devant le garage fermé. Elle marcha en sens inverse jusqu'aux grilles hautes de deux mètres en fer forgé blanc que sa mère aimait ouvrir et refermer à la main. Il faisait passer les minutes, Géraldine n'attendait pas immobile qu'un mécanisme électrique l'active. Elle l'actionnait. Des heures entières, il occupait Elsa. *Je l'ai repeint trois fois,* songea Lola en traversant le carré de pelouse fraîchement tondue.

Elle contourna la maison par le côté gauche. Longeant la déclinaison de rosiers roses. Elle s'arrêta pour regarder le sien. Un Cardinal de Richelieu qui était bien plus âgé qu'elle et déjà là quand son père avait acheté cette demeure. Les fleurs étaient d'un rose gai, les boutons nombreux éclataient d'un coup, c'était aussi le préféré d'Elsa. Géraldine, elle, ne le disait pas, mais elle avait un amour profond pour les hortensias. Les blancs. Plus exactement *le* blanc, géant, qui illuminait l'ombre sur cet angle de la maison. Bertrand aurait regardé la façon dont il renvoyait la lumière. Lola frémit mais ne courut pas. Sa mère aurait vu ce quelque chose dans sa précipitation. Elle poursuivit en regardant les arbres courant le long du mur en pierre sèche. Elle songea de nouveau aux peupliers qui bordaient la Marne. Aux sureaux ronds frôlant l'eau, aux saules légers. *Je sais qu'il n'y a aucun orme.* Elle ramassa l'arrosoir d'Elsa, le porta au pied du robinet, leva les yeux vers la façade arrière. Quatre portes-fenêtres, des persiennes blanches, doubles, closes, répondant aux quatre fenêtres du premier, volets fermés aussi. Une terrasse de cent mètres carrés dominant un parc quinze fois plus grand qui descendait avec une très légère inclinaison vers le chemin conduisant à la rivière. On ne voyait pas la Marne depuis le jardin ou depuis l'étage, on ne l'entendait pas non plus, mais il était impossible de ne pas savoir qu'elle était à proximité. Elle se promenait, invitait les pieds à la suivre, à danser, à s'arrêter. Elle écoutait les rires. Elle magnétisait les regards, se confiait aux peintres depuis des siècles. Elle emportait les rêves et ne trahissait aucun secret.

Lola ouvrit le portillon arrière, juste pour le geste. Puis le referma, pour le geste, aussi. Elle remonta doucement vers la maison. Cinq chambres, deux bureaux, deux salons, une cuisine vaste. Une famille de quatre personnes où n'y vivaient plus que deux femmes et *moi, qui reviens en pointillé*. Un royaume féminin, illuminé et bousculé et régi et défini par Elsa qui, pourtant, n'y régnait pas. Pas plus que Géraldine qui en avait fait un havre de vie. Lola aurait dit ce mot-là pour conclure une visite à d'éventuels acquéreurs. À Bertrand s'il avait été là, tout de suite, avec elle. Elle enleva ses ballerines et remonta en courant à travers la pelouse comme s'il tenait sa main, heureuse et horrifiée, au moment où sa mère, qui l'avait observée en la revoyant enfant, ouvrit la porte.

— Tu as une très belle mine.

— J'ai pris une cuite.

Lola se glissa dans la pénombre du couloir, l'embrassa, sa mère ne fit pas de commentaire sur l'alcool, la dérive ou rien. Elle demanda simplement sans la quitter des yeux :

— C'était bien ?

— Oui, répondit Lola en filant dans la cuisine.

Géraldine alluma.

— Il y avait qui ?

— Nat, Cloé, Diane et Ève, répondit sa fille en lui tournant le dos pour se servir un grand verre d'eau.

— Vous avez dîné indien ?

Lola hocha la tête. Sa mère se tenait à côté d'elle, très proche.

— C'était bon ?

— Un peu trop épicé pour moi.

— Et après ?

— Comme prévu, on est allé au Rainbow.

— Et ?

Jusqu'où s'étend l'instinct maternel ?

— Non, Maman, je n'ai pas eu droit au stripteaseur ou je ne sais quoi encore comme tu dois te l'imaginer, dit Lola sur un ton assez maladroit pour percuter sa mère.

— Je ne m'imagine rien, chérie. J'écoute ce que ma fille a fait de sa soirée pendant que moi, j'ai opéré deux ou trois modifs sur le plan de table et pendant qu'Elsa s'est mis en tête de préparer une tarte aux abricots et aux raisins dont elle a arraché la peau et les pépins…

Elles se fixèrent l'espace des trois points de suspension. Lola n'avait pas besoin de dessin, de description ou que sa mère précise le nombre exact de minutes passées à décoller les pépins et les lambeaux de peau écrasés sur le carrelage grège comme sur toute la longueur du comptoir en hêtre clair et le long des portes de placard.

Géraldine inclina la tête :

— Succulente, du reste. Tu en veux ?

— Tout à l'heure. Elsa est où ?

— En haut.

Ce qui signifiait que sa sœur regardait un dessin animé ou un film qu'elle avait déjà vu et revu des milliers de fois. Elle était absorbée par les images. Elle riait, pleurait, frappait dans ses mains et ne la verrait pas. Pas plus qu'elle ne l'entendrait. Elle ne sortirait de son monde que lorsqu'elle reconnaîtrait le mot « fin » sur l'écran. Lola tendit l'oreille : « *Merlin* ? »

— Troisième fois aujourd'hui. J'aurais aimé qu'il m'envoie son aide !

— Moustique n'est pas très doué, répondit Lola en souriant.

— Je parlais de sa magie, rétorqua sa mère en souriant, elle aussi. Parce que j'ai un souci avec le plan de table.

— Encore ! Je croyais que c'était résolu.

— Viens.

Lola entendit Bertrand dire « Viens » et pâlit. Géraldine ajouta : « C'est pour ton mariage, Lola » en l'entraînant dans la salle à manger où la table en verre fumé disparaissait sous les feuilles et les dragées empaquetées dans un tulle ivoire. Des serpentins de rubans de velours marine étaient prêts. Elle les déplaça avec précaution, déplia les feuilles et expliqua, preuves à l'appui, qu'elle avait réessayé de multiples combinaisons.

Lola sentit que sa mère se tendait. Qu'elle-même l'était. Que les nervosités s'additionnaient comme si elles étaient emportées dans un tourbillon qui pourrait conduire à l'orage. Alors, elle se pencha en faisant semblant d'avoir la même intensité dans le regard que sa sœur devant l'écran. Elle fixa les noms écrits les uns face aux autres sur les trois rectangles tracés à la règle, disposés en U. Sa vue se troublait, sa gorge n'en finissait pas de se contracter. Elle s'accrochait à la voix de sa mère pour ne pas entendre celle de Bertrand qui disait : « Viens. » Elle hocha la tête sèchement quand sa mère lança un coup d'œil en demandant si de ce côté-ci, la permutation de Louise avec Élise lui semblait OK. « Tu t'en fiches ? » « Mais non. » « On ne dirait pas. » « C'était ça ton problème ? » « Non. J'y arrive. » Les tensions tourbillonnaient, chopant au passage électricité et vitesse. Géraldine soupira puis expliqua que son oncle Charles devait être muté en bout de table à cause du tabouret pour sa jambe dans le plâtre, ce qui impliquait de décaler la grande cousine Amélia à côté de Philippine Milan, la nièce de sa future belle-mère.

— Le problème, c'est qu'elles ne se connaissent pas et tu sais combien Amélia est délicate.

— C'est une vieille fille acariâtre, lâcha Lola. Elle n'a qu'à prendre sur elle.

Géraldine reposa les plans et dévisagea franchement sa fille.

— C'est toi qui dis ça ?

— C'est ce que j'ai appris à faire.

— Merci pour le reproche.
— Ce n'en est pas un.
— Si.
— Il m'a échappé.
— Lola…
— … Maman ! S'il te plaît… Je n'ai pas dormi ! Je n'ai pas envie de me chamailler sur un truc maladroit qui est sorti bêtement.

Sa mère la dévisagea, Lola vit l'ombre que dessinait la lampe sur la moitié de son visage.

— Je suis fatiguée, poursuivit-elle. Et tu l'es aussi parce que tu as travaillé comme un folle pour faire que ce mariage soit…
— … une réussite.

Une réussite.

Elle ajouta qu'elle aurait aimé que son père soit là pour l'aider. Lola frissonna intérieurement. Enfin peut-être pas tant que cela, car sa maman se reprit. Elle aussi devait être fatiguée puisqu'elle se mettait à dire « des conneries ».

D'un pas sec, elle contourna la table et se dirigea vers la porte-fenêtre. Elle ouvrit les volets en repoussant les deux battants. Une bouffée d'air chaud s'engouffra comme si elle n'attendait que cette occasion pour assaillir un univers qui lui résistait. Elle étreignit les deux femmes. Lola regarda les boucles souples que sa mère remontait en partie dans un peigne. Il lui sembla qu'elle l'avait toujours vu placé au même endroit.

Géraldine, elle, fermait les yeux. Elle aurait pu dessiner, paupières baissées, les trois bambous, le sapin immense, le magnolia rouge sang, les hortensias blancs, les bouquets de longues marguerites, les myosotis qui se desséchaient à leurs pieds et, plus loin, sur la droite, le pommier, le poirier, les salades, le persil, les haricots verts, les deux rangées d'ails et d'oignons. Les fraisiers. Le tuyau qu'Elsa enroulait et déroulait pendant des heures. Les pas japonais qui conduisaient de la terrasse au portillon en bois. Il y en avait cinquante-huit. Elle connaissait leur emplacement, leur forme, les rugosités de chacun et le moment exact où elle avait creusé à peine la pelouse pour les enfoncer. Ses ongles n'étaient pas rongés à cette époque.

L'air chaud lui sembla subitement bon. Géraldine sentit des larmes monter. Elle voulait des bras qui l'enlacent. Qui l'aiment. *Si je croyais en un dieu, je lui parlerais.* Mais cette femme qui plaçait son peigne au même endroit depuis des années n'avait jamais eu la foi et ne trouverait jamais la force de confier tout ça. Pas même à Lola à qui, elle le savait parfaitement, elle avait demandé de grandir seule. Contrôle. Prendre sur soi. Faire face...

— Maman ?

Elle rouvrit les yeux. Sa fille avançait jusqu'à elle. Elle ne bougea pas quand Lola passa ses bras autour de sa taille :

— Pourquoi tu n'as pas refait ta vie ?

Sans hésiter et sans mentir, elle murmura qu'elle n'avait pas pu.

— Et maintenant ?

Géraldine fixa le sapin droit, au milieu du jardin. Il était si haut qu'il semblait toucher le ciel. Il donnait le vertige. Elle ne leva pas les yeux jusqu'à sa cime – *non, je ne peux pas* –, elle prit une longue inspiration, pressa les mains de sa fille :

— Maintenant, je bataille avec ce plan de ta…

— Maman…

— Je suis trop vieille.

— Tu n'as même pas cinquante ans.

— Dans un an.

— On n'est pas vieux à cinquante ans.

— Je…

Tout comme avec Bertrand à poil devant l'ascenseur, les mots – ceux qui venaient du cœur – ne purent faire le chemin jusqu'à ses lèvres. Ils restèrent englués au fond de sa gorge. Oh ! S'ils avaient été chargés de méchanceté, de reproches, d'horreurs, ils seraient tombés du cerveau en faisant un bruit fracassant. Ils auraient tout lacéré sur leur passage. Ils auraient déversé leur pouvoir maléfique. Mais voilà, une loi régit ce monde, celle de la gravité.

Alors les mots retombèrent au fond de son cœur et Géraldine marcha vers la table où elle empoigna de nouveau les feuilles qu'elle connaissait par cœur et où elle s'entendit dire d'une voix qui lui fit horreur :

— Je voudrais que tout soit parfait pour toi. Alors, ma chérie, où est-ce qu'on met tes deux tantes, ta grand-mère et celle de Franck ? Est-ce qu'il la déteste toujours autant ?

— Oh que oui !

— Ça n'arrange pas mes affaires.

Lola la rejoignit. Elle examina les places comme si elle se trouvait à bord, en train de faire des miracles pour déplacer des passagers qui exigeaient « de l'aise, de la lumière naturelle, la paroi de la carlingue à gauche et pas le bras du gus-qui-empeste-le-déo-bon-marché. » Ou pire.

— Salut salut Lola Lola !

— Salut, ma belle ! Ton film est fini ?

— Il est dans la machine. Tu veux une glace ?

— Elsa ! Il est 19 heures, on mange dans dix minutes.

— Des glaces ?

— Après si tu veux ! Tu veux bien mettre la table pendant qu'on finit ?

Elsa obéit en chantant et dansant comme Blanche-Neige chante et danse « *Un jour, mon prince viendra.* » La future mariée eut la tête qui tournait. Un jour, tombent des surprises. *Un jour, Bertrand Roy m'a ouvert.*

— Franck ne rentre que demain, je peux dormir ici ?

— Avec moi ! cria Elsa depuis la cuisine.

— Pas de problème ! répondit Lola.

— Pas de problème non plus pour que la grand-mère de Franck soit là où je vais la mettre ?

— Je veux une glace, Maman ! répondit Lola, en souriant.

— Une glace ! Maintenant ! cria sa sœur en frappant dans ses mains. Les glaces ! Les glaces !

— Bravo ! Je te jure…

— Ce n'est pas important.

— Non ? Qu'est-ce qui est important ?

Qu'est-ce qui est important ?

La mère et la fille se turent. Puis, échangèrent un sourire. Lola songea à celui que Bertrand avait eu en parlant du goût sucré des oranges. Elle partit rejoindre Elsa qui déballait les cornets. Géraldine la suivit. Elle regarda sa fille aux cheveux clairs arracher l'emballage avec précaution, puis la brune qui sautillait et chantonnait mordre à pleines dents. *Qu'est-ce qui est important ?* Des glaces dans le désordre, une vie sans ses filles ?

Par moment la colère de Géraldine Baratier fondait. Elle ne se demandait plus si le bébé avait manqué d'oxygène, si elle-même n'avait pas eu assez de forces pour pousser efficacement ou bien si la toute première cellule avait raté son envol. Elle regardait Elsa et Lola comme on regarde sa raison de vivre. *Qu'est-ce qui est important ?* Par moments, elle se trouvait heureuse. Par moments seulement… Elsa tendit un doigt vers sa mère dont la glace coulait. Lola s'approcha. *Jusqu'où va l'instinct des filles ?*

— Tu manges la glace, Maman ! cria Elsa en se postant entre elles deux.

Son visage se tendait et sa mère mordit franchement jusqu'à ce qu'un sourire revienne. Mais dès que sa cadette tourna le dos et remonta à l'étage, et que la télé se mit en route, elle fit fondre ce qui restait du cône sous l'eau chaude, rinça l'évier et sortit saladier, moutarde, huile, vinaigre, sel et poivre. Et, comme si de rien n'était, Lola dressa le couvert. Oublier. Ne pas demander l'impossible.

Oublier l'impossible.

12

Ce n'est pas si difficile que ça de mentir, se dit – lâchement – Lola pendant ces derniers jours de compte à rebours. Les choses à faire se démultiplièrent alors que le temps manqua. Elle ne resta jamais seule et s'interdit avec fermeté toute pensée déviante. Elle se força à oublier. Elle lava deux fois et cacha au fin fond d'un carton le short et le T-shirt spaghetti rose puis les jeta sans aucun état d'âme le matin suivant. Franck n'y vit que du feu et descendit lui-même le sac.

La température ne voulait pas redescendre, aucun bruit ne parvenait de l'appartement du dessous et la jeune femme dévora une orange par jour, « cadeau de Momo ». Tout le monde la trouva ravissante et épanouie. Elle ne volait pas, mais suivit un stage de maintien de compétences mardi et mercredi. Pas d'avion ni de passagers. Pas de Bertrand Roy. Elle inscrivit pour la dernière fois « Lola Baratier » sur les documents à compléter et obtint une très bonne note.

En revenant rue Hector, elle trouva une place à dix mètres de la porte cochère. Derrière la Mini jaune de Daphné. *Elle est rentrée.* La jeune femme ressortait de l'immeuble. Une valise à la main, une tonne de papiers coincés sous son bras. Elles s'aperçurent au même moment. La journaliste en jean, chemisier en soie d'un turquoise d'océan et natte sur le côté marcha franchement vers elle.

— Londres est trop urbaine ! Je repars en repérage à Dublin pour le numéro spécial Trench. Bottes vernies, galets, volets rouges. Pierres grises. Contrastes. Pourquoi je n'ai pas pensé à l'Irlande en premier lieu ?

— J'aimerais te le dire, répondit Lola en attrapant le courrier que sa voisine lui tendait pour récupérer sa clé de voiture dans un sac « dont la transparence ne sert strictement à rien ».

La jeune femme blonde sentit contre sa poitrine une enveloppe contenant un trousseau avec d'autres clés. *Il l'a fait.* Elle eut l'irrésistible envie de voir l'écriture de l'homme qui les avait postées. Mais elle demeura immobile, à regarder le visage souriant de Daphné qui expliquait qu'un shooting photo avec le photographe Alex Garnier requérait « une patience d'ange ». Elle reprit ses lettres et l'enveloppe la plus lourde tomba, face contre terre. Elle se baissa pour la ramasser, se redressa et ajouta avec une sincérité désarmante :

— Mille fois plus qu'avec Bertrand ! C'est son double que tu viens d'entendre tomber.

Elle souriait, elle était calme, sereine. *Insubmersible. Je veux disparaître.*

— Tu as dû m'entendre hurler la semaine passée ?

— Non. J'étais à Montréal.

— Ça m'a fait un bien ! lança la jeune femme brune en ouvrant son coffre. J'ai piqué une crise salutaire. Bertrand va disparaître quelques mois, mais (elle posa sa valise, son courrier) je le ferai revenir. Ce n'est pas la première fois et je sais déjà que ce ne sera pas la dernière !

Lola sourit.

— Et toi ? Ça va ? Tu es prête ?

— Oui.

La journaliste lui serra le bras.

— Il paraît qu'il va pleuvoir vendredi.

— J'ai vu.

— C'est très bon signe ! lança Daphné en l'embrassant. On ne se reverra jamais, mais sache que tu as de la chance.

Elle monta dans sa Mini, démarra, et Lola gravit les quatre étages à pas très lents, les yeux rivés sur les marches acajou. *De la chance ?* Bertrand était-il une chance ? L'idée la cloua devant sa porte où il l'avait laissée passer, où il l'avait enlacée, embrassée, enlevée dans cette lumière tamisée. Le mécanisme de la porte cochère cliqueta, la jeune femme reconnut le pas de Franck. Elle se pencha pour le voir, il leva la tête. Sourit. Demanda si elle avait déjà pris le courrier.

— Non.

Lola n'entra pas chez elle, mais redescendit l'escalier. Elle savait que son futur mari portait la chemise bleue comme ses yeux qu'elle avait achetée pour son anniversaire, des Converse basses grises et un jean qui datait de leur escapade à Los Angeles, deux ans auparavant. Ils avaient fait l'amour dans une chambre d'hôtel aux murs très blancs. Franck l'embrassa comme un couple s'embrasse. C'était délicieux. Il passa son bras autour de ses épaules.

— Alors, ce test ?

— Facile.

— Je te l'avais dit.

Il ouvrit la porte. Passa devant Lola qui songea : *Merci mon Dieu de ne pas me laisser seule dans cet appartement.* Ils se changèrent et bavardèrent de choses et d'autres. De la pluie annoncée pour vendredi. « Daphné me l'a dit, je l'ai croisée en bas. » Franck répondit qu'il s'en fichait. « De la pluie comme de ce que pouvait dire l'autre ! » Il s'activait sur les derniers cartons et Lola le regarda. Il était beau, grand, mince, sûr de lui, rassurant, présent, travailleur, fidèle, le mari idéal. *L'homme que j'aime.* Il se tourna vers elle.

— C'est la pluie qui te préoccupe ?

— Non.

— Ta robe est adaptée ? dit-il en l'embrassant, au passage.

— Tu verras.

— Je ne l'ai pas regardée…

— Je sais, répondit Lola en fermant un carton.

Il marcha jusqu'à elle et le refit « correctement », avec beaucoup de gentillesse. Elle demanda s'il voulait dîner maintenant. Ils mangèrent debout en vidant les derniers placards. Une heure plus tard, ils se surprirent à observer ensemble leur salon méconnaissable. Ils rirent. Il dit qu'ils devraient regrouper leurs cartons.

Elle fit un brin de vaisselle et il les aligna, un à un, contre le mur, d'une façon qui la charma. Sa conversation aussi. Franck avait le don de dire – et répéter – des choses qui lui auraient fait horreur dans la bouche d'un autre homme, mais que son futur mari savait raconter. Non, en réalité, son talent était de faire en sorte qu'on l'écoute. Il accrochait ses yeux au détour d'un mot, il vivait ce qu'il disait. Il était convaincu de tout, il s'amusait d'un rien, il remarquait les détails anachroniques dans tous les films comme les « merdouilles dans les calculs de mon chef ». Il se vantait d'avoir un don pour cela – ce qui était juste – et Lola eut une frayeur quand il déplaça les boîtes qu'elle avait posées devant la porte de la cuisine. Allait-il remarquer que la poignée avait été resserrée ? Allait-il poser la question ? Pas ce soir, parce qu'il était focalisé sur son réagencement consciencieux. Elle se plaça devant cette porte en songeant à la seconde que c'était la chose la plus stupide à faire. Franck se tourna vers elle :

— Passe-moi le scotch, s'il te plaît. Le gros marron, là.

Elle le lui tendit. Il le déroula, jetant un sourire des plus charmeurs/amusés/moqueurs à Lola et l'appliqua pour …

— … récupérer ce paquet que ma chérie a préparé. À quoi tu pensais pour coller de la sorte ?

— À quoi pensais-tu quand tu t'es laissé déguiser en fille ? dit-elle en posant le torchon qu'elle tenait sur la poignée.

— Je ne pensais pas, je m'amusais.

Il planta ses yeux clairs et rieurs en elle, elle fit dos au torchon et dit qu'elle ne comprenait pas pourquoi des mecs intelligents, surdiplômés, responsables éprouvaient le besoin de se déguiser ainsi pour faire des trucs crétins.

Franck, imperturbable, continua de positionner les cartons. Un tremblement de terre force mille n'aurait eu aucun effet. Sa réponse fut plus efficace :

— Pourquoi les filles picolent jusqu'à vomir ?

Lola demeura muette. Il marcha jusqu'à elle, elle l'enlaça.

— Parce qu'il fait chaud.

Il lui demanda à quel point elle avait eu chaud.

— Au point d'aller à la piscine, dit-elle en glissant sa main dans la sienne pour l'éloigner.

Franck se laissa distraire, elle raconta la facilité avec laquelle elle avait imprimé leurs cartes d'embarquement pour Honolulu. Puis détailla tout en marchant jusqu'à la chambre les complications que lui avait données celle de sa très désagréable grand-mère qui s'envolait après leur mariage pour sa thalasso annuelle à Bordeaux.

— Fallait t'y attendre !

— Je suis encore étonnée qu'elle vienne.

— J'aurais préféré que La Mégère meure bien avant ma naissance, mais est-ce que j'ai le choix ? dit-il le plus franchement et légèrement du monde en embrassant l'épaule de Lola qu'il fit tomber sur le lit.

Il s'allongea à côté et précisa que s'il s'était baladé en jupette, il n'avait pas esquivé le tête-à-tête avec la femme qu'il détestait le plus.

— Elle va se tenir à carreau.

— Qu'elle dit !

— On dirait ta mère.

— Je te déteste.

— Ta mère est très belle, chérie !

Puis très vite, avant que sa future femme argumente, il poursuivit avec ce qu'il avait de plus déterminé dans le regard :

— Le type surdiplômé, responsable et comment tu as dit déjà ?

— Intelligent.

— Très intelligent que je suis n'aurait aucune hésitation à éjecter la dénommée Reine Milan dans un taxi si jamais elle te disait une seule de ses méchancetés habituelles. Même en pleine cérémonie !

Lola sourit parce qu'il le ferait. Franck trouva qu'ils lui avaient suffisamment consacré de leur temps pour la soirée. Elle ferma les yeux. Oublia que Bertrand s'était allongé exactement à l'endroit où elle était. Elle aimait Franck. Elle aimait faire l'amour avec Franck.

C'était leur dernière nuit dans cet appartement. À leur retour, ils auraient déménagé dans les murs flambant neufs de la maison construite selon leurs plans sur un terrain acheté pour elle par son père bien des années auparavant. Jamais elle ne reverrait Daphné, cet appartement vendu, la rue Hector ni les oranges de Momo. Franck murmura qu'il était heureux. Elle affirma qu'elle l'était aussi. Il glissa dans un sommeil profond, elle le suivit juste après.

Cependant, les rêves comme la météo suivent leur cours propre et Lola se vit avec les boucles amples de sa mère. Et sa coiffure. Elle regardait son reflet dans la vitrine de Momo alors que la femme de ce dernier lui apportait en souriant des oranges écrasées pour l'épiler sous les bras. Sa robe de mariée était à vendre, au milieu de centaines d'autres dans l'arrière-boutique gardée par Elsa et les sept filles de l'épicier. Bertrand portait la blouse grise de l'épicier et vissait, à genou, une poignée de porte sur sa robe de mariée à l'instant où Franck, moitié loup moitié homme, entrait, enfariné des pieds à la tête, donnant la main à sa mère. Lola se réveilla en nage et en sursaut. Avait-elle crié ? Avait-elle appelé au secours ? Avait-elle dit : « Bertrand » ? Sait-on qui on appelle à l'aide dans ses rêves ? « Toutes les filles finissent par ressembler à leur mère. » *Ai-je ouvert à Bertrand pour me prouver que je ne suis pas comme Maman ?*

Le réveil aux couleurs métalliques affichait 6 h 40. Franck se levait exactement vingt minutes plus tard. Lola fila à la cuisine. Elle vit le torchon et eut le sentiment désagréable qu'il la regardait. Elle le plia, le posa ailleurs. *Si Franck demande pourquoi la poignée ne flotte plus ?* Ses mains devinrent moites, elle ferma les yeux et vit le regard de Géraldine et toutes ces choses que celle-ci contenait. Qu'elle, Lola, ne voulait pas voir déborder en elle.

Elle jeta de nouveau le torchon dessus et sortit précipitamment d'une valise un maillot de bain et une serviette. Elle enfourna le tout dans un sac. Car oui, nager serait salutaire. Nager est compliqué, ça requiert de la concentration. Il faut coordonner ses gestes et regarder où l'on va. Le tout en plongeant la tête sans pouvoir respirer. Le cerveau oublie tout puisqu'une seule chose compte : l'oxygène. C'est une question de survie. Lola avait la journée pour aligner les longueurs, se détendre, ne pas penser qu'il y avait peut-être un gène que personne n'avait identifié pour ce qu'Elsa avait, pour l'alcoolisme, la mélancolie, pour…

Le téléphone de Franck sonna. Il répondit depuis le lit. « Merde ! J'peux pas. » Un blanc. Lola fila dans leur chambre. « Hun hun. » Un autre blanc. « Tu fais chier, quand même ! »

— Qui t'appelle à cette heure ?

— Il faut que je reste bosser, ce soir !

— Jusqu'à quelle heure ?

— Comment veux-tu que je le sache ! Va falloir que tu ailles chercher mes parents et La Mégère à la gare.

— C'est pas vrai !

— Lola !

— Pourquoi ils ne commandent pas un taxi ?

— Avec une tonne de bagages et une vieille qui râle !

— Et tu prétends lui avoir parlé !

Franck se planta devant sa future femme et posa la main sur la porte de la cuisine. Trente centimètres au-dessus de la poignée.

— Qu'est-ce que tu as ?

Elle lui tendit son caleçon à rayures et fit demi-tour. Il retint son bras. Elle lança :

— Devine qui a pollué mon rêve ?

— Donc, c'était un cauchemar.

Elle haussa les épaules puis glissa deux tranches de pain de mie dans le grille-pain pendant qu'il enfilait son caleçon. Il jeta un œil au plan de table qui occupait une bonne moitié du comptoir.

— Non, elle ne bougera pas de la place où Maman et moi avons réussi à la coller.

— Elle est assez loin de moi ?

— Si tu préfères, je peux l'oublier à la gare ou mieux, ce soir, tu peux la noyer dans la Marne au bout du jardin.

— Même morte, elle polluera encore, dit-il en attrapant au vol le pain grillé.

Lola versa le café dans les bols, sortit le miel, puis le rangea précipitamment dans le carton « Non Périssable » posé sur le coin de la table. Franck leva les yeux. Il fixa un point plus loin, au beau milieu de la porte, pendant des secondes longues de dix kilomètres.

— Je viens d'avoir la révélation du siècle.

— Pardon ?

— Grâce à toi et grâce à cette femme.

Lola s'assit, faute de jambes. Franck, lui, revint dans ses yeux. Très sérieux. Elle retint son souffle.

— C'est quoi ma formation ? dit-il en la fixant.

Elle demeura muette, il répéta sa question. Elle récita :

— Ingénieur chimiste spécialisé en optimisation et gestion de l'environnement.

— Exactement ! Toute la journée, non, *toute ma vie*, j'ai fait et je continue à faire en sorte de ne rien…

Sa voix se suspendit, il fixa Lola pendant une nouvelle éternité dans laquelle la jeune femme se vit nager à des milliers de milles de la rive.

— Jeter ?

Il sourit, vainqueur.

— Grâce à toi et l'autre vieille bique, je viens d'avoir une idée qui, je le sens, va faire gagner beaucoup à la planète. Mais quand je dis beaucoup, c'est... é-nor-me ! (Il écarta ses grands bras au maximum.) Vrai-ment é-nor-me !

Il resta ainsi, les yeux dans ceux de Lola, puis poussa la porte de la cuisine pour attraper le tableau Velleda sur le haut du frigo. Il dessina deux traits parallèles, espacés, surmontés d'un cercle duquel partaient des traits d'une longueur variable, uniquement sur sa partie basse.

— Qu'est-ce que tu vois ?

Lola inclina la tête, songea une horreur mais dit :

— Honnêtement ? Je n'ai pas envie de te vexer, chéri.

Franck fixa son œuvre, ajouta deux ou trois traits, en rallongea d'autres. Lola secoua la tête. Il dit que son « chéri » était...

— ... très vexant !

— Je t'écoute !

Il pointa son feutre en plein milieu du cercle : « Le soleil existe », en plein milieu des deux lignes : « Les routes existent. Et ce, partout sur la planète ? »

— Oui.

— Pourquoi ne pas marier les deux et créer un revêtement qui intègre des micro-panneaux solaires ? Tu imagines le mariage idéal ! Tu vois le bébé qui va naître...

Natacha trouvait que Franck fatiguait – elle n'avait pas toujours tort –, mais Lola aimait sa façon d'être fort, sûr de lui, à l'aise en tout. Elle regarda ses épaules quand il reposa le tableau sur le haut du frigo, puis ses yeux illuminés par des idées claires et sa main qui se posa là où elle ne voulait pas qu'il la mette :

— On le dit toujours, mais c'est une loi. De bonnes choses peuvent naître de mauvaises. Je passe de La Mégère à une idée de génie ! Je suis un génie.

Franck balançait les vérités sans gants, n'était pas le roi des modestes, mais il était visionnaire. Il comprenait, tranchait, sortait l'essentiel du magma ambiant avec brio comme il se débarrassait de ce qui ne l'intéressait pas. Il avait la main sur ce qui avait fait basculer Lola dans un monde qu'elle ne soupçonnait pas. Son corps lançait des signaux. Elle reprit le miel du carton et tartina son pain et celui de Franck. Elle entendit une vilaine voix de mégère dire : « Et toi ? Va-t-il voir à travers toi et découvrir ce que tu as fait ? »

C'est à ce moment que la jeune femme se sentit écœurée plus qu'effrayée. Par elle, par ses pensées, par ce qu'elle avait fait, par ce qu'elle avait ressenti et qui, subitement, lui manqua terriblement.

Elle baissa le nez sur son bol tandis que Franck descendit le sien debout en dévorant en trois bouchées sa tartine. Puis celle de Lola quand elle prétendit ne pas avoir faim. Il sourit et dit, avec quelque chose de délicieux dans les yeux, que tout ça, « ce truc énorme », lui était venu à cause du noir du café, de la rondeur du bol, de la chaleur et de « l'autre vieille peau. Le tout baignant dans l'atmosphère de notre mariage ! » Il sauta dans la douche. Dans ses fringues. Lola demeura face à la place où Bertrand s'était assis. Il était là, il la regardait, il ne disait rien, comme devant le miroir, ses doigts effleuraient les siens. Franck sortit de la salle de bains rasé, beau.

— Je compte sur toi pour la gare ?

— J'y serai.

Puis elle dit avec horreur : « Laisse-moi tes clés. On a promis deux jeux aux acquéreurs. » « Tu as raison, ce serait idiot de le paumer à nouveau aujourd'hui. » Il sourit, posa son trousseau à côté du bol de Lola puis lança à voix forte un au revoir merveilleux « à ces murs merveilleux ».

En dix grands pas, il traversa la cuisine, le salon et ouvrit la porte d'entrée où il resta dans l'encadrement à regarder Lola. C'est alors que ses yeux descendirent sur la poignée en porcelaine blanche, cachée sous le torchon. « Merde ! J'ai oublié de la resserrer. » Lola lança : « On s'en fiche ! On s'en va ! » Franck sourit, répéta : « Je m'en fiche ! On s'en va ! » et eut un regard qui aurait assis un bataillon. Il dit très fort :

— Je t'aime.

— Moi aussi.

— Dis-le.

— Je t'aime, Franck.

— Je suis heureux.

13

Je suis horrifiée.

Lola demeura assise à la table à écouter si Franck remontait. Puis elle ouvrit la fenêtre et se pencha pour l'apercevoir. Il leva la tête parce qu'il était intuitif. Elle envoya un baiser, il dit : « Merci pour la gare ! »

Il démarra et elle navigua dans l'appartement, ailleurs, hors d'elle, se surprenant, les deux bols et les couverts sales à la main, dans le miroir de l'entrée. Telle qu'elle se sentait. Elle eut envie de le briser si cela n'avait pas impliqué une vie de malheur. Elle ne se demanda pas depuis combien de temps elle errait, mais songea que son rêve n'était pas sorti par le plus pur des hasards. La très vilaine voix persifla. Bertrand était-il un pur hasard ? Comment savoir ? Comment répondre ?

Comment oublier ?

Le plus lâchement du monde, en posant une autre question : *Pourquoi oublier ?* La future mariée fixa la porte de la cuisine. La réponse était là, inébranlable. Lola était descendue parce que Franck n'avait pas réparé cette maudite chose qui s'était libérée d'elle-même, jour après jour, depuis des années, imperceptiblement, sous les vibrations de la terre entière, appuyées par un impétueux courant d'air de juin. C'était cela qui avait généré ce séisme dans sa vie. Lola eut envie de la briser, de la démonter et de l'emporter avec elle pour la garder pour toujours à portée de main. Elle se sentit déchirée par une pointe de honte acide et de bonheur vif. *C'est arrivé sans que je le veuille, en rêve ou le désire*. C'était un accident. Sans constat. Sans conséquences puisque le dangereux instant du choix était passé. Les portes de l'ascenseur s'étaient refermées, *la vie continue comme prévu*.

Demain, Lola se glisserait dans la robe en dentelle crème qui l'attendait depuis deux jours chez sa mère. La housse dorée irait à la poubelle rejoindre la robe rouge. *Bertrand restera Bertrand. Je suis redevenue moi, cette fille qui ne ferait jamais un truc pareil*. Et le temps gommerait les émotions en gravant des rides petit à petit. *À mon tour, j'aurai cinquante ans, je me regarderai dans un miroir et je serai heureuse comme je le suis maintenant*. Profondément heureuse d'avoir épousé Franck comme de ne pas avoir dit « non » à Bertrand. *Je sais la caresse de ses mains et j'ai fui à temps*.

Lola releva la tête et fit face à son reflet. Elle alluma la télé pour ne pas penser. Elle monta le son et lava les bols, les essuya, les rangea dans un des cartons. Elle débrancha le frigo. Elle fit les vitres par pure envie de frotter, mais laissa le miroir… tel quel. Elle fit encore des trucs et des machins indispensables et prépara leurs valises puisque, ce soir, ils dormaient à Noisiel.

Elle fonça sous la douche. Quatre minutes plus tard, elle en sortit et enfila son maillot de bain, sa robe. Plus loin dans le salon, la télé ronronnait. Elle ferma les bagages et entendit un mot. « Tibet. » Elle marcha jusqu'à la télé.

À exactement J - 24 heures du mariage, une chaîne diffusait des paysages montagneux et désertiques. Des gens marchaient en ligne pour atteindre un endroit où, chacun leur tour, ils attachèrent de petits drapeaux multicolores. Une voix expliquait que « ça porte bonheur et que, maintenant, des touristes venus du monde entier font le voyage pour prier en ces lieux saints et accrocher leurs souhaits ». Cette voix avait appuyé sur un mot. *Maintenant. Bertrand.* Un vent invisible balayait les reliefs, il fit claquer quelque chose en Lola et les papillons indomptables s'envolèrent. *Ira-t-il, lui aussi, accrocher un fanion ?* Des larmes rondes tombèrent sur sa robe.

Un fanion de quelle couleur ?

Lola coupa la télé mais demeura devant l'écran noir. *À quoi tu penses, Bertrand ?* Cette question tarit ses larmes à la seconde. Parce que ni lui ni elle n'avaient pensé. Ils avaient vécu, senti, éprouvé. S'étaient montrés follement déraisonnables puis avaient raisonné n'importe comment, comme des fous…

Lola referma les volets, les fenêtres. Elle passa de pièce en pièce pour dire adieu à cet espace où elle avait vécu pendant neuf années. Elle laissa sa main courir sur chacun des murs. Ils étaient chauds, sous les toits, proches du ciel. Elle caressa très légèrement une seule poignée sans la regarder, sans s'arrêter. Elle était froide. La future mariée coupa le compteur et sortit.

À jamais.

14

Dans l'eau fraîche de la piscine Jean Boiteux se dégradant d'un bleu ciel pâle à un turquoise, Lola aligna cinquante-huit longueurs entrecoupées de pauses pendant lesquelles elle reprit son souffle. L'horloge carrée déclinait les secondes, son souffle s'accordait aux battements de son cœur, ses pensées flottaient loin. Dès qu'elles se rapprochèrent, la future mariée replongea.

Deux heures plus tard, Lola arpentait les couloirs de la gare de Lyon en se focalisant sur la lenteur avec laquelle les aiguilles parcouraient le gigantesque cadran. Il faisait trop chaud pour penser à autre chose qu'au temps. Le train en provenance de Besançon afficha trente, puis quarante-quatre minutes de retard. La chaleur était moite. Lola croqua deux barres de chocolat et descendit une bouteille d'eau. Elle se planta devant un rideau de magazines, prit dix minutes pour se décider à poser la main sur… *Questions de femmes*.

Des questions de femmes de tous âges la traversèrent dans une indifférence quasi totale. Elle lisait en répondant aux messages que son portable affichait coup sur coup. L'aiguille de l'horloge semblait collée, poisseuse, daliesque. Aucun siège n'était disponible, enfin si, un seul qui ne donnait pas envie de s'y asseoir. Si bien que la jeune femme déambula dans les couloirs quand une annonce signalant l'arrivée du train retentit. Lola courut, fut en nage au dixième pas et réalisa qu'elle ne savait pas dans quel wagon étaient ses futurs beaux-parents et la grand-mère de Franck. Après les vingt-cinq SMS échangés avec eux…

Elle s'arrêta quand le train fit de même et décida de les attendre au bout du quai. C'était toujours ça de gagné. Dix secondes plus tard, elle aperçut sa future belle-mère tendre la main à sa propre belle-mère.

Des deux femmes, Reine Milan avait beau être la plus âgée, elle était celle qui avait le moins changé en quatre ans. Pour la taille, Franck tenait d'elle. Pour la démarche droite et fière, également. C'était ce qui avait saisi Lola lors de leur première rencontre.

Elle avait eu lieu trois ans auparavant dans la maison de cette femme de soixante-quinze ans au cœur de Besançon. Le jardin côté façade se réduisait à une allée bordée de rosiers, tous taillés militairement. À toutes les fenêtres dormaient des rideaux blancs à volutes mousseux, avec embrases placées à l'identique. Pendant que Franck bataillait avec le portail, Lola avait eu le temps de constater que le crépi était récent, les marches balayées et la coiffure année cinquante de cette femme qui les épiait depuis l'étage aussi figée que son expression. « Elle nous observe. » « Elle affine ses répliques. Prépare-toi. »

Naturellement, Reine Milan avait attendu la sonnette pour descendre. Elle avait pris des heures pour ouvrir les quatre verrous et mis un temps infini à plisser ses yeux afin de vérifier dans l'entrebâillement de la chaînette que c'était bien son unique petit-fils.

Franck n'était pas nerveux ni agacé. Il la connaissait par cœur pour avoir partagé sa compagnie des années durant puisqu'elle l'avait gardé quand ses parents travaillaient. Son premier souvenir était celui de ses mains sèches et osseuses qui tiraient le drap, serré, avant la sieste. Son deuxième : quand elle s'asseyait sur un fauteuil et allumait une lampe, au sol.

— Je regardais les ombres sur son visage. Elle me lisait la Bible, me parlant du Diable qui rôdait partout, peut-être même dans ma chambre. Je m'endormais avec les pétoches. De temps en temps, j'avais droit à une histoire de son propre cru avec son héroïne préférée, La Morcière.

— La Morcière ? avait répété Lola.

— Selon elle, la mort est une sorcière. (Franck avait souri.) Je pensais qu'elle avait sa gueule. Je croyais que toutes les grands-mères étaient comme la mienne. Par chance, l'école m'a sauvé, j'ai appris à lire d'autres histoires. Je lui ai tenu tête et elle m'a collé dans son sous-sol pour ne pas que je salisse, envahisse, marche dans son univers. Pour ne pas, surtout, que je sois au même niveau qu'elle. Elle fonctionne ainsi. Il faut que les autres soient en dessous et, pour qu'ils le soient, elle humilie et blesse. Elle n'a rien d'autre dans sa vie.

— Et tes parents, qu'est-ce qu'ils en disent ?

— Mon père est aveugle, ma mère s'écrase. La Mégère manipule.

— C'est toi qui l'as baptisée ainsi, avait affirmé Lola.

— Une leçon de vocabulaire que j'ai bien retenue. Le mot est taillé pour elle.

Franck avait raison. Les médisances, la supériorité, les moqueries, la suffisance formaient son squelette.

— J'ai eu la chance d'être curieux et bricoleur. Je me suis intéressé à tout ce qui traînait. J'ai démonté et remonté, en balançant autant de poussière que possible. Elle n'a qu'une qualité, son gratin de pommes de terre.

Lola lui avait alors demandé pourquoi il ne coupait tout simplement pas les ponts.

— Mais ce serait faire ce qu'elle cherche. Elle aurait le terrain libre. Je suis son grain de sable. Je complique sa mécanique. C'est peut-être petit, mais en réalité, je deviens ce monstre qui rôde dans son cerveau. Si je ne lui fais pas peur, je la pollue.

Le dernier verrou avait crissé. Franck avait lâché un souriant « Bonjour Mamie ! » pour la déstabiliser. Elle avait repoussé franchement Lola qui avait tenté une bise de politesse.

— Comme au Japon, on salue de loin, Lisa.

— Lola.

— Tu es espagnole ?

— Non. J'ai des origines hollandaises.

— Bel exotisme ! avait-elle dit en refermant ses verrous.

Lola avait remarqué ses mains manucurées, son rubis énorme, son alliance large, sa robe grise de belle coupe et le châle assorti qu'elle avait resserré sur sa poitrine après avoir fait mine de tousser.

— Il travaille dans quoi, ton père ?

— Il est décédé.

— Ah oui ! Franckie m'a parlé des circonstances.

— Je ne l'ai jamais dit.

— Mais tu as dû t'en épancher auprès de ta mère, mon petit !

Elle s'était tournée vers Lola. « Tu veux boire quelque chose ? » Le quelque chose était un verre d'eau tiède, un regard bleu dur souligné d'un trait de crayon marine, un sourire faussement doux, des lèvres roses, des rides rares mais profondes. Elle avait offert des chocolats, deux. Raconté son arthrite, ses insomnies, sa vie solitaire avec une belle-fille esthéticienne qui n'avait pas le geste délicat pour épiler ses sourcils. Franck s'était levé, elle avait retenu la main de Lola.

— Ta mère avait le temps de te lire des histoires ?

— Oui.

Il avait précisé :

— Elle veut dire avec Elsa.

Reine avait soupiré sans un regard pour son petit-fils. « J'étais là quand sa mère me l'abandonnait. J'ai aussi financé ses études, il te l'a dit, j'espère ? »

Avec son salaire, Franck aurait pu le solder depuis longtemps. Mais il prenait son temps par pur plaisir, Lola le savait au montant du chèque mensuel qu'il envoyait accompagné d'une grossièreté verbale qui lui avait semblé subitement trop sucrée.

— Bon, tu as fini ?

— Je dis les choses en face.

Pour toute réponse, Franck avait extirpé d'un placard une boîte de chocolats de confiseur que la vieille femme ne partageait qu'avec elle-même.

— Merci Mamie ! avait-il lancé en reprenant la main de Lola et la direction de la sortie.

La vieille femme les avait talonnés en silence mais depuis le perron, pour que tout le voisinage l'entende, elle avait crié :

— Ne l'épouse jamais, Lola ! Ou bien si ! Épouse-le ! Et je prierai Dieu pour que tu lui pourrisses la vie jusqu'à son dernier jour !

*

* *

Si cette sorcière avait raison, se dit Lola en la regardant clopiner et grimacer sur le quai de la gare. *Si Franck découvrait que c'est moi la méchante.* Leurs regards se nouèrent. Pour une fois, La Mégère qui affichait une mine superbe ne fit aucun commentaire ni ne se trompa sur son prénom.

Lola empoigna une valise et se glissa le plus loin possible d'elle. *Tout est question de distance de sécurité.*

15

Cinq jours auparavant, quand Bertrand avait quitté la rue Hector après avoir récupéré « ses affaires », il était 22 heures. Il n'y avait eu aucun bruit dans l'appartement du quatrième depuis l'instant où il était entré dans celui du dessous. Lola s'était enfuie en courant. Il y avait songé en plongeant dans un sac ce qui lui appartenait. Des fringues, des chaussures, des papiers, trois livres auxquels il ne tenait pas vraiment. Il s'était couché sur le lit défait où la veille, il avait fait glisser la bretelle rose pâle et dessiné du bout des doigts les fines traces sur la peau de Lola. Il se demandait pourquoi il était revenu dans ces murs ce 5 juin à minuit pour récupérer des objets dont il avait quasiment oublié l'existence. Il avait écouté le silence, il s'était endormi. Sans rêve, seul, et s'était réveillé en sursaut, presque certain pendant une frêle seconde que Lola était contre lui.

Il faisait à peine nuit. Son portable avait sonné une minute plus tard parce que Bertrand était attendu chez un couple d'amis qui organisaient une fête pour son départ au Tibet. « J'arrive ! » Il s'était excusé de son retard, avait ri, mangé et bu copieusement avant de se rendormir sur le canapé. Puis avait été d'une conversation distante, songeant très sérieusement – pendant un très bref instant – à aller s'asseoir dans l'escalier couleur acajou, sur la première marche du quatrième étage. *Jusqu'à ce qu'elle rentre.* Pour quoi ?

Bertrand était sorti sur le balcon. Le ciel était bas, des nuages d'un noir épais pesaient de tout leur poids sur ce qu'il avait fait, comme sur ce qu'il n'avait pas eu le courage de crier. L'instant était passé. Et ça, un photographe comme lui est préparé à l'encaisser. Il sait ce qu'il doit faire. Il remballe, il voyage pour voir si, ailleurs, l'herbe est plus verte. « Tu dors où, ce soir ? » avait demandé la rousse Calixte, une amie très libre comme lui, en le rejoignant. « Je reste ici, j'ai renvoyé les clés de Daphné. » « Je suis curieuse de savoir quels mots tu lui as écrits. » « Tu ne me connais pas ou quoi ? » « Je te déteste pour toutes les filles. Mais je t'aime bien quand même. » « Tu fais quoi, maintenant ? » Calixte avait souri, Bertrand l'avait raccompagnée. Il avait quitté son appartement à 5 heures pétantes, sans un mot, pour marcher dans les rues. Sans les regarder, le nez collé au bitume gris plus foncé que celui de la robe de Lola, le sac rempli de ce qu'il avait récupéré à l'épaule. À gauche, puis à droite, encore à gauche et tout droit. À pas lents. *Elle a couru pour entrer dans le taxi quand tu as serré ses doigts.* Ses chaussures qui résonnaient et qu'il n'entendait pas. *Est-ce que je les ai serrés ?* Il était descendu dans la station Réaumur-Sébastopol. *Elle a rouvert.* Il s'était planté devant les deux panneaux de direction opposée. *Et si elle demande d'où tu viens ?* « Je t'ai donné tout ce que je pouvais, Bertrand. »

— T'as une pièce ?

Un clochard venait de se réveiller à quelques mètres, le photographe l'avait probablement sorti de sa torpeur avec ses pensées. Il avait plongé sa main dans la poche de son jean et posé dans celle de cet homme un billet de cinq euros accompagné de monnaie. Le gars lui avait lancé de ne jamais se marier. Non, il n'avait rien dit, mais c'est ce que Bertrand avait compris. Il avait pris la direction de la rue de son enfance et était arrivé avant le petit déjeuner après avoir acheté du pain frais.

Le restant de la semaine s'était écoulé de façon identique, à dormir au plus près de l'endroit où il avait besoin d'être le lendemain. Opportuniste, libre, nomade. *Lâche.*

Mille fois, il se convainquit que, oui, il avait bien fait de tenir sa langue devant l'ascenseur. Il aurait pu basculer de l'autre côté et remettre en cause… *Quoi ?* Bertrand ne sut que répondre. Il était un voyageur, sa vie tenait en équilibre avec une organisation toute personnelle. Pas de sentiments féroces. Pas de danger. Pas de Lola. *Elle te manque ?*

Oui.

Ce n'était pas le genre de choses qui lui arrivait d'ordinaire et il le savait. Tout comme il l'avait su quand il avait posé son doigt sur la sonnette. Pas une seconde, il n'avait pensé à récupérer les tournevis. Il avait appuyé comme il prenait une photo, parce qu'il le fallait. Et aujourd'hui, 12 juin, en se réveillant à 4 h 30 dans sa chambre à Rives-sur-Marne, une seule idée le traversa : *Pourquoi vais-je au Tibet ?*

Il attrapa ses écouteurs, se recoucha, musique à fond. Pour ne pas cogiter. Il zappa de chanson en chanson. Se leva et se mit à travailler sur son ordinateur à demi-vautré sur son lit. Eminem était de bonne compagnie. Pas franchement adapté aux photos florales qu'il travaillait – encore que –, mais assez tonique pour lui insuffler l'énergie de partir.

À 6 h 45, Bertrand ouvrit sa fenêtre en grand. Le ciel hésitait entre nuages et clarté. Eminem chantait « Lose yourself[1] ». Le photographe fredonnait ce qui était pour lui : « *If you had one shot… one opportunity… would you capture it, or just let it slip…*[2] »

Il n'y avait pas d'orme dans le jardin de son enfance. Un pommier, un poirier, un cerisier, au fond un prunier. Une fratrie de trois bouleaux. Des fraisiers, une forêt de framboisiers. Des pissenlits à foison qui s'étaient installés avec le vent. Pourquoi sa mère n'avait-elle pas planté de fleurs ? *Je sais que j'ai déjà vu un orme aussi grand que celui sous lequel nous nous sommes endormis.* Le jeune homme ferma les yeux, il tenait la main de Lola dans la sienne, elle l'avait retirée doucement

1. Se perdre. *Lose yourself*, compositeurs-auteurs : Eminem, Resto Luis Edgardo, Bass Jeffrey Irwin © Kobalt Music Publishing Ltd, Londres.

2. Si tu avais une chance… une opportunité… la saisirais-tu ou la laisserais-tu filer…

pour la plaquer sur son cœur en écartant ses doigts. Il rouvrit les yeux. C'était où ? Canada ? *Évidemment. Dans le parc du Mont-Royal, sur le haut d'une colline, tout seul. Comme moi.*

La chanson se termina. Bertrand fit tomber ses écouteurs, resta un moment devant sa fenêtre. *Laisser mon numéro dans sa boîte aux lettres ?* Le soleil faisait étinceler des gouttes de rosée sur la pelouse. *Attendre cent cinquante ans ?* Il attrapa son Canon sur sa table de nuit, zooma sur la plus belle perle. Clic. La seconde suivante, le rayon tombait ailleurs, l'éclat était dilué. *Elle aime Franck.* Le jeune homme retira ses draps, « *once in a lifetime...* », les apporta dans la buanderie deux escaliers plus bas, ni un sous-sol, ni un véritable étage.

Bertrand avait toujours considéré ce niveau de la maison – en dehors de cette pièce-là et du garage – comme son territoire. Il y avait organisé des fêtes en l'absence de ses parents. Ils ne s'étaient jamais rendu compte de rien jusqu'à cette soirée radicale à laquelle le photographe ne pensait jamais parce qu'il n'en avait aucun souvenir. Sa mère, elle, l'avait très mal pris mais son père, professeur de technologie, avait suggéré l'idée d'installer un studio et un local dans lequel leur fils pourrait s'adonner à sa passion à condition de poursuivre en parallèle ses études d'ingénieur en chimie. Bertrand entrait en troisième année avec un an d'avance. Il avait dix-neuf ans.

Il avait construit seul le mur en parpaing pour créer un local qu'il appelait désormais son « antre ». Il l'avait isolé avec une double porte, aucune lumière ne perturbait ses développements. Il avait peint l'intérieur en noir mat. Son père supervisait les travaux et ne l'aidait que lorsqu'il le jugeait nécessaire. En particulier, pour installer la ventilation qui n'avait donné que complications à Bertrand. Par la suite, le studio s'était agrandi, il l'avait peint en blanc, un bureau avait dévoré un tiers du garage, peint aussi en blanc. Et un matin, sur un coup de tête, le jeune homme avait décidé de ne plus aller en cours – pour ne faire que de la photo et des films. Ses parents n'avaient pas exactement bondi de joie quand ils l'avaient découvert par eux-mêmes. Cette décision avait pesé sur leurs rapports et pesait parfois encore sur sa relation avec sa mère comme une dent qui se réveille.

Mais à la vérité, Bertrand s'en fichait. Jamais il n'avait remis en cause son choix. Il ne pensait qu'à lui. Il voyageait et faisait ce qu'il aimait tous les jours, se construisant un nom. Cherchant son sujet. Il s'affina au fil des années. Portraits, paysages, lumières. Toujours une rencontre entre lui et un quelque chose qu'il avait besoin d'immortaliser.

Ce matin, le jeune homme n'était pas dans un état de franche remise en cause, mais des questions nouvelles flottaient au milieu d'images. Des souvenirs saisissants. Des envies. Un manque qui animait une vague étrange au creux de son estomac, remontant au beau milieu de son cœur avec des mouvements surprenants. C'était chaud et froid et inattendu. C'était doux, triste et souriant. *Vert comme tes yeux en plein midi.* La vague devint brûlante et Bertrand ouvrit précipitamment la porte arrière pour regarder le jardin depuis ce niveau.

Depuis la veille, la température avait fraîchi. Au ras du sol, le soleil ne faisait plus rien étinceler parce que, en quelques minutes, les nuages avaient décidé de prendre le dessus. Le mariage serait pluvieux. *Comment serait sa robe ?*

Bertrand claqua la porte et rangea son atelier.

Ce qui revint à déplacer des piles de photos d'une étagère à l'autre, des bidons, des rames de papier. Ouvrir et refermer des tiroirs, ne pas décacheter des enveloppes, ne jamais faire ses comptes, regarder l'heure. Il remonta préparer le café et prit une douche. Il se rasa, rangea sa trousse de toilette dans son sac, jeta son vieux jogging avachi en travers de son matelas. Il savait qu'il le retrouverait dans quatre mois après une attente fidèle, parfumé à la poussière. C'était rassurant.

L'odeur du café le fit redescendre. Il le dégusta assis, les pieds sur la chaise de sa mère. Qui, tout en étant contre l'idée du mariage, était la femme la plus vieux-jeu du monde. Il songea aux photographies qu'il avait faites d'elle. Année après année, quelle que soit la saison, Florence Gianelli portait une veste molletonnée blanche au réveil ou lorsqu'elle revenait de la maternité où elle travaillait comme infirmière-puéricultrice.

Bertrand la croisait tôt. Elle était fatiguée, parfois perturbée par une naissance difficile dont elle se libérait avec le premier venu. Lui, puisqu'il se levait aux aurores. Il la regardait, n'écoutait pas vraiment, pensait à sa propre vie. Ils partageaient un espace quelques mois par an. Il répondait évasivement à ses questions. Il l'énervait, elle l'agaçait, les portes claquaient parfois. Mais pour Bertrand, tout ça était leur vie.

Il épluchait sa deuxième orange quand il reconnut son pas dans l'escalier. Il attendit qu'elle entre dans la cuisine et surtout qu'elle pointe un doigt sur ses pieds pour les enlever. Par jeu, par habitude. Comme un rituel qui les liait. Ce matin, Florence souriait dans sa veste molletonnée. Elle en avait quatre. Aujourd'hui, elle portait la plus ancienne, celle qui avec le trou au milieu de la poche droite. Bertrand pouvait les dater à leurs caractéristiques propres. Ce genre de détails aurait fait plaisir à sa mère qui n'arrivait pas à se débarrasser des vieilleries, mais son fils n'en était pas là. Il était préoccupé par d'autres détails, infiniment beaux, troublants et… elle coupa ses pensées en disant :

— J'aime bien quand tu as les cheveux courts.

— Elle ne m'a pas raté, mais je vais être tranquille pour un moment.

— Tu reveux du café ?

— Oui, merci.

Elle demanda quand il revenait.

— Je n'ai pas encore arrêté la date.

Bertrand se leva et se planta devant la fenêtre. Les nuages n'avaient pas bougé, comme si le temps ne s'était pas délité. Il mangea trois quartiers d'orange.

— Tu veux du pain grillé ?

— …

— Oh ! Bertrand ?

— Quoi ?

— Grillées ou non tes tartines ?

— Comme tu veux.

— Arrête avec tes oranges à jeun. Ton estomac va se manifester avant que...

— Grillées, s'il te plaît.

Il se rassit, sa mère posa devant son nez un pot de confiture de fraises maison.

— Tu es en souci ?

— Pourquoi ?

— L'argent ?

— Mais non, Maman.

— Tu as la tête d'un gars qui a des soucis.

— Passe-moi le miel.

Elle le fit glisser sur la table. Son fils rattrapa le pot d'une main et demanda si elle travaillait aujourd'hui.

— On voit que tu n'as pas écouté, hier.

— Je n'étais pas là.

— Si.

— Non.

— Le matin. Je te l'ai dit.

— Peut-être, alors.

Par chance, Marc, son père, se joignit à leur conversation. Il proposa de le déposer dans Paris.

— Non. T'inquiète. Je ne suis pas en retard.

— Il est plutôt bon ce miel de châtaignier, dit sa mère.

Bertrand sourit. Son voyage ne fit pas entièrement partie de la suite de la conversation. Ses parents avaient une idée très approximative des lieux où il avait prévu de se rendre parce qu'il voyait au jour le jour, en fonction du temps, ses itinéraires étaient très souples. Il appelait parfois, envoyait des mails brefs, des SMS, des cartes postales quand ça le méritait vraiment. Ses photos au retour ? Il les laissait dans son atelier, classées par expéditions, dates. Il en montrait quelques-unes, quand il y pensait.

Pourtant, ce matin, il aurait aimé échanger plus. Peut-être à cause de ce pain qui n'en finissait pas de griller... De cette odeur qui réveillait une drôle de fringale. De la couleur d'une housse où attendait une robe mystérieuse. De ce miel qui, lui aussi, titilla une envie nette même si, entre les murs de cette cuisine, il n'y avait aucun risque ou échafaudage tarabiscoté.

Bertrand termina son bol, le rinça, le rangea dans le lave-vaisselle. Sa mère lui demanda s'il avait besoin de médicaments.

— Non. Mon frère m'a filé ce qu'il faut.

— Tu as vu Xavier ? Quand ?

— Hier midi, dit-il en se levant.

— Tu y vas déjà ? Tu n'es pas trop en avance ? lança son père.

— Il faut que je passe chez Arte et récupérer du matériel à Nation.

Le photographe embarqua deux oranges au passage, embrassa sa mère, puis son père.

— Merci.

— Amuse-toi bien !

— Je vais bosser, Maman !

— C'est ce que je dis !

— Préviens quand tu es arrivé !

— Oui !

16

Le temps restait couvert, en tout début d'après-midi de ce 12 juin. La température avait perdu une bonne dizaine de degrés par rapport à la veille, mais Lola ne s'était pas affolée en se levant. Sa robe était parfaite. Il ne lui restait qu'à se glisser dedans. Elle réduisit en boule la housse dorée, l'enfonça dans la poubelle de la buanderie, la regarda se déplier et tenter de s'échapper par elle-même. Mais une housse en plastique possède une ressource limitée. La chose se figea. « D'où vient cette bague ? » « D'un vieil Indien, dans le Montana. Il me l'a donnée parce que je l'ai pris en photo avec la coiffe de son grand-père, en haut d'une colline assez difficile d'accès. Je l'aime bien. L'Indien et la bague. Elle raconte une histoire. » « Laquelle ? » avait demandé Lola en la faisant tourner sous un réverbère pour voir les motifs gravés. « Celle de celui qui la porte. »

La jeune femme entendit la tonalité exacte de la voix de Bertrand et prit une très lente inspiration. *Je ne me trompe pas. Je suis mon histoire. Mariage, maison, enfant. J'aime Franck et*

Franck m'aime. Bertrand est… « Lola ! Lola ! » *Il est parti.* « J'arrive ! »

La future mariée légèrement maquillée, coiffée avec naturel, remonta l'escalier en sous-vêtements crème, jambes nues. Elle enfila sa robe et sa mère attacha, un à un, les vingt et un boutons de nacre dépolie. Elle était très émue de voir sa fille si belle. Elle dit en replaçant une mèche :

— C'est l'heure.

— Je suis prête. Où est mon bouquet ?

— Dans le hall. On fait quelques photos dans le jardin ?

— On va être en retard, Maman.

— Juste deux ou trois, rien que nous. Devant les bambous. Ce sera joli.

Sa mère l'embrassa puis ajouta : « Avec Franck et Elsa, bien sûr. » Qui, depuis cinq ans, acceptait sans paniquer d'être prise en photo, mais uniquement de dos et toujours avec Lola.

17

Assis dans le RER A, Bertrand ne regardait rien ni personne. Il songeait au visuel sur le faire-part que Daphné lui avait jeté à la tête. Il l'avait saisi au vol, avait accroché l'image puis le lui avait renvoyé. Elle n'avait pas cherché à le rattraper, et le jeune homme avait suivi vaguement sa course jusqu'au sol où il avait atterri ouvert.

Noisiel brillait en lettres argentées, il avait vu l'heure. Songé : « Dix-huit kilomètres de chez moi » pendant que la journaliste avait piqué sa crise. Elle n'en pouvait plus de l'attendre, de ne pas savoir quand Bertrand viendrait. S'il viendrait ! S'il avait envie de coucher avec elle ou simplement qu'elle lui fournisse des contacts. Elle avait envie de mieux, de plus, de vraie vie, de construire « une relation-avec-un-sens, comme celle que Lola a la chance de vivre avec Franck ». Un type séduisant, bien, pas très aimable mais « normal ». Bertrand n'avait rien répondu, il avait pris le large pour être au calme.

Aujourd'hui, dans le brouhaha ambiant, il regarda le plan au-dessus des portes du wagon.

Il ne voyait que deux villes sur cette même ligne, placées au milieu de fourches différentes. Un trajet compliqué en transports en commun puisque rien de transversal en banlieue n'est rapide. Que des complications. Que des bonnes raisons pour ne pas perdre de temps.

Cependant, à quelques centaines de mètres de la gare de Lyon, Bertrand consulta sa montre. Il pensa « non » mais se surprit à saisir ses sacs pour faire le contraire. *Par curiosité.* Une fois. Une petite fois. *Une dernière.* Comment ne pas savoir à quoi ressemblait sa robe ? Et comment celle-ci épousait son corps ? *Mieux que mes mains ?*

Le photographe arpenta les couloirs à toute allure. Ses bagages pesaient lourd. Il eut subitement la saisissante envie de tout balancer, de courir, de prendre cette fille par la main et de s'enfuir avec elle de l'autre côté du monde. Dans un endroit où il n'y avait rien d'autre que *Maintenant*. Sans culpabilité et sans remords. Il se trompa de direction et se maudit. *Mer-de ! Je veux voir sa robe.*

Mais Bertrand eut la chance de sauter dans le bus 211 qui le conduisit à l'hôtel de ville en sept minutes. Il arriva en avance. Il demeura assis sur le banc. Au loin, à l'autre extrémité de la place où étaient garés des voitures et le camion d'un camelot tardif, une bonne trentaine de convives bavardaient devant la ravissante mairie en briquettes crème et ocre. Le jeune homme observa les deux gros tilleuls plus bas, de chaque côté. Il descendit le cœur battant jusqu'à celui de gauche. À une bonne cinquantaine de mètres du parvis où les invités les plus âgés se regroupaient comme s'ils s'attiraient magnétiquement. Un homme plutôt la quarantaine avancée se tenait en retrait, jouant avec ses pieds. Les autres téléphonaient ou faisaient des selfies avec Truc, Machin et avec la plus vieille des mémés. Bertrand songea qu'il n'y avait pas beaucoup d'enfants dans cette famille et que la grande ritournelle de la journée serait : « Alors quand est-ce qu'on va baptiser le bébé ? »

Oh oui ! Il connaissait l'ambiance des *weddings* par cœur. Celui de Lola se dessinait comme tous ceux qu'il avait couverts. Les mêmes tenues de circonstance chamarrées, gaies, certaines de mauvais goût, mais personne ne s'offusque à un mariage. Un petit air d'imprévu règne toujours dans tout ce qui a été organisé pendant des mois. Tout ça, finalement, est très classique. Il y a toujours le ou la réfractaire, retardataire, celui ou celle qui parle trop fort ou pour ne rien dire, qui ne comprend pas la plaisanterie, celui ou celle qui a oublié son cadeau, qu'il y avait une liste, le timide, la moche, le pho-to-gra-phe. Celui qui regarde sans être invité, jamais sur les photos. *Moi*… Bref, un condensé de la société, une scénarisation de la vie qu'on veut vivre. *Celle que j'ai choisie.*

Bertrand termina sa première orange, réunit les pelures à ses pieds. S'attaqua à la seconde avec la voix de sa mère chantant à la place d'Eminem. Aussi fort. Qu'est-ce que Lola fichait ? Était-elle assise dans sa salle de bains ? *Comment sera-t-elle ? Aura-t-elle ce sourire qu'ont toutes les mariées ?*

Bertrand suivit des yeux les trois enfants courant à droite et à gauche. Jeta un œil dans toutes les directions. Se demandant si Lola pouvait arriver derrière lui à pied. Que ferait-elle si elle le voyait ? Elle sourirait, elle le giflerait, *elle embrassera Franck en lui disant qu'elle l'aimera toujours plus que moi ?*

Mais elle ne pouvait pas arriver dans son dos, pour la simple et évidente raison qu'une Ford Mustang blanche décapotable klaxonna en s'arrêtant plus bas, à gauche de la mairie. Le photographe ne pensa plus. N'entendit plus. Il regardait.

Franck Milan, en costume gris moyen, contourna la voiture pour ouvrir la portière. *Elle.* Qui prit sa main pour descendre. Qui embrassa à tour de rôle des X, des Y, des Z. Sa robe en dentelle crème épousait parfaitement son corps, s'arrêtant au-dessus de ses chevilles. Pas de voile. Des manches trois-quarts. Des ballerines plates, découvertes au talon. Le futur marié enroula son bras autour de sa taille.

Bertrand ne fit pas un geste pour qu'elle le remarque. Il demeura sagement à l'ombre, appuyé contre le tronc du tilleul. À cinquante mètres, distance de sécurité absolue. *Perdue au milieu des convives.* Son objectif planqué dans le dos. Les mains si gelées qu'elles étaient inondées de sueur. Il voulait une photo. Une seule. *Une première et une dernière*. Non. *Pars. Maintenant !* Lola se retourna, trois personnes s'écartèrent, le vent souleva ses cheveux. Elle les retint d'une main. Bertrand zooma. Elle ne souriait pas. Ses épaules nues sous la dentelle crème. *Maintenant*. Clic. Les doigts du photographe frigorifiés et son cœur en feu. Quand une voix d'enfant lança dans son dos :

— Salut Monsieur-qui-mange-une-orange !

Une jeune fille grande et brune passa sur sa gauche, avec le regard d'une enfant de dix ans et des couettes. Elle sourit en montrant les pelures d'orange. Puis sautilla dans sa robe en satin rose pâle vers les invités. *Sa sœur dont je ne sais même pas le prénom.* Qui, en deux secondes, se fondit dans le groupe. Quelqu'un cria : « Vive la mariée ! » Lola, de dos, prit le bras de l'homme aux cheveux gris puis disparut derrière les portes.

Bertrand ramassa ses sacs. Vive la mariée ! *Elle ne m'a pas vu.* Il partit à toutes jambes. Il ferait froid au Tibet et peut-être ses mains se réchaufferaient-elles… Allez savoir. Il eut envie que la jeune fille en robe rose dise qu'elle avait vu un monsieur-avec-un-appareil-photo-appuyé-contre-un-tilleul-en-train-de-manger-une-orange. Que c'était vrai. « Il a laissé des pelures sur le sol. »

Mieux vaut qu'elle se taise et qu'elle oublie.

*
* *

Mais qui peut savoir ce qu'on oublie ou ce qu'on garde ? Ce qui meurt, ce qui vit. Ce qu'Elsa garde de *Maintenant*.

18

Caroline Grumberg, la photographe officielle, réarrangea avec beaucoup de savoir-faire les gerbes de fleurs, en rappel au bouquet de roses Pierre de Ronsard que tenait Lola. Personne ne la remarqua mais, en quelques gestes, l'ensemble prit du relief, accrocha la lumière. Elle rappela aux futurs époux ce qu'elle avait expliqué lors de leur entretien : « Je n'existe pas. Vous ne me regardez pas. C'est moi qui vous vois. »

Franck sourit à la professionnelle, puis à Lola. Elle l'embrassa. Ils écoutèrent le discours du maire, main dans la main, ils promirent ce qu'ils s'étaient déjà promis en tête à tête. Rien n'était une surprise, la jeune femme était préparée à entendre les mots. Elle était consentante, partie prenante de ce mariage et de cette vie. Elle regardait Franck dans les yeux, il n'hésitait pas. Il ne retenait rien et voulait construire avec elle leur vie jusqu'à ce que la mort les sépare. « Je te jure fidélité. » La jeune mariée jura et oublia Bertrand.

Oui, l'espace de ces quelques minutes, dans cette ambiance et avec les yeux de Franck, le photographe n'existait plus. Parce que la Lola qui disait oui à cet homme aux yeux turquoise comme la piscine n'était pas celle qui avait vécu dans les bras de Bertrand. Celle-là se cachait loin, dans un monde d'impossibles. Elle était celle qui s'était autorisé deux ou trois pas de danse – seule – dans un appartement empli de cartons, en se sentant légère comme la brise douce et enveloppante de ce matin de juin. Elle courait d'un étage à l'autre et, en un rien de temps, cette Lola avait enfilé la robe rouge qui attendait son heure, planquée dans son armoire.

Franck glissa l'anneau. Lola y vit une chaîne énorme qui la protégerait. Il dit un oui fort et sûr de lui. Les invités applaudirent. Les mariés apposèrent leurs signatures, Lola Baratier se sentit devenir madame Lola Milan. Elle souriait, elle aurait juré qu'elle était heureuse. D'ailleurs, sa tante Élise le lui confirma comme toutes les personnes qui l'embrassèrent pendant qu'elle suivait des yeux Elsa qui passait derrière le maire, puis entre les fleurs et les convives en écartant les bras. La jeune mariée croisa le regard de sa mère, elles se sourirent et Caroline Grumberg oublia l'interdit mais réussit le cliché de ces trois femmes, avec une Elsa de dos et de bonne humeur.

Et puis, dans un brouhaha joyeux, coloré et festif, les mariés quittèrent la salle, toujours main dans la main. Les nuages laissaient filer des gouttes grosses comme des petits pois. Elles s'écrasaient sur le parvis, Lola leva le nez au ciel. « Mariage pluvieux, mariage heureux ! » « Vive les mariés ! » Et puis comme ça, peut-être à cause de la pluie et du gris presque noir du parvis, elle songea à ce jour où des nuages informes déversaient une eau froide.

C'était un jour d'automne. Ce n'était pas le premier souvenir de son enfance, mais celui de sa première pensée consciente. Parce qu'on ne sait pas quand naît une idée, ni pourquoi d'ailleurs. Cependant, celles qui se dessinent clairement laissent un trait net. Un peu comme les traces des avions dans un ciel bleu d'acier. Elles sont fines et droites, elles le traversent de part en part. Petit à petit, elles s'élargissent et s'éclaircissent jusqu'à se confondre avec l'immensité d'azur. Puis reparaissent à l'identique comme ça, avec une goutte qui tombe. *J'avais neuf ans, ma sœur quatre. J'attendais que Maman sorte de la boulangerie. Je berçais Elsa dans la poussette, d'une main. Un avion militaire a déchiré le ciel avec un bruit assourdissant et j'ai eu peur qu'elle soit prise de panique. Mais elle a éclaté de rire en voyant les gouttes tomber comme un feu d'artifice sur le tablier. J'ai vu Maman ouvrir la porte, inquiète, puis elle a aperçu Elsa rire avec un nouveau Ploc ! Ploc ! Elle m'a jeté un regard, j'ai souri. Le feu d'artifice s'est éteint et Elsa s'était figée sur rien.*

Lola revit les traits lisses de son visage, son regard vide, sa moue fantomatique. Sa mère les avait rejointes en courant. Elle avait glissé le pain doré sous le tablier « pour qu'il garde son croustillant ». Un deuxième avion avait déchiré le ciel sans qu'Elsa ne prête attention à autre chose qu'au Ploc ! Ploc ! Ploc ! Son rire avait rejailli.

— C'est la pluie qui t'amuse ?
— Elsa rit quand les gouttes explosent.
— Elsa est unique.
— Et moi, Maman ?
— Toi ? Mais tu es normale, ma chérie.

Sans vraiment savoir pourquoi, je me suis sentie triste et froide comme ces gouttes qui tombaient sur le goudron noir sans faire jaillir quoi que ce soit. Plus de feu d'artifice. Plus de rire. J'ai pensé : « On est un peu triste quand on est normale. » Maman m'a dit de me dépêcher. J'ai allongé mes pas pour les rattraper. J'ai refermé la porte du garage puis j'ai rangé mes bottes et accroché mon imperméable. Je suis montée, le pain encore chaud contre moi. J'avais envie de le croquer, mais je n'ai pas osé. Et ce fut l'heure de la danse. Des devoirs. Du bain. Du dîner. Il y avait de la salade et de la purée. Lola s'était brossé les dents. Avait embrassé son père qui regardait les informations comme s'il voulait entrer dans la télé. Sa mère lui avait dit de se coucher sans faire de bruit parce que Elsa s'était enfin endormie. La petite fille avait gravi l'escalier sur la pointe des pieds et s'était glissée dans son lit froid. Elle s'était recroquevillée en boule avec son ours au creux d'un bras. Elle avait eu envie de lui raconter le ploc-ploc des gouttes, le feu d'artifice et le rire d'Elsa. Mais elle avait eu une drôle d'impression. Comme si en l'espace d'une pensée, elle était devenue trop grande pour ça.

J'ai repoussé ma peluche loin de moi. Le froid m'a mordu les jambes. Je me souviens avoir pensé aux avions blancs qui filaient sans bruit, très haut, au milieu des étoiles. Je n'ai pas songé qu'ils traversaient le temps pour aller dans un autre monde, mais j'ai vu s'étirer derrière eux, dans le noir, des voiles très longs. « Est-ce que moi je suis unique ? » « Toi ? Mais tu es normale, ma chérie. »

*
* *

Dix-neuf ans plus tard, le souvenir demeurait aussi net qu'une photographie. La pluie. Le goudron noir. La nuit. Elsa. Le pain doré. Et la première pensée consciente de Lola qui dansait dans le ciel en dessinant de longues lignes derrière elle. Cette idée sombre avait disparu, mais réapparaissait aujourd'hui en dessinant les contours exacts du piège qui était tombé sur les membres de sa famille. Si Elsa n'était pas arrivée comme elle était, Lola aurait-elle associé tristesse et normalité ? Son père serait-il encore là… Et aujourd'hui, serait-elle debout à sourire et embrasser des X et des Y ?

Lola revit le monde qui s'était déroulé devant elle à l'instant où la porte s'était ouverte sur Bertrand en jean, souriant, et cheveux emmêlés. « C'est difficile d'exister quand on a une sœur comme la tienne. » En quelques heures, cet homme avait compris ce que Lola avait mis des années à entrevoir. *Non, Bertrand, je n'ai rien retenu dans tes bras. C'est exactement ça que j'ai fui. Moi.*

Les choses enfouies remontèrent à la surface – sans une ride. Le manque, l'envie, le besoin. Et le désir violent de le revoir. Lola était blême à table. Tout le monde y vit la chaleur, le stress, l'émotion de la nuit de noces. Elle dit très clairement qu'on se moquait d'elle, on lui rétorqua qu'elle aurait dû manger un peu plus pour mieux remplir sa robe en dentelle. Franck affirma qu'il n'aimait pas les bourrelets. Que Lola était…

— … belle comme ça.

Elle eut la gorge si étranglée que les mots et les larmes s'éteignirent faute d'oxygène. Elle inspira lentement et longuement. Contrôle. Prendre sur soi. Comme si de rien n'était. Quelqu'un leva son verre et lança un « Vive les mariés ! » salvateur. Quelqu'un d'autre cria :

— Quand est-ce qu'on boit ?

— Quand est-ce qu'on mange ?

— Quand est-ce que je danse avec la mariée ?

— Quand est-ce qu'ils vont nous donner de beaux petits-enfants ?

— Que je ne garderai jamais ! lança Reine Milan en fixant la jeune mariée.

Les bouchons de champagne déclenchèrent les rires et les voix montèrent d'un cran. Lola descendit une troisième coupe en pensant à son père. À cet instant, elle comprit pourquoi et comment il avait bu. Elle posa son verre sagement sur la table. Refusa qu'on le lui remplisse. Elle regarda la porte. Elle entendit : « Départ imminent. »

J'ai envie de te voir, Bertrand, maintenant.

19

Le photographe était assis à Roissy, dans un fauteuil moyennement confortable. Il était arrivé à temps, avait passé les contrôles pendant lesquels il avait surveillé la façon dont les mains manipulaient son matériel. Il avait le regard noir. Dehors, il pleuvait à verse. *Mariage très pluvieux, mariage très heureux.* Quelqu'un avait-il été payé pour réaliser des statistiques sur le sujet ?

Il aurait aimé les lire dans la salle d'embarquement. Il suivit des yeux l'hôtesse qui venait de prendre place derrière le comptoir. *Je ne te verrai jamais à bord. Les chances sont inexistantes, Lola. Je le sais.* Il songea aux uniformes qu'il avait vus suspendus dans son armoire entre ses robes, ses chemisiers, la housse dorée. *Tu étais vraiment belle dans cette robe rouge. Je ne te l'ai pas dit.* Ça, il s'en souvenait aussi bien que tout le reste. L'embarquement commença. L'hôtesse lui lança un regard comme pour dire qu'il n'était pas encore concerné. Il rangea son appareil. Le ressortit la seconde suivante pour revoir cette photo. Elle était parfaite. Lola ne souriait pas, ne regardait personne vraiment, mais elle avait l'air d'être heureuse. Bertrand zooma, dézooma, s'approcha de l'écran, plissa les yeux pour voir les siens. Quelle couleur ? *Noisette avec ce ciel.*

Cette femme n'était pas d'une beauté dessinée mais elle avait, en elle, quelque chose qui brouillait, en lui, ses convictions. Il souriait en la regardant. Il ne pensait pas à Franck. Mais à l'arrondi de son épaule, là, juste sous cette fleur de dentelle crème. Lola avait bon goût. Du reste, elle ne s'est pas trompée sur le type à épouser. Son mari avait choisi une voiture de frimeur, mais il avait de la gueule et de la consistance.

Le photographe l'avait bien senti, même à cinquante mètres. Les choses essentielles de la vie flottent, *pas la peine d'avoir le nez plaqué dessus.* La voix de l'hôtesse retentit. C'était l'heure.

Sur toutes les vitres de cette immense salle d'embarquement s'écrasaient des milliers de grosses gouttes de bonheur. Bertrand se souviendrait de cette image. Il empoigna ses sacs et entra dans le long boyau sans fenêtre.

J'aurais aimé être celui qui la rend heureuse.

— Et que font ces feuilles ? demanda la maîtresse en balayant tous les élèves d'un regard.

— Le vent les emporte !

1

Lola s'envolait pour Moscou. Elle se leva d'humeur étrange, ballonnée, mais n'y prit pas garde étant, comme toujours, pressée. Une année entière s'était écoulée depuis cette journée particulière. Des bons moments. Des moins agréables et d'autres sur lesquels il valait mieux ne pas s'attarder. Le temps avait tenu parole, apaisant les choses. Encore qu'apaiser n'était pas le terme que Lola aurait choisi. Parce que tout ce qu'elle était à peu près capable de faire était de maintenir sa pensée sur Franck qui était adorable et sur leur nouvelle maison qui était devenue agréable.

Après leur retour d'Honolulu et un passage chez sa mère pour cause de retard dans les travaux, ces nouveaux murs avaient occupé la jeune femme pendant ses récupérations. Elle avait couru les magasins pour tout décorer elle-même. Elle avait guetté et noté scrupuleusement ses règles aussi irrégulières qu'excentriques.

— Rien d'anormal quand on arrête la pilule après tant d'années, dit sa gynéco en janvier. Il faut du temps. Et vous avez encore du temps !

— Y a-t-il quelque chose de favorable que je puisse faire ? Des vitamines…

— Ne pas stresser, en premier lieu.

Puis, avec un sourire, elle ajouta :

— Saumon cuit, une fois par semaine. Calcium, fromage en quantité raisonnable, lentilles, noix, viande rouge maigre, vitamine C. Brocoli et oranges. Rien en excès pour rien d'anormal, je répète !

Rien en excès pour rien d'anormal… Lola se demandait si son inconscient œuvrait en silence. Avait-elle peur d'avoir un enfant « pas normal » ? Voulait-elle un enfant d'un autre homme ? *Un enfant effacerait-il enfin Bertrand ?* Cette question ne pouvait avoir de réponse autre qu'une orange, chaque matin. Qu'elle se força à déguster en ne pensant qu'à la vitamine C, sans stresser, jusqu'à ce qu'en montant à bord, elle abandonne ses collègues pour se précipiter aux toilettes. Se pourrait-il ? Lola sortit son portable et consulta la date de ses dernières règles. Compta. Mais avec des cycles comme les siens, comment prévoir ? Une bouffée de chaleur lui envahit le visage, le cœur et les mains. *Et si ?*

— Gastro subite ? demanda Axelle, la chef de cabine, avec un regard inquiet.

— Je ne crois pas.

— Bébé ?

Lola sourit : « J'espère ! »

— Le premier ?

— Oui.

— Alors forcément heureuse !

— Très.

— Tu as déjà fait ton test ? demanda Camille, une autre hôtesse.

— Non. Je pense en acheter un en arrivant. Tu sais où est la pharmacie de l'aéroport ?

— Par cœur ! Je t'accompagnerai si tu veux !

La chef de cabine demanda à Lola si elle se sentait capable d'assurer le vol.

— Oui. Je vais prendre mon poste tout de suite.

— Je veille sur elle, lança Anaïs qui était affectée, comme elle, à l'arrière de l'avion.

Toutes les deux descendirent l'allée vide. Sa collègue fit part des « émotions » de sa propre expérience et dit très gentiment : « Reste à proximité des toilettes, je m'occupe des arrivants. » Lola se plongea dans les tâches à accomplir, l'esprit ailleurs. Elle s'isola à nouveau avant puis juste après le décollage. Anaïs lui proposa un verre de Coca.

— Non, plutôt un jus de citron. Tu sais s'il y en a à l'avant ?

— En principe, oui.

— Ça t'ennuie si je fais un saut ?

— Pas le moins du monde !

Lola remonta l'allée centrale, fut interceptée deux fois et croisa Camille qui souffla à son oreille d'éviter le passager très désagréable au tout premier siège. « Son nom lui va à merveille ! La jeune femme sourit. Et il se comporte comme son nom ! » Alors Lola se déchira. En une fraction de seconde, trois pensés simultanées la bombardèrent : *Je n'ai pas pensé à regarder la liste des passagers, aujourd'hui est le 5 juin* et *il est ici*.

Elle regarda la chaîne de dossiers devant elle et entendit Camille murmurer : « M. Bourru... »

au moment où un homme en chemise bleue sombre se leva au rang 16. Plus de chaleur, plus de sang, un estomac retourné, un cerveau hagard et un cœur traître qui affolèrent les millions de papillons.

Bertrand se retourna.

Il vacilla, posa une main sur son siège. Camille pivota à son tour et Lola articula d'une voix très sobre qu'elle connaissait ce passager-là. « Un ancien voisin. » Qui marcha en boitant vers elles.

— Eh bé ! Comment vous vous êtes fait ça ? lança l'hôtesse en montrant son jean déchiré.

— Mon taxi a crevé. J'ai couru et je suis tombé.

Avant tout commentaire ou initiative, Lola dit qu'elle s'en occupait et, avec une maîtrise absolue dans le regard, elle ajouta :

— Viens.

Bertrand la suivit jusqu'en tête de l'avion. La chef de cabine posa la même question que Camille et Lola fit une réponse efficace : « Son taxi a crevé, mon ex-voisin a couru et est tombé. Je m'en occupe. »

— Merci ! J'ai horreur du sang ! Je ne devrais pas le dire… glissa-t-elle en souriant et en fuyant.

Lola se plaça de façon à surveiller l'entrée du *galley*. Bertrand et elle étaient seuls, à moins d'un mètre l'un de l'autre, et pendant de longues, douces et merveilleuses secondes, ils ne dirent rien. Les mois, les jours, les nuits passés, les heures ensemble affleuraient. *Identiques*. Il ne cacha pas son émotion, elle demanda avec le plus beau des sourires :

— Comment vas-tu ?

— Tu es très belle dans cette robe.

Un passager se glissa pour réclamer un verre d'eau, Lola le servit, attendit qu'il se tourne pour soulever les pans de jean déchiré. Bertrand montra son coude, son avant-bras gauche, sa main sur laquelle un kleenex rougi était plaqué. Leurs regards se nouèrent. Il voulut ajouter : « J'ai le cœur ravagé depuis un an. » Mais comment dire ça ? Ce n'était pas les bruits, ses plaies ou les mouvements dans son dos qui lui avaient dérobé sa voix. Non. C'était juste le fait d'avoir Lola devant lui. Là, maintenant. Il regarda son alliance en or blanc quand elle sortit une compresse qu'elle imbiba de chlorhexidine. Elle songea qu'il portait toujours sa bague et se baissa pour nettoyer son genou, doucement. Il retrouva le souvenir exact de ses doigts sur sa peau. *Rien n'a changé.* Il dit que ça faisait mal.

— Tant que ça ? Tu exagères.

— Jamais.

Elle se releva, il souriait. « Soulève ton bras. » Il remonta sa manche.

— Comment était le Tibet ? dit-elle en désinfectant ses griffures.

— Désertique et extrêmement beau. Je suis resté quatre mois. J'ai pris des milliers de photos.

Elle croisa ses yeux :

— Je croyais que tu faisais un reportage pour la télé.

— Les photos, c'est pour plus tard.

Dans le regard de Bertrand, Lola comprit que *maintenant* avait fait une place à *plus tard*. Ce qui forcément impliquait un changement. Alors elle évita toute question précise et tria les pansements.

Elle dit qu'elle nettoierait sa main ensuite. Pour gagner du temps. Elle avait peur de la toucher. Elle avait envie qu'elle se referme sur la sienne. Elle avait peur de parler, de laisser échapper ce que son cœur était en train de vivre. Elle avait envie de libérer cette autre femme en elle.

Bertrand suivait ses gestes. Elle ne portait aucun bijou, hormis son alliance et une montre avec un bracelet en cuir bordeaux. *Son cadeau d'anniversaire ? Quand est-elle née ?* Elle croisa ses yeux une seconde, puis s'accroupit pour recouvrir la plaie sur son genou. Il fixait ses doigts, elle entendait sa voix quand il avait murmuré : « Ne dis rien. » Elle se redressa, attrapa un autre pansement, il leva son bras, elle dit en l'appliquant :

— Tu as coupé tes cheveux.

— Toi aussi. Trois centimètres plus courts.

Elle sourit sans le regarder, coinça une mèche derrière son oreille et colla avec soin un sparadrap large sur son coude. Il revit ses gestes, quand trois cent soixante-cinq jours plus tôt, elle avait réarrangé son chignon. C'était alors qu'il avait aperçu son grain de beauté au creux de sa nuque. *Rien n'a changé. Il est toujours là, à quelques centimètres.* « Montre ta main. » Il retira le kleenex imbibé de sang. Les entailles de sa paume étaient plus profondes que les autres. « Je n'ai pas eu le temps de la laver. » Il aurait pu ajouter que quelque chose d'étrange et puissant l'avait relevé quand il avait chuté à pleine vitesse en courant sur le trottoir. Mais ça, Lola le savait, bien sûr.

Elle ouvrit le robinet, il frotta et l'eau le mordit jusqu'à l'os. Elle prépara d'autres compresses, les imbiba, songea qu'elle allait tendre sa main pour qu'il y pose la sienne, se prépara à cet instant, puis se vit le faire. *Ta peau sur la mienne.* Elle appuya le moins possible. Parla du reportage dans lequel des touristes du monde entier accrochaient des fanions, près du monastère de Rongbuk, à plus de 5 000 mètres d'altitude. « Ça s'appelle une loungta, je crois ? »

— Ils sont rouges, bleus, jaunes ou verts.

Sans relever les yeux, Lola dit : « La terre, le ciel, l'eau, le soleil. »

— Le mien était orange et j'ai pensé à toi.

Elle s'arrêta sur les trois traits nets verticaux, profonds, et l'accroc qui soulevait sa peau sur le mont de Vénus.

— Regarde-moi, Lola.

Bertrand était instinctif, audacieux et rapide. Il savait que ces qualités donnaient à son travail un relief unique. On l'avait toujours choisi pour la vivacité de son œil et sa technique. Il avait cependant compris en arrivant au Tibet que quelque chose de nouveau avait pris place en lui.

Elle ne bougea pas, les doigts de Bertrand se refermèrent sur les siens. Ils étaient tout aussi gelés qu'un an plus tôt. La seconde d'après, elle était dans ses bras. Trois cent soixante-cinq jours pour rien. Le fanion orange. Les paysages désertiques. Le vent. Le froid. *Sa chaleur contre la mienne.* Plus d'absence. Plus de manque. La vie.

Lola tremblait. Il tremblait. Et puis, elle murmura : « Je crois que je suis enceinte. »

2

Et puis, elle s'enfuit. Bertrand regagna sa place, sonné. « Je crois que je suis enceinte. » Qu'est-ce que ça voulait dire ? Il resta le regard rivé sur l'écran à quelques dizaines de centimètres. Les chiffres accrochèrent ses yeux. L'altitude, la température extérieure, la vitesse, l'heure d'arrivée. Il regarda sa montre. Encore deux heures quarante-cinq d'air à partager. Avant quoi ? *Avant que je la félicite ? Que je lui dise ce que j'aurais dû avoir les couilles de dire devant cet ascenseur ?* « Ne te marie pas. » Quatre mots. Ils auraient tout changé. *Mais elle aurait dit non. Faut que tu lui demandes. Tu vas vivre toute ta vie avec quatre mots qui t'étranglent ? Est-ce qu'elle a déjà fait un test ?*

Depuis sa place, Bertrand ne pouvait voir Lola. Il se leva au moment où la chef de cabine venait lui proposer de le surclasser en première. « Vous serez plus à l'aise avec votre genou. Nous avons de la place et Lola a très bien fait de me le suggérer. » Le photographe la remercia, la suivit mais songea qu'elle l'éloignait. Il s'installa. Puis se releva pour descendre l'allée. Il aperçut la jeune femme, au loin, affairée derrière son chariot, souriante mais nerveuse. Un impatient se leva. Visiblement, le service n'allait pas assez vite pour lui. D'ailleurs, le type prit la liberté de se servir du café. Il le vida sur place et recommença l'opération en refusant de bouger. Un steward que Bertrand n'avait pas encore vu tomba du ciel avec son mètre quatre-vingt-dix et ses oreilles décollées. Il raccompagna poliment et fermement le type assoiffé puis prit la place de Lola qui disparut au fond de la carlingue. Bertrand regagna la sienne. *Patiente. Pense à ce que tu vas lui dire*. Il ferma les yeux. Il était dans son labo, il plongeait sa vie dans un bain, l'image prenait forme sous ses paupières.

*
* *

Ce matin, dans le taxi qui fonçait à Roissy, il avait également fermé les yeux. Il avait peu dormi. Le dîner familial de la veille avait été plus houleux que d'ordinaire. À peine arrivé, son frère avait annoncé à sa mère qu'il ne serait pas chirurgien spécialisé en pédiatrie mais généraliste. Sans la consulter, elle, sa mère !

— Abandonner comme ça ! Après autant de sacrifices ! Enfin, Xavier ! Tu as réfléchi ?

— C'est réfléchi et décidé, avait-il insisté, de sa voix grave et sûre d'elle. Je vais me partager entre SOS Médecins et le docteur Calmette. Quand il prendra sa retraite dans deux ans, je rachèterai son cabinet. (Il marqua une seconde, elle parut dense.) Je retourne à ce que je voulais être. C'est toi qui m'as poussé à enchaîner sur ce cursus qui ne me convient pas.

— Il me semble que c'était le fruit d'une réflexion.

Tous les deux s'étaient sondés. Lui, un mètre quatre-vingt-cinq, debout et inflexible, elle, un mètre cinquante-huit, assise, frustrée qu'il n'ait plus huit ans et qu'il ne lui obéisse plus au doigt et à l'œil.

— Je n'ai pas l'âme d'un chirurgien et je ne veux pas m'occuper que d'enfants. Point barre.

— Tu regretteras de ne pas avoir ce courage.

— J'ai trente-deux ans, je sais ce que j'ai à faire. Je regrette de ne pas avoir décidé à temps, comme Bertrand.

— Qui vit encore chez ses parents.

Quand Florence Gianelli était fatiguée, elle devenait sèche et cinglante. Quand Xavier la contredisait, il valait mieux que son frère ne soit pas dans son champ de vision. Sa présence réactivait des orages. Il n'était plus l'artiste-de-la-famille, mais celui-qui-avait-interrompu-des-études-d'ingénieur-dès-les-premiers-jours-de-sa-troisième-année-comme-un-fainéant. Ce type léger fuyant les responsabilités « pour ne faire que ce qu'il lui plaît ! Qui picore dans une maison comme un oiseau et qui ne contribue à rien. Pas même à changer une ampoule ! »

Sa mère n'avait pas foncièrement tort. Mais Bertrand n'avait pu s'empêcher de répondre, un peu trop froid : « Combien de jours par an ? » Ce qui avait assombri la suite du dîner où il avait conclu en croisant les bras que le climat familial lui offrait un prétexte de choix pour affirmer qu'il n'avait pas « les gènes pour fonder un foyer ».

— La belle excuse ! avait-elle répondu.

Bertrand n'avait rien ajouté. Cependant, dans l'air était resté un nuage de tensions, de vérités et de souvenirs intacts d'absence, de manque et de questions.

Oui, le jeune homme n'avait jamais eu envie de vie de famille et ne s'en cachait pas. Certaines filles l'acceptaient avec son inconstance. D'autres faisaient semblant de comprendre ou mentaient en pensant le changer, Daphné, elle, manœuvrant en tête. Et puis, contre toute attente – enfin, au moment exact où la vie décide de cueillir – Lola avait toqué. Qu'est-ce qui avait fait la différence ? La canicule ? Ses cheveux relevés ? Le fait qu'un autre épouse cette femme-là en T-shirt rose, short et tongs trop grandes ? Son grain de beauté ? *Que je prouve que je ne suis pas un SALAUD ? Ou la poignée de porte que je suis bel et bien capable de réparer, Maman !*

Dans le taxi, les mêmes questions ronronnaient. Le soleil avait soulevé un coin des nuages pour se faufiler jusqu'à sa joue. Il s'était posé comme une caresse. Peut-être était-ce pour ça que Bertrand était lève-tôt ? Peut-être voulait-il être là quand il paraissait ? Pour sentir sa chaleur. *Voilà pourquoi j'aime tant l'Afrique.* Le soleil est toujours présent. *On ne l'attend pas sans espoir.* Il s'était concentré sur les bribes de mots qui lui parvenaient de la radio. La grève du personnel dans les transports ferroviaires et la hausse de loyers des étudiants. La pénurie de bons chirurgiens-pédiatres pour les années à venir. Est-ce que sa mère finirait par décider Xavier ? Sûrement pas. Son frère était têtu comme lui était buté.

Le chauffeur avait changé de station et, enfin, quelques notes de musique indienne avaient envahi l'habitacle. Se relaxer. Ne plus penser. Enfin si. Qu'aujourd'hui était le 5 juin… Bertrand ne volait pas souvent avec Air France, Lola ne voyageait que sur long-courriers. Il n'avait pas songé une minute qu'elle pourrait se trouver à bord, mais *peut-être sera-t-elle dans le ciel en même temps que moi…* quand une déflagration avait fait faire une embardée au taxi. Le photographe s'était redressé, se demandant presque s'il avait été touché. Le type au volant avait baragouiné avec son accent indéfinissable que « pniou esssploze ». Il s'était garé sur le bas-côté et avait ordonné : « Voupresquarrive. Voucouricoursegratouiiii. Go. Go. Go. Go. Man-té-aaaaan ! » Souligné d'un million de gestes explicites.

Parfois – même si on n'est plus un gosse, même si la personne qui braille n'est pas votre mère –, on obéit sans réfléchir. Bertrand était parti comme une flèche. Valise à la main, sacs au dos et en bandoulière. Concentré sur les aiguilles de sa montre, il n'avait pu distinguer l'ornière au beau milieu de la bande d'arrêt d'urgence. Son pied gauche s'y était enfoncé et, par miracle, sa cheville avait encaissé le choc avec souplesse. Le jeune homme avait roulé-boulé pour atterrir comme il avait pu. Il aurait pu se faire le genre d'entorse qui envoie directement au bloc. Mais non, ses articulations avaient tenu bon et quelque chose de divin l'avait téléporté jusqu'à sa place. L'avion avait décollé. Alors ses plaies s'étaient réveillées. Il s'était levé pour découvrir qu'aujourd'hui était un cadeau.

Lola était dans cet avion et elle avait pansé ses blessures.

Les pièces de son puzzle personnel prirent étrangement place, l'image de sa vie se révélait sous ses yeux. Il vit son aptitude à encaisser/ignorer/esquiver les coups, ses paupières fermées sur ce qu'il voulait éviter et son objectif pour choisir ce qu'il voulait voir. Lola dans l'encadrement de la porte et le visage triomphant de sa mère. Il ressentit en plein cœur son « habileté » à dire les choses, quand avec son sourcil qui remontait et les mains posées sur ses hanches, elle l'obligeait, enfant, à reconnaître les faits. À les verbaliser. À s'excuser. Puis à accepter la punition. *Je suis dans un avion avec la femme que je n'ai pas su retenir.* « Je crois que je suis enceinte. »

Une main se posa sur son épaule et Bertrand sursauta. Lola s'agenouilla à sa hauteur. Elle n'avait pas vraiment réfléchi. Elle avait fait son service en ne pensant qu'à lui. Elle trouvait qu'il était très beau, les cheveux plus courts. Et maintenant, sans comprendre comment, elle était à côté de lui. Elle croisa le regard de sa voisine qui semblait particulièrement intéressée par ce qu'ils avaient à se dire. Elle demanda doucement :

— Qu'est-ce qui t'envoie ici ?

Toi.

Trois lettres claires. Simples, pas insurmontables à articuler. Qui, par le pouvoir maléfique du Grand Emmerdeur, se métamorphosèrent en une batterie de mots plats : « Je vais faire des photos en Sibérie pour *Géo*. »

— Tu devrais te procurer une pommade pour tes blessures. Il y a une pharmacie à l'aéroport.

— Tu as déjà fait un test ?

— Je vais en acheter un en débarquant.

— Je t'accompagne.

Lola sourit mais se redressa très vite. Elle fit demi-tour sans pouvoir dire quoi que ce soit. Il la suivit, elle le sentait proche mais ne pouvait rien faire hormis se laisser intercepter par la première personne venue. Bertrand la dépassa et partit en queue d'avion. Elle le vit attendre en la fixant puis s'enfermer dans la cabine libre. Il lava sa main valide, la passa encore humide dans ses cheveux et se vit dans le miroir. Il n'aima pas son reflet. Il était dans ce lit d'hôtel quand il la regardait, elle, allongée, les yeux accrochés aux siens. *Le pont était très beau. Et la vue imprenable sur un monde merveilleux*. Au lieu de parler, il avait posé la main sur son sexe.

Voilà, il lui avait fallu un an pour réaliser/comprendre/voir qu'il avait laissé filer un premier moment où il avait eu conscience – dans ses tripes – qu'elle serait *la* fille, et un deuxième, devant l'ascenseur. *Jamais deux sans trois égalent aujourd'hui*. Non, Bertrand n'aima pas son reflet.

Cependant, par le pouvoir du Grand Faiseur de Miracles, lorsqu'il sortit, Lola était seule, dans le *galley* vide.

— Dîne avec moi.

— Bertrand…

— Juste un dîner. Je t'accompagne à la pharmacie et après, je t'emmène où tu veux. Dis-moi oui.

Comme un instant plus tôt, Lola ne put répondre. Elle était dans ses yeux et tout était là. Il redit avec la même voix : « Dis-moi oui ». Et le type qui s'était incrusté en début de vol et qui avait déjà descendu trois litres de café dans l'allée se planta entre eux en exigeant :

— Я хочу кофе !

— Monsieur aimerait encore du café, traduisit Bertrand.

La jeune femme s'exécuta. Le Russe exigea aussi de la vodka qu'il proposa à Bertrand de partager avec un sourire assuré. Le jeune homme refusa très – très – poliment. Il avait eu sa dose d'explosifs pour la journée. Le Russe ne quitta pas Lola des yeux quand elle le servit. Il mit une tape amicale sur l'épaule de Bertrand et un regard équivalent aux fesses de la jeune femme.

— Живая Франция ! Vive la France !

Le photographe ne bougea pas.

— Je dois dîner avec les membres d'équipage au Novotel.

— J'ai aussi une chambre au Novotel.

Il souriait et Lola se sentit sourire. Le temps se suspendit, l'avion se désagrégea, le silence régna. Ils étaient dans le ciel, *ensemble*. Elle vit Bertrand faire un pas, poser sa main sur sa main, la caresser légèrement, puis la prendre sans la quitter des yeux. Elle voulait sa bouche et fuir. Où ? Dans un monde où Bertrand n'existait pas ? Sûrement pas. Car c'est elle qui posa ses lèvres sur les siennes et qui le repoussa en disant qu'elle le retrouverait…

— … devant la pharmacie.

— Promets.

— Promis.

3

Traverser les services d'immigration requiert toujours beaucoup de patience et de diplomatie. Bertrand les passa avec une vitesse qu'il n'aurait jamais soupçonnée alors que l'équipage d'Air France fut questionné et fouillé. Il y a des questions qu'on ne pose pas. Il faut juste se montrer patient. Attendre, ouvrir ses sacs, sourire.

Je te retrouve devant la pharmacie. Lola savait très bien qu'elle avait prononcé cette phrase. Elle lui avait échappé. Elle avait embrassé Bertrand parce que les choses lui échappaient. Ils ne s'étaient pas reparlé depuis, elle avait été interceptée mille fois, mais elle n'avait pensé qu'à lui. S'enfuir, faire comme si rien ne s'était jamais passé, sauter de l'avion n'était pas possible. Bertrand était là et tout était différent. Tout était si vivant, si bon. Seulement, cet homme était dangereux. Sa vie risquait d'exploser. *Je ne peux pas. Je ne veux pas. Je voudrais. Il ne faut pas. Jamais. Je veux. Non. Je suis enceinte. C'est IMPOSSIBLE.* « Un café, monsieur ? Je reviens. »

Durant tout ce temps passé dans un ciel sans un nuage, Lola n'avait pas trouvé le moyen – et encore moins le courage – de lui dire tout ça. Cette impossibilité. Qu'elle devait lui dire et qu'elle ne voulait pas dire. Elle repoussait le moment pour avoir encore des minutes avec lui. *Une seule. Pour la vie.*

L'officier d'immigration, une énorme femme à tête de veau, dut percevoir sa culpabilité car elle exigea, les mains sur les hanches, que l'hôtesse vide son sac, écarte les bras et enlève ses chaussures. La grosse Russe la pelota en prenant tout son temps. La jeune femme visualisait Bertrand debout devant l'officine, avec son jean déchiré, sa chemise tachée de sang, ses yeux noirs, directs, *en moi*, sa peau, ses cheveux courts. Pensée interdite. Délicieuse. Libre.

LIBRE.

4

Le photographe, bardé de ses sacs, attendait en fixant les vagues de voyageurs. Il les détaillait. Que fichait Lola ? Était-elle partie à l'hôtel directement, pour le fuir ? Sans tenir sa promesse ? Il regarda sa montre. *Vingt-cinq minutes déjà.* Il se décida à entrer pour demander si une hôtesse d'Air France avait acheté un test de grossesse.

Lola, elle, traversait le hall en compagnie d'Anaïs et de Camille. Elle n'avait pu leur dire de ne pas l'accompagner, elle ne savait pas comment avouer que son ex-voisin serait à la pharmacie. Elle ne voulait pas parler de lui aux autres, elle sentait que sa voix la trahirait. Elle ne vit pas Bertrand devant et songea qu'il était peut-être aussi retenu pour son visa. Elle se détendit puis se crispa en l'apercevant au comptoir. Elle dit, à la porte, d'une voix affirmée à Camille et Anaïs : « Ça ne pouvait pas tomber mieux ! Il y a mon ex-voisin qui parle russe. » Le jeune homme ne sourit pas quand il se retourna en découvrant les deux hôtesses. Elles restèrent à bavarder à l'extérieur, pile devant, et Lola se plaça à côté de Bertrand qui, à cinquante centimètres de la femme qui le renversait, commanda en russe et avec facilité une crème antibiotique ainsi qu'un test de grossesse.

La pharmacienne fronça les sourcils, tâchant de trouver peut-être un lien cohérent entre les requêtes. Elle souleva les pansements, scruta ses plaies, ses yeux, Lola. Puis expliqua, très professionnellement, ce qu'il devait appliquer sur sa main et sur les autres blessures. Quant au test… son explication dut être détaillée.

— Elle n'a que ce modèle, plus fiable si tu le fais au réveil. Tu as beaucoup de retard ?

— Non.

— Alors fais-le demain matin.

— Je le prends.

Il commanda, vérifia que la notice avait bien une version anglaise. Paya. Entraîna Lola entre deux rayonnages hauts. Elle jeta un regard à ses collègues qui bavardaient. Elle s'arrêta, leur fit dos et dit qu'elle ne pouvait pas ne pas dîner avec l'équipage, un des pilotes jouait dans le même club de tennis que Franck. Il parlerait si Bertrand venait à leur table. Il répondit qu'elle n'avait qu'à le rejoindre dans sa chambre après. « Donne-moi ton portable, Lola. » Elle retint son souffle puis, d'une voix qui lui fit horreur, elle murmura qu'elle avait réfléchi. « Il vaut mieux pour nous deux que nous restions éloignés. » Il s'accrocha à ses yeux, elle fit demi-tour. Sans un mot de plus – *sans me regarder* –, elle disparut et il demeura sur place comme un con.

Comme un homme seul.

Elle avait raison, bien évidemment. Qu'est-ce qu'il ferait au milieu d'eux ? À s'emmêler dans des mensonges tous plus gros les uns que les autres. Il se fichait éperdument d'apprendre de la bouche du pilote que Franck jouait au tennis comme un dieu. Il avait encore moins envie de raconter un détail de sa rencontre avec Lola. Ou d'expliquer en long, en large et en travers pourquoi il aimait l'argentique et quand il travaillait en numérique. Encore moins évoquer l'alchimie, les moments, les situations, les lignes graphiques, les courbes, les lumières, au pluriel. Les émotions qu'il ressentait. Les marques de motos ou d'appareils photo.

Là, à cette minute, Bertrand n'en avait rien à foutre. *Je suis photographe indépendant. Je suis un homme libre. Je suis un homme seul*. Qui ne voulait qu'une chose. *Être avec elle*.

5

En récupérant son pass à la réception du Novotel, Bertrand aperçut le steward aux oreilles décollées et les pilotes d'Air France au bar. Il eut l'envie fugace de leur casser la gueule, comme ça, parce qu'à cause d'eux, Lola ne pouvait dîner avec lui. C'était injuste, stupide même, mais l'idée lui insuffla suffisamment d'assurance pour demander à l'employée si Lola Milan était arrivée. La femme d'un âge indéfinissable avec des lunettes Dior regarda son sourire. Il ne baissa pas les yeux.

Elle consulta son registre puis dit : « Chambre 306. » Il la remercia, attrapa ses sacs et fonça dans la sienne parce qu'il savait – pour l'avoir expérimenté – qu'un équipage reste un groupe, même au sol. Que tous les membres ont une liste des chambres des uns et des autres et que, bien souvent, ils se retrouvent à plusieurs sur le même étage, voire côte à côte. Le photographe n'avait aucune envie que le copain pilote surgisse et le voie toquer chez cette femme qui lui avait dit « Viens » d'une voix qu'il voulait entendre tous les jours.

Sans quitter sa veste et sans prendre le temps de peser le pour et le contre, il composa le numéro. Lola était assise sur son lit, à côté du téléphone. Elle tenait le test et sursauta à la première sonnerie. Pourtant, elle savait très bien qui appelait et se sentit… *heureuse*. Deuxième sonnerie. Elle fixa le téléphone, déchirée entre l'envie de répondre et celle de changer d'hôtel. Troisième sonnerie. Quatrième. *C'est facile de mentir.* Elle frissonna et Bertrand se convainquit qu'elle était peut-être sous la douche. Cinquième. *Elle ne veut pas te répondre.* Sixième. Lola retira sa main du combiné. Septième. Huitième. Neuvième. Elle le visualisait debout dans une chambre comme la sienne, avec sa chemise tachée de sang. Dixième. Onzième. Quinzième. Vingtième. Bertrand raccrocha. Elle cacha son visage dans ses mains. *Je suis peut-être enceinte.* Elle consulta sa montre. Encore onze heures à attendre.

Elle demeura assise à fixer le couvre-lit d'un écossais bleu-beige sinistre, la moquette beige, les murs beiges. Lola fuyait cette couleur dans toutes ses déclinaisons et jamais un bleu ne lui parut aussi raté. Et pourtant, le bleu était sa couleur préférée. Elle se détestait. *Toute une année pour rien.* Elle avait rêvé de Bertrand – éveillée ou non –, l'avait oublié pendant des jours, s'était fait surprendre au détour d'un rayon de soleil, d'un nuage, d'une pâtisserie, d'un orme à vouloir ses bras parce que les risques étaient inexistants.

Et maintenant, Bertrand est là.

Était-il plus haut, plus bas ? Sa main. *Sa peau.* Anaïs toqua comme convenu. Lola ouvrit comme promis, mentit comme depuis un an, se changea en moins de temps que n'importe quelle hôtesse était capable de le faire, se coiffa, sourit, bavarda, traversa le couloir, descendit trois étages. Il n'était pas au bar, ni dans le restaurant.

— Tu as envie de quoi, future maman ?

6

Assis sur son couvre-lit bleu uni, Bertrand regardait sa montre. Quinze minutes depuis qu'il avait composé son numéro. *Elle sait que tu es là, dans le même hôtel, et elle ne t'appelle pas.* Le message était clair. Lola avait dit des mots simples entre les rayonnages de la pharmacie. Elle avait raison. Plus la distance entre elle et lui se réduisait, plus il perdait le contrôle.

Il se leva et vérifia son matériel. Il enfila un jean propre, changea également de chemise. Prépara un sac de linge à laver parce qu'il était bordélique chez sa mère et très organisé en voyage. Il alluma son ordinateur. Trente-trois mails. Il supprima tous ceux dont il n'avait rien à faire (dont évidemment trois de Daphné qui entretenait une correspondance à laquelle il ne répondait que professionnellement). Il ouvrit celui du rédacteur en chef de *Géo*. On comptait sur lui pour « montrer au mieux le romantisme qui meurt ». Bertrand se dit que ça ne pouvait *mieux tomber !* Il envoya une réponse courte. Lola n'avait toujours pas appelé, ni toqué à sa porte. *Elle ne veut pas te voir.*

Il attrapa sa veste et descendit au bar. Une vodka plus tard, il n'avait toujours pas le courage nécessaire pour se lever et rejoindre le restaurant. Il regarda les tables blanches quasi désertes. Il entendait des voix derrière un rideau de plantes. Il se plaça de façon à entrevoir entre les feuilles. Lola n'était pas dans son champ de mire, mais très certainement assise le plus loin possible, de dos, pour ne pas croiser son regard. Un type obèse en blouson de cuir se plaça face au photographe et accrocha son regard en lui bouchant la vue. Par chance, le barman se glissa entre eux pour lui proposer une autre vodka.

— Non, merci. Il y a une autre sortie ? Je veux dire pour le restaurant ?

L'employé répondit non très sobrement en lui proposant un sandwich.

— Bonne idée.

— À quoi ?

— Comme vous voulez. Avec une bière.

Bertrand termina son repas minable dans une humeur noire, face à cet Américain qui déploya le *New York Times* en faisant deux ou trois commentaires bien sentis par article que le photographe fit mine de ne pas entendre. Il se revoyait en train d'accrocher ce bout de tissu orange. Un coin de son T-shirt déchiré comme ça, à coups de canif, devant la loungta. Son sherpa avait souri. Le photographe avait fait un vœu. « S'il te plaît, ne me demande rien. » « Ce n'est pas moi qui demande », avait rétorqué le guide, avec ce même sourire confiant. « De toutes les façons, avait lancé Bertrand, je n'y crois pas. » « Si on vient jusqu'ici, c'est toujours pour prier quelque chose. »

Le vent glacé du Tibet soufflait jusqu'à ce bar, s'enroulait autour de ses jambes et remontait sous sa chemise. *Maintenant que j'ai revu Lola, tout est pire.*

L'Américain vint s'asseoir à côté de lui et, ensemble, ils terminèrent leur repas dans une pauvre conversation. Il y eut du bruit, des voix approchaient, et Bertrand se prépara à voir l'équipage passer à portée de main. Lola était au milieu du groupe, de son côté, en jean et T-shirt noir. Anaïs le vit et toucha le bras de la jeune femme qui sourit de loin, de très loin – comme s'il était un ex-voisin. Elle se tourna vers sa collègue pour dire qu'il avait certainement dîné avec son énorme rendez-vous. Bertrand commanda une autre vodka. Qu'il descendit d'un trait. Il était 20 h 30. Leur vol retour devait être programmé très tôt pour qu'ils se couchent comme les poules !

L'Américain se leva et l'invita à poursuivre « confortablement assis dans les fauteuils ». Bertrand refusa. Le type s'affala dans un siège qu'il remplit et ferma les yeux. Ce fut à ce moment que le jeune homme se dit que tout l'équipage aurait la réponse et lui, jamais. *Qui est l'imbécile qui a acheté ce test ?* Il leva son bras pour un autre verre. Tous ces mois passés à organiser ce voyage en Russie... *Toutes les administreries débiles*. Quand enfin, les choses s'étaient mises en place, quand son vol avait été réservé aujourd'hui – et pas un autre jour, non – qu'est-ce qui avait fait exploser le pniou du taxi ? Qui ? *Qui m'a donné la force de courir et qui m'a fait trébucher et qui, encore, m'a tiré jusque dans l'avion de Lola ? Qui veut me ruiner à jamais ?*

Le pianiste jouait très sèchement et Bertrand se leva. Il arpenta le salon entre les fauteuils d'une toile sable triste, et les tables en bouleau trop pâle. Il vit l'Américain somnoler bouche ouverte et les verres carrés que des mains soulevaient ici et là. Il y avait trois hommes et deux femmes d'une quarantaine d'années. Des jumelles, les cheveux coupés au carré, en talons très hauts. *Des putes.* Un autre gugus roux, au visage très ridé. Sa chemise était jaune. *Il n'a pas de femme.* Bertrand songea que Lola était trois étages au-dessus. Il était en colère, en rage, malheureux parce qu'il était éperdument amoureux. Il repensa à sa main quand elle avait appliqué le pansement. Une caresse, comme un oiseau qui se pose, un dernier mouvement d'aile qui chasse l'air puis le contact délicat d'une plume. La chaleur de son corps. Le goût du miel. Bertrand descendit sa troisième vodka. Elle ravagea son estomac mais envoya une onde de choc dans son cerveau.

Combien de fois dans ta vie, auras-tu la chance de revoir cette femme ?

Une main se posa sur son épaule, il tressaillit. Ce n'était pas Lola, mais le barman qui tendait un téléphone. Bertrand entendit : « Chambre 306. » Il grimpa l'escalier, courut jusqu'au troisième sans sentir son genou et frappa. Une fois. Et la porte s'ouvrit. Lola était pâle. Elle était belle.

7

Lola se blottit dans ses bras, là, contre la porte. « Je voulais que tu sois là. » Des minutes entières, ils se respirèrent, se serrèrent, sans oser bouger, comme si le temps pouvait les oublier. Et puis, ils tombèrent sur le lit, les yeux dans les yeux.

Bertrand trouva les mots justes pour évoquer toutes ces choses auxquelles il avait réfléchi au Tibet. Il mêla les paysages à la voix du sherpa. Lorsque le ciel se dégageait, il prenait une couleur si bleue qu'il était impossible de croire que des nuages arriveraient encore jusqu'à lui.

— Et l'aube… J'aurais voulu que tu voies ces couleurs sur les berges du lac Tso Moriri. Je suis devenu meilleur, j'ai eu cette certitude d'être juste et de faire la photo qu'il faut, comme il le faut. J'ai compris le relief et la vie sur l'instant. Et puis, tout ce silence. Ce vent que rien n'arrête et qui donne le vertige. Ton grain de beauté dans la nuque. Ces paysages désertiques et ton absence.

Il posa ses lèvres sur les siennes, Lola ne bougea pas. Sa respiration était courte, ses yeux brillants. Elle le repoussa, non, elle s'écarta.

— Je ne me suis jamais senti aussi vide et aussi riche. Ce n'est pas un hasard si j'y ai passé quatre mois. J'ai accroché ce fanion pour te revoir, Lola.

Et puis, comme à Paris, une sonnerie de portable leur rappela quelle était la réalité.

— Il faut que je réponde, dit-elle en se levant.

Bertrand retint sa main :

— Tu lui as dit ?

— Philippe, son copain pilote, l'a appelé dans le taxi devant moi et avant moi.

Bertrand quitta la chambre et s'enferma dans la salle de bains. Des bribes de phrases lui parvenaient encore. Il vira ses fringues et glissa sous la douche pour ne pas entendre Lola parler « bonheur et bébé » avec Franck. Il ne voulait pas savoir quelle tonalité avait sa voix. Il n'aurait pas supporté de la subir, jour après jour, comme une mauvaise chanson dont on ne peut se débarrasser. Il fit couler l'eau chaude sur ses pansements. Ses plaies se réveillèrent. Elles ne saignaient plus mais elles étaient loin d'être cicatrisées. D'ailleurs, aucun dictionnaire au monde ne stipule que cicatrisation est synonyme d'effacement. Aucun livre n'explique ce qu'il faudrait dire et quand il le faudrait.

Il ouvrit la porte embuée au moment où Lola entra. Elle avait son sourire tendre, elle tendit une serviette. Ils restèrent tous deux dans les yeux de l'autre.

— Si je t'avais demandé de m'épouser ?

Elle eut son autre sourire. Le mélancolique. Elle murmura qu'il valait mieux s'occuper de ses plaies avant tout. Elle dit qu'il aurait dû apporter sa crème.

— Dans la poche de ma veste, avec les pansements.

— Laquelle ?

— La droite.

Lola sortit. La buée disparaissait peu à peu des miroirs et le jeune homme se voyait les cheveux ébouriffés, nu. Ça n'avait rien de convenable. Mais ne faut-il pas se mettre à poil pour demander à la personne qu'on aime de faire pareil ?

Elle lui ordonna de lever le bras puis le genou. Elle appliqua sur sa main l'autre pommade, en couche épaisse comme recommandé, recouvrit d'une gaze et colla les sparadraps. Bertrand n'avait toujours pas dit un mot, il ne pouvait se défaire de ceux qu'elle avait dû échanger avec Franck. Il n'eut pas la force de demander quoi que ce soit. Comme toujours, *tout est à attendre*.

Puis elle prit son autre main et le guida devant le lit. Elle se pencha pour tracer une ligne de partage et lui fit jurer de ne pas franchir cette frontière.

— Physiquement.

Il jura. Elle se dévêtit, enfila un T-shirt qui – *merci, le dieu des fringues* – n'avait aucune chance d'appartenir à Franck. Elle se glissa sous les draps. Elle se tourna vers lui et parla.

— Quand j'ai frappé chez Daphné, j'étais Lola Baratier qui exécutait à la lettre les procédures où tout est cadré. La première chose qu'on nous a apprise en formation est qu'un vol – comme la vie – peut être risqué. Mais à la différence de la vie, on a la chance de faire des stages de remises à niveau et d'entraînement. Pour les accidents mécaniques, on nous explique comment agir et, pour les prises d'otage, on nous ordonne de ne jamais lutter. Je ne sais pas dans quelle mesure ça a contribué. Je n'ai jamais pensé qu'une chose pareille pouvait m'arriver et je suis incapable de dire si, inconsciemment, je le désirais. Le risque, l'imprévu, la tentation. Toi. Mais ce que je sais, c'est que lorsque tu as ouvert, ma première idée a été la surprise. Tu étais une image qui devenait vivante.

Elle avait ce regard, celui qu'elle avait eu la toute première fois.

— Et tu as eu ce sourire... J'ai tout de suite aimé ta présence, même si je me suis sentie dépossédée de moi, prise au piège. J'ai appliqué les consignes à la lettre. Je n'ai pas lutté. Si une voyante m'avait dit que j'allais tromper Franck sans la moindre hésitation, j'aurais juré qu'elle était folle. Mais c'est exactement ce que j'ai fait et, pendant toutes les heures que j'ai passées avec toi, je n'ai pas eu une fois l'envie de quitter tes bras. Et puis... il y a eu ce moment dans le lit.

Ils se fixèrent. Chacun de son côté de la ligne imaginaire. Elle revoyait son sourire qui s'effaçait et son regard qui attendait. Il revit les muscles tendus de son visage, ses yeux qui avaient envie, honte, peur.

— J'ai posé ma main sur la tienne parce que j'ai pensé qu'aucun de nous n'en ressortirait sans destruction ni chagrin. Je brisais Franck et toi, tu perdais ta vie, ta liberté.

— Et toi ?

Lola eut un autre sourire. Il n'en était pas un.

— Je nous ai sacrifiés parce que je croyais n'en garder que le meilleur. J'ai cru que je saurais contrôler le reste. J'ai même traversé la première semaine facilement, mais le jour de mon mariage, j'ai su que c'était un leurre.

Il posa sa main sur sa joue, *ses yeux sont sombres*.

— Je pense à toi tous les jours mais je suis passée sur moyen-courriers pour réduire les risques de te voir parmi les passagers. J'ai suivi la vie que je m'étais dessinée.

Elle posa sa main sur la sienne et dit d'une voix infiniment douce :

— Même si tu m'avais posé cette question, j'aurais dit oui à Franck parce que je ne pouvais pas dire non. Je t'ai laissé voler mon mariage, ma vie, et une partie de moi continue d'en être horriblement heureuse. Le désir de toi ne me quittera jamais, pas plus que le manque.

— Je t'aime, Lola.

— Serre-moi très fort.

Peut-être dit-elle qu'elle avait envie de lui ? Peut-être murmura-t-il : « Et moi, donc » ? Peut-être dirent-ils non ?

La suite, comme le reste, fut inévitable puisque les corps n'écoutent jamais qu'eux-mêmes. Frontière ou pas frontière. Paroles, promesses ou silence. Nuit avec ou sans nuages. Personne n'y échappe. Pas même les Lola qui ont prié pour être enceintes. Encore moins les Bertrand qui ont découvert un pays plus désert que le Tibet.

Les mots battirent en retraite parce que personne ne les écouterait. Les pansements se décollèrent, se recollèrent n'importe où, n'importe comment. Il les arracha et les balança le plus loin possible. Il était en elle, elle vivait en lui. Et puis… elle s'endormit comme un ange. La lune jetait un éclat bleu argent sur son épaule et les nuages jouèrent à cache-cache.

Il avait le sentiment de lutter comme lorsqu'en plein cauchemar on se bat contre un monstre invisible. On crie au secours tout en sachant qu'il n'y a rien pour nous venir en aide. *Il fallait que je tombe sur elle aujourd'hui, et pas il y a un mois.* Sa sœur n'avait rien dit. Comment aurait-il pu avouer qu'il était venu devant la mairie, qu'il l'avait vue ne pas le voir ? Qu'il n'avait pas fait un geste…

Non, rien n'a changé. Alors pas besoin d'une autre photo que celle où elle retient ses cheveux d'une main et le bras de celui à qui elle a dit oui pour la vie. Une photo volée, comme un trésor. Dans quelques heures, elle fera son test. *Elle sera enceinte.*

Et si elle ne l'était pas ?

8

Bertrand s'endormit avec cette question et Lola dans ses bras. Il se réveilla sans qu'elle ait bougé, la question n'avait pas de réponse. Il aurait voulu rester pour la vie dans ce lit, avec cette femme qui ne serait jamais la sienne. Elle respirait calmement. Sa poitrine soulevait le drap, chassant des ombres et en invitant d'autres. Une lumière naissante, lointaine dissolvait la nuit, il referma les paupières pour ne pas s'en souvenir.

Il songea à celle des premières heures au Tibet, bleutée et froide puis subitement jaillissante. Si *Géo* lui avait fait signer ce contrat russe, c'était à cause de son travail sur le Tibet. *Parce que Lola est en moi.* Elle se tourna, il suspendit ses pensées, son souffle pour ne pas qu'elle se lève. Pour ne pas faire face. Il y a ce qu'on pense et ce qu'on parvient à exprimer. *Ma mère a sacrément raison. L'audace et l'inconscience ne sont pas du courage. On ne vit pas avec désinvolture. On décolle, puis on atterrit.* Gravité oblige. Les faits restent les faits. L'amour était bien ancré au fond d'elle et au fond de lui. Il était comme un monstre. Il avait des dents, et chaque parole, chaque regard faisait mal.

Le réveil allait sonner dans exactement quinze minutes, mais Lola se leva en sursaut, une main sur la bouche. Elle courut à la salle de bains et Bertrand demeura couché sur le dos.

Elle ressortit, pâle. Il l'interrogea du regard et elle murmura qu'il fallait attendre deux minutes. Qu'elle n'avait pas la force de rester à côté de cette chose en plastique qui prenait tout son temps pour se décider si, oui ou non, elle attendait un bébé. Elle s'enroula dans le drap et se posta devant la baie. Des hordes de nuages épais semblaient collés contre la vitre.

Il demanda d'une voix douce si elle voulait qu'il regarde pour elle. Elle hocha la tête. Quand il revint, il l'enlaça et dit qu'elle avait été exaucée.

9

— Je ne veux pas être ton amant, Lola. Je ne peux pas t'attendre puis te regarder me quitter.

Elle embrassa ses lèvres. Elle regarda ses yeux très noirs. « S'il te plaît, ne dis rien, Bertrand. » Elle fila sous la douche. Il se posta dans la salle de bains, dos au mur. Le test était posé là, sur le lavabo, où il l'avait laissé. Non, il ne pouvait rien dire sans s'effondrer. Elle ne pouvait le regarder, elle tremblait en se maquillant. Il baissa les yeux mais resta dans cette pièce. Il fit tourner sa bague, elle se sécha les cheveux. Enfila ses vêtements à quelques centimètres de lui. Rangea tout. Répondit à je ne sais qui qu'elle arrivait, qu'elle les rejoignait dans le hall. Les seuls mots qu'elle articulait n'étaient pas pour lui. Ils s'embrassèrent. Elle attrapa son bagage, il la retint par le bras. Elle l'embrassa longuement, le regarda longuement. Caressa son visage, sans quitter ses yeux. « S'il te plaît, ne dis rien, Bertrand. » Puis s'éloigna et ouvrit la porte et ne se retourna pas et disparut dans le couloir en tirant sa valise. Deux idées en tête. *Je suis enceinte*, et *Je t'ai perdu.*

— Oui. Mais vous l'avez bien remarqué, elles ne volent pas indéfiniment. Quelqu'un d'entre vous sait ce qui leur arrive ensuite ?

— Elles tombent par terre, Madame !

— À cause de la gravité ! lança une petite fille, toute surprise d'entendre sa propre voix.

1

Bertrand ne regagna pas sa chambre avant que l'équipage d'Air France s'envole pour Paris. Jusque-là, il était resté dans ce lit qui les avait abrités, pour ne pas être seul, pour ne pas quitter cette impression d'avoir Lola à ses côtés. Mais c'était sûrement un de ces rêves étranges qui plongent dans une réalité si exacerbée qu'on jurerait qu'elle est physique. Il rouvrit les yeux en sursaut et vit que le ciel était uniformément gris, plat. Une journée sans lumière.

Une nouvelle première journée sans elle.

Il ne retourna pas dans la salle de bains où il avait vu se matérialiser la ligne rose verticale affirmant qu'elle était enceinte. Ses plaies lui faisaient mal. Son cœur envahissait tout son corps. Sa tête explosait. Il avait envie de tout casser dans la chambre. Il voulait d'autres baisers d'amour. *Et qui ne disent pas adieu*. Il attrapa ses tubes de crème, ramassa les pansements qu'il avait jetés, les balança à la poubelle avec le préservatif et descendit directement au restaurant.

Entre la deuxième et la troisième tasse de café, Bertrand se convainquit que c'était parfait que Lola ait foutu le camp avec un bébé dans le ventre. C'était *la* conclusion et ça le plongeait dans l'état d'esprit idéal pour son reportage. On dit que ce qui fait l'âme d'un peuple persiste à travers les siècles, à travers les régimes politiques et les fractures. On dit qu'un véritable amour traverse le temps, les vies. Il repoussa son assiette et fixa la fenêtre. Au loin, les nuages étaient morts sur place. Pas un souffle, pas un trait de lumière. Aucun espoir. *Je voudrais juste qu'elle soit là.*

Bertrand remonta dans sa chambre où il alluma les lampes, vérifia ses papiers, manipula ses appareils avec toute la tendresse qu'ils méritaient. Son contact se présenta à l'heure convenue. Anatoli Vassilovitch Ivanov, la cinquantaine bien tassée par la vie. Deux millimètres de cheveux gris, trois millimètres d'une barbe noire. Des bras de bûcheron et des yeux bleus comme un ciel d'hiver. Les deux hommes se serrèrent la main avec cette impression immédiate que ça allait coller entre eux. Le guide sortit les cartes et ils mirent au point l'itinéraire du reportage pendant le restant de la journée.

Quand la nuit s'avança, ils descendirent au bar pour fêter leur nouvelle amitié ainsi que leur vie commune des prochains mois. Anatoli commanda une bouteille de vodka qu'ils vidèrent en mangeant des trucs dont Bertrand n'aurait aucun souvenir. Il ne pensa à rien. À personne. Le bonheur immédiat de l'alcool. Il savait qu'il allait être malade parce que…

— ... comme le reste, je ne le supporte pas et je ne sais pas le garder.

— Je ne comprends pas ce que tu dis.

— Je dis : « Vive la vodka. »

— Et « Vive la Russie ! »

— Vive la Russie ! répéta-t-il sans même savoir pourquoi.

2

Dès le lendemain, Bertrand et Anatoli s'engagèrent vers l'est. Sortir de Moscou prit plus de temps que prévu. Une éternité même. Les barres d'immeubles rectilignes aussi élevées que hideuses semblaient mourir d'ennui au milieu de panneaux publicitaires froids. Le guide dit que ces appartements avaient été construits pour couper les rêves. « La Russie – ma Russie –, ce n'est pas ça. »

Et puis sans prévenir, à peine les sinistres banlieues traversées, la forêt était là, au garde-à-vous. Comme une armée prête à reconquérir un territoire volé et massacré par des engins monstrueux. Les sapins se dressaient vertigineux, leurs troncs très noirs. Quelques rayons plus convaincus que d'autres se faufilaient pour tomber sur le sol en taches rondes, d'autres restaient accrochés sur une branche, sans raison apparente.

— Arrête-toi, commanda Bertrand.

Anatoli lui conseilla de faire vite. Il n'était pas autorisé à stationner sur le bas-côté et mieux valait éviter de tomber sur des flics.

— On ne sait jamais.

— J'en ai pour deux secondes.

Bertrand voyait les lignes, la lumière, l'ensemble et donnait l'angle, le cadre. Il guettait cet instant décisif du photographe et ne le ratait pas. Du moins, *professionnellement*. Il ressentait du plaisir à le capturer. Prendre des photos – il le comprit à cette seconde – était aussi un acte de pur plaisir égoïste. Clac. Autorisation ou pas. Clac. La photo lui appartenait. Clac. *Comme avec Lola, j'ai sonné à sa porte pour qu'elle soit à moi.* Clac. Ses pensées défilaient à la même vitesse que son doigt se posait sur le déclencheur. Clac. Les images étaient précises comme l'éclat doré de la rivière en contrebas, à quelques mètres derrière les troncs sombres. Clac. *Je n'ai pensé qu'à moi. Voilà ce que j'ai fait.* Clac. Anatoli cria qu'il fallait repartir, Bertrand obéit.

— Elles sont bonnes ? questionna le guide après quatre ou cinq minutes.

— Parfaites.

— Pas de doute ?

— Pas le moindre.

Anatoli sourit de côté. Bertrand choisit un autre appareil et ouvrit sa fenêtre. Il prit de nouveaux clichés alors que la voiture roulait puis le posa sur ses genoux.

— Numériques ?

— Celles-là, oui.

— Et tu ne les regardes pas ?

— Pas maintenant.

— Pourquoi ?

— Pas besoin.

Le guide le considéra en souriant :

— Toi, tu es un drôle de moujik.

— Tu veux savoir pourquoi j'aime la photo ?

— Parce que c'est le métier le plus cool de la terre ?

— Parce que ce que je vois m'appartient.

Anatoli réfléchit avant de dire :

— Il faut bien que tu les vendes pour manger, non ?

— Je vends les meilleures, oui.

— J'espère que tu ne fais pas ça avec les femmes.

Bertrand ouvrit la bouche puis la referma. Le guide se concentra sur la route. Trois minutes plus tard, il dit : « Ah ! Je savais bien qu'il y avait quelque chose de russe en toi. »

Le silence. La route. La forêt. Une voiture de flics qui les arrêta au milieu de nulle part. Des questions. Des fouilles. Des roubles glissés. D'autres questions. Encore une liasse. Fin de la rencontre.

Bertrand lança un regard à Anatoli qui leva les yeux au ciel. Ils redémarrèrent. La forêt n'avait rien perdu de sa densité. De rares voitures les croisaient à une allure et avec une trajectoire toutes personnelles. Quelques fleurs bleues émaillaient le bas-côté. Bertrand n'avait pas envie de savoir comment elles s'appelaient ou si une main, un jour, les avait domestiquées. Elles apparaissaient ici et là, un spot bleuté dans un vert sombre. La lumière était très calme. Elle enveloppa les deux hommes et Anatoli dit qu'il lui arrivait de penser que les femmes seraient toujours meilleures que les hommes.

— Parce qu'elles ne font pas la guerre ?

— Non. Parce que leur corps peut fabriquer des enfants et du lait.

— Tu as des enfants ?

— Deux. Et toi ?

Bertrand fit non puis demanda : « Garçon ou fille ? »

— Des garçons qui sont adultes, mais j'aurais aimé voir grandir une fille.

Sa voix se cassa comme lorsqu'on manque de tomber. Bertrand l'interrogea du regard, le guide secoua la tête en disant : « Un autre jour. »

Oui. Il faut être prêt pour partager certaines choses. Il faut attendre la bonne lumière en quelque sorte et être bercé par la confiance pour ouvrir les vannes. Il faut laisser filer le temps sans le retenir. Oublier les dates, ne plus compter les heures. *Hier, dans mes bras, sa peau. Ses cheveux et sa bouche. Mon cœur, le sien. Ses yeux. Ses chevilles et sa main qui tire la valise. Sa main qui a pris la mienne. Sa voix qui ne mentait pas. Sa voix qui m'aimait.* Il faudra beaucoup de saisons. Avoir vu des fleurs renaître avec leur bleu indigo et ne plus rien attendre.

— Arrête-toi, commanda Bertrand.

Il descendit et s'agenouilla. Il prit trois clichés. Juste trois. La rivière en contrebas avait disparu. Il n'y avait aucune fleur. Anatoli ne comprit pas ce que Bertrand photographiait. Qu'importe ! Ce n'est pas essentiel de tout décortiquer. Leurs regards se croisèrent. Le jeune homme descendit en contrebas et le Russe marcha le long du talus, puis remonta en voiture. Le soleil semblait s'éloigner du monde et pendant une dizaine de secondes le silence fut total. Merveilleux.

3

Franck attendait Lola à sa descente de l'avion. Il voulait la surprendre mais elle se préparait à le voir parce qu'il avait eu cette voix tendre, émue et fière quand elle lui avait confirmé *la* nouvelle entre deux collègues, dans le taxi, à 5 h 55 du matin. Le vol lui avait fait l'effet de traverser un trou noir. Elle avait parlé, souri, mais s'était sentie très précisément prisonnière de sa vie. Les heures avaient défilé dans un sens et dans l'autre. Une heure, puis deux à distance de Bertrand. Autant avant de voir Franck. Dans le ciel, rien d'autre n'avait de sens. Et maintenant, en marchant sa valise à la main, en cherchant son mari des yeux, Lola songeait qu'un autre compte à rebours venait de s'enclencher. *Je suis enceinte.*

Tous les deux s'aperçurent au même moment, se sourirent et la jeune femme se sentit redevenir madame Milan.

— Tu as pris ta journée ? demanda-t-elle dans ses bras.

— Tu oublies qu'on est dimanche, chérie ! Et c'est une magnifique journée !

Franck l'embrassa et ce fut alors que Lola vit, dans ses yeux,autre chose. Elle fit un pas en arrière. Il dit, en plein hall de Roissy, au milieu de milliers de gens qui les effleuraient :

— J'ai signé.

Lola comprit à la seconde. La promotion de Franck signifiait un déménagement à Francfort, son regard certifiait qu'il était imminent.

Quatre mois plus tôt, il était rentré plus radieux que d'ordinaire. Son projet de revêtement solaire allait effectivement voir le jour, mais peut-être…

— … non sûrement. Au siège de Bayercom.

— Ce qui veut dire ? avait demandé Lola.

— Francfort, la ville que tu préfères en Allemagne.

Elle s'était assise sur la table basse laquée gris perle du salon.

— Tu décides qu'on déménage. Comme ça ?

— Je ne me sens pas en mesure de refuser ce dont je rêve. C'est la chance de ma vie, chérie. J'ai bien conscience que ça va bousculer notre existence, mais je ne peux pas rater cette occasion.

Il s'était accroupi, face à elle.

— Non, je ne veux pas la rater.

— Et moi ?

— Tu as bien des collègues qui vivent à Genève ou Nice. Nice est plus éloigné de Roissy que Francfort.

— Et les jours où j'embarque très tôt, où j'arrive tard ? Les retards ? Les…

Lola s'était tue parce que Franck avait déjà la solution dans ses yeux.

— Tu pourrais dormir chez ta mère, on pourrait y laisser une voiture.

Sa voix, ses yeux, ses gestes ne voulaient pas qu'elle dise non. D'ailleurs, son mari avait ajouté que ce n'était que pour trois ans. Lola l'avait fixé avec un gros doute dans les yeux.

— Oui, c'est un contrat reconductible.

— Et notre maison ? On vient à peine de... Tout ce travail...

— On la loue. J'aurai un logement de fonction, une voiture de fonction, une augmentation de salaire qui te permettra de ne plus travailler si tu le...

Lola s'était relevée à la seconde :

— Qu'est-ce que tu dis ? Je n'ai jamais eu l'intention d'arrêter de travailler. J'aime mon travail. Ta grand-mère a beau dire toutes les méchancetés sur mon métier, je m'y sens bien. J'en ai besoin. Exactement comme toi.

— Et si tu tombais enceinte très vite ? On a toujours dit qu'on voulait deux enfants, rapprochés pour ne pas qu'ils grandissent tout seuls, en s'ennuyant, comme moi.

— Je ne le suis pas encore.

— On fait tout pour, chérie, non ?

Lola n'avait rien répondu, Franck en avait profité pour répéter ce qu'ils avaient déjà imaginé : « Neuf mois plus un an de congé parental, fois deux avant de reprendre... » Trois années et demie seraient englouties dans cette vie de famille qu'ils avaient rêvé de bâtir ensemble. Il avait souri puis ajouté sa nouvelle idée : « Et si tu repassais sur long-courriers, à mi-temps ? » Elle avait rétorqué :

— Et si je restais en France ? Et si toi, tu revenais les week-ends ? Beaucoup de gens le font.

Ils s'étaient sondés. Elle venait d'évoquer une perspective qu'il n'avait pas envisagée le moins du monde. Il l'analysait. Sa conclusion était tombée, indiscutable :

— Tu travailles beaucoup de week-ends et je ne veux pas vivre sans toi, Lola.

Franck avait pris ses mains dans les siennes et elle n'avait rien ajouté de plus abominable que :

— Il paraît qu'il n'y a pas de crèche, en Allemagne.

— On trouvera une solution.

— Laquelle ? Ta grand-mère ?

Il avait ri : « Je t'adore ! »

— Maman va te détester.

— Tu passeras sûrement plus de temps avec elle et ta sœur qu'en restant à Saint-Thibault-des-Vignes.

— Entre deux rotations ?

— Avant ou après, selon ton planning, Lola.

Puis avec sa voix la plus sincère, et son regard le plus franc, il avait avoué : « Je veux ce poste coûte que coûte. »

Coûte que coûte.

Ce jour-là, la conversation s'était arrêtée comme ça. Parce que Lola avait senti les mains de Bertrand. Elle avait dit : « OK. » « Tu parles déjà très bien allemand. » « Sûrement à cause de ma grand-mère hollandaise ! » « Je t'aime, chérie. »

Quatre mois après, la jeune femme eut un haut-le-cœur et porta sa main à la bouche. Quelque part, au beau milieu de ce volume gigantesque, Bertrand la regardait *comme ce matin et la nuit passée.* Franck reprit Lola dans ses bras. Il répéta heureux : « J'ai le poste de mes rêves et on va avoir un bébé. » La nausée se dispersa, Bertrand, non. Lola demanda :

— Quand ?

— Je vais y passer deux jours par semaine, et définitivement le 1er septembre.

Elle s'écarta :

— Tu le savais.

— Non. Ça s'est accéléré hier. Mon remplaçant peut commencer plus tôt. Tu dormais et ce matin, j'étais trop ému.

Lola empoigna sa valise. *Ce matin… Hier…* Franck la lui prit des mains.

— Je vais devoir squeezer quelques jours de nos vacances, mais tu seras avec Nat et les autres à Oléron. Je vais…

Elle releva la tête. Ce qui passa dans son regard lui coupa la parole. Non, lui fit sortir son refrain préféré : « C'est ma chance. » Auquel il ajouta : « En plus, tu es enceinte. Le timing est parfait. On ne pouvait pas rêver mieux. » Lola avança, sans voix. Franck posa son bras sur ses épaules. Et sans qu'elle s'en rende compte, ils étaient dans le parking, devant sa voiture. Elle ouvrit son sac à main, tendit ses clés. Il rangea sa valise dans le coffre et dit qu'ils pourraient faire une visite virtuelle de l'appartement cet après-midi.

– Tu l'as déjà vu ?

— Virtuellement. Immense. Je crois que c'est le mieux.

— On n'a pas le choix ?

Franck ne répondit pas, Lola non plus. Il avait, de toute évidence, déjà fait la sélection. Comme elle avait fait le choix de téléphoner à Bertrand qu'elle avait vu au bar et dans les bras duquel elle s'était jetée. Son mari ouvrit sa portière. « Je connais le quartier. Il donne sur un parc que tu vas adorer. »

Lola se déchira en le regardant contourner sa Nissan. Pendant les quarante minutes du trajet aéroport-maison, elle l'écouta expliquer combien il adorait cette idée d'expatriation. D'une voix enjouée, franche et claire, il déroulait les avantages, analysait les inconvénients. Une personne s'occuperait de toute la paperasse sur place, l'aiderait à trouver le meilleur gynéco et la meilleure clinique pour…

— … notre bébé. Tu es enceinte au bon moment.

Lola songea aux nuages collés contre la fenêtre à Moscou et ferma les yeux. *C'est mieux ainsi. C'est mieux que je sois enceinte pour…* Quoi ? Elle entendit la voix de Bertrand demander : « Et toi ? » *Je ne t'ai pas répondu parce que je ne pouvais penser à moi. Est-ce que j'aurais quitté Franck si ce test avait été négatif ? J'étais incapable d'y penser, Bertrand.*

Franck prit sa main. Il la rejoindrait à Oléron le plus souvent possible. Ce serait l'occasion de…

— De ?

— Je croyais que tu dormais.

— Non. Mais je suis fatiguée.
— On arrive.

Elle descendit de sa voiture, aperçut celle de Franck et demanda comment il était venu à Roissy. « J'ai les moyens de m'offrir le taxi, chérie ! » dit-il en la portant dans ses bras pour entrer. Ils firent l'amour sur le canapé gris foncé du salon. Un ciel clair, parsemé de dizaines de passages d'avions, s'invitait par la verrière. *Où vont-ils ? Quelle femme suis-je ?*

— Tu veux qu'on déjeune au restaurant ?
— Pas vraiment.
— Je vais faire une omelette au fromage. Ça te dit ?
— Oui.

Franck réarrangea les coussins puis, en regardant Lola droit dans les yeux, dit : « Merci. »

4

— Bonjour, Maman.

À la tonalité de la voix de Lola au téléphone, Géraldine comprit que la nouvelle était sérieuse.

— Tu es enceinte ?

— Oui. J'ai fait un test hier à Moscou. Positif.

— Félicitations ! Je suis très heureuse pour vous ! C'est formidable ! dit-elle en repensant au petit truc qui l'avait accrochée sur les deux premiers mots.

— Pourquoi tu ne m'as pas appelée, plus tôt ? Tu es malade ?

— Je me sens fatiguée et tout m'écœure.

— Beaucoup ?

— Je…

Lola soupira, s'assit sur le canapé face à la pelouse parfaitement tondue. Elle raconta que Franck était venu l'attendre à Roissy pour annoncer qu'il avait le poste et qu'ils allaient finalement déménager à Francfort.

— Quand ?

— Très vite.

Sa mère posa une main sur son buffet en chêne clair. Elle était évidemment au courant

« du » poste, comme de ce qu'il impliquait. Elle avait franchement espéré que les Allemands se montrent récalcitrants parce que cette expatriation bouleverserait sa vie, aussi. Elsa ne pouvait monter dans un bus, un métro, un train. Elle ne supportait pas de faire plus de trente kilomètres en voiture. Si elle ne reconnaissait pas le trajet, elle détachait sa ceinture, prise d'une panique incontrôlable. Elle s'était déjà enfuie. Au fil des années, cette phobie n'avait pas faibli et Géraldine se savait, depuis longtemps, incapable de la rattraper.

De son index rongé, elle suivit les nervures sur le bois clair et Lola expliqua que le contrat de trois ans était reconductible, qu'elle arrêterait de voler pendant sa grossesse, qu'elle avait toujours dit vouloir un deuxième enfant très vite.

— Ça tombe plutôt bien, conclut sa mère, d'une voix plate.

— Oui.

— Tu es heureuse ? (Elle se reprit.) Je veux dire, d'être enfin enceinte ?

— Oui.

— Tu vois, c'est arrivé. Tu t'inquiétais pour rien.

Lola ne répondit pas et Géraldine fit dos au buffet. Elle soupira :

— Je suis contente pour vous, mais j'en veux à Franck de t'éloigner. Je ne verrais jamais mon petit-fils ou ma petite-fille.

— Il dit que je passerai plus de temps chez toi qu'en restant à Saint-Thibault. Il n'a pas tort. Je resterai plusieurs jours d'affilée.

— Alors, félicite-le et remercie-le chaleureusement.

— Est-ce que je peux faire autrement, Maman ?

À son tour, sa mère demeura silencieuse. Le ton très calme de Lola la percuta en plein cœur. Quand sa fille avait cette voix-là, elle voyait son regard. *Lointain, sur la réserve, implacable.* Elle pivota vers le meuble et reposa son doigt là où elle l'avait enlevé :

— Pardon. C'est juste que cette nouvelle ne me fait pas du bien.

— Je sais.

— Et toi ? Tu es contente d'y aller ?

Lola ferma les yeux. Le carré de pelouse vert cru dansait sur ses paupières. La jeune femme dit très honnêtement : « Je ne sais pas encore. » Puis, avant que sa mère reprenne la parole, elle poursuivit, les paupières closes : « Pardon de ne pas t'avoir prévenue hier, j'étais… » Elle ne put aller plus loin. *Hier, j'ai abandonné Bertrand sans lui dire que je l'aimais.* Lola rouvrit les yeux, la pelouse l'éblouit et Géraldine fit glisser son doigt doucement, en arrière.

— Je ne t'en veux pas. C'est juste qu'Elsa et moi ne viendrons jamais.

Sa voix était douce et triste, lointaine et gentille. Terriblement maternelle. Lola prit une lente inspiration avant de demander où était sa sœur.

— À la pâtisserie.

— Un matin ?

— Ils ont eu besoin d'elle en urgence pour des fleurs en sucre. Elle revient dans une heure.

— Francfort est à une heure de vol.

— Dis au pilote d'atterrir dans mon jardin.
— J'aimerais beaucoup.
— Tu veux venir déjeuner ?
— Non, j'attends le fils du voisin, il doit tondre la pelouse, mentit Lola.
— Il n'a pas cours ?
— Non.
— Il le fait bien ou il le fait comme Elsa ? dit-elle parce qu'elle voulait entendre sa fille sourire avant de raccrocher.

Lola se força. « Il travaille bien parce que je ne le paie pas en bonbons. » « Combien ? » « Un million d'euros, Maman. » « Quelle bonne idée ! »

Trois minutes plus tard, sa mère se disait qu'elle rappellerait dans la soirée, ou peut-être en début d'après-midi, comme ça, pour savoir si Lola avait pu manger. Elle gratouillait un nœud dans le bois du buffet. Lola, elle, s'allongea en pyjama sur son canapé. Elle ne fixait plus le carré de pelouse vert éclatant mais le carré d'infini que délimitaient les montants en aluminium blanc mat de la verrière. Bertrand était ce ciel, *et je suis loin, de l'autre côté d'une vitre autonettoyante.* Elle suivit le montant vertical droit. Le revoir, passer quelques heures avec lui à Moscou, *sentir sa peau contre la mienne* ne confirmait que *mon amour pour Bertrand.* Lola parcourut le montant supérieur horizontal. *Rien n'a été effacé. Tout est pire.* Elle glissa le long du suivant. *Je paie les conséquences de ce que j'ai fait.* Puis du dernier. *Je n'ai pas ton téléphone ni ton adresse, mais je sais que… je sais que j'aurais été moi – entièrement moi – avec toi pendant cent cinquante ans.*

La jeune femme referma les yeux, la tête lui tournait. Le corps impose ses dates, ses surprises, ses centimètres, la couleur des cheveux, des yeux. Ce qu'il ressent contre un autre corps. Elle souleva ses paupières, piquée par une vilaine idée. *Pourquoi le cerveau ne prend-il pas les bonnes décisions ?*

Le visage de son père qui se cachait depuis tant d'années se dessina dans un nuage. Quelque chose avait voulu que Lola hérite de la couleur changeante de ses yeux. *Je suis une fille inconstante, Papa, qui ne se souvient pas du son de ta voix et qui ne pense jamais à toi.*

5

Lola voyait depuis des années la même gynéco à l'hôpital de Lagny-sur-Marne où elle avait été suivie pour ses cycles irréguliers. Quand elle appela pour prendre rendez-vous, la secrétaire lui apprit que celle-ci allait partir en congé maternité. La jeune femme paniqua et demanda à lui parler. Par chance, le docteur Jasmin la rappela dans l'heure. Elle lui conseilla de ne pas se précipiter, les deux premiers mois étant toujours « un cap ». Lola songea que c'était parce qu'il y avait un souci. Son médecin dut le percevoir car elle dit d'une voix très amicale : « On est deux à partir en même temps. Prenez rendez-vous début juillet. On vous fera alors une bonne écho où vous pourrez voir le cœur de votre bébé. C'est le plus beau moment. » « Je vous fais confiance. » « Lola, je vous rassure, vivez le plus normalement possible. C'est ce qu'il y a de mieux, et réjouissez-vous de vos désagréments. »

La jeune femme l'écouta et lorsqu'elle fit sa première visite médicale, seule, le médecin remplaçant relut son dossier sans autre commentaire que « Tout est très clair. » Lola évoqua sa sœur handicapée et sa future expatriation. Il consigna l'ensemble des éléments intéressants, prescrivit les analyses de routine et elle ne put s'empêcher de fixer la chemise à motifs géométriques jaune moutarde et vert hideux que le médecin portait sous une blouse largement ouverte. « OK. Je vais maintenant faire l'écho. » Après de longues minutes de manipulation silencieuse, il révéla d'une voix archi neutre :

— Vous attendez des faux jumeaux.

Lola le dévisagea. « J'en suis sûr », dit-il en montrant les deux petits cœurs qui battaient sur l'écran. Elle ressentit une double joie, nette et pure, qu'elle accueillit en prenant le temps de sourire. Le médecin, impassible, lui tendit une poignée de papier absorbant avant de se lever pour rallumer. Les néons se posèrent sur tous les motifs criards et Lola ne les quitta pas des yeux en disant :

— Pour quand ?

L'homme enfonça ses mains dans les poches de sa blouse et écarta les bras. La jeune femme eut un vertige.

— En théorie, début mars, mais une grossesse gémellaire est souvent écourtée.

Lola demeura assise sur la table, les jambes ballantes. Le fixa, abasourdie. Le gynéco resta face à elle.

— Pour moi, vous êtes tombée enceinte le 7 juin et non pas le 23 mai comme vous me l'avez dit.

Au retour de Moscou.

— Pourquoi ce test était-il positif ? lâcha-t-elle en masquant très mal sa colère.

— Comment voulez-vous que je vous réponde sur un dispositif dont je ne sais rien et que vous avez acheté à Moscou ? Était-ce un test de grossesse ou d'ovulation ?

— Je sais lire !

Le gynéco réagit sèchement au ton de Lola. Il lui expliqua que son échographie était fiable et qu'il savait - aussi - lire les données sur un écran. Il lui fit un cours détaillé, la bombarda de termes qui lui donnèrent le tournis et conclut : « Je vous revois dans trois jours. »

Quand Lola poussa la porte de sa maison, elle tomba sur le canapé, sans larmes, sans lever les yeux vers le ciel. Déboussolée. Elle avait oublié la joie de Franck, sa voix très émue, presque triomphale, quand elle l'avait appelé en sortant du cabinet. « C'est notre double bonheur ! » Il était sur le point de décoller de Francfort. Lola avait ri sans évoquer les dates.

Et maintenant, elle ne se souvenait que des deux lignes roses dans la minuscule verrière, de cette barrette en plastique blanc. Bertrand les avait vues. Alors une seule pensée la déchira : *Je n'étais pas enceinte et je le suis maintenant.*

Il faisait très chaud, cependant Lola s'enroula dans une couverture. L'esprit vide, chahuté, écrasé. Elle voyait les yeux tristes à mourir de Bertrand dans la salle de bains à Moscou. Ils l'accrochèrent et, lentement, elle dériva d'images en pensées, sautant par-dessus les frontières pour retomber face à lui, dans ce dernier regard de leur vie. *Il vaut mieux que tu ne le saches pas.* Des larmes l'inondèrent, brusques et brûlantes. Elles ne diluèrent rien, même lorsqu'elles se tarirent. *À quoi pensais-tu, Papa, quand tu as perdu le contrôle ?*

— Chérie ? Tu as pleuré ?

Franck était accroupi, tenant ses mains dans les siennes. Lola ne l'avait pas entendu entrer, ni ne l'avait vu marcher jusqu'à elle. Elle était incapable de lui dire depuis combien de temps elle était sur ce canapé.

— Qu'est-ce qu'il y a ?

— ...

— Qu'est-ce que tu as ?

Elle ne réagit pas. Il empoigna les feuilles jetées sur le tapis, les lut attentivement et elle résuma d'une voix qui lui fit peur sa conversation avec le toubib. « S'il dit que les mesures sont bonnes, qu'est-ce que ça peut faire, le 23 ou le 7 ? » Lola ne dit pas un mot. Pendant de longues secondes, Franck sonda ses yeux vert bouteille que les larmes avaient rendus translucides. Il eut l'impression qu'ils étaient tranchants. Il murmura : « Tu ne veux pas de jumeaux ? » De nouvelles larmes les noyèrent.

— Non. Si, bien sûr. Je les veux.

Il songea très furtivement : *C'est à cause de moi*, mais autodétruisit sur l'instant cette idée pour ne pas qu'elle dégénère ou contamine sa femme. En d'autres circonstances, il ne se serait pas défilé de la sorte, mais, aujourd'hui plus que jamais, il voulait cette carrière. Il prit le visage de Lola entre ses mains et elle murmura la voix étranglée : « Je perds pied comme Papa. Je ne cesse de penser à lui. » Elle était distante, lointaine, elle dérivait. Franck n'enleva pas ses mains ni ne lâcha ses yeux.

— Accroche-toi à moi, Lola.

Et puis, il la serra contre lui, ou peut-être ce fut elle qui le fit. Parce que le peu de courage qu'elle avait ne lui permettait que le mensonge. Il articula que c'était évidemment le bouleversement de son corps. « Ça ira mieux quand on sera tous les deux à Francfort. C'est rien, ce test russe de merde. C'est juste deux petites semaines de plus pour avoir deux beaux bébés. C'est quoi quatorze jours dans une vie ? Hein, chérie ? »

— Rien.

Tout.

Mais la vie reprit son cours et les trois jours suivants ne ressemblèrent pas à celui-là parce que Lola les passa chez sa mère. Franck avait suggéré l'idée, elle n'avait rien opposé. « Être seule est parfois insupportable. » Elle avait pensé *dangereux*. Puis, *Pourquoi je n'ai jamais pensé à toi, Papa ? Pourquoi, maintenant ? Pourquoi je me sers de toi, comme ça ? Pourquoi est-ce que tu as bu ? Quand as-tu commencé ?*

Lola fit les analyses, lut les résultats sans les comprendre. Internet ne lui apporta que confusion et angoisses. Le médecin qui portait une chemise trop rouge confirma mesures et dates avec la même impassibilité. « Ce que je vois est conforme à ce que je vous ai dit. » Lola ne fixa que les deux petits cœurs battant dans des bulles qui allaient devenir des enfants. *Mes enfants.*

Au retour, Elsa l'attendait, en robe bleu pâle, les bras le long du corps, à la grille qu'elle avait ouverte. Sans un mot, elle entraîna sa sœur par la main dans le jardin, là où elles se couchaient, enfants. Elle avait disposé une nappe rose sur l'herbe. « Je reviens, Lola-Lola ! » dit-elle en courant vers la maison. La jeune femme la suivit des yeux mais songea à la Marne loin au-delà du portillon, calme, douce, enveloppante. Les feuilles des peupliers bruissaient en elle comme autant de papillons en cage. Lola aurait voulu s'y jeter et se laisser porter par le courant jusqu'à la mer, mais elle aperçut sa mère un plateau à la main, puis Elsa qui apportait une tarte glacée aux fraises qu'elle seule était capable de réussir. Elle composa son sourire. La pâtisserie était divine et partagée avec leur père puisque sa sœur n'oubliait jamais son couvert. Il demeurait vide, mais elle pensait à lui en fredonnant des notes légères. *Non, pour rien au monde je n'aurais voulu d'une autre sœur.*

Et puis, à la fin de la semaine, Franck et Lola partirent à Oléron où elle passa ses vacances à l'ombre à bavarder de tout – surtout de Francfort – avec Diane, Robin, Natacha et son éternel Matthieu, fraîchement réapparu dans la vie de son amie brune. Qui, même si elle riait, l'embrassait, faisait l'amour avec lui sur la plage au clair de lune, cachait très mal son appréhension de la nouvelle rupture à venir.

Lola la sentait, aussi, se dessiner. Elle mentit encore, *par lâcheté*. Deux ou trois fois, elle songea à parler à ce type qui avait beau être au moins aussi infidèle que Bertrand Roy, n'avait rien de ses yeux ou de son regard. Mais elle ne le fit pas parce qu'elle-même n'était pas immaculée. Enfin surtout parce que son corps prit le dessus en lui faisant découvrir que tout ce qu'elle avalait la rendait malade.

Le reste du temps, elle s'endormait comme Bertrand en était capable, en un claquement de doigts. Quand elle était éveillée, il fallait qu'elle s'alimente. Son gynéco, que Franck contacta personnellement, conseilla de ne pas s'inquiéter, de fractionner ses repas et de les prendre allongée.

Lola obéit. À leur retour, elle avait gagné trois cents grammes. À son mari qui avait tenu à poser lui-même les questions, le médecin n'apporta aucune explication sur les analyses, encore moins sur le test. Ses nouvelles mesures étaient bonnes, en progression. « C'est la seule chose à retenir. » Les bébés avaient été conçus début juin, sur le canapé gris anthracite du salon, sous un ciel lézardé d'avions. « Les choses vont s'arranger avec le temps. » *Quelles choses ?* songea Lola les yeux rivés sur les rayures trop larges, trop bleues et excessivement trop roses de sa chemise. Elle eut envie qu'il lui signe un papier le certifiant et qu'il les détaille, surtout ces cochonneries de choses, qu'elles soient éclaircies une fois pour toutes, au lieu de dire qu'il avait reconsulté très attentivement le dossier qu'elle lui avait laissé concernant Elsa. Il confirma ce qu'elle savait déjà. « Aucune raison génétique ou chromosomique et, donc, aucune raison de s'inquiéter. Comme je vous l'ai déjà dit, le reste va suivre son cours. » La jeune femme conclut qu'il y avait dix rayures de chaque couleur, *rien que sur le devant*.

En sortant dans le couloir, elle lâcha d'une voix très sèche : « Par pitié, qu'il attache sa blouse ! » Franck lui fit remarquer sa mauvaise humeur. Lola planta ses yeux dans les siens.

— On choisira un toubib qui sait à quoi servent les boutons, et qui sait répondre aux questions !

6

À J + 50, Lola se leva en forme. *Où est Bertrand ?* À J + 51, elle resta épuisée et faible. C'était *préférable*.

Elle avait cessé tout vol, son salaire prit un coup de hache, mais avait-elle envie de vivre une vie dangereuse ? Aujourd'hui, maintenant, dans cette situation ? *Avec Bertrand ?*

Mieux valait recevoir les déménageurs et analyser les devis à prestations incomparables. Elle ne parcourut aucune presse, ne regarda jamais en replay le reportage *L'Eau au Tibet* signé Bertrand Roy. Pourtant, à quatre reprises, elle se planta devant son ordinateur, attendant les yeux rivés sur le cercle bleu qui tournoyait que le téléchargement se termine. Deux fois, il échoua de lui-même, une fois, elle l'interrompit en cours, la dernière, quand le titre parut, elle pressa le bouton Off et se leva. Les mains frigorifiées.

Elle était un an plus jeune et un an plus insouciante, plus libre, plus idiote, *plus insensée*. Elle venait d'ouvrir les yeux, il faisait sombre dans cette chambre rococo. Elle avait voulu voir l'heure, Bertrand l'en avait empêchée et la télécommande était tombée, faisant jaillir des images à la télé. Tous les deux avaient tourné la tête vers un homme vêtu de kaki, debout au beau milieu d'une rivière. Il maniait sa canne à pêche avec un geste ample et gracieux. Lola s'était assise, Bertrand s'était glissé dans son dos, avait soulevé ses cheveux pour embrasser son grain de beauté. Se regarder dans les yeux devenait dangereux. « On te voit dans tes films ? » « Non. Seulement ce que je vois. » « Tu écris tes textes ? » « Un calvaire que je ne peux déléguer. Je n'ai pas d'assistante. » « Tu en voudrais une ? » Il n'avait pas répondu tout de suite, pas du tout. Enfin si, d'une caresse légère sous son sein droit. Le pêcheur expliquait sa technique et Lola avait coupé le son.

— Mon père pêchait, je crois que c'est là qu'il s'est mis à boire.

Elle avait pressé le bouton Off et s'était penchée pour reposer la télécommande sur la table de nuit. Elle avait entendu la tonalité exacte de la voix de son père quand il lui disait : « Tu n'es qu'une ingrate. » Elle avait repris sa position dans les bras de Bertrand. Lui, son geste lent.

— J'aurais dû continuer à l'accompagner.

Il avait enlevé sa main, Lola l'avait repositionnée au même endroit et fut infiniment touchée qu'il ne brise pas cet instant avec des paroles, un regard ou d'autres caresses qui ne la réconforteraient pas. Encore plus quand, un très long moment plus tard, il avait dit qu'au montage de son film, il laisserait…

— … place au silence, je pense. J'y glisserai un peu de musique, quelques précisions géographiques et des anecdotes locales. C'est un acteur qui enregistrera à ma place.

Puis, avec exactement la même voix, il avait dit qu'il n'était jamais venu « dans cet hôtel, avant ». Lola avait souri, lui avait songé : *Jamais comme ça.* Mais ni l'un ni l'autre n'avaient bougé *parce que le silence est enivrant*.

Comme l'alcool, songea Lola, en se précipitant à l'extérieur. Elle remonta à pas lents sa rue, sans fermer sa maison à clé. Mais qui viendrait se perdre sur cette voie en cul-de-sac à l'extérieur de Saint-Thibault-des-Vignes ? Son terrain était le dernier. Il était aussi un achat inspiré et un cadeau précieux de son père. Le soleil déclinait, les quatre maisons étaient récentes, avec des jardins naissants. Il faudrait des années pour que les branches s'en évadent. *Je ne veux pas aller vivre à Francfort, Papa. Je ne veux plus monter dans un avion. Je ne veux plus jamais voir Bertrand. Dormir avec lui. L'entendre dire ce qu'il a en lui. Non, je veux sa voix tous les jours.* Des enfants jouaient dans une piscine qui occupait tout le terrain en façade de la troisième villa, leur mère la salua. *Franck, je t'aime. Tu ne sais pas à quel point je t'aime.* La dernière demeure se profilait, solitaire, beaucoup plus grande que les autres. Lola jeta un œil à la parcelle vide entre celle-ci et les autres. Son père aurait cherché à l'acheter par tous les moyens. Ça, Lola s'en souvenait parfaitement. *Pourquoi tu n'attachais pas ta ceinture ? Pourquoi tu as doublé sur une ligne blanche ?* Elle dépassa cette imposante bâtisse aux volets fermés. *Pourquoi tu buvais ? As-tu jamais pensé que tu pouvais mourir ?* Une Range Rover blanche arrivait au loin, elle s'engagea dans le rond-point. *À quoi pensais-tu quand la voiture s'est retournée ?* La Range Rover fit un tour complet puis s'arrêta à la hauteur de Lola. La femme qui venait d'arriver dans la maison à droite de la sienne descendit sa vitre :

— Bonjour ! Vous voulez que je vous dépose chez vous ?

— Merci.

— Quelle chaleur ! dit-elle quand Lola referma sa portière. Je suis Anne Baxter, votre voisine.

— Lola Milan. Je vous ai vue emménager la semaine dernière.

— Quel enfer avec des enfants et un mari en déplacement ! lança la femme d'une quarantaine d'années, très grande, brune, la peau claire, le regard direct.

— Je vais déménager à Francfort, confia Lola.

— Ouh là là ! Je ne suis pas envieuse, même si j'aime beaucoup la choucroute. (Une seconde plus tard, elle fronça les sourcils.) Quelle idée, Francfort ?

Elles étaient garées sur l'allée de Lola qui expliqua quel poste de rêve Franck avait obtenu. Anne écouta, hochant la tête. Elles sortirent ensemble et, en un rien de temps, elles étaient dans la maison où la voisine tomba sous le charme de la très grande verrière.

— Une idée de qui ?

— Moi. Mais c'est Franck qui a dessiné les plans.

— Il est architecte ?

— Non, ingénieur, mais il touche à tout.

Anne sourit. Dit : « Sauf le jardin. » Elle avait beaucoup de charme, des gestes rapides, des talons vertigineux qu'elle avoua porter tous les jours de la semaine dès qu'elle sortait de chez elle.

— Je ne travaille pas, mais je n'ai aucune raison de ne pas me plaire, étant donné que mes enfants n'ont pas encore compris les bienfaits d'un seul compliment.

— Trois garçons ?

— Que vous avez sûrement entendus hurler et qui me donnent l'impression d'en avoir dix dès le réveil !

— Je suis enceinte, dit Lola. Des jumeaux.

— Je te plains.

Le « tu » les surprit comme une bonne nouvelle. Elles se sourirent.

— C'est pour quand ce déménagement ?

— Deuxième quinzaine de septembre. Les travaux ont pris du retard à Francfort.

— Mais je viens d'arriver ! Il faut absolument qu'on organise un barbecue de « rencontre-adieu ».

— Quand tu veux.

— Toi, viens dès que tu t'ennuies ! Mais tu travailles ?

— Pas en ce moment. Je suis une hôtesse de l'air clouée au sol.

Anne inclina la tête.

— J'ai raté le concours aux présélections. J'avais pourtant bossé comme une folle mais, finalement, c'était une bonne chose. La rage de l'échec m'a poussée à partir comme jeune fille au pair dans le fin fond du Wyoming où, figure-toi, six mois plus tard, j'ai épousé le frère de la mère de la très désagréable enfant que je gardais. L'amour de ma vie.

Puis d'une voix et avec un regard que Lola trouva exquis, elle ajouta : « Comme toi. Je le vois. »

La jeune femme referma derrière elle. S'adossa contre le mur. C'était elle qui avait eu l'idée de cette verrière. *Pour voir les étoiles à toute heure.* Franck avait été emballé, comme Anne. Il avait exécuté les plans, sans demander la raison de cette envie. Lola sut que Bertrand l'aurait fait. Elle sut quel regard il aurait eu, en lui posant la question. Et l'espace d'un furtif instant, le nez levé vers le ciel bleu sans un nuage, sans un avion qui le déchire, Lola se sentit mieux.

Quelques jours plus tard, en plein barbecue *next door* où elle se rendit sans Franck, elle perçut un mouvement qu'elle nomma « coup de pied ». Il tombait à pic. Anne lui confia que c'était ce qu'il y avait de plus intéressant dans une grossesse « parce que, franchement… sans parler du chapitre final... » Son mari crut bon de préciser, avec un accent américain à peine prononcé, que sa femme était « toujours excessive ». Lola rit et dit qu'elle avait encore du temps pour s'y préparer.

Le gynéco, à qui elle confia percevoir des mouvements lors de sa dernière visite avant le départ, expliqua, avec les yeux-de-celui-qui-sait, que c'était un mouvement intestinal.

— Vous vous trompez, docteur. Vous n'êtes pas en moi.

Le médecin, qui ce jour-là avait attaché sa blouse sur un T-shirt blanc, dont Lola eut l'envie obsédante de voir le motif central, sourit franchement. Elle réaffirma, en plantant ses yeux dans les siens :

— Ils ou elles ont bougé.

— Tant mieux. Voici votre dossier, en anglais.

— Merci.

Au retour, elle eut la certitude de percevoir un nouveau mouvement. C'était bon. *Juste mes bébés et moi.* Elle demeura dans sa voiture, dans l'attente. Mais rien ne se produisit. Les feuilles des deux bouleaux qu'elle avait plantés côte à côte au milieu de la pelouse commençaient à se dessécher. Les branches de l'un caressaient celles de l'autre, leurs racines s'entremêleraient. Elle avait pensé à Bertrand, *je pense à toi tout le temps.* Lola ferma les yeux. En Allemagne, il n'y aurait pas de presse française dans les salles d'attente. Elle ne verrait pas ce qu'il avait vu en Russie. Ça, c'était dangereux. Ce serait comme le croiser, *comme ça, au hasard d'une promenade, près d'un orme.*

Sous la verrière, le furtif mieux-être des jours précédents se dilua, ne laissant derrière lui que le désir fou de se jeter dans ses bras. Cette envie, qui s'échappait de son cœur comme un lapsus incontrôlable, libre et récurrent, n'affirmait qu'une chose : *Je ne pourrai jamais arrêter de l'aimer.*

7

Les paysages que Bertrand et Anatoli traversaient jour après jour étaient en contraste total avec toutes les constructions communistes. La vie qui en émanait coupait le souffle. C'était comme si chaque espèce végétale ou animale savait qu'elle avait tout l'espace nécessaire, toute l'eau, toute cette terre grasse et riche pour vivre. Les villages semblaient avoir toujours existé dans le même état, quel que soit le régime au pouvoir. Ils avaient probablement négocié et pactisé leur place avec la nature. Bertrand trouvait cela rassurant. Une dangereuse petite voix intérieure lui affirmait que les bonnes, les vraies, les solides choses ne changent pas. Elles traversent le temps, l'espace. Revoir Lola en était la preuve, douloureuse.

Je voudrais que tu voies ces forêts avec moi.

Le photographe mesurait sa chance d'être accompagné par Anatoli. Cet homme avait de la consistance. Il connaissait son pays et, grâce à lui, il fut toujours accueilli avec la même chaleur et la même vodka. Que ce soit dans les auberges locales ou chez l'habitant. Son corps s'habitua à l'alcool mais avec prudence, Bertrand évita les excès. Son temps en Russie était compté, les semaines défilaient. Il avait le besoin impérieux de prendre beaucoup de clichés et savait, d'ores et déjà, lesquels seraient imprimés.

Tous les matins, il se levait avant la lumière naissante. Il observait attentivement le ciel en buvant un café toujours âpre puis choisissait son matériel. Lola était à des milliers de kilomètres, mais elle était là. En lui. Elle ne le quittait pas. Le manque ne reculait pas et l'espoir ne faisait pas de vague. Ils se tenaient au garde-à-vous comme les sapins ceinturant Moscou. Bertrand travaillait pourtant avec concentration. Il savait ce qu'il fallait immortaliser. Il fallait agir vite. Pas de répétition possible. La photo d'extérieur n'est pas un travail de studio. La lumière est indomptable. Il n'y a aucune mise en scène et encore moins de deuxième chance. Comme dans la vie. On ne répète rien. Si ce n'est les conneries. *Combien de conneries avant d'agir avec justesse ?*

En ce début de soirée, ils arrivèrent chez une connaissance d'Anatoli, à Kalinski, un village long d'une dizaine de maisons au milieu des champs. Dès que Bertrand sortit de voiture, une odeur autre qu'un bortsch lui donna l'eau à la bouche. Le Russe dit : « Soupe à l'oseille, pommes de terre, œufs, lardons et saucisses. » Elle était riche, aigre et si appétissante qu'elle fit sortir un appareil au jeune homme. Il voulait cette photo de l'instant où il découvrirait la cocotte. Il déclencha en marchant. Anatoli dit : « Au fond, à droite » en poussant la porte. La marmite attendait sur un poêle à bois, telle qu'il se l'était imaginée, en fonte noire, vieille, sans fumée, rassurante. Son cliché était tout cela. Anatoli fit les présentations et Bertrand souleva le couvercle. Il se plaça à la verticale pour trois autres prises puis en réalisa une dizaine des mains de la femme qui servait les assiettes. Elle avait une bonne cinquantaine d'années, elle était joviale, ronde, avec deux incisives en or, mais ne portait pas de foulard fleuri comme sa belle-mère, assise à la table. Ce fut elle qui interpela Bertrand pour lui demander si les clichés étaient en couleur ou noir et blanc.

— Noir et blanc.

La vieille femme hocha la tête sans un commentaire, disparut pour se coucher pendant que les « jeunes » riaient, parlaient du bon vieux temps, de la chaleur trop sèche pour le blé, de la maison de Bertrand.

— Je n'en ai pas, je vis encore chez mes parents.

— Comme nous ! lança son hôtesse.

Tous partirent d'un éclat de rire. Puis le mari demanda au photographe une description détaillée de son « isba ». « Elle est en briques, avec un crépi blanc, un toit en ardoises, des pierres grises apparentes dans les angles de chaque façade. Il y a trois niveaux et un grenier qui ne sert à rien. » Les Russes secouèrent la tête. « Au rez-de-chaussée, salon, cuisine, couloir, chambre parentale, le bureau de mon père. Trois chambres au premier, trois salles de bains, toilettes à chaque niveau. » Les Russes hochèrent la tête. « Mon atelier et mon studio, en bas. » « C'est la cave ? » « Non, pas vraiment. C'est un demi-niveau parce que le terrain est plus haut devant que derrière. Il donne sur un autre jardin. » « Il est grand ? » « Assez. » « Quels légumes ?» « Deux rangs de salades et des herbes aromatiques. » « Alors petit. » « Beaucoup de pelouse et des arbres fruitiers. » La conversation se termina sur un nouveau mouvement de tête accompagné d'un « Bon. C'est ainsi. »

Il était tard et Bertrand dormit quatre heures trente qui en valaient douze. Il se mit à travailler au lit pour ne pas dériver. Il retranscrivit la recette de la soupe et réalisa qu'il avait oublié d'en demander le nom. *Je ne dis jamais ce qu'il faut quand il faut.* Il se leva quand il entendit du bruit en bas mais en descendant, il trouva la pièce centrale vide. Le café déjà prêt. Il but un bol, debout, en tentant de discerner à qui appartenaient les différents ronflements. Il fit quatre clichés de la table en bois noir, identique à celui des murs, en songeant à Lola qui dormait *je ne sais où*...

Cette idée l'envoya dans le jardin sous un ciel bas, d'un gris plutôt gai, vaste. La température était agréable. Les poules qui grattaient la terre dans la cour l'ignorèrent quand il escalada une barrière construite avec le même bois. Il immortalisa les choux énormes dans le potager. Il s'accroupit pour saisir l'alignement des fanes de carottes dans un contre-jour doux. Les volailles caquetaient à côté de lui. Il se redressa sans qu'elles bougent mais lorsqu'un chien jappa au loin, elles tournèrent la tête en chœur. Bertrand ne rata pas cette prise.

— Elles ne sont pas sourdes ! lança la grand-mère.

Elle rajusta d'une main son foulard à fleurs.

— Et toi, tu te lèves tôt comme elles ! Ta mère doit être fière de toi.

Le jeune homme laissa échapper un sourire, préférant ne pas disserter sur ce que celle-ci pensait de lui. La babouchka lui colla son panier plein d'œufs entre les mains. « Je viens de les ramasser dans la cabane derrière », dit-elle en décrochant une épingle de nourrice de son gilet marron tricoté – et probablement lavé – au siècle dernier. « Tu peux y aller, mais tu ne touches pas aux nids. » Bertrand sourit, il eut le sentiment que cette vieille femme le photographiait à chaque battement de paupière. Elle sélectionna le plus gros des œufs et, avec un geste expérimenté, elle y enfonça la pointe aux deux extrémités avant de lui tendre. Elle posa une main sur son épaule, lui pétrit les os :

— Si tu étais mon fils, je te nourrirais grassement.

— Votre café est délicieux.

— La vie est délicieuse ici et j'espère que tes photos seront assez mauvaises pour ne pas nous envoyer des milliers de touristes.

— Je ne fais pas ça pour ça.

— Pourquoi le fais-tu ?

— …

— Pourquoi le fais-tu ? insista-t-elle.

— Parce qu'il ne faut pas oublier la beauté du monde.

La vieille continua de le sonder, sans sourire. Ses yeux clairs comme une lame de glace se firent un chemin plus loin. Elle ne bougea pas, elle attendait autre chose. Elle attendait *mieux*.

— Parce que je ne sais rien faire d'autre.

8

La Russie est un pays dangereux, dit-on. *Peut-être,* pensa Bertrand, *je pourrais m'y laisser prendre.* La lumière est douce, même l'été. Elle magnétise dès qu'elle paraît et on attend le soir avec une certaine hâte pour que ses obliques révèlent des surprises.

Au pied des monts de l'Oural, les deux hommes embarquèrent dans un avion pour Omsk puis s'enfoncèrent de nouveau dans les forêts pour rejoindre lentement le Baïkal. Juin et juillet avaient disparu en un claquement de doigts. Bertrand coucha avec quatre filles blondes, belles et douces. Aucune image.

Quand il aperçut pour la première fois le lac, au détour d'un virage sans qu'Anatoli le prévienne, le photographe fut littéralement fasciné. Il arpenta les berges pendant des heures. Ils mangèrent assis dans l'herbe des aliments qu'il ne reconnut pas, il regardait les couleurs, les reflets, la façon dont les nuages y dansaient. Il écoutait les contes et légendes qu'on lui racontait. Il pensa qu'il lui faudrait passer plus de temps ici pour les connaître toutes.

— Il y en a une que personne ne t'a encore racontée, dit Anatoli un soir, quand Bertrand le rejoignit au bord de l'eau.

— Ah oui ? Laquelle ?

— Celle de Vadalia.

— Et qui est Vadalia ?

— La plus belle fille du lac Baïkal.

Il fixa le jeune homme et ajouta sans baisser les yeux : « Je crois que tu as grand besoin de rencontrer une très belle fille. »

Bertrand s'assit à côté de son guide. Le soleil rougeoyant s'immobilisa à quelques centimètres de la surface, il resta comme suspendu, sans refléter quoi que ce soit. L'eau était d'huile. On aurait juré qu'une lumière argentée dansait sur l'onde et sous l'onde à la fois. Sur toute la largeur. Elle avançait vite et quand elle toucha la rive, à l'instant où le soleil sombra, l'eau devint noire. C'est alors qu'Anatoli étendit le bras.

— C'est le moment où Vadalia sort de sa grotte. Quand le soleil et le lac s'embrassent. La jeune fille marche jusqu'au Baïkal et y plonge les lèvres. On dit que l'eau lui conte les misères et les bonheurs des hommes. Leurs larmes. Parfois, quand la joie a été la plus forte, elle laisse tomber sa robe pour plonger dans les flots. Elle nage toute la nuit durant, elle fait des rêves de paix et de douceur. Alors un soleil limpide comme l'espérance se lève.

Anatoli ne bougea pas. Ses mains étaient posées sur ses genoux, les flots mouraient à ses pieds, sans clapotis. Noirs. Il reprit sur le même ton qu'un moment plus tôt :

— Mais quand l'horreur a envahi les hommes, l'eau a le goût du chagrin. Ces nuits-là, Vadalia ne se baigne pas. Elle tombe à genoux et pleure toute la nuit, en silence. Ses larmes coulent comme une rivière en crue vers le lac et on raconte qu'elles ont le pouvoir d'atténuer la souffrance du monde. Aux premières heures, vidée, la jeune fille se retire dans sa grotte, laissant naître un jour où les nuages sont si bas qu'on pourrait les crever de la main. Le vent les emporte et les disperse sur tous les continents pour qu'ils déversent sur les hommes une eau pleine de magie.

Bertrand se leva et plongea ses mains dans le lac. Anatoli lui conseilla de se baigner.

— L'espoir est parfois une bonne drogue, ajouta-t-il.

— Je ne suis pas sûr.

— Tu as besoin d'espoir.

— Et toi ? Tu n'en as pas besoin ?

Le Russe retint sa respiration et se leva. Puis, il sourit en secouant la tête.

— Ce soir, j'ai besoin d'une autre forme d'eau. J'ai besoin de vodka et de solitude. C'est une compagne fidèle et pas désagréable, dit-il en tournant les talons. Enfin, quand on sait l'aimer.

Quand on sait l'aimer, se répéta Bertrand en le suivant des yeux. Sa silhouette imposante remontait lentement vers Hasnik, le village où ils étaient accueillis. Bertrand le suivit des yeux quand il coupa à travers champ, au milieu d'herbes courtes et de hautes fleurs blanches poussant aussi solitaires. Au loin, des collines arrondies, sans arbres, que la nuit semblait dévaler. En un mouvement, elle absorba Anatoli, ou alors ce fut lui qui s'y enfonça. La seconde d'après, elle s'enroulait autour du photographe et flottait sur le lac.

Le jeune homme se dévêtit. Il trouva l'eau plus chaude loin du bord et se laissa flotter sur le dos. Aucune étoile ne brillait encore. Il voulait voir où apparaîtrait Vénus. Elle le fit beaucoup plus loin et plus tard qu'il ne l'imaginait. Mais il était certain de l'avoir vue à l'instant où elle avait fait son entrée. Elle demeura solitaire pendant mille ans, comme s'ils s'observaient, puis, en un claquement de doigts, tout le ciel se constella. Il semblait respirer, vivre. Le jeune homme eut un sentiment étrange, ou plutôt il fut saisi par une étrange sensation, physique. *Lola pense à moi, maintenant.* La nuit opérait sa magie. Les distances n'existent plus quand on ne les voit plus, les perceptions sont autres. Lola pensait à lui. *Je le sais. Tu es là.*

L'eau du Baïkal ne devait pas y être étrangère. Le photographe songea au fanion orange qu'il avait accroché au Tibet. Il songea à son vœu mais ne le refit pas. Il décida subitement de ne pas intégrer toutes les photos qu'il avait prises de ce lac. Il n'en proposerait que deux. Une pour chacune de ses extrémités. Il suggérerait à *Géo* un autre reportage sur les extraordinaires lacs de la terre. Il dirait que le Baïkal avait exigé de parler des autres. Que toutes les eaux du monde se rejoignent un jour ou l'autre et qu'il faut le souligner à l'infini. Qu'une goutte qui s'envole à Dunkerque retombe à Tampa, repart pour

Reykjavik, nage jusqu'au pôle Sud, s'évapore et traverse l'autre moitié du globe dans des vents froids pour retomber en pluie ici et raconter tout cela à Vadalia. Il sortit. La température fraîche le saisit. Mais il resta debout un moment à fixer l'onde. Non, bien sûr, il ne dirait pas tout cela. Il ferait des photos pour le montrer. *Juste de belles photos.*

Le matin suivant, Bertrand se réveilla avec une espèce de sérénité et marcha jusqu'au lac. Il était gris, transparent sur la rive. Le ciel, un miroir. Anatoli le rejoignit, il avait les traits tirés mais semblait apaisé, aussi.

— On n'a aucun mal à imaginer que c'est le plus grand réservoir du monde, dit-il en posant sa main sur l'épaule du jeune homme.

— Non. C'est… Il est majestueux.

— Je pense que lorsqu'on verra tes clichés, on dira qu'il faut s'appeler Roy pour montrer le roi des lacs.

Bertrand laissa échapper un sourire. Anatoli ajouta qu'il savait qu'il fallait autre chose. Les deux hommes restèrent là, comme ça, ensemble.

— Je ne savais pas que tu parlais français.

— Deux ou trois mots. Peut-être vingt.

9

Fin août, le photographe et son guide avaient parcouru les pentes vertigineuses de l'Altaï, emprunté plusieurs avions de toute taille pour rejoindre Vladivostok, et passer quatre jours dans la péninsule du Kamtchatka où Bertrand avait décidé à l'embouchure du fleuve de retourner sur Iakoutsk.

Avec la même patience, Anatoli expliquait l'herbe et les montagnes, les essences de bois, le nom des vents et des ruisseaux. Son métier de bûcheron l'avait conduit aux quatre coins de la Sibérie. Bertrand le croyait parce que dans certains villages, dans certaines maisons, il entrait sans frapper et les gens riaient en lui remplissant une assiette, une tasse, comme si ces deux objets avaient été les siens. On leur offrait le gîte. Anatoli était son meilleur ambassadeur et répondait à toutes ses questions. Il marchait comme il conduisait, sans être pressé et sans être aveugle.

Il y avait eu quelques moments où sa voix changeait de ton et ceux où il ajoutait : « Un autre jour » avant de prendre le large. Il devenait l'espace de quelques heures un homme sombre qui ne voulait pas être vu, Bertrand respectait ça. Il comprenait son envie de ne pas expliquer pourquoi il coupait le courant, il y a ces moments où la lumière se retire et où il faut l'accompagner.

Quel que fût le nombre de kilomètres parcourus en une journée, la route qu'Anatoli empruntait dans cette région tra-versait les paysages sans vraiment les cisailler. Ils obliquèrent un peu au sud pour la dernière semaine. Alors le Russe devint plus silencieux et Bertrand fit le décompte des jours qui restaient avant de rentrer en France. Son travail était achevé, il avait hâte de le livrer sur papier glacé. Quant à son retour à une vie normale…

Si son guide lui avait posé la question, il aurait répondu : « Un autre jour » et se serait levé pour disparaître avec la lumière. Oui, il serait bientôt en France et se rapprocherait géographiquement de Lola. Son corps avait dû changer. Alors, à son tour, Bertrand devint plus silencieux. Puis arriva le dernier soir de leur voyage ensemble.

Les ultimes kilomètres les avaient conduits à Mirko. Cinq isbas en bois plus clair avec toutes des volets bleus et des ciselures travaillées autour des fenêtres bordaient la Krapova. Il dîna sans grand appétit chez des amis d'Anatoli. En fin de repas, il s'excusa et sortit marcher. Il n'emporta aucun appareil. *Demain, je serai à Moscou et après-demain, à Paris. Je vais être à quelques kilomètres de toi, Lola.*

Bertrand s'arrêta et s'assit au bord de la rivière. Il suivit des yeux le courant aussi vif que lisse. L'air était exceptionnellement doux, des nuées de moucherons tourbillonnaient en boule au ras de l'eau. Rien ne ridait la surface. Il ne repensa pas aux paysages, mais aux visages et aux silhouettes. Aux sourires et aux mains inoubliables. À ces regards qui prennent la vie à bras-le-corps. Il repensa à l'Afrique. À tous ces villages où les hommes savent vivre ensemble. En Russie ou en Afrique, il avait ressenti cette espèce de sentiment de paix. Mais une dangereuse petite voix lui certifia qu'il ne demeurerait pas longtemps. Parce que, dans le monde des hommes comme dans celui d'un seul, les choses finissent inévitablement par se brouiller. Oui, ce retour serait plus difficile que les autres. Ce qu'il était parvenu à contenir depuis juin, parce qu'il y avait Anatoli et la route, allait l'assaillir. Comment éviter ça ? *Comment empêcher le vide de revenir ?* Et le Russe s'assit à ses côtés.

Il tenait une bouteille de vodka à la main dont il descendit un quart sans froncer un seul muscle. Il resta à fixer la surface, puis il dit qu'il avait une femme avec qui la vie était…

— … aussi douce que cette eau. Avec elle, les choses coulaient et les jours ont passé vite. Elle avait des yeux à crever le cœur de la pierre. Elle m'a donné deux fils. C'était une époque noire et nous attendions notre troisième enfant. Elle voulait une fille et moi aussi. « Une fille, c'est comme du lait », disait ma femme. Dans cette vie-là, nous habitions dans une maison en contrebas d'un village qui ressemblait un peu à celui-ci… mais à l'est de Moscou. Les bois s'étendaient sur deux hectares. Ma fierté. J'avais travaillé si dur pour l'acheter. On disait que cette terre valait de l'or et que la rivière qui coulait au milieu était un trésor. Mes fils s'y baignaient été comme hiver.

Le guide descendit un autre quart de vodka et allongea les jambes. Ses bottes plongèrent dans l'eau. La surface calme cracha une multitude de remous incohérents.

— Ma vie ressemblait à cette rivière. Et puis, brutalement, quelqu'un y a plongé ses bottes.

Anatoli se tourna vers Bertrand. D'une voix nette, il expliqua qu'un lundi en fin d'après-midi, il y avait exactement quinze ans, une voiture noire s'était garée devant sa porte. Avant qu'il ne sorte, deux hommes avaient frappé. Ils l'avaient poussé violemment à l'intérieur et avaient ouvert une valise bourrée de fric sur la table.

— Ils voulaient ma terre, mon bois, ma rivière. Ils m'ont dit qu'ils ne négociaient pas. J'ai hurlé qu'ils aillent se faire foutre, mais deux autres types sont entrés en tirant les cheveux de mes fils. Je me souviens encore de leurs gants noirs sur leurs nuques. J'ai signé les papiers et ils nous ont donné vingt-quatre heures pour partir. Nous avons rassemblé nos affaires et, dans la nuit, j'ai chargé la voiture autant que possible. Mariotchka était enceinte de presque sept mois et j'ai insisté pour qu'elle se repose… Mais… Mariotchka avait son caractère. Nous avons roulé des heures. La route M7 ne ressemblait pas à celle que tu connais maintenant.

Il descendit une autre rasade. Sa voix devint chaotique. Comme ses idées.

— Il faut croire que les salauds ont le pouvoir de traverser le temps. Communistes, capitalistes, tous les hommes mentent de la même manière. Ils manipulent et éliminent ceux qui les gênent. Mariotchka disait que je n'allais pas assez vite. Elle voulait mettre le plus de distance possible… et puis elle a crié qu'il fallait s'arrêter. Le temps que je fasse le tour de la voiture, elle était tombée sur le sol et hurlait de douleur.

Il vida la bouteille d'un trait et dit qu'il avait tenu sa femme dans ses bras jusqu'à son dernier souffle. Que sa fille, elle, n'avait jamais respiré.

Anatoli se leva et marcha dans l'eau jusqu'au milieu de la rivière. Elle l'engloutit et l'onde eut le temps de se lisser. Puis, l'homme en jaillit.

— Maintenant tu sais pourquoi j'ai dit oui pour que tu immortalises ma Russie. Celle de Mariotchka. Elle aurait voulu que tu lui donnes la parole. Elle mourrait de honte si elle voyait quel centre commercial ils ont construit chez elle.

Bertrand tendit la main pour le tirer sur la berge. Le Russe ajouta qu'ils avaient aussi tué sa rivière. Il renversa la tête et poussa un long hurlement.

Comment aurait-il pu ajouter ce qui le rendait malade depuis tant d'années ? Que se serait-il passé si lui, Anatoli, avait eu le pouvoir de changer les choses et de ne pas rencontrer cette femme ?

Mon Dieu, j'ai été si heureux avec elle.

10

Quand Bertrand posa les pieds en France, Lola était à moins de vingt kilomètres de lui, sans qu'ils en sachent quoi que ce soit. Elle supervisa le déménagement, passa quelques jours auprès de sa mère et d'Elsa, puis prit le train pour Francfort. *Je ne veux plus jamais monter dans un avion. Je pars pour m'éloigner de toi.*

Ce que Bertrand avait pressenti au bord de la rivière russe se confirma. Ce retour – être en France – s'annonça difficile. Il navigua entre ses travaux photographiques et ses rendez-vous professionnels, rédigea avec plus ou moins de concentration ses textes, dormit très mal et fit quelques sorties amicales, sans Daphné. Partagea les repas familiaux, sans surprise. Voire, plutôt calmes.

Un mardi soir, Xavier vint dîner avec sa compagne Jennifer, qui avait creusé au fil des années son chemin dans la maison familiale. Elle quittait la table pour servir les plats et ouvrait les placards. Elle parlait peu parce qu'elle le faisait toute la journée au collège devant des élèves plus ou moins attentifs, très peu passionnés par la littérature.

Xavier, en revanche, parlait beaucoup. Et pas pour évoquer un livre ou une poésie. Il n'aimait que la médecine. Son cursus interrompu était oublié, exactement comme on oublie la personne dont on a partagé la vie dès lors que celle qui la remplit désormais comble tous les manques. Le médecin évoqua, un à un, les cas qu'il avait soignés pendant la semaine et Bertrand suivit les yeux admiratifs de sa mère sur son frère. Il s'en rendit compte :

— Et toi, raconte ! Qu'est-ce qui t'a le plus surpris chez les Popovs ?

— Le nombre de micro villages. On n'est jamais vraiment seul.

— Même au milieu de la forêt ?

— C'est vivant.

— Tu veux dire peuplé ?

— Non, c'est vivant, reprit Bertrand. On sent que le pays vit. Les maisons fument. Je veux dire les cheminées. Les gens fument pas mal, aussi. Sans parler des tas de cendres dans les jardins.

— Ça sent quand tu te promènes ? demanda son père.

— Parfois, c'est âcre. Oui. Faudra que je le mentionne dans mon texte, je ne crois pas que mes photos seront suffisantes.

— Finalement, j'avais bien fait de te pousser à prendre option russe, souligna sa mère.

Bertrand acquiesça, sentant que la remarque soulevait des souvenirs qu'il n'avait pas envie d'exciter. Il sourit, sa mère resta dans son regard et Jennifer évoqua la couleur du bois gris clair d'une isba décrite dans *Anna Karénine,* avec des volets rouges, un auvent sculpté, un toit en paille.

— C'est ça, dit Bertrand. Mais le toit est plus souvent en tôle et en bois. Trois fenêtres en façade pour porter bonheur. Chaque village a son style, sa gamme de couleurs, ou son absence de couleur. Il y a des endroits où c'est très harmonieux. Pas partout.

Le jeune homme promit de montrer des photos après dîner. La conversation se perdit en architecture, recettes, chimie et molécules qui flottent. Dériva en comparaisons entre les deux cultures, puis s'ancra dans le quotidien. Bertrand n'eut plus le cœur de participer. Il emporta la pile d'assiettes sales à la cuisine, évitant les yeux de sa mère pour le restant de la soirée.

— Tu restes combien de temps, cette fois-ci ? demanda Jennifer.

— Deux, trois mois. Deux. Je vais retourner en Afrique.

Il y eut un blanc, des idées et des cuillers suspendues.

— Mais tu ne m'as rien dit ! s'indigna Florence.

— Déjà ! lança son frère.

— Pour fuir l'hiver ? ajouta Jennifer.

Pour fuir tout court. Parce que être en France, proche de Lola, sans savoir où elle est, me torture. Mais avec son plus beau sourire, Bertrand glissa que, oui, il préférait la chaleur au froid et qu'il avait reçu cet après-midi l'aval de *Géo* pour réaliser le portrait qu'il envisageait de faire des plus grands lacs du monde. « J'ai, en fait, déjà pas mal de photos d'Asie. »

— Un numéro hors série ? demanda Xavier.

— Oui.

— Bravo.

— Oui, félicitations, dirent son père, Jennifer et sa mère d'une même voix.

L'instant d'après, cependant, Marc demanda :

— Pourquoi tu ne nous en as pas parlé ?

— Parce que ce n'était qu'une idée.

— On aurait apprécié que tu nous tiennes au courant, lâcha sa mère. On aurait eu l'impression que tu ne fais pas qu'ouvrir et fermer les portes de cette maison.

Bertrand entendit les mots et le ton, mais expliqua d'une voix sobre/calme/affirmée :

— Ce contrat est une chance et je suis infiniment reconnaissant que *Géo* ait validé mon projet.

Il y eut un nouveau blanc durant lequel il ne songea qu'à Lola, enceinte. Il sentit que sa mère le regardait. Il releva la tête, dit à voix haute – peut-être aussi pour s'entendre le verbaliser :

— Mon métier ne me destine pas à une vie stable. Encore moins à bâtir une vie de famille.

Florence Gianelli ne commenta pas mais enregistra le ton, les mots, les idées de son fils. Elle dit, comme ça, que Daphné lui avait souhaité son anniversaire – à elle – et qu'elle avait pris de ses nouvelles – à lui – parce qu'il n'en donnait plus.

— Je ne l'ai vue qu'une fois mais je trouve qu'elle a une sacrée mémoire. Elle est constante, polie, elle connaît du monde. Elle a de nombreuses qualités.

— Peut-être trop, lança Xavier sur un ton mititilleur, mi-envieux.

Bertrand leva les yeux au ciel. Jennifer les toisa à tour de rôle.

— Il n'est jamais très élégant de se moquer de son ex.

— Daphné n'est pas exactement une ex, précisa Bertrand. Et je ne me moque pas d'elle. Je ne me moque de personne.

Sa mère se tut mais fixa Bertrand qui répondit très franchement.

— Tu sais parfaitement quel genre de relation j'ai entretenu avec elle. Et si tu tiens à le savoir, je ne l'ai pas vue depuis des mois.

Puis il ajouta, en reprenant du vin, qu'il préférerait changer de sujet. Xavier rebondit aussitôt, lança un pari sur le nombre de courses de vélo auxquelles leur père s'était inscrit. Bertrand participa, rit, mais pensa aux jours écoulés depuis le 5 juin dernier. À l'arrondi que devait avoir le ventre de Lola.

Non, le jeune homme ne mentait pas en disant n'avoir jamais eu l'envie de construire une famille. Mais il avait envie d'être avec elle. De savoir qu'ils pourraient se retrouver quelque part, sans penser aux secondes qui mouraient. Il avala son café d'un trait, se leva, dit qu'il sortait marcher, lança un « Bonne nuit ! » décidé. Xavier le rattrapa dans la cour. Il lui demanda s'il voulait qu'il l'accompagne.

— Non, j'ai envie d'être seul.

— C'est une fille ?

Bertrand sourit. Entendit la voix de Lola dire devant la porte de sa chambre à Moscou, les mains sur son visage : « S'il te plaît, ne dis rien, Bertrand. »

— T'es pas malade ?

J'en suis malade. Mais il dit :

— Non, c'est le retour de voyage. Ici.

— Maman est toujours aussi chiante.

— J'm'en fous. Où veux-tu que j'aille ? Mon atelier est ici.

— Passe à la maison. Tu pars quand ?

— Décembre. Non, fin novembre. Peut-être avant. J'espère avant. Le plus tôt possible.

— Je t'appelle.

— Rentre, ça caille.

Xavier, en chemise blanche, suivit des yeux son frère quand il dépassa le portail. Non, il n'était pas convaincu que seul le retour de voyage lui donnait ce regard. Mais il le connaissait pour l'avoir lui-même poussé à bout pendant leurs années d'enfance. Son frère ne dirait rien, ne lâcherait aucun mot ou aucun cri. Encore moins une plainte.

Ce qu'il répéta quand sa mère l'interrogea au moment où il se rassit. « Non, il n'est pas malade. Il a besoin d'être seul et qu'on lui foute la paix. Toi la première, Maman. »

La nuit était noire, les nuages faisaient une couverture uniforme tendue aux coins. Bertrand aurait aimé apercevoir la lune, même son dernier croissant agonisant, mais seuls les réverbères blafards projetaient son ombre qui sautait de l'un à l'autre. Pour aller où ? *Pour aller où ?* Voilà qui sonnait comme un reproche. Il remonta le col de sa veste en daim. L'automne était installé avec son vent humide et glacial qui cloître les gens chez eux.

Au chaud. Il poussa la porte du troquet Chez Clémence et commanda une vodka. Puis deux.

Il pensa à la nuit tibétaine. À la proximité lointaine des étoiles. Sa mémoire fit des contorsions et des circonvolutions abracadabrantes et lui balança les mots que Maupassant avait écrit dans *Bel Ami* : « … une nuit froide, une de ces nuits qu'on dirait plus vaste que les autres, où les étoiles sont plus hautes, où l'air semble apporter dans ses souffles glacés quelque chose venu de plus loin que les astres. » Pourquoi ? *Parce que c'est cette nuit-là que je cherche désespérément à retrouver. C'est Lola que je veux.*

— Vodka, s'il vous plaît.

11

Douze jours avaient passé depuis son retour, et trois depuis le dernier dîner familial. Bertrand était resté dans son antre. Il sortait le soir en passant par le jardin. Il marchait lentement, sans guide pour l'accompagner, l'esprit ailleurs. Ne pensant qu'à Lola. Même quand il immergeait ses clichés dans leurs bains, attendant surprises et souvenirs. Les photos étaient bonnes. Quelques-unes plutôt très bonnes. D'autres lui rendirent intacte l'émotion qu'il avait éprouvée en pressant le déclencheur.

Bertrand n'avait aucune idée de la manière dont les autres artistes fonctionnaient, mais il s'estimait chanceux. Son art avait le pouvoir de le surprendre quand il regardait au travers de son objectif et, parfois, quand toutes les données étaient au beau fixe, il ressentait une espèce de joie intérieure unique en observant l'image se matérialiser. Sa vision devenait une réalité tangible. Une chose physique. C'était excitant comme quelque chose qu'il aurait dérobé sans préméditation et qui, par une magie étrange, ne voulait appartenir qu'à lui.

— Bertrand !

— J'peux pas ouvrir, Maman !

— Tu as reçu une lettre.

— Pose-la sur mon bureau.

— Ce n'est pas administratif.

— Depuis quand tu t'occupes de mon courrier ? J'ai trente ans !

Elle hésita, le prétexte pour engager une discussion était maladroit, mais elle aussi dormait mal depuis qu'il était revenu. Alors elle poursuivit et dit que l'enveloppe était bleue.

— C'est qui ?

— Pas de nom. Le cachet dit : 3e arrondissement.

Il réfléchit.

— Je ne connais personne dans le 3e. Pose-la sur mon bureau !

— Vu le parfum qui s'en dégage, c'est sûrement une femme qui pense à toi.

Une femme qui pense à moi ? Bertrand fixa la photo qui flottait. Son cœur s'emballa. Il suspendit le cliché, s'essuya les mains et sortit du labo en refermant le double sas. Il saisit l'enveloppe.

— Tu n'ouvres pas ?

— C'est Daphné.

— Tu es sûr ?

— C'est son parfum

Il la balança dans la poubelle à côté de son bureau et fit demi-tour. Sa mère le retint par le bras et le bombarda d'interrogations muettes. Qu'il interrompit en secouant la tête.

— Alors parle-lui, une fois pour toutes, dit-elle avec son sourire des bons jours.

— Ça ne servirait à rien.

— Alors dis-lui « merde » une fois pour toutes.
— Même réponse.

Bertrand extirpa l'enveloppe de la corbeille. Il la décacheta et lut à haute voix l'invitation : « Je vous attends pour fêter la crémaillère de mon nouveau *Home*... » Trois mots avaient été ajoutés à la main et en rose. « Restons bons amis. » Il tendit le carton et l'enveloppe à sa mère. « Fais-le, tu seras plus efficace ! » et il claqua la porte du sas, puis celle du labo derrière lui. Elle l'entendit traficoter des objets métalliques. Il songea que Daphné devait avoir hésité à lui envoyer son carton parce que la soirée était pour le lendemain soir. Puis, il se ravisa et conclut que non, il ne s'agissait pas d'hésitation, mais d'un calcul habile de cette fille qui espérait – et comptait – que la curiosité l'emporterait sur la réflexion.

Sa mère relut la note et la rangea dans l'enveloppe. Elle fixa patiemment le fin espace entre la porte et le sol jusqu'à ce que la lumière s'allume.

— Tu vas y aller ?
— C'est pas vrai ! T'es encore là !
— Tu devrais y aller. Prendre l'air... Depuis que tu es rentré, soit tu restes enfermé à respirer tes acides, soit...
— Maman ! Je n'ai aucune envie de revoir Daphné.
— Tu travailles trop.
— Tu m'as assez reproché le contraire !
— Bertrand !
— Merde !
— Pourquoi elle fait une crémaillère un mercredi soir ?

Il ne répondit pas. Attendait face à la porte. Se doutait que têtue comme sa mère l'était, elle ne bougerait pas de la journée. « Je ne sais pas si c'est chic de faire une crémaillère une mercredi, mais je trouve que ce carton est plus élégant qu'un mail. » Il leva les yeux au ciel. Elle avait une voix calme qui, au lieu d'apaiser son fils, fit monter sa pression. « Tu ne trouves pas ? »

— Pourquoi tu ne peux pas me foutre la paix ?

— Je sais que tu descends des vodkas ! lança-t-elle sur un ton qu'elle voulut détaché, neutre, compréhensif, et un poil inquisiteur.

Le sas s'ouvrit sèchement. Son fils, cerné, hâlé mais pâle, réapparut :

— Qui te l'a dit ?

— Clémence. Je l'ai croi...

Il claqua la porte, puis la deuxième. Cependant, sa mère eut le temps d'apercevoir dans son expression ce qui la titillait depuis qu'il était rentré de Russie. À cette seconde, elle en fut persuadée, quelque chose dans la vie de son fils avait changé. Et tel qu'elle le connaissait, ce quelque chose devait être sérieux. *Suffisamment pour l'envoyer au bar.* Elle prit une longue inspiration. Et d'une voix aussi naturelle que possible, elle affirma qu'elle n'avait pas l'envie ni le besoin de se chamailler avec lui, mais qu'elle était certaine qu'il avait rencontré, en Russie, une jeune femme qui devait l'avoir troublé pour avoir une mine pareille.

— Elle s'appelle comment ?

Bertrand ressortit de son antre si brusquement que sa mère sursauta. Il attrapa sa veste en daim fauve accrochée à la patère et monta les marches quatre à quatre.

— Tu vas où ?

Il ne répondit pas. Elle courut derrière lui.

— Bertrand ! Bertrand ! Tu es... tu es...

Subitement, la voix et le visage de la vieille femme russe qui lui avait donné un œuf à gober lui revinrent. Il fit volteface en haut des marches :

— Je suis quoi ?

Florence Gianelli se figea. Ils se dévisagèrent et son fils jeta sa veste dans l'escalier. Elle cascada jusqu'à ses pieds. Elle ne bougea pas. Il fit demi-tour et monta dans sa chambre. Elle ramassa le vêtement, le raccrocha et gravit doucement les deux escaliers. Elle frappa. N'obtint pas de réponse mais ouvrit. Bertrand était couché, les mains sous sa tête. Il ne la quitta pas des yeux quand elle slaloma entre les chaussettes, jeans et T-shirts éparpillés par terre. Les piles de magazines, les câbles, chargeurs et bouteilles d'eau plus ou moins récentes. Les tasses. Elle s'arrêta au pied du lit.

— On s'est enfermés dans une relation de reproches. On s'observe au lieu de se parler.

Bertrand ne dit rien. Elle s'assit sur un côté, pas trop haut.

— Je ne suis pas blanche et je n'ai jamais prétendu être la meilleure des mères. D'ailleurs, dit-elle en se reprenant, je te parle de moi au lieu de répondre à ta question.

Elle rafistola son chignon d'un geste rapide. Il vit quelques lignes grises quand elle inclina la tête. Elle avait une chevelure riche très bouclée, noire intense, une peau claire et fine, très peu marquée pour son âge. *Cinquante-quatre ans le 14 juillet dernier.* Daphné l'avait appelée, *j'ai envoyé un SMS.*

Sa mère sourit comme il ne l'avait jamais vue lui sourire, puis elle dit qu'il valait mieux qu'elle parle la première pour donner sa version et son ressenti. Qu'après, elle écouterait les siens... Bertrand acquiesça d'un regard.

— Tu n'as jamais fait tes nuits, et ensuite, tu n'as jamais dormi. Tu m'as épuisée, mais les choses se sont calmées dès l'instant où je t'ai acheté ton caméscope. J'aurais peut-être dû prendre l'appareil photo que tu réclamais, mais bon… J'étais là devant le rayon, je n'ai regardé que les prix.

Son fils ne sourit pas, mais quelque chose l'émut. Elle poursuivit :

— Je dois reconnaître qu'à partir de là, à la maison, c'était mieux, mais je suppose que tu aurais aimé filmer en classe… (Il ne bougea pas.) Quand ton professeur de maths de sixième nous a dit que tu étais un enfant précoce non détecté, j'avoue qu'on est tombés de haut. Il avait raison, il a vu ce que ton père, prof, et moi, infirmière, n'avions pas été capables de discerner… Disons qu'avec des notes ne dépassant jamais 10. Bref… (Bertrand eut son sourire d'enfant.) Tu as sauté une classe. Peut-être aurait-il fallu que tu en sautes deux, bien plus jeune. (Elle secoua la tête.) Tu sais comme moi le nombre de fois où tu as empêché les autres de travailler.

— Bac S, mention très bien.

Elle marqua un temps :

— C'est vrai. Mais je ne sais pas si fumer tes pétards était cependant la meilleure des idées. Ni de faire une overdose.

— C'était un malaise.

— Vu l'état dans lequel tu étais, je veux bien croire que tu ne te souviennes de rien. Je fais plus confiance au médecin qu'à ton abruti de Lucas.

— Il est avocat maintenant.

— Je m'en contrefiche ! coupa-t-elle. Je ne veux pas en savoir plus sur vos conneries, mais (elle prit une forte inspiration) j'aimerais que tu me dises si tu es allé jusque-là pour nous infléchir. Pour qu'on te laisse arrêter cette école d'ingénieur.

Bertrand ne détourna pas les yeux.

— Il n'y avait rien de conscient. C'est arrivé comme ça. Tout le monde le faisait, un jour je n'ai pas supporté, c'est tout.

— C'est tout… soupira sa mère. Mets-toi à notre place…

— C'était une bonne idée de me laisser construire mon studio si je m'engageais à ne plus rien toucher. J'ai tenu parole.

Ils restèrent l'un dans le regard de l'autre, à se lire. Bertrand ajouta : « Je ne suis pas surpris que tu aies pensé ça. »

— C'est vrai, j'aurais aimé que tu obtiennes ton diplôme parce que tu en avais les capacités. On ne sait jamais dans la vie.

— C'était plus fort que moi. Rien ne m'intéressait. Je n'en pouvais plus d'être enfermé.

Elle laissa filer une volée de secondes.

— Je ne l'ai pas compris comme ça. Je n'y ai vu que de la légèreté et de la lâcheté.

Alors quelque chose de blessé et de douloureux passa dans les yeux de son fils. Elle se leva et marcha jusqu'à la fenêtre. Elle l'ouvrit en grand. L'air frais d'automne s'engouffra. Une minute plus tard, face au jardin, elle dit d'une voix différente, sans défense : « Je préviens les mères que je vois d'être toujours vigilantes, de ne pas se laisser entraîner dans une spirale négative conflictuelle parce que les choses deviennent de plus en plus difficiles à changer. J'ai fait le contraire avec toi. J'étais persuadée que c'était toi et moi ensemble qui ne fonctionnait pas. Je ne t'ai jamais parlé. » Ces dernières phrases étaient sorties très rapidement. De dos, parce que sinon, Florence n'aurait pas été certaine de pouvoir les verbaliser.

Bertrand fixait le plafond. Sa mère avait raison, la puissance de la spirale est terrible. Il voulait que Lola soit là, tout de suite. Il n'y avait pas eu un seul millimètre de distance entre elle et lui. Tout était si clair/paisible/évident/bon. *Possible*. Mais il avait été lâche. Maintenant, à cette seconde, il aurait tout donné pour l'emmener en Russie se baigner dans le Baïkal. Il lui dirait que l'amour est une chose rare, unique, qui exige des sacrifices. Et puis une peur s'empara de lui. Celle-là même qui déversait ses horreurs sur Anatoli. Elle enserra sa poitrine de ses longs doigts noueux, remonta jusqu'à sa gorge. Cette salope était restée tapie dans l'ombre jusqu'à cet instant, attendant la brèche pour balancer ses hordes terrifiantes. *Et si je condamnais Lola ?*

Florence revint s'asseoir sur le lit. Elle vit la poitrine de Bertrand se soulever plusieurs fois. À son tour, il se leva précipitamment pour aller à la fenêtre. Sa démarche était sèche, ses épaules très droites dans son pull noir. Il plaqua ses mains sur le pan de mur au-dessus. Elles étaient fortes, sans être larges. En les regardant, sa mère ne se demanda pas depuis combien d'années il ne quittait pas cette bague, mais sentit toute l'énergie qui naviguait en lui. *Des mains d'extérieur.* Elle réalisa à la minute qu'elle n'arrivait jamais à le faire rentrer ou le coucher. Qu'il avait passé son enfance dehors. Elle faillit le confier, puis hésita… Et subitement, Bertrand dit d'une voix saisissante qu'elle avait raison.

— Il y avait de la lâcheté dans cet abandon. Je me suis souvent conduit lâchement.

Il se retourna.

— Tu as vu juste. J'ai rencontré une femme il y a seize mois. Elle a sonné chez Daphné qui n'était pas là, un matin tôt, elle tenait la poignée de porte de sa cuisine à la main. Je l'ai réparée. C'était… (Il sourit, heureux et triste.) C'était ça. D'un coup, c'était nous. Je l'ai senti mais je n'ai rien dit. (Son regard se fit dur.) Pas seulement parce qu'elle était sur le point de déménager et de se marier.

Sa mère écoutait et le regardait. Elle demanda si elle s'était vraiment mariée.

— La semaine d'après. Je suis allé devant la mairie. Elle y est entrée sans me voir.

Bertrand revint vers le lit, s'assit à côté d'elle, puis s'allongea. Il frotta ses mains sur son visage, planta ses yeux dans ceux de sa mère. Elle y vit tout. Son amour, son désespoir, son besoin de cette femme. « C'était quand ? » « Elle s'est mariée le jour où je partais pour le Tibet. J'ai passé les jours précédents à me convaincre que je devais l'oublier et dans le RER, j'ai couru comme un fou. Je n'ai rien fait pour qu'elle me remarque. J'aurais voulu pourtant qu'elle se jette dans mes bras. »

— Et tu l'as revue récemment n'est-ce pas ? affirma-t-elle après une seconde.

— Dans l'avion qui m'emmenait en Russie. Elle est hôtesse de l'air.

— Et ?

— Elle m'a enlacé et m'a dit qu'elle était peut-être enceinte. J'ai acheté son test. J'ai vu le résultat positif.

Il se redressa, sa mère le considéra. « Elle aime son mari ? » Bertrand soutint son regard : « Si seulement c'était aussi simple que ça... » Il retomba sur le dos, les paupières closes. « C'était encore plus fort. » Sa voix se cassa. Sa poitrine se soulevait lentement.

— Ne me dis pas que ça passera. Je sais que ça ne passera jamais.

— Te connaissant, non.

Bertrand ne bougea pas. Garda les yeux fermés. Florence trouva son fils très beau, très malheureux, très homme. Il dit sans les ouvrir : « Je crois que je préférerais encore être son amant à ce que je vis depuis qu'elle m'a quitté ce 6 juin et je lui ai dit le contraire. » « Alors parle-lui. » Il se redressa. Sa mère poursuivit : « Rester dans cet état va te pourrir la vie, Bertrand. Il faut que vous vous parliez. » « Comment ? Je n'ai pas ses coordonnées », lâcha-t-il, abrupt.

Sa mère le dévisagea. Il secoua la tête : « On ne voulait pas se retrouver. » Elle répliqua aussitôt : « On dirait que la vie en a décidé autrement. » Il resta dans ses yeux, elle ajouta : « Tu ne sais vraiment rien ? »

— Si, l'adresse de la mairie où elle s'est mariée. (Il se passa une main dans les cheveux.) J'ai été assez con pour ne pas lire en entier ce faire-part que Daphné m'a balancé à la figure, mais je pourrais dessiner de mémoire le visuel romantique.

— Elle est sur Facebook ?

— Pas plus que moi.

— Pfff… Un photographe qui n'a pas Facebook ou même un site professionnel.

— Je fonctionne autrement, dit-il avec un ton si direct qu'il arracha un sourire à sa mère.

— Je sais comment tu fonctionnes. Tu aimes les rencontres, les poignées de main. Donner ta parole. Qu'on te choisisse pour tes qualités. Travailler à ta façon, sans appartenir à personne. Tu ne donnes pas de nouvelles, tu arrives et repars sans prévenir, tu es bordélique, tu n'ouvres pas ton courrier. (Elle ramassa des enveloppes cachetées, les lui tendit.) Et tu ne dois pas faire tes comptes…

— Je ne dépense rien. Je n'ai le temps de rien. (Il les jeta sur son lit.) Je ne dis jamais ce qu'il faut quand il faut. (Il s'arrêta dans les yeux de sa mère.) Je ne sais même pas son âge ni le jour où elle est née. Et, putain, je ne déborde pas d'intuition !

Il se tourna vers la fenêtre, fixa les branches supérieures du pommier et le seul nuage qui semblait s'y être emmêlé, puis retomba sur le dos. « Tout ça me fait chier à un point… » Sa mère prit sa main. « Tu ne m'as pas dit son prénom. » « Lola », dit-il d'une voix amoureuse.

— C'est joli.

— Elle me renverse.

— Lola comment ?

— Baratier, épouse Milan, précisa son fils, plus sec. Quand je pense que je faisais tout pour ne jamais vivre ça…

Sa mère sentit un relief dans sa paume, elle retourna sa main. Il n'expliqua rien. « Quelle mairie ? » « Noisiel. »

— Mais… C'est à même pas vingt kilomètres !

— Je sais où est Noisiel. Quinze mille habitants. Aucun Baratier ou Milan dans l'annuaire, dit-il en s'arrêtant dans ses yeux. Et non, je ne vais pas les appeler. Tu me vois leur dire que j'aime une femme mariée et qu'il me faut son adresse ?

— Va plutôt à la crémaillère de Daphné.

Bertrand retira sa main. S'assit. Réfléchit une seconde :

— Elles étaient voisines, pas amies.

— Qui d'autre dans tes connaissances aurait ses coordonnées ? Air France ?

Son fils se leva. Il était sombre. *Il a peur.*

— Tu ne sembles pas comprendre. Moscou était un adieu. Pas un au revoir.

— Seule la mort est un adieu, dit sa mère en se levant à son tour.

Elle ajouta avant qu'il oppose quoi que ce soit :

— La vie est merveilleuse, injuste, étonnante, parfois abominable mais *très* rapide. Tu le sais comme moi, on dit parfois le contraire de ce qu'on veut.

Il fixa le parquet blanc. « Ça ne sert à rien d'avoir peur. » Il fit trois pas vers la porte. Dehors, le nuage avait filé, en douce, sans bruit, et sa mère lança : « Tu as reçu cette carte de Daphné, c'est un signe. » Bertrand s'arrêta, elle marcha jusqu'à lui.

— Tu entends ce que tu dis ?

Elle haussa les épaules. Il demanda : « Pourquoi ? Pourquoi aujourd'hui ? » Elle soupira et regarda, à nouveau, dehors.

— Ce matin, je rangeais la vaisselle avec la radio allumée. Le débat tournait autour du désir… enfin, tu sais, pas celui auquel les hommes ne résistent pas.

Elle serra son gilet autour d'elle. Elle écoutait sans vraiment écouter, elle regardait le soleil se cacher derrière des nuages et ressortir derrière d'autres. Elle revint dans les yeux de son fils.

— J'ai pensé à toi. À tes photos. À tes sorties chez Clémence… Et puis, l'animateur a cité… (Elle fronça les sourcils.) Oh ! Je ne me souviens plus qui, mais je suis sûre d'avoir entendu les mots « désir, peur et pestilence ». J'en suis certaine. Pestilence… Tu entends, pestilence.

Elle sourit comme elle avait souri en commençant cette conversation.

— Je ne sais pas pourquoi c'est tombé aujourd'hui. Mais je sais que, parfois, des trucs comme ça nous cueillent et nous réveillent.

Puis sans transition, elle poursuivit :

— C'est mieux qu'un cancer ou un accident. Ce gugusse a raison. La pestilence est la conséquence de la peur. Elle pourrit et détruit.

Bertrand avait la tête qui tournait.

— Va chez Daphné. Essaie de voir si elle sait quelque chose, comme ça, au milieu d'autres gens, sans tête-à-tête. Montre-toi inventif.

— Viens avec moi !

— Je travaille. Et puis, ajouta-t-elle d'une voix plus douce, peut-être que Lola y sera, on ne sait jamais.

12

Lola n'y sera pas.

Le trajet à l'aller jusqu'à chez Daphné fut chargé et Bertrand resta à l'arrêt sur la rue de Rivoli pendant une bonne dizaine de minutes. Il ne songeait pas à la conversation avec sa mère, il regardait le flot de promeneurs dans la lumière très jaune sous les arcades. Il suivit ceux qui marchaient main dans la main. « Peut-être que Lola y sera, on ne sait jamais. » Comment sa mère avait-elle pu dire une connerie pareille ? Un couple traversa devant lui, sans même s'inquiéter de voir si des voitures arrivaient sur l'autre voie. Ils avaient de la chance, rien ne les empêchait d'avancer, ensemble. *Lola n'y sera pas*. Bertrand parcourut dix mètres. *Qu'est-ce que je vais bien pouvoir dire ?* Les idées ne pleuvaient pas. Il avançait au pas. Mit son clignotant et tourna dans la rue des Mauvais-Garçons qui furent assez vilains pour ne pas souffler une seule bonne idée, mais assez aimables pour lui trouver une place dans une rue adjacente à celle de Daphné. Il se convainquit que sa mère avait raison. Peut-être que, par une magie merveilleuse, Lola serait dans cet appartement.

À 2 heures, quand il repartit, Bertrand ne pensa qu'à une chose jusqu'à chez lui. Lola n'y était pas. Une demi-heure plus tard, il glissa sa clé dans la serrure de la maison familiale, mais avant même qu'il la tourne, sa mère ouvrit la porte. Elle l'interrogea du regard, il articula à haute voix :

— Je n'ai rien appris et, évidemment, Lola n'y était pas.

Avant que sa mère dise un mot, il la coupa. Daphné n'avait pas son portable parce qu'il avait raconté n'importe quoi sur les hôtesses d'Air France et qu'elle avait répondu : « Ça me fait penser que je ne sais pas ce qu'est devenue ma voisine qui se mariait. » « Tu n'as qu'à l'appeler ! » « Je n'ai pas ses coordonnées, d'ailleurs comment j'ai fait pour ne jamais les prendre ? Je me demande encore… » Maxence avait claqué : « Parce que tu n'as pas besoin d'elle. »

— Voilà, fin de l'histoire. (Bertrand tomba sur une chaise.) Je ne comprends toujours pas pourquoi j'y suis allé et pourquoi je t'ai écoutée me pousser à y aller.

Il eut un regard sec.

— C'était une connerie. Ta faute. Daphné ne va plus me lâcher.

— Est-ce que ça va changer quelque chose ?

Il se releva.

— J'avais pas envie de la revoir et je vais me coucher parce que je déborde de travail.

— Dans ce cas, mieux vaut que j'attende…

Son fils fit volte-face. Sa mère souriait comme si elle avait été la Mère Noël en personne. Elle sortit un morceau de papier vert de sa poche de veste en molleton. Il lui arracha des mains, le déplia et lut une adresse écrite en rouge. À haute voix.

— 12, allée des Contrevents…

— … à Saint-Thibault-des-Vignes.

— Comment… Comment est-ce que tu as fait ?

— Eh bien, je me suis dit que Lola serait peut-être enregistrée dans ma clinique à Paris puisqu'elle est enceinte. J'ai passé en revue les nouvelles inscrites chez nous et puis je me suis souvenue d'une collègue que j'aimais bien qui est partie à Lagny-sur-Marne. C'est proche de Noisiel et dans un périmètre acceptable quand on travaille à Roissy. Sylvie travaillait aussi de nuit.

— Active !

Sa mère avait tout simplement dit qu'elle avait besoin d'un service. Son amie, la secrétaire du Dr Chavannes avait égaré la nouvelle adresse d'une patiente, Lola Baratier, épouse Milan, qui était partie à Lagny-sur Marne. Sylvie connaissait le caractère de Chavannes. « J'ai eu la bonne idée de me souvenir que Daphné avait habité rue Hector à Paris. »

— En moins de deux, elle m'a donné son adresse.

— Comme ça ? lâcha Bertrand, stupéfait.

— Parce que c'est moi. Elle ne l'aurait pas donné à n'importe qui. Ne t'inquiète pas, ce genre de truc arrive.

Il retomba sur sa chaise. Il n'avait plus de jambes. Un instant, il se demanda s'il dormait debout et si sa mère, dans cette vieille veste blanche, allait devenir l'héroïne d'un futur cauchemar récurrent. Elle ajouta qu'elle n'avait pas eu le temps de demander son téléphone. Elle avait été bipée.

Bertrand secoua la tête.

— Ton service ne se terminait pas à minuit ?

— Il y a eu un accident de la route impliquant deux femmes enceintes. On a eu besoin de bras pour les petits. Qui vont bien du reste.

Elle lui tendit son bol de lait.

— Ça aide à dormir.

Il leva les yeux vers elle. « Je ne vais jamais dormir. »

— Mais si. Et quand tu seras réveillé, je te prête ma voiture pour que tu ailles parler à Lola. Vraiment.

— Je ne vais pas dormir, répéta-t-il.

Sa mère posa une main sur son épaule, plus doucement que la vieille Russe. Ses yeux étaient aussi noirs que ceux de la babouchka étaient clairs. Mais toutes les deux avaient des années de vie derrière elles. Des mots justes, percutants, ne laissant pas de place à l'hésitation ou la médiocrité.

— Revoir Lola ne sera pas pire que la rêver.

— Qu'est-ce que je vais dire ?

Florence Gianelli sourit :

— Laisse parler ton cœur.

La vie est merveilleuse, injuste, étonnante, parfois abominable mais très rapide. En se couchant, Bertrand ajouta à la liste *surprenante* et… *J'ai son adresse.* Pour la première fois depuis des lustres, il s'endormit aussitôt jusqu'à 6 h 32. Un exploit. *Aujourd'hui.* Le petit papier vert était toujours dans sa main. 12, allée des Contrevents. 77400 Saint-Thibault-des-Vignes.

13

Le soleil était vaillant mais un vent de fin de septembre glacial saisit Bertrand quand il descendit de la voiture devant le panneau « À louer ». Il chercha la sonnette sur le portail. Appuya une fois, deux, cinq, dix. Et aperçut une femme très grande emmitouflée dans un manteau rouge sortir de la maison voisine et se diriger vers lui.

— Vous êtes le monsieur de l'agence qui vient récupérer les clés ?

— Non, je suis à la recherche d'une maison un peu comme celle-ci. J'ai vu le panneau.

Anne Baxter s'avança jusqu'à son portail, dévisagea Bertrand qui n'arriva pas à formuler une question simple. D'ailleurs, il bafouilla avant de pouvoir articuler : « Si vous avez les clés, je peux peut-être visiter. »

La voisine le jaugea. N'allait-il pas – ce type jeune, plutôt joli garçon – la trucider dès qu'ils auraient passé la porte ? Mais avant qu'il ouvre la bouche, elle conclut qu'elle était plus grande que lui et qu'un tueur en série ne sonnerait pas à une maison aux volets fermés.

— Pourquoi pas ! Si jamais vous êtes intéressé, vous pourrez la revisiter avec l'agence et, bien entendu (elle inclina la tête), vous ne direz pas que…

— Évidemment.

Il patienta le temps que madame Baxter ferme sa maison. Elle fit jouer la serrure du portail.

— Vous habitez dans les environs ?

— Pas encore. Je rentre de Russie.

— Vous travaillez dans quoi ?

Bertrand hésita tant qu'elle dit qu'elle ne le croirait pas s'il se prétendait agent secret.

— Je suis photographe.

— Ah oui ? Reporter de guerre ?

— Non. Non. Paysages, portraits.

Anne Baxter eut un joli sourire. Ils traversèrent le jardin de Lola et elle n'hésita pas sur la clé. Elle alluma aussi les lumières avec la facilité de celle qui connaît les lieux, expliquant qu'elle s'était prise d'amitié, « certes, trop courte, pour Lola ».

— Je la trouve très courageuse de suivre son mari à Francfort. Mais vous savez comment sont les choses, elles vous cueillent avec un choix à deux options : oui ou oui !

Bertrand sourit. *Merde, Francfort*. Demanda si elle pouvait ouvrir les volets…

— … de cette verrière.

— Je parle ! Mon mari vous dirait que je parle trop !

Elle s'empara de la télécommande posée sur le comptoir en béton bordeaux et la brandit, en l'air, vers le carré de verre comme une baguette magique. Bertrand ne réprima pas un vrai sourire amusé. Madame Baxter répondit avec un regard appuyé et souriant qu'elle trouvait…

— … le geste gracieux.

— Bien rattrapé ! répondit-il, souriant aussi, en se postant dessous, le nez au ciel.

La pièce s'inonda de lumière. Anne confia que c'était une idée de Lola pour laquelle son mari avait dessiné les plans. Bertrand dit que la propriétaire avait bon goût mais songea aux étoiles, là tout de suite, ultra-présentes, au-dessus *de nous. Dis-moi que tu voulais les voir.*

— Vous avez vu ces radiateurs ? Je rêve des mêmes !

Le jeune homme jeta un coup d'œil à l'endroit où Anne pointait son index. Il n'aurait jamais imaginé que de tels radiateurs pouvaient exister, mais se contenta de balayer d'un regard le carrelage gris, les murs blancs, le liseré perle le long des plinthes. *C'est elle qui l'a peint.*

— Combien de temps restent-ils en Allemagne ?

— Son mari a signé un contrat pour trois ans. C'est un génie, vous savez.

Je ne veux pas le savoir. Cependant, il questionna : « Dans quel secteur ? »

— Chimie et environnement. Un projet secret dont je ne saurais vous dire plus.

— Le bail est de trois ans ?

— L'agence vous le confirmera. La maison vous plaît ?

— Je la trouve lumineuse.

— Si vous avez des enfants, l'école du village est une exception.

— Pas encore, mais ma femme sera heureuse de l'apprendre.

— Elle travaille dans quel domaine ?
— Elle est banquière.

Bertrand ne sut pas pourquoi il s'inventa une femme exerçant cette profession-là parmi toutes celles qui existent sur terre. Peut-être était-ce pour ne pas dire « hôtesse de l'air »… Mais il mentit avec aisance parce que, oui, mentir est facile. Cependant, c'est dangereux car tout le monde sait que les menteurs se font inévitablement piéger. Alors le photographe se dirigea sagement vers l'étage où il prétendit s'intéresser aux placards et prises de courant en écoutant Anne raconter que la femme de ménage lui avait laissé les clés après le déménagement parce que l'agence devait les récupérer dans la foulée. « Elle a annulé un premier rendez-vous et j'étais soi-disant absente aux suivants… » Bertrand sourit en regardant la pelouse à l'arrière au milieu de laquelle se dressaient deux vieux cerisiers, un bosquet de noisetiers, deux pruniers. « C'est un ancien verger ? » « Non, je crois que ces arbres s'étaient plantés seuls, Lola a voulu les garder. » Deux secondes plus tard, Anne Baxter s'étonna que sa voisine accepte d'abandonner une si jolie maison.

— Vous ne trouvez pas, monsieur…
— Bertrand Roy, dit-il franchement.
— Je regarderai votre travail sur Internet.
— Je n'ai pas encore de site.
— Ah non ?
— C'est en cours, poursuivit-il en souriant. Vous avez une idée du loyer ?
— Lola avait parlé de 1700 ou 1800 euros. Mais pour l'agence, je ne vous ai rien dit.

Bertrand promit, la remercia. Ils redescendirent dans le bavardage d'Anne. Elle referma. *Tout ça pour ça.* Le photographe s'arrêta sur les deux bouleaux, jeunes, dont les branches s'entrelaçaient. *Tu vas te contenter de ça ?*

— Y a-t-il une chance que les propriétaires acceptent de négocier le prix du loyer si je passe en direct ?

— Je ne sais pas.

— Si je me permettais d'appeler la propriétaire…

— Laissez-moi plutôt vos coordonnées. Je préfère expliquer de vive voix à Lola que je vous ai laissé entrer chez elle.

Bertrand donna son numéro que la voisine enregistra aussitôt. Puis, sans relever le nez, elle dit qu'elle était idiote. « Il n'est pas trop tôt pour que je l'appelle tout de suite ! » Bertrand blêmit, sentit ses mains trembler. « Bonjour Lola, c'est Anne Baxter, je vous appelle parce que je viens de faire visiter votre maison à un charmant monsieur qui est vraiment très intéressé. Merci de me rappeler très vite, je vous communiquerai son numéro. »

Elle sourit, Bertrand voulut lui arracher son téléphone.

— Message transmis ! Vous n'avez plus qu'à attendre !

— Merci.

Elle ajouta en descendant l'allée que c'était dommage qu'il ne se soit pas promené plus tôt.

— Les propriétaires viennent de partir ?

— Il y a… (elle réfléchit) à peine trois semaines.

14

Anne Baxter n'a pas dit mon nom. Et si Franck te rappelle… Combien de temps à attendre ? Son mari est un génie en chimie. Qui a abandonné la chimie pour la photo ? Lola était ici quand je suis rentré. Le portable de Bertrand vibra contre sa cuisse alors qu'il se garait dans la cour de ses parents. Ses mains devinrent moites, son cœur grimpa dans les cent cinquante battements et le téléphone lui échappa pour atterrir entre ses pieds sous les pédales. *Mer-de ! Mer-de !* Le jeune homme se contorsionna pour le récupérer.

— Oui !

— Salut ! C'est Tristan, de *Géo* ! Tu sais le type que tu devais rappeler tôt ce matin et qui te paie pour te balader ! lança-t-il d'une voix très chaleureuse.

— Pardon, j'ai…

— J'te dérange ? T'as l'air essoufflé ?

— Je viens de courir… (Mensonge plus mensonge égalent *on regarde autour de soi.*) Ça s'entend tant que ça ?

— Je ne suis pas ta mère, Bertrand ! Je ne m'intéresse qu'à ton talent et je suis impatient de voir où tu en es.

— Je peux passer en fin d'après-midi. Je vais passer.

— 18 heures.

— J'y serai.

Il allait raccrocher quand Tristan lança :

— Elle est comment ?

Sans hésiter et avec un plaisir délicieux dans la voix, Bertrand ferma les yeux :

— Un mètre soixante-dix, cheveux miel, des yeux comme un sous-bois.

— Oui, c'est ça, Anya. Les feuilles s'envolent puis se posent sur le sol à cause de la gravité. Mais que se passe-t-il après ? demanda la maîtresse avec un regard et un ton qui glacèrent les élèves.

— Je ne sais pas.

1

L'appartement au deuxième étage était doté d'une baie gigantesque donnant sur le parc que Franck avait décrit. Il était bien plus beau en vrai, s'étendait sur des hectares. Leur domicile était vaste, calme, propre, bien chauffé, entièrement refait à neuf. Les éléments de cuisine blancs s'intégraient avec discrétion dans le séjour et les appareils ménagers étaient cachés. Les plaques elles-mêmes se dissimulaient en appuyant sur un bouton qui amusait beaucoup Franck. Il n'avait trouvé qu'un défaut : le carrelage glissant de la salle de bains. « Je veux que tu y penses chaque fois que tu sors de la douche. »

Si bien que lorsque Lola entendit son portable retentir, elle ne se précipita pas. Elle coupa l'eau, essora ses cheveux. Posa un pied puis l'autre sur le tapis de bain. Elle capta sa courbe dans le miroir. Son ventre était haut, l'arrondi de ses seins plus lourd. Elle eut un frisson et s'enroula dans le peignoir. Noua une serviette autour de sa tête. *Je veux un café.* Elle attrapa au passage son portable, le glissa dans sa poche droite et fit réchauffer au micro-ondes une tasse pleine, en fixant l'anse qui tournait. La porte s'ouvrit avec une sonnerie que Lola détestait. Elle se tourna vers le parc. Qui l'avait appelée ? Elle replongea la main dans sa poche et, au même moment, laissa échapper de l'autre la tasse.

Elle la regarda rebondir sur le sol blanc de sa nouvelle cuisine dans une espèce de ralenti, persuadée qu'elle allait se briser au prochain rebond, et fut stupéfaite de la voir arrêter sa course intacte. Peu importait que le liquide noir se répande en suivant les joints rectilignes du carrelage blanc… Parce qu'à cette seconde, la jeune femme revit le carrelage de son appartement rue Hector et les traces que les pieds nus de Bertrand y laissaient. Ses pas décidés vers elle. Elle sut – dans ses tripes – que le message enregistré pendant qu'elle se douchait le concernait, d'une manière ou d'une autre.

Lola rappela aussitôt, écouta Anne Baxter expliquer sa petite bêtise. Elle eut le vertige, une bouffée de chaleur, d'émotion – *d'amour* –, et posa une main sur le rebord de l'évier. Elle vit Bertrand remonter d'un pas décidé l'allée traversant son ancien jardin. Elle sourit, comme s'il était là. Attendit en fixant son écran le SMS d'Anne. Comment avait-il trouvé ? *Quand a-t-il su ?* Que faisait sa voisine ? L'avait-elle déjà égaré ? Le SMS jaillit et Lola nota les dix chiffres sur une feuille pour les mémoriser. Elle reposa son stylo. Puis songea aux distances de sécurité, aux intuitions qui ne tombent pas quand il le faudrait. Aurait-elle voulu avoir cette intuition avant de partir ? Pour ne pas partir ? La jeune femme tomba sur une chaise, tremblante. Le souffle court.

Je ne l'ai pas eue.

Pas plus qu'elle avait eu le pressentiment qu'elle allait rencontrer cet homme, lui succomber, l'aimer sans pouvoir interrompre/refuser/nier/vouloir/oublier cet amour. Non, rien ne l'avait préparée à ce regard unique qui ferait d'elle cette autre femme. Enceinte ou non, à Francfort ou à Saint-Thibault-des-Vignes, sur terre ou dans le ciel, Lola n'arrivait pas à ne plus y penser. Les quatre derniers mois n'estompaient rien, bien au contraire. Elle se sentait prise au piège et mentait avec la certitude passive qu'à la fin, ça finirait par se voir qu'elle ne voulait pas vivre en Allemagne ni continuer à être celle qui avait dit oui à Franck, aussi par amour. *Ça ne veut pas dire que je ne l'aime plus ou que je l'aime moins.* Mais comment dire *ça* à Natacha ? À sa mère ? Comment dire ça à son mari qui lui répétait en plantant ses yeux bleus, lisses, dans les siens que « les choses ne se passent pas toujours comme prévu » chaque fois qu'il rentrait très tard ? Il lui sembla, à cet instant, que seule Elsa comprendrait.

Le café avait arrêté sa course, la tasse ne bougeait plus et son téléphone retentit, annonçant « Maman ».

« Est-ce que tu trouves cet appartement mieux ? Est-ce que tu t'y sens mieux aujourd'hui ? » Lola ne répondit qu'à la première question et ne pensait qu'à Bertrand. « Cette grande pièce reste lumineuse toute la journée, le canapé est face à la baie. » La jeune femme suivit la forme sans forme dessinée par le café froid, puis leva les yeux vers les arbres dans le parc. Quelques taches de jaune, de rouge et d'orange apparaissaient comme si un peintre les avait jetées en fermant les yeux. Bientôt, elles s'étendraient pour enflammer la forêt.

— Je vais t'envoyer des photos.

— Tu n'es pas trop fatiguée ?

— Un peu. Mais ça va.

— Et ton ventre ?

— Moins dur qu'hier. J'ai bien dormi. Je vais vider quelques cartons.

— Quand je pense à tout ce temps que tu as passé avec ces déménageurs. Ils vont vous rembourser ?

— Je m'en fiche, Maman. C'est Bayercom qui paie…

— Et tu le fais…

Les feuilles vireraient au brun et tomberaient avec le vent. Seuls les sapins resteraient stoïques, droits, décidés, noirs. Lola eut envie des bras de Bertrand. Le café n'avait pas franchement débordé de l'itinéraire tracé par les joints. Elsa s'empara du téléphone. Elle avait rêvé de Lucifer, le chat de Cendrillon qui sautait pour attraper des grosses oranges accrochées au plafond de sa chambre. *Les choses ne se passent jamais comme prévu.*

— Tu en as mangé hier ?

— Non. Tu aimes les oranges, Lola-Lola ?

La jeune femme resta silencieuse. Sa sœur reposa sa question parce qu'elle détestait qu'on ne lui réponde pas.

— Oui.

— Plus que la glace aux fraises ?

— Bien plus.

— Maman a mis des chaussons verts.

Géraldine reprit le téléphone. Cet éloignement lui pesait déjà. « Je crains le moment où elle va vraiment comprendre que tu n'es plus à Saint-Thibault. » Lola ne dit rien. Sa mère soupira. « Pardon. Je ne sais que me plaindre alors que c'est toi qui es seule, là-bas. » Sa fille fermait les yeux. *Bertrand m'a retrouvée.* L'instant devint délicieux. Elle sourit et dit : « Je trouverai les mots pour Elsa. »

L'odeur froide du café était enivrante, les arbres du parc s'étendaient à perte de vue. Lola avait raccroché quelques minutes auparavant. Elle passait de l'un à l'autre. *D'une vie à une autre ?* D'une feuille rouge à une orange. Quel était leur nombre exact dans toute la forêt ? La jeune femme baissa les yeux sur celle sur laquelle dansaient des chiffres noirs.

Une seule feuille compte.

2

+ 336……

La jeune femme appuya sur la touche « appeler ». Elle était certaine d'elle. L'envie et la certitude. La nécessité qui rencontre ce qu'il faut faire. Elle ne tremblait pas. Aucune sonnerie ne retentit, mais la voix claire de Bertrand.

— Allô ?

— C'est Lola.

Et puis, le silence s'installa. Un silence de bonheur. Un silence comme un pont. Ils écoutèrent leurs pas courir l'un vers l'autre. Ils se voyaient. Ils se sentaient. Les mots eurent la politesse de ne pas assombrir la beauté de Maintenant. Quelque chose de magique avait pris – ou repris – sa place. Il dictait. Parce qu'il sait. Il fait. Alors tout se transforme. Les armures tombent, emportant les peurs et les limites. Ce quelque chose a le pouvoir de libérer. Plus de vie. Plus de mort. Plus de mots pour ce qui est impossible à dire. Juste ce qu'il faut de courage pour le merveilleux. Elsa avait raison, l'espace et le temps ne sont rien. Seules les pensées demeurent une vérité. Elles les ramenèrent dans cette chambre d'hôtel à Moscou.

— L'Allemagne... finit par articuler Bertrand.

— Si seulement j'avais su...

— J'ai besoin de te voir. Je prends un avion et on se voit où tu veux.

— Il y a un vol Air France demain matin à 8 h 40 à Roissy.

— Je le prendrai.

— Je t'attendrai à ton arrivée.

3

Lola passa une grande partie de la journée à ranger les derniers cartons parce qu'elle ne tenait pas en place. Ils occupèrent ses mains et son corps. Son cerveau, lui, était insaisissable. Flottant dans un monde d'émotions où les prises de décision n'existent pas et où ses idées s'emmêlaient et se confondaient en une : *Je vois Bertrand demain*.

Plus tard, dans l'après-midi, elle poussa jusqu'à la superette en contrebas de la route qui longeait le parc. Elle marchait sans se demander si elle allait tenir le coup encore longtemps, si elle aimait cet homme au point de tout abandonner. Elle connaissait la réponse à ces questions. *J'ai déjà quitté la vie que j'aurais dû avoir.* Le soleil se reflétait sur les feuilles jaunes et orange. *Demain, Bertrand me prend dans ses bras.* Elles retinrent ses yeux. *Pas plus haut. Ne regarde pas les traînées des avions. Pas aujourd'hui.* Alors Lola fixa un point invisible devant elle, fascinant, incontournable. Amoureux.

À l'épicerie, elle acheta ce qui lui fit envie sur le moment, des chips au curry et des tablettes de chocolat noir bio. Un litre de lait et des poireaux, deux oranges. Pas de viande. *Danke schön*. Le soleil était passé derrière les arbres quand elle ressortit et la lumière déclinait comme la marée descendante. La gravité. La lune naissante jouait entre les arbres en rythme avec ses bottes qui martelaient le trottoir. Lola enroula son écharpe plus serrée. *Je veux être à demain.* Mais les heures ralentirent avec l'obscurité et l'appartement lui parut plus vide et surchauffé. Elle fit coulisser la baie sur un quart, laissant entrer le vent et la nuit. *Demain.* L'air de la forêt n'amplifia que l'odeur des cartons. Lola entreprit de démonter les emballages un à un et les empila dans l'entrée. Elle eut envie de les jeter sur le palier, mais cette idée ne ferait pas d'elle une voisine convenable. Elle sortit un grand drap blanc pour les habiller. Quelques gouttes de lavande avant de tester l'air fenêtre fermée.

Elle arpenta la pièce, inspirant tous les deux pas. Elle eut le sentiment d'entendre ceux de Bertrand résonner au rythme des siens entre ces murs qui l'observaient. Ils n'étaient pas hostiles mais ils avaient entendu sa voix quand elle l'avait appelé ce matin, ils entendraient ce qu'elle allait dire à Franck.

Lola referma la fenêtre et envoya un SMS à son mari pour savoir s'il dînait avec elle. Il répondit aussitôt : « Suis coincé. » Elle songea très fort : *Est-ce que je vais parler, ce soir ?* Et demeura immobile, le regard fixe, heureuse et horrifiée. *Je n'y peux rien.* Les murs absorbèrent ses pensées mais renvoyèrent l'odeur des poireaux. Lola se baissa pour les ramasser. Son ventre se contracta. Encore plus à l'idée de l'odeur des légumes en train de cuire. Si bien qu'elle les balança sur le balcon. Probablement que les voisins n'y verraient pas d'inconvénient.

Elle s'allongea sur le canapé. Respira lentement pour détendre ses muscles. Doucement, petit à petit, la contraction décrut et ses enfants s'animèrent, provoquant en elle le besoin immédiat de manger. Une soupe chinoise, du fromage, une orange et deux carrés de chocolat. Elle dîna dans une lumière tamisée et un silence qui aurait plu à Bertrand. Elle regarda les murs et leur dit, sans articuler un son, que si cet homme avait été ici, il aurait fait d'eux le plus bel endroit du monde. *Il m'a donné une autre vie.* D'autres idées surgirent, des bribes de phrases, des mots. Qu'elle devrait dire à Franck. *Quand ? Ce soir, demain ?*

Lola demeura sur le canapé face à la forêt noire. Cet amour enivrant noyait le reste. Les bébés dormaient en elle, dans un monde chaud. Le sommeil montait, incontrôlable, et elle décida de se coucher au moment où son mari poussa la porte en jetant son manteau en travers de la montagne de cartons.

Elle demanda s'il trouvait que ça sentait l'entrepôt. Franck répondit qu'il avait le nez bouché.

— D'ailleurs, on a des kleenex ?

— Dans la cuisine.

Il embrassa Lola, se retourna le doigt tendu devant la masse informe et blanche, souleva le drap et dit qu'il ne savait pas où était la déchetterie, mais qu'il s'en occuperait dimanche. Elle le fixa, il fronça les sourcils et tout ce qu'elle parvint à dire fut :

— Mais c'est dans trois jours !

— Mets-les sur le balcon, dit Franck en retirant son pull à col roulé bleu marine qu'il jeta sur son manteau.

— Je ne crois pas que ce soit toléré dans le règlement et on n'a pas encore la clé de la cave…

— Lola ! Je n'ai pas de solution ! À moins de les descendre dans ta voiture ? lança-t-il en s'approchant d'elle.

Elle regarda sa barbe naissante qu'il n'avait pas eu le temps de raser depuis deux jours, ses yeux parurent d'autant plus bleus, sa peau, pâle. Elle ne répondit pas et fit réchauffer la soupe. Il disparut le temps d'enfiler son jogging. Il se plaça derrière elle, caressa son ventre, glissa ses mains sous son pull. Elle se tendit, murmura qu'elles étaient froides. « Comment s'est passée ta journée ? » Elle aperçut leur reflet enlacé dans la vitre, Franck la regardait, souriait.

— J'ai rangé et fait quelques courses à l'épicerie. Des poireaux que je n'ai pas eu envie de cuisiner au retour.

Franck l'embrassa dans le cou.

— Ils dorment déjà ?

— Oui.

— Ils ont fait les fous aujourd'hui ?

— Non, ils ont bougé tranquillement, dit Lola en s'asseyant à table.

Son mari avala sa soupe à même la casserole, debout, toujours souriant, puis engloutit un morceau de fromage. « Je n'ai pas vu les heures passer. » Il croqua une banane en se penchant pour extirper son ordinateur qu'il mit en route face à Lola. Il consulta et répondit à plusieurs messages sans la regarder. Elle vit ses cernes.

Quelques-uns des mots qui avaient navigué en elle jaillirent en vrac. Lola eut un haut-le-cœur. Elle sut que le responsable était le mensonge. Elle se leva pour ouvrir la fenêtre, Franck demanda de la refermer.

— J'ai la crève !

— Tu veux une tisane ?

— Plutôt un vin chaud avec du miel. Et de la cannelle, s'il te plaît.

Lola fit glisser le tiroir à épices. *De la cannelle ? J'ai rencontré un homme, Franck.*

— Sans cannelle, ça te va ?

Pas de réponse. Elle posa une tasse fumante à côté de sa main. S'assit face à lui et dit – calme et fragile – qu'il fallait qu'elle lui parle. Sans relever le nez de l'écran, son mari dit :

— Je t'écoute.

— Pas comme ça.

— Lola ! J'ai une réunion demain matin avec Johan Heiss.

— Qui ?

— Le grand patron.

— Mais ils sont combien de grands patrons ?

Franck planta ses yeux nets dans ceux de la jeune femme. *Il s'appelle Bertrand Roy. Il a les yeux noirs, je n'ai pas pu y échapper.*

— C'est ton ventre ? Les bébés ?

— Non… Il y a… J'ai…

Je n'ai rien fait pour lui échapper. J'ai rouvert quand il a sonné.

— Quoi ?

Ce ne fut pas la voix de Franck qui la musela, mais son regard bleu, franc, sans un défaut. Sans un mensonge. La jeune femme ouvrit la bouche et l'air lui laboura la trachée quand il se faufila entre les phrases écorchées, délabrées et terribles. Elle eut les larmes aux yeux, se leva, il retint sa main.

Oh ! Si Franck n'avait pas eu ce regard, s'il avait été froid, s'il lui avait reproché n'importe quoi, Lola n'aurait sûrement pas dit, la voix cassée de honte :

— C'est cette femme qui vient m'aider et qui n'arrive pas à installer Internet.

— Chérie, tu as Internet sur ton portable.

— Je le veux sur mon ordinateur.

Son mari sourit, contourna la table. Il la serra contre lui, se désola de lui infliger « ces petites emmerdes », fit remonter sa main dans sa nuque. Lola ne frémit pas, elle voulait la main de Bertrand. Franck prit la sienne et la conduisit dans leur chambre. Ils s'allongèrent sur le lit, sans allumer et il revit Lola sous la verrière. Ce jour où elle ne l'avait pas entendu rentrer. Il demanda franchement si elle avait pensé à son père aujourd'hui.

— Non.

— Tu en as parlé avec ta mère ?

— Non.

Alors la jeune femme sut qu'elle n'évoquerait pas Bertrand ce soir. Son père ne parlait pas quand il revenait de la pêche. Il tanguait en jetant ses bottes. Elle courait dans la chambre d'Elsa en refermant autant de portes que possible. *Je m'asseyais dos à la sienne.* Les cris demeuraient en bas. Elle ne voulait pas qu'ils atteignent sa sœur qui chantonnait en traçant des lignes embrouillées sur des feuilles...

— Je veux que tu me dises quand tu penses à lui, dit Franck très doucement.

— Oui.

Il lui demanda de promettre. Lola s'entendit mentir dans le noir de cette chambre. Puis dit qu'elle déjeunait le lendemain à l'aéroport avec des collègues qui avaient une longue escale. « Ça te fera du bien. » Lola n'ajouta rien, pas un soupir, et Franck s'excusa de l'abandonner dans cet appartement parce qu'il voulait être au top. « Pour nos enfants, aussi. Surtout. » Il se corrigea : « Pour moi. J'en ai besoin. » Ni elle, ni lui ne firent un mouvement. Une minute plus tard, il dit qu'après la naissance, il demanderait « une maison dans un quartier vivant où tu verras du monde ». Il embrassa ses lèvres, puis son ventre et quitta la chambre en tirant la porte.

Couardise. Voilà le mot qui se cachait derrière le père de Lola. Il étouffait la jeune femme qui n'alluma pas de peur de le voir danser, partout sur les murs comme sous sa peau. Elle se dévêtit dans l'obscurité et glissa entre les draps froids qu'elle tira sur son visage. Personne n'a envie d'être assimilé à un couard – et encore moins à une couarde. Mais qui, à part Elsa, fait réellement ce qu'il a envie ? Un enfant ? Les deux bébés qui s'étaient installés dans son ventre et qui la laissèrent s'endormir aussi profondément que Franck peaufina son rapport ?

Lola ne l'entendit pas relire en marmonnant. Ni se coucher et encore moins se lever aux aurores. Les hormones de la grossesse ont des pouvoirs miraculeux sur le sommeil. Des femmes seules. Parce qu'à plus de cinq cents kilomètres, Bertrand tournait dans toute la maison. Il avait pris son billet, fait le plein d'essence, vérifié le niveau d'huile et préparé ses vêtements. Il rangea comme avant un départ pour un grand voyage. Il dîna à 23 heures en tête à tête avec lui-même, son père étant en voyage scolaire dans une ville dont Bertrand n'avait aucune idée. Il monta dans sa chambre, regarda la nuit par la fenêtre, décida de ne pas fermer ses volets. *Je change de vie. Merde ! Mon passeport !* Il cavala jusqu'à son bureau deux étages plus bas pour le récupérer et tomba sur sa mère qui arrivait de la maternité. Elle demanda s'il était prêt.

— J'allais oublier mon passeport.

Il avait le regard fragile. Elle prit son bras et l'entraîna dans l'escalier. Il dit : « Ça va faire mal. »

— Perdre du temps va faire encore plus mal. Il faut que vous vous parliez.

Elle soutint son regard : « Que mérite cet amour ? De la peur ? »

— Non.

Sur le palier, Bertrand demanda pourquoi elle n'avait pas mis en doute ses dires. Sa mère sourit : « C'est assez fort pour flotter dans l'air que tu exhales. » Ils arrivaient devant sa chambre, elle voulut savoir – par pure curiosité maternelle – à quoi Lola ressemblait. « Presque aussi grande que moi, mince, des cheveux flous châtains à la limite du blond, un peu comme les miens, trois centimètres au-dessus de ses épaules, des cils noirs, courts, une bouche pleine, un sourire qui me tue, la peau claire, des chevilles fines » « Ses yeux ? » Il hésita, comment dire la profondeur de son regard ? « Noisette qui virent au vert. » Elle sourit. « Je vois. »

Bertrand se pencha pour embrasser sa mère. « Merci. » Elle dit qu'il avait grandi, il répondit qu'il faisait un mètre soixante-quatorze depuis ses seize ans. « Je ne parlais pas de la taille. » Il sourit et la fit pivoter, souleva ses cheveux. « Tu as quatre vestes identiques. Celle-ci est la troisième, elle a un trait de feutre indélébile sur le milieu du col, là. » Avant qu'elle réponde, il ajouta : « Qui te l'a fait ? » « Une collègue qui me pourchassait dans les vestiaires. »

Bertrand se coucha. *Demain, je prends Lola dans mes bras.*

4

Sur la table de la cuisine trônait contre le paquet de céréales un mot griffonné au feutre bleu. « Je prends ta voiture et ton chargeur. Pas le temps de prendre de l'essence et, stp, retrouve le mien. Bisous. » *Couardise*. Lola pensa que ce mot s'appliquait aussi aux hormones car, à cet instant précis, elles ne déballèrent aucun pouvoir magique pour dominer la panique qui s'empara d'elle.

D'un seul regard, la jeune femme vit l'heure et remarqua que les clés du véhicule de fonction de Franck n'étaient pas sur le meuble de l'entrée. Elle sut instinctivement qu'elles étaient restées dans la poche de son manteau. Que celui-ci devait avoir été balancé sur ou sous son bureau. Elle attrapa son portable qui ne s'alluma pas parce que Franck l'avait débranché pour y mettre son ordinateur. *8 h 15 !* Pas d'Internet, pas de portable en état de marche, pas le temps de chercher l'autre cochonnerie de chargeur qu'il avait dû oublier de toutes les façons dans son bureau.

Lola prit une longue inspiration. *Bertrand vient de s'asseoir à bord. Il me faut un taxi.* Elle décrocha le téléphone fixe. *Quelle compagnie ?*

Elle chercha l'annuaire dans tout l'appartement. Quel numéro pour les renseignements en Allemagne ? La jeune femme enfila son manteau sur son pyjama et toqua chez le voisin de palier. Une voisine. Qui, par chance, était encore chez elle, et qui commanda un taxi avec gentillesse en ne posant aucune question. Lola la remercia et se prépara. Le taxi fut ponctuel, le trajet sans embouteillage. *Je peux y arriver*.

— On va y arriver, lança le conducteur avec un regard dans le rétro.

— Merci.

Dans trente minutes, elle verrait cet homme qui volait vers elle.

Dans trente minutes, je serre Bertrand contre moi.

9 h 49, le taxi déposa Lola devant le terminal. Le chauffeur fit le tour de la voiture pour ouvrir la portière et elle trotta comme une femme enceinte. Le tableau indiqua que le vol Air France AF 123 était arrivé. Elle décompta les minutes et les pas. Elle savait ce qu'annonçaient les hôtesses et ce que faisaient les passagers. Bertrand se glisserait parmi les plus pressés : les vieux et les familles. Il sourirait pour qu'on le laisse passer, mais on lui répondrait un « *fuck you* » très impoli parce que dans notre monde du XXIe siècle, plus personne ne laisse sa place à personne. Certainement pas à un type aux yeux noirs rayonnants, jeune et pas enceinte ! Bertrand, lui, paniquait. Lola n'avait pas répondu à son message. Ni à son appel. Il se convainquit qu'elle devait conduire ou était quelque part dans un parking sans réseau. Elle

avait eu cette voix. *Elle m'a rappelé.* Il piétinait dans l'allée derrière une montagne de graisse avec deux attachés-cases et des lacets qui se défaisaient tous les trois mètres. *Elle va venir.*

Le photographe excédé sauta par-dessus les sièges, doubla par la droite et ne répondit ni aux insultes multilangues ni aux ordres des hôtesses. Il marcha le plus vite possible comme un poisson qui remonte un courant contraire une fois par an pour… survivre ? Il évita les rochers et bondit par-dessus les cascades. Il glissa sur un jouet et se rattrapa contre le mur du couloir interminable. Savait-il, ce mur, que lorsqu'un homme navigue de la sorte, il veut entrer dans son rêve ? Aucun doute là-dessus. Les murs d'aéroport sont des experts. Ils sont entraînés à toutes les situations comme à toutes les langues. Ils reconnaissent les mains qui attendent un soutien. À la vérité, ils aiment ces mains-là plus que toutes les autres. Et s'ils avaient le pouvoir de se réincarner, ils aimeraient être cet homme qui court vers son amour.

Et qui la voit, elle. Debout dans son manteau gris clair, les cheveux effleurant ses épaules et son grain de beauté dans la nuque. Elle ne pouvait le distinguer dans le flot des passagers, mais elle le cherchait des yeux. Bertrand remercia le ciel et tous ses sbires de lui donner la chance de voir ce regard-là. Il répondait à la question qui l'avait tenu par les paupières toute la nuit passée. Et puis, elle l'aperçut. Elle ne sourit pas. C'était mieux.

Il la prit dans ses bras. Ceux de Lola glissèrent sous sa veste en velours, sous son pull, sur sa peau. Ses mains tremblaient. Il sentit ses nouvelles formes, les caressa. Elle murmura :

« Embrasse-moi. » *Maintenant. Le pouvoir de Maintenant est effarant,* se dirent-ils encore et encore longtemps après que les derniers passagers eurent abandonné les lieux. Et puis, le pouvoir de Maintenant leur imposa de se parler. « Tu as combien de temps ? » « La journée. J'ai dit que je déjeunais avec des collègues d'Air France. » Ils glissèrent, enlacés, vers un bar, en se regardant, en se disant qu'ils étaient ensemble. Il murmura à son oreille : « Je pense à toi tout le temps. » « Moi aussi. » Les pans du manteau de Lola dansaient, découvrant son ventre rond comme un beau ballon qu'épousait sa robe en laine pourpre. « Ce sont des jumeaux. » Bertrand sourit largement, posa sa main sur ventre, les doigts écartés. Lola effleura sa bague. Il dessina sa courbe. « Tu es magnifique. » Oui, Lola était belle, elle souriait. Elle était heureuse. « Tes cheveux sont beaucoup plus courts. » « Ma coiffeuse se venge. » Puis, il dit qu'il allait bientôt repartir pour photographier les grands lacs. « C'est un très bon contrat. J'espère m'envoler fin novembre. D'abord l'Afrique. » Elle regarda ses yeux. Il l'embrassa à pleine bouche, en marchant. Ils dépassèrent le café, firent demi-tour. Il dessina son périple pour *Géo* avec quelques lieux. « Tu reviens quand ? » Il saisit son regard, ne le lâcha pas : « Je vais tout faire pour rentrer avant fin février. » Elle répondit, ses yeux dans ceux de Bertrand : « Je veux te voir à ton retour. » Elle sourit et dit encore : « Dès ton retour. » Et puis, elle se plia en deux.

Elle se recroquevilla sur le sol et Bertrand fut horrifié par la fine traînée très sombre qui descendait le long de sa jambe.

5

Le jeune homme hurla en allemand qu'il voulait de l'aide. Lola souffrait, elle avait les genoux repliés, un liquide chaud, visqueux et sombre s'écoulait entre ses jambes. Bertrand la soutenait et lui parlait. Elle avait le sentiment que son ventre se déchirait. Elle contenait sa douleur. Respirait par saccades. Elle pleurait. Elle dit tout bas : « Je ne veux pas perdre mes enfants. » « Non. Lola. Non. »

Des secouristes arrivèrent. Un médecin prit sa tension. On la bombarda de questions. Elle répondit mélangeant l'allemand, le français, l'anglais. Bertrand traduisait au toubib. Elle avait le visage contracté. Elle avait mal, elle avait très peur. On lui injecta des produits. « Vous allez somnoler un peu, ce sera moins douloureux. » Ils la hissèrent sur un brancard. Ils traversèrent le hall de l'aéroport. Sa vue se troublait. Elle apercevait Bertrand, très loin, très grand, flou, puis très proche.

— Est-ce que je perds mes enfants ?

L'urgentiste ne releva pas la tête. Le chariot avançait. Bertrand serrait sa main : « Ne bouge pas, Lola. » Ils franchirent des portes. La douleur descendait, elle se sentit partir avec elle dans une espèce de magma brûlant comme le cœur d'un volcan.

Puis, subitement, il n'y eut plus rien et tout devint noir.

6

Quand enfin Lola put soulever ses paupières, elle était allongée, en tenue d'hôpital, dans une salle d'examen. L'effet du sédatif s'estompait rapidement. La lumière tamisée bleutée éclairait un écran devant lequel était assis un homme d'une soixantaine d'années aux cheveux blancs frisés. Une infirmière se tenait à ses côtés, elle attendait, en suivant ses yeux, qu'elle reprenne conscience. Elle revint, fulgurante.

Lola posa ses mains sur son ventre. La soignante demanda si elle préférait qu'elle s'exprime en anglais ou en allemand. La jeune femme dit dans cette langue, la voix cassée :

— Est-ce que j'ai perdu mes enfants ?

— Non, non, Madame, répondit le médecin, avec calme. Regardez.

Il souligna de sa flèche des formes sur l'écran.

— Soyez rassurée, vos deux bébés bougent et le doppler est bon. L'un est plus petit que l'autre et leur taille reste sous la moyenne, mais dans le cas de grossesse gémellaire, ça n'est pas une surprise.

Il se tourna vers elle :

— Comment vous sentez-vous ?

Lola s'arrêta dans ses yeux, sans comprendre, sans pouvoir dire qu'elle ne voulait pas être là, comme ça.

— Vous souffrez encore ?

— Beaucoup moins. Je perds encore du sang ?

— Oui.

— C'est inquiétant ?

— C'est à surveiller de très près. Nous allons vous garder quelque temps, dit-il d'une voix aussi rassurante que possible. Le temps nécessaire pour être sûrs que tout évolue dans le bons sens. Je l'ai dit à votre ami.

L'infirmière glissa qu'il attendait dans le couloir. Lola passa de l'un à l'autre, elle se sentait étrange, lointaine et extrêmement présente. « Que s'est-il passé ? » Le médecin expliqua que d'après la douleur violente décrite par l'urgentiste et ce qu'il voyait sur l'écran…

— … et, en tenant compte de la couleur du sang que vous perdez, c'est un décollement placentaire. Non dramatique. Vos deux placentas sont normalement insérés. Il s'agit, à mon avis, d'un hématome bénin, suite à la rupture d'une petite veine. Ici.

— Qu'est-ce qui l'a provoqué ?

— C'est difficile à déterminer. Je ne dirais pas que c'est fréquent, mais je le vois chez environ quinze pour cent des patientes. Votre ami m'a dit que vous veniez d'emménager, avez-vous forcé ?

— J'ai défait des cartons, rien de lourd.

Puis très vite, avant qu'il dise quoi que ce soit, elle demanda si le décollement pouvait devenir fatal. Le médecin eut un sourire très paternel. « Une aggravation ne peut être écartée. C'est la raison pour laquelle vous devez rester sous surveillance, allongée, sans faire le moindre effort. » Son regard était clair, direct. Sa voix franche. Il ajouta qu'il n'y avait cependant aucune raison de le croire et de ne penser qu'à cela. Il insista…

— … sur les bienfaits du repos, la nécessité de la surveillance et l'entretien de l'optimisme personnel. Je suis on ne peut plus sérieux. Nous pouvons vous aider, mais il est important que vous aidiez vos enfants. Nous avons des séances de méditation et de relaxation auxquelles les mamans dans votre situation participent, et elles ne sont pas inutiles. Aviez-vous déjà vu un médecin en Allemagne ?

— J'avais rendez-vous après-demain avec je ne sais plus qui en ville.

— Dans ce cas, moi, Conrad Schmidt, dit-il solennel, vais être enchanté de vous suivre ici. Nous avons le meilleur service de néonatalogie d'Europe.

Lola répéta : « Néonatalogie » avec angoisse. Le médecin secoua la tête, « Nous y faisons des miracles », puis demanda si elle se sentait « assez bien » (il le dit en français) pour répondre aux questions de routine. « Oui. » L'infirmière nota la date de conception, celle de ses dernières règles, pas de tabac, drogue, traitement en cours, de fausses couches antérieures… Le seul « problème » de la famille était Elsa. Rien de génétique ni chromosomique. Le médecin demanda si tomber enceinte avait été difficile. « Un an. » « Et vos cycles ? » « Sans pilule, entre deux et quatre semaines. Aucune femme de ma famille n'a ce souci, j'ai fait des examens où rien d'anormal n'a été décelé. »

Lola marqua un temps et Conrad en profita pour affirmer : « Ce genre de choses ne me surprend pas ni ne m'inquiète. »

— Pour le médecin en France, répéta-t-elle en le regardant franchement, je suis tombée enceinte le 7 juin.

Le Dr Schmidt resta dans les yeux de Lola puis lui demanda de préciser ce qui la préoccupait. Elle évoqua le test positif à Moscou le matin du 6, la réponse du gynéco français qui n'en tint pas compte.

— Il faudrait que je voie vos analyses, reprit le médecin allemand après réflexion. Il se pourrait, peut-être, qu'un œuf clair se soit décroché de lui-même, créant une brèche. Vous savez ce que c'est ?

Lola hocha la tête. Le dévisagea.

— Ce qui voudrait dire que j'ai eu des ovulations différées ?

L'homme sourit et croisa les bras sur une blouse immaculée et soigneusement attachée. Il confia, avec un trait merveilleux dans la voix, que le corps humain – en particulier celui des femmes – recelait de vraies surprises, encore…

— … après trente années à étudier des grossesses. J'ai perdu au fil du temps mes jugements catégoriques. Je regarde, je constate et reste parfois stupéfait. Les prochaines analyses nous éclaireront, peut-être… (Il eut un sourire sincère.) Pour tout vous dire, j'aimerais bien plus l'idée d'ovulations multiples et différées qu'un test russe de mauvaise qualité.

Son sourire s'étira :

— Les belles histoires ne sont jamais vaines et la vie est, de toutes les façons, la plus belle des magies.

Puis avec un regard qui ne perdit rien de sa fraîcheur, il précisa, fermement, que cette magie ne nécessitait…

— … absolument aucun effort. Et, il insista, *zéro* souci de votre part. Écoutez votre corps comme s'il vous parlait. Notre chef en cuisine n'est pas mauvais et nous ne laissons jamais les mamans comme vous seules dans une chambre. C'est bon pour le moral d'avoir de la compagnie.

7

Quand la porte s'ouvrit pour laisser entrer le brancardier, Lola aperçut Bertrand qui attendait, juste en face. Il était très grave. Il tenait ses vêtements tachés de sang, son sac, et attrapa sa main qu'il serra une seconde. L'homme poussa le lit comme s'il n'existait pas, et le photographe dut marcher derrière.

— Comment tu te sens ?

— Étourdie. Les bébés vont bien.

— Et ce sang ?

— Un décollement placentaire à surveiller. Il faut que je reste allongée.

— Tu en perds encore ?

— Oui.

Lola bascula la tête pour le voir, il caressa son visage.

— Tu as mal ?

— Moins.

Ils obliquèrent à la pancarte indiquant « Gynécologie », à droite de la maternité. Les couloirs étaient peints en mauve d'un côté et en violet de l'autre. Le brancardier poussa la porte de la chambre 2204, vide. Une infirmière souriante l'attendait et s'exprima dans un anglais souple sans demander si Lola comprenait l'allemand. Elle se présenta : « Laetitia, je vous en prie », et expliqua le fonctionnement du lit, des lumières, des boutons d'appel. Cet hôpital avait pour règle de minimiser les ondes magnétiques, ce qui se traduisait par : « No Wi-Fi, no Internet, no cell phone. » Elle insista sur le strict respect du règlement et pour que Lola ne se lève, seule, sous aucun prétexte, sans autorisation.

— Les visites sont autorisées de 14 heures à 21 heures, les horaires doivent être respectés. Pas plus de trois personnes à la fois. Vous aimez le poulet et la purée ?

— Oui.

— Bon. Alors tout est OK. Je suis à côté si vous avez des questions.

La porte se referma en chassant l'air, sans bruit, et Bertrand cala une chaise pour la bloquer. Il s'assit sur le lit, prit les mains glacées de Lola dans les siennes. Sous ces néons, elle était livide, très marquée.

— Je n'ai que quelques minutes. Une infirmière est venue me questionner pour ton admission. Je l'ai faite avec le document de la mairie que j'ai trouvé dans ton sac. J'ai enregistré ton fixe, ton adresse.

Il sourit, elle serra sa main, très fort.

— J'ai ouvert une ligne téléphonique. Je t'appellerai sur celui-ci (il posa une main sur l'appareil blanc au milieu de la table de nuit).

— 06........ Je le sais par cœur.

Bertrand prit son visage entre ses mains, embrassa ses lèvres.

— J'ai appelé Franck, dit-il doucement.

Lola se tendit. Il sourit pour la rassurer.

— Une secrétaire m'a demandé si j'étais ton mari, si je le connaissais. J'ai trouvé sa carte professionnelle dans ton sac. Je ne pouvais pas ne pas le prévenir.

La jeune femme reprit sa main.

— J'ai d'abord eu une assistante, mais il a aussitôt rappelé sur le poste que j'avais utilisé. J'ai expliqué que j'étais un collègue d'Air France. Que tu étais en salle d'examen. Il va arriver d'une minute à l'autre.

Lola ouvrit la bouche pour dire qu'elle n'était peut-être pas enceinte à Moscou, mais vit les yeux vifs de Conrad Schmidt. « *Zéro souci de votre part.* » Elle songea à ses bébés, très fort, et enroula ses bras au cou de Bertrand.

— J'ai besoin de ton amour.

Une porte claqua, il plongea dans ses yeux. « Je t'aime, Lola. » Des pas précipités dépassèrent la chambre.

— Je peux reporter l'Afrique. Rester…

— Non. Pars et reviens le plus vite possible.

Ils se dévisagèrent. Ils étaient à vif, en suspens, *ensemble*. Des personnes approchaient, s'arrêtèrent devant.

— Je t'appellerai tous les jours.

La poignée se baissa. Bertrand embrassa Lola, se leva, elle retint sa main.

— Nous avons raté notre chance, murmura-t-elle entre l'affirmation et la question.

Quelqu'un frappa. Il caressa son visage.

— Non, ne dis pas ça, répondit-il aussi assuré qu'il le put.

On toqua très vivement. « Je n'ai pas donné de nom. » Il vira la chaise et s'excusa auprès du brancardier qui, stoïque, tira son chariot avec la voisine de chambre. Laetitia suivit, elle s'affaira en bavardant à mi-voix. Bertrand regarda Lola, sourit puis se tourna vers l'infirmière qui lui demanda de sortir au moment où Franck apparut dans l'encadrement. Les deux hommes se croisèrent et la soignante invita l'ingénieur à demeurer dans le couloir. Il fit un signe de la main à Lola puis s'adossa au mur. Il suivit des yeux le type en jean et veste en velours marron foncé qui remontait le couloir à pas lents. Il avait la tête baissée et les épaules écrasées. Franck se dit qu'il partageait sa tristesse. Il ne se douterait jamais à quel point son sentiment était juste et il ne vit pas cet homme s'appuyer plus loin dès qu'il eut dépassé les portes.

Tous les deux avaient les jambes sciées. Tous les deux étaient broyés par ce qui leur tombait dessus et ressentaient la souffrance de Lola. Trois personnes déchirées.

Les murs eurent envie de pleurer et, pourtant, dans cet hôpital, ils avaient vu et entendu tant et tant. Ils auraient voulu faire autre chose que soutenir ces deux hommes, ils auraient voulu répondre à la question qui les taraudait. Mais ils n'avaient pas la réponse et ne purent que l'entendre courir de l'un à l'autre. « Est-ce à cause de moi ? » « Est-ce à cause de moi ? » « Est-ce à cause de moi ? » « Est-ce à cause de moi ? » « Est-ce à cause de moi ? » « Est-ce à cause de moi ? » « Est-ce à cause de moi ? » Comme un vent d'automne cinglant et sifflant à la tombée de la nuit.

Ils furent incapables de l'empêcher d'atteindre le lit de la chambre 2 204 et de se poser sur le cœur de Lola.

8

Franck écouta sa femme et, surtout, le Dr Schmidt qui vint voir comment elle se portait. Elle était si épuisée qu'elle s'endormit alors qu'ils parlaient. Le médecin détailla son analyse, son échographie, le résultat du doppler.

— Elle est très pâle.

— On va les surveiller tous les trois de près. J'ai dit à votre femme que notre clinique possède le meilleur service de néonatalogie d'Europe : c'est exact.

Les deux hommes se dévisagèrent, Franck demanda quels étaient les risques pour Lola, pour les bébés. Le gynéco aux cheveux blancs frisés répondit à toutes ses interrogations et angoisses très franchement. Mais il était positif, déterminé à faire pencher la balance du bon côté et plut d'emblée à l'ingénieur. *Ce type est bon, je le sens.*

Le futur papa se focalisa sur cette idée pendant le trajet jusqu'à chez eux où il fit un saut pour remplir un sac avec le pyjama de Lola, des sous-vêtements, des pulls, des T-shirts, ses chaussons. Il tournait comme une hélice dans l'appartement quand ses yeux tombèrent sur la montagne de cartons démontés. *A-t-elle trop forcé ? Est-elle contrariée d'être ici à ce point ?* Il reçut une décharge, qu'il réprima pour ne pas qu'elle sorte de l'appartement. *Où sont ses bouquins ?*

Il prépara une trousse de toilette. Non, pas de maquillage. *Si, elle en voudra. Merde, j'ai oublié les serviettes. Quoi d'autre ?* Franck demeura, un instant, au milieu du salon très blanc. Il eut le pressentiment qu'il passerait les mois d'hiver seul, ici, à bosser.

Une petite voix lui serina qu'ils étaient dans ce pays pour qu'il mette au point son revêtement… L'ingénieur claqua la porte et redescendit l'escalier au pas de course.

À l'aéroport, les yeux rivés sur le sol gris, Bertrand arpenta dans tous les sens le hall où, le matin même, Lola et lui s'étaient enlacés. Il ne voyait que ses yeux pleins de larmes et ce sang sombre qui coulait. Il songea à rester pour la revoir le lendemain. Seulement, il ne pourrait pas y aller avant l'après-midi. *Et si Franck y est ? Et si, parce que je suis à côté, les choses s'aggravent ?*

Cette idée le poussa vers un comptoir. Il avait eu peur que Lola ne vienne pas, mais à cette seconde, quelque chose de plus terrible le hantait. Ce n'était pas seulement qu'elle perde ses enfants, mais qu'une hémorragie la tue.

Bertrand n'avait pas écouté, enfant, toutes les histoires bourrées de détails dont son infirmière de mère s'était débarrassée autant que possible, mais sa mémoire les avait parfaitement enregistrées. Et maintenant, elles l'écrasaient.

9

Le lendemain à 10 heures, Franck prit des nouvelles pour la deuxième fois de la matinée. Lola avait passé une nuit difficile, entrecoupée de crampes et d'angoisses. Elle venait de revoir le Dr Schmidt. « Je crois que je ne suis pas près de sortir. » Son mari positiva et nota, un à un, les vêtements qu'elle voulait.

— Je vais faire un saut ce midi.

— Rapporte-moi mon chargeur.

— C'est interdit, Lola. Il faut respecter…

— C'est brouillé. Je ne peux pas appeler et je ne peux pas quitter la chambre ou l'étage. Mais j'ai le droit d'écouter de la musique.

Il se reprit, demanda s'il y avait autre chose qui…

— … te ferait plaisir ?

Lola jeta un œil à sa voisine qui détaillait ses ongles depuis deux heures dans un mutisme sombre. Elle inspira longuement et écouta son mari dire avec une voix convaincue :

— On va avoir de magnifiques enfants, chérie. Tu vas y arriver. Tu es forte, tu en es capable.

Est-ce que je sais moi-même ce dont je suis capable ? « Couardise » se mit à flotter entre les murs bleus de la chambre 2204. Lola ferma les yeux et, pour une raison qu'elle ne comprit pas, elle réclama son tricot. « Je veux terminer mon gilet irlandais. » Franck répondit du tac au tac :

— Je trouve que c'est une excellente idée de ne pas abandonner. Il est où ?

Lola marqua un temps :

— Dans un des derniers cartons.

— Tu as marqué quoi dessus ?

— Bazar pas urgent.

Les cartons estampillés « BPU » étaient ceux entrouverts qui s'alignaient contre le mur du couloir. Franck esquiva son déjeuner, revint chez eux et compta. *Sept. Mais qu'est-ce qu'on a comme machins pas indispensables !* Il fut traversé par une image du sous-sol de sa grand-mère qu'il envoya dare-dare aux oubliettes. *Pas d'ondes négatives.* Cutter et inspection. Un, deux, six cartons plus tard, il trouva, enroulés dans des feuilles de papier de soie, les pelotes de laine vierge blanc cassé achetées en Irlande, les aiguilles de tailles différentes, la photo du gilet porté par une jeune femme ressemblant à Elsa. Le descriptif technique et le dos commencé avec beaucoup de conviction par Lola, un soir d'été, allongée sur un transat dans le jardin de la maison de ses parents à Besançon. *Elle portait un short noir, ma mère la saoulait avec ses conneries.*

Il redescendit l'escalier au pas de course et fit un détour pour déposer le tout à la clinique. Cependant, il ne put que le laisser à l'accueil parce que la cerbère en charge du service était intraitable, déterminée et ne savait que dire, en montrant sa montre : « Nein. Nein. Nein. »

À 15 heures, Lola le remercia par téléphone, Franck dit qu'il voulait le même, en version homme.

— Commande des pelotes.

— Quelle couleur ?

— Ce sera pour toi, Franck. Choisis tout seul.

L'ingénieur ne releva pas, Lola se figea. Être à distance de ses yeux, de son regard, déverrouillait la porte à l'autre femme en elle. Celle qui parlait avec une voix autre à un autre homme dans sa vie.

Sa voisine de chambre ne nota pas cette différence quand Lola téléphona à Bertrand. Elle ne l'aurait pas remarquée même si la jeune femme avait crié son prénom. Et ce n'était pas parce qu'Astrid Klein ne comprenait pas le français ou parce qu'elle était sourde. Non, au bout de quelques jours, Lola admit qu'elle n'était tout simplement pas équipée du bon logiciel pour percevoir ce type de variations de tons.

Cette femme n'était pas idiote. Elle était éduquée et occupait un poste élevé dans une administration, auquel Lola ne put raccrocher aucune image, même lorsqu'elle l'expliqua en français. Cependant, si elle avait dû choisir une illustration parmi un catalogue pour la définir, elle aurait opté pour un rouleau compresseur, du type des mastodontes qui égalisent les autoroutes.

Les yeux d'Astrid s'éclairaient uniquement sur les desserts que Lola laissait sur son plateau-repas, si bien que lorsqu'elle le comprit au bout de quelques jours, elle ne contrôla plus sa voix avec Bertrand, mais ses phrases.

— Je n'ai toujours pas le droit de me lever, mais je me sens mieux.
— C'est tout ce que je veux savoir.
— Et toi ? Tu avances comme tu veux ?
— Mes photos ne me trahissent pas. C'est ce texte de trois mille mots qui… que… Je piétine devant.
Lola demanda où il en était.
— Au tout début. À l'est de Moscou…
— Et tu es où ?
— Devant mon écran, assis à mon bureau.
Depuis la veille, elle savait que c'était une table blanche étroite, très longue, avec absolument aucun rangement dessous. « Je glisse et navigue le long, tout est en vrac dessus, mais je m'y retrouve. J'ai une mémoire visuelle et chronologique infaillible, à la minute, avait expliqué Bertrand. Et toi ? » Lola n'avait pas eu le temps de répondre pour cause d'examen. Aujourd'hui, en le visualisant chez lui, elle dit très sérieusement :
— Je crois savoir ce qui t'empêche d'écrire. Je veux que tu me le dises.
— J'ai envie de te voir. Mais j'ai peur qu'en revenant les choses s'aggravent. (Il prit une longue inspiration.) Je crois que je ne reviendrai que lorsque tu ne perdras plus de sang.

Lola soupira et avoua : « Je pense à la même chose. » Puis d'une voix que Bertrand trouva merveilleuse, elle ajouta : « De toutes les façons, ce serait impossible, mes beaux-parents arrivent ce soir. »

— Pour plusieurs jours, j'espère, dit-il en souriant.

— Je crois.

— Ils sont à la retraite ?

— Non, ils organisent leur emploi du temps à leur guise. Ils vont préparer ce que je n'ai pas eu le temps de faire ou n'aurai probablement pas le temps d'acheter.

Bertrand poursuivit tendre mais ferme :

— Laisse-les s'en occuper. Ce n'est pas important, ces choses. Ce qui est important, c'est que tu ailles bien pour que tes bébés aillent bien. Il n'y a que ça qui compte, *maintenant*.

— Alors parle-moi de quelque chose de beau, tout de suite.

— Ta robe rouge, dit-il sans hésiter. Pas sur son cintre. Mais dans le métro, quand tu tenais la barre verticale avec ta main droite et que tu faisais semblant de ne pas me voir dans la vitre. Elle se soulevait très peu, mais marquait plus ta taille. J'aurais aimé faire cette photo. J'aurais visé ton regard, parce que tu pensais à moi.

— C'est très beau. Et...

La porte s'ouvrit.

— Et ? reprit Bertrand, plus proche.

— C'était très beau.

— Oui. Vraiment très beau.

Il avait dit cela de la même manière que Lola, lentement, comme on se délecte des dernières cuillers d'un dessert. Il perçut toutefois du bruit.

— C'est un brancardier que j'entends ?

— Pour moi, écho cardiaque fœtale, longue.

— Ça va aller.

Lola raccrocha. Sur les six derniers mots, sa voix avait perdu sa fraîcheur. Bertrand quitta son fauteuil et arpenta son bureau, les mains derrière la nuque, dans ses poches, dans ses cheveux. Une idée à chaque pas. *Écho, doppler, ce texte, ce sang... mon voyage. Des semaines bloquées pour elle et moi...* « J'ai besoin de ton amour. » Bertrand était de nouveau assis face à son écran. *J'ai aussi besoin de ton amour, Lola.* « À l'est de Moscou... » Trois mille mots à compléter. Pour dire quoi ? *Qu'elle est la femme que j'aime, que je n'ai jamais ressenti ça, que je ne savais pas que ça pouvait exister. Si, évidemment. Je ne suis pas débile. Mais c'est exactement ce que je fuyais et que je veux maintenant... Sa voix quand elle me parle. Cette voix quand elle a crié. Ce sang sur ses jambes...* Même si Lola ne disait rien, ne lui reprochait rien, *qu'est-ce qui a provoqué ce décollement ? Pourquoi quand j'étais là ?*

Le jeune homme se releva et se planta devant la fenêtre. Sa mère marchait au-dessus dans la cuisine, il l'entendit ouvrir puis refermer des placards. Elle avait cherché à le rassurer quand il était rentré de Francfort, d'une humeur très noire. Elle avait donné des contre-exemples, de vrais miracles que Bertrand avait enregistrés et qu'il transmettrait à Lola le moment venu.

Cependant, sa mère avait beau assurer que « des choses comme ça arrivent depuis la nuit des temps », Bertrand avait beau y croire, certifier à Lola « Ça va aller » à chaque examen, il ne pouvait éviter de penser à ces instants à Paris devant l'ascenseur, dans un lit, où il n'avait pas eu le courage de parler... *C'est MA faute.*

Ses beaux-parents déboulaient pour choisir la poussette, les lits, le matériel… Le photographe fit dos au jardin. La vie imposait sa loi. Lola devait traverser cette période difficile au mieux et lui devait gagner sa vie, *priorité absolue. Il faut que j'avance et, que je travaille*. Les mots tombèrent, un puis deux paragraphes. Qu'il conserva. Quatre cent douze mots.

10

Bertrand n'avait pu joindre Lola de la journée, et le fit en sortant de son rendez-vous, sur le trottoir, avenue du Maine. Elle dit que tout était identique à la veille et l'assura qu'elle allait bien. « Tes beaux-parents sont là. » « Essaie de me rappeler demain, tôt. » « Je t'embrasse. » « Moi aussi. »

Si Astrid n'était pas équipée du bon logiciel pour percevoir les variations de ton dans la voix de Lola, sa belle-mère, elle, débordait de curiosité et lui jeta un regard, même si elle était en pleine conversation avec sa voisine de chambre. Marie-Ange Milan n'était pas dénuée de toute sensibilité, ni stupide comme se plaisait à le souligner Reine. Elle était esthéticienne dans l'âme, elle aimait rendre d'autres femmes belles, elle y parvenait certainement car elle savait écouter. Plusieurs personnes à la fois puisque rien de ce que son mari, Claude, racontait à Lola ne lui échappa non plus. Si son entreprise lui avait offert l'opportunité, il aurait sauté sur l'occasion comme Franck…

— … d'autant que j'ai la chance de parler la langue, comme toi, et que j'aime beaucoup les pommes de terre.

— Trop, glissa sa femme en reprenant le fil de la conversation. Qui tu avais en ligne ?

— Une amie, Diane. J'espère qu'elle pourra me rendre visite.

— Elle était au mariage ? reprit Marie-Ange.

— Oui, elle est arrivée tard, au dîner. Elle avait raté son train.

— Ah oui ! Elle portait une robe verte vive, qui lui allait très bien. Elle est hôtesse de l'air ?

— Non. Elle est avocate spécialisée dans la finance, expliqua Lola.

— Pourquoi tu n'as pas fait avocate ?

— Je ne saurais vous dire, Marie-Ange.

La conversation s'éternisa pendant que Lola monta plusieurs rangs de son gilet en faisant des réponses courtes, prudentes. Par chance, Astrid chercha à décliner tout ce qu'elle pouvait exprimer en français. Elle sourit en trouvant toutefois le tricot « un peu bête, démodé, pas franchement artistique », Lola ferma les yeux et pour une fois elle fut contente qu'on vienne la chercher pour sa séance quotidienne de doppler. Mais à son retour, son tête-à-tête avec Astrid reprit :

— Les parents de ton mari sont sympas.

— Très.

— Ils t'aident plus que ta mère.

— C'est plus facile pour eux, rétorqua Lola assez sèchement.

— Moi, j'avais tout préparé et acheté avant puisque les choses ont été compliquées dès la conception, avoua Astrid le nez sur son ventre Je savais que je séjournerais ici et m'y ennuierais.

Lola reprit son tricot. Conrad Schmidt avait raison sur un point à propos de la compagnie. Elle permettait de relativiser, de pester, de comparer. Mais pas de faire passer les heures. Le temps ne défilait qu'avec Bertrand qui, pendant les deux jours suivants, ne put dire plus que : « À l'est de Moscou... » avant d'être interrompu. Cinq mots. *Je veux les suivants. Je veux mes enfants. Dans mes bras, tous les deux. Votre cœur est solide. C'est une bonne nouvelle. Ce n'est pas à cause de vous tout ce sang qui s'écoule encore. Conrad le dit.*

Maman, pourquoi tu ne dis rien, toi ? Tu as peur de venir ? Tu as peur de voir remonter des horreurs ?

11

— Grosse comment ? demanda Lola.

Sa mère se désola, au matin suivant, de devoir laisser passer plusieurs jours avant de lui rendre visite parce que Elsa avait été prise d'une crise de panique la veille en tombant nez à nez avec une très grosse araignée marron dans le couloir.

— D'une patte à l'autre, six centimètres. Il fait froid, elles rentrent. Ta sœur ne va plus emprunter cet itinéraire pendant un bon moment parce que je l'ai ratée comme une andouille ! lâcha Géraldine d'une voix qu'elle voulut légère.

Cependant, Lola savait que sa mère contenait bien autre chose. Elle aurait pu écrire comme une recette : un soupçon d'ironie, une cuiller de maîtrise, une louche de ça-pourrait-être-pire, un trait de comme-toujours. Sans oublier la touche des derniers temps : le très imposant nuage de peur-des-hôpitaux.

— Viens quand tu le pourras, Maman.

— Je suis une mauvaise mère.

— Je suis très occupée, répondit sa fille. Je déborde de rendez-vous !

— Comment vont les bébés ?

— Ils bougent, je perds du sang, mais ils ont pris des millimètres chacun.

Et avant que Géraldine réponde, Lola demanda ce que faisait sa sœur à ce moment-là. Sa mère répondit avec une belle dose de tu-es-une-fille-merveilleuse : « Elle est tombée dans les pommes. »

Alors Lola sourit. Quand Elsa tombait dans les pommes, c'était de la plus belle manière au monde. Géraldine dit :

— Elle essuie les huit reinettes jaunes et rouges qu'elle a choisies dans l'arbre.

Lola visualisa le torchon à damier vert et blanc dansant sur les fruits que sa sœur alignait sur l'arête du comptoir, face à la table où le couteau était placé horizontalement. Pas une tranche ne manquerait. Pas une ne serait de trop. Elsa possédait une magie pour les quantités et les volumes exacts. Elle ne se trompait jamais d'ingrédients. Lola eut l'eau à la bouche, à tel point qu'elle chargea Franck d'acheter une tarte. Il en rapporta deux qu'il découpa en expliquant les difficultés rencontrées lorsqu'il avait construit, la veille au soir, le premier berceau. « Parce que des nuls ont percé certains trous trop bas. Mais pour le deuxième, ça ira dix fois plus vite. J'ai vérifié, tout est OK. »

Il souriait, ses parents le regardaient comme le père qu'il était en train de devenir et Lola eut la gorgée serrée. De le voir, seul, dans leur couple qu'elle était en train de déchirer en douceur, sous son nez, *sans que je puisse faire autrement.* Elle laissa la moitié de sa part. *Je ne veux pas rentrer dans cet appartement. Je ne veux pas que tu viennes, Maman. J'ai peur que tu voies en moi.*

12

Quand Franck pensa à rapporter le dossier médical français que le Dr Conrad Schmidt ne réclamait pas, aucune révélation ne surgit. Le gynéco allemand n'apporta pas plus d'explications que celles déjà émises. Les analyses étaient confuses parce que non faites au bon moment. Il raccompagna Lola à sa chambre, en lui tenant le bras pour l'exercice autorisé du jour. Il confirma avec son sourire calme et rassurant ce qu'il pensait : « Pour moi, un œuf clair s'est détaché en créant cette brèche que nous surveillons. » Comme toujours, il ne parla pas des risques, mais s'émerveilla sur la force de la vie, « de ces bébés qui grossissent doucement mais sûrement ». Il aida Lola à s'installer sur son lit, elle sourit. Mais remonta en elle la vague de regrets et d'angoisses, dès qu'il quitta la chambre. *Les choses auraient été si différentes si…*

Et Bertrand appela. Il allait partir quelques jours à Chamonix…

— … réaliser un reportage sur la ville et des photos du mont Blanc en hélicoptère pour faire plaisir à mon père qui a trouvé bon de me recommander auprès d'un type, copain avec le maire. C'est très bien payé.

— Je suis contente pour toi.

Bertrand perçut à la seconde le petit quelque chose contrarié/caché/douloureux dans la voix de Lola. Il demanda si elle souffrait, si elle perdait plus de sang.

— Non.

— Tu as de la visite ?

— Non, dit-elle avec un regard pour Astrid qui regardait un jeu télévisé avec son casque sur les oreilles.

Bertrand expliqua en quelques mots que son père, cycliste convaincu, tissait beaucoup de liens grâce à ses courses.

— Tu faisais du vélo avec lui quand tu étais petit ?

— Non. Xavier encore moins.

Lola pensa furtivement à son père, mais d'une manière très agréable, et Bertrand demanda : « Ça va ? »

— Promets-moi d'en faire un jour avec lui.

— Je te le promets.

Puis très vite, il dit :

— Qu'est-ce qu'il y a, Lola ?

Elle ne répondit pas. Le jeune homme s'assit sur son lit. Astrid était plongée dans son jeu. Bertrand finit par dire, d'une voix lourde, ce qui le hantait : « Il y a quelque chose que tu ne me dis pas. Tu ne veux plus me voir ? » « Je le veux encore. » Ces mots ne dissolvaient rien. « Je sens qu'il y a quelque chose, Lola. »

— Je perds du sang parce qu'un œuf clair s'est décroché. Je n'étais pas enceinte à Moscou. Les jumeaux ont été conçus le 7 juin. Mais ils sont de petit poids quand même.

Bertrand réfléchit longuement puis sourit. Ce qu'il percevait dans la voix de Lola prit enfin forme.

— Si tu as perdu un œuf clair, tu étais enceinte. Ce test était positif, je l'ai vu.

La jeune femme balaya ses cheveux en arrière :

— C'est juste, oui. Je… perds les pédales.

— Non. Je ne crois pas. Que dit ton médecin ?

Lola expliqua et Bertrand écouta très attentivement. Les mensurations qu'elle lui avait données apparurent moins catastrophiques. Mais il ne dit rien. Il ne pouvait avouer qu'il avait interrogé son frère et sa mère parce qu'il appliquait le « Zéro souci » du docteur Schmidt à la lettre. Il ne parlait que de belles choses à Lola. Il n'évoquait ni hôpitaux, ni médecine, ni chiffres. Il l'emmenait ailleurs, en maîtrisant sa voix. À cette minute, il dit plus léger et très lentement : « On peut alors considérer que c'est un accident mécanique. » Lola poursuivit doucement : « Ce n'est peut-être pas à cause de nous. » Bertrand se laissa tomber sur son lit. Ferma les yeux.

— Non. Ce n'est pas à cause de nous. (Et très vite, il ajouta d'une voix certaine.) Tout ira mieux, Lola.

— Tu le crois ?

— Oui.

Elle sourit, le téléphone le transmit sans en dérober une once.

— Tu pars quand à Chamonix ?

— Demain. Je serai plus serein. Et à mon retour, tu ne perdras peut-être plus de sang.

— Je l'espère.

— Je viendrai t'embrasser.

— Oui.

Bertrand partit, moins sombre, fut confronté à un front de nuages, bloqué à terre, mais réalisa des portraits des guides et des moniteurs. Le soleil joua à cache-cache. « Je redécolle enfin ! » Lola termina le dos du gilet après avoir traversé, puis résolu, quelques difficultés dans les diminutions du col, et Natacha fit escale pour deux jours.

Elle s'extasia sur le tricot, plus exactement sur la photo de « cette fille qui ressemble vachement à Elsa ! » Astrid jeta un regard lointain puis recompta ses doigts. Nat lui tourna le dos, arcbouta ses sourcils, articula très fort qu'elle rêvait d'avoir le même gilet, de la même couleur, quand Bertrand téléphona. Elle décrocha comme si elle était chez elle, rue Hector. Il eut la présence d'esprit de prétendre qu'il appelait de l'hôpital de Lagny pour savoir si madame Milan comptait finalement accoucher en France. « Je vous la passe. »

Lola le trouva parfait dans son mensonge. Était-il menteur ? Pas une fois, elle n'eut l'idée de lui demander des comptes sur les femmes qu'il avait croisées depuis leur rencontre parce qu'elle n'y pensait jamais. Quand elle songeait à lui, elle songeait à eux. *Maintenant*. Reliés par leurs conversations, par tous ces mots qui les unissaient. À ce bonheur simple de le savoir joignable. Ils n'étaient plus perdus, l'un sans l'autre, ils s'étaient retrouvés et c'était merveilleux. Lola ne songeait à rien de plus. Elle n'en demandait pas plus. Parce que ce qu'elle souhaitait ne concernait que ses enfants. Qui grandissaient tout de même à un rythme lent et il faudrait être stupide pour ne pas comprendre qu'ils n'étaient pas tirés d'affaire.

Quand la future maman se retrouva pour un énième tête-à-tête avec le Dr Schmidt, elle lança d'une voix qu'elle voulut responsable : « Je voudrais que vous me disiez franchement si leur croissance est beaucoup trop lente. » Le médecin sourit : « Leur courbe est ascendante et c'est ce que je veux. » « Combien de temps vais-je perdre ce sang noir ? » « Ils bougent comme des bienheureux. Je veux que vous les gardiez au chaud. »

Lola eut envie de saisir le médecin par le revers de sa blouse pour exiger une vraie réponse. Mais une petite voix gaie, avec la tonalité d'Elsa, lui certifia que ses réponses étaient « les bonnes ».

Parce que ses bébés se mouvaient, régulièrement. Elle pouvait parfois discerner lequel, s'ils le faisaient seuls ou ensemble. *J'aime quand vous bougez. Bougez encore, tout le temps. Je sais vos mensurations par cœur, je reconnais votre profil mais je ne veux pas savoir votre sexe. Je crois que vous êtes d'accord. Est-ce que vous vous entendez bien ? Si tu me regardes encore avec cette tête, Astrid, je te fais avaler ma pelote.*

— C'est très chic à Paris de tricoter ?

— Tu ne t'intéresses pas à la mode ?

— Mon travail me prend trop de temps.

Puis, avec un sourire tiré, sa voisine précisa qu'elle était plutôt « tailleur ». Lola prit beaucoup de plaisir à dire :

— Tailleur-escarpins ou tailleur Angela ?

— Un gros gilet comme le tien n'est pas très élégant.

— Je ne suis pas d'accord. Tout dépend de la façon dont il est porté.

— Ça peut être sexy, oui, dans la paille, avec des bottes et des sous-vêtements en soie.

— Sexy, ce n'est pas ça, élégant encore moins.

— Vous êtes tatillonnes, les Françaises.

— Alors que vous les Allemandes, vous êtes…

— Exécrables, la coupa Astrid en changeant radicalement de ton. En particulier parce que je suis clouée sur ce lit à m'ennuyer à mort et à stresser à mort alors qu'ils me chantent de me détendre. Ces enfants ne veulent pas grandir et encore moins grossir.

Elles se fixèrent. Ne se sourirent pas. Lola ne voulait pas descendre dans son monde, Astrid confia regretter ne pas être douée manuellement.

— À mon niveau, il n'y a aucun talent. Tu comptes, tu regardes et tu ne penses pas.

— C'est efficace ?

— Je n'ai pas trouvé mieux.

Fin de la confidence. *Mon tricot est ma bouée de sauvetage.* Les mailles à compter empêchaient Lola de s'engluer dans des idées visqueuses. Les heures qui défilaient étaient des heures de plus pour ses enfants. Et au matin suivant, Astrid se découvrit une subite passion pour le sudoku dont elle remplit les cases avec des feutres de différentes couleurs.

— C'est très joli, lança Lola.

— Mon œuvre à moi. Je pense exposer.

La jeune femme vit Bertrand, qui skiait sur l'aiguille du Midi parfaitement ensoleillée et qui prenait mille clichés superbes, dont certains vendus à bon prix et d'autres que « j'espère exposer, un jour ». *Quand ?* Quand le reverrait-elle ? Sa voisine demanda si ça allait.

— Un coup de pied.

— Sales gosses !

— Je vais les inscrire au foot, garçons ou filles.

— J'ai fait du foot. Pour la tenue.

— Je ne veux pas voir tes tailleurs.

— Et toi, pourquoi tu es hôtesse de l'air ?

— Parce que le bleu est ma couleur préférée.

— Tu as de la chance, nos murs sont bleus.

— Répète-moi ça.

— Bleu, *blue, blau, azul, blu*.

— Impressionnant.

— Comme ton allemand.

— C'est quoi ta couleur préférée ?

— Beige.

Lola rit. Astrid aussi, sans comprendre la raison. Trois secondes franches… à l'issue desquelles leur ventre respectif leur rappela où elles résidaient. Mais ce rire fut bon. Il n'étouffa pas la nervosité ni la peur, mais il se plaça de l'autre côté sur la balance, avec ce quelque chose de guerrier qui unissait patients, soignants et visiteurs. Pour faire ce que le magicien Conrad ne cessait de répéter : « Aller le plus loin possible dans ce qui est le mieux pour tout le monde. »

13

Lola termina le côté droit sans une erreur dans ses diminutions et Franck demanda en entrant au vingt-septième jour :

— Bleu marine ou marron ? Ou rouge ?

— À toi de décider.

— Tu t'en fiches ? dit-il en l'embrassant et en lui donnant une lourde enveloppe avec un logo Air France.

Elle la décacheta, il tira le paravent et Astrid décida de prendre sa énième douche de la journée. Franck s'allongea sur un coude à côté de sa femme, caressa son ventre en la regardant passer en revue les documents qu'elle devait compléter.

— Qui allais-tu voir à l'aéroport ? demanda-t-il sur un ton ni curieux ni inquisiteur, juste celui d'un mari qui regarde la femme qu'il aime.

Lola répondit sans cesser de lire :

— Des collègues que tu ne connais pas.

— J'aurais aimé pouvoir remercier ce steward.

— Moi aussi.

Lola releva alors la tête vers Franck. Il souriait. Mais que savait-il de ce qui s'était passé à l'aéroport ? Les choses avaient été si bousculées depuis cet instant qu'il n'avait jamais rien évoqué jusqu'à ce jour. Pendant une fraction de seconde, la vérité sembla à portée de main. Mais exactement comme lors de leur dernier véritable tête-à-tête, ce fut ce qu'il y avait dans ses yeux qui la musela. Son mari était limpide, il ne sous-entendait rien, ne cachait rien. Il ne doutait pas un instant de leur vie ensemble. *Il n'imagine pas que je puisse laisser entrer un homme dans ma vie. Il ne me connaît pas. Il aime une femme que je ne suis plus.*

Franck sourit et prit les documents des mains de Lola, les posa sur la table de nuit. Il passa son bras autour de ses épaules. « J'ai vraiment paniqué quand ce type a appelé, j'ai eu peur de te perdre. » Lola ferma les yeux et il s'excusa de lui rappeler ce moment.

— Je ne suis vraiment pas délicat. Je t'ai expédiée lors de notre dernière soirée et je mets le doigt sur ce que tu veux oublier. Je fais ce que Conrad m'a pourtant dit de ne pas faire.

Lola ne bougea pas. Ils restèrent l'un contre l'autre, chacun dans son monde. Ils avaient toujours été heureux ensemble, ils ne s'étaient jamais vraiment accrochés. Ils partageaient beaucoup d'idées, aimaient les mêmes choses. L'Allemagne avait été leur premier point de discorde. *Je n'ai jamais eu envie de le tromper. Je n'ai pas cessé de l'aimer, et pourtant je n'ai pu éviter Bertrand.* Sa pensée était claire, évidente, et pourtant impossible à verbaliser maintenant, dans ces circonstances.

Si Astrid avait été très concentrée sur sa voisine, plus sensible, plus réceptive, peut-être que Lola aurait confié, dans le noir de leurs insomnies, qu'elle ne comprenait toujours pas pourquoi les choses s'étaient passées ainsi. *Avec Bertrand, c'est un monde insoupçonnable qui s'est ouvert à moi où je comprends, vis, sens mieux, tout. C'est comme atteindre un sommet et voir toute cette immensité, partout. La vie est plus grande, plus belle. C'est escarpé, dangereux. Redescendre est impossible et...*

— Mes expériences se montrent un peu capricieuses, finit par dire Franck. Mais fait nouveau, je me résous à prendre mon mal en patience et j'ai mes soirées pour avancer mon boulot. Et pour chercher une nouvelle maison.

Il plongea dans les yeux de Lola. Il avoua penser égoïstement à lui, mais aussi « à toi, parce que Johan Heiss vient de valider le nouveau logement de fonction que j'ai réclamé. Une grande maison, dans un quartier bien plus vivant que l'allée des Contrevents. » Elle demeura muette. Franck ajouta qu'il restait à la trouver, mais qu'il y employait une bonne partie de ses soirées puisqu'on l'éjectait de l'hôpital à 21 heures.

Il resta dans son regard. « Pour toi. » Il la rassura, ça n'interviendrait pas avant l'accouchement. Il songeait que le printemps serait idéal, elle profiterait du jardin en été avec A et B.

— Je n'aime pas que tu les appelles ainsi.

— On n'a qu'à les appeler par leur prénom.

— Non.

— Pourquoi ?

— Ils ne veulent pas.

Franck sourit, répéta « Ils ne veulent pas » lentement. Puis ajouta que cette idée lui plaisait beaucoup.

— Et qu'est-ce qu'ils pensent du jardin ?

— Ils sont contents.

— Je ne sais pas si les déménageurs allemands seront plus fiables que les français, mais je serai vigilant. Tu ne feras rien.

— Je devais ne rien faire à Paris et les choses ne se sont pas passées comme prévu.

— Parce qu'elles ne se passent jamais comme prévu, chérie, répondit Franck d'une voix très douce, chaleureuse, *abominable*.

Lola referma les yeux à la seconde où elle sentit son regard sur elle. Il caressa son ventre, demanda comment elle allait, elle. Mais avec sa façon d'être, il répondit avant elle. « Tu dois te sentir mieux, tu as une belle mine. » Elle songea, pour la toute première fois, *à ma place*. Il descendit sa main entre ses jambes.

« Non. » Franck n'insista pas. Il murmura qu'il trouvait l'appartement mort sans elle, qu'il y avait des soirs où il regrettait la tournure des choses, qu'il savait bien qui était « le responsable de ta situation. Moi. »

Lola invita les larmes à venir, elles opposèrent toute leur résistance. Son mari regardait son visage, passait de ses yeux à sa bouche, à ses pommettes. Elle fit de même et réalisa que, depuis toujours, elle n'avait initié que deux vraies décisions dans sa vie. *Rappeler Bertrand et vouloir une verrière.* Elle avait suivi Natacha en droit, à Air France, son père avait acheté l'appartement rue Hector, le terrain allée des Contrevents… Franck avait attendu deux mois pour la rappeler. Ils avaient passé une soirée exquise à bavarder et danser. S'étaient embrassés. Elle comme lui avaient été plaqués et se remettaient doucement. Il s'était installé chez elle comme ça, avec facilité. Les années ensemble étaient de belles années. Il avait fait sa demande sans qu'elle pense sérieusement au mariage parce qu'elle traversait le temps en entrant et sortant du monde d'Elsa, en se laissant porter entre ciel et terre, un peu dans les nuages, en regardant quel bleu avait le firmament, en oubliant de penser, en étant une fille *normale*… Elle avait répondu : « Oui, bien sûr. »

Et puis… avait surgi ce 5 juin. Ce jour-là, avec cet homme-là, Lola n'avait rien retenu, elle avait enfilé la robe rouge, dormi dans un parc, parlé d'elle… S'était sentie… « Je te manque ? » demanda Franck. Lola l'embrassa. Mais ne ressentit pas cet envol tout là-haut, parce que seul Bertrand avait le don du voyage. *Dans ses yeux, dans ses baisers, en lui.* Franck sourit. « J'aime bien ce Conrad. Il a un truc qui fait du bien. » « Oui, c'est vrai. » « Il attache sa blouse, déjà. » « Merci pour la maison. »

— Prépare-toi à revenir quand même dans cet appartement.

Astrid sortit de la douche, échangea deux ou trois mots avec Franck. Lola fit un passage dans la salle de bains. Non, les choses ne se passent pas comme prévu, la vie s'autorise des folies, *les imprévus et les sentiments réorientent tout.* La jeune femme vit Bertrand replacer le ventilateur mais ne pas parler à sa place. Le ferait-il un jour ? Lola sut dans son âme qu'il ne le ferait jamais. Elle brossa ses cheveux.

Non, elle n'avait pas une envie irrésistible de retourner dans cette vie de couple et entre ces murs avec une vue privilégiée sur une forêt nue. Elle s'y sentirait dénudée. Franck finirait par voir ce qu'elle dissimulait, alors qu'ici, avec ou sans paravent, il y avait Astrid, des portes s'ouvrant sans cesse. D'ailleurs, elle entendit les plateaux-repas faire leur entrée, suivis du mari de sa voisine.

Lola fixa la porte de la salle de bains. Puis se tourna vers le miroir. Elle s'y vit avec Bertrand, quand il s'était placé derrière elle, enroulant ses doigts aux siens. Elle sut pourquoi il l'avait fait. Pour photographier cet instant dans lequel ils étaient ensemble. Un de ses enfants bougea, réveilla l'autre, et Lola réintégra son présent. Elle se réfugia derrière le masque qu'elle se composait en rentrant dans *le royaume de la lâcheté*.

La soupe du chef était réussie, les saucisses trop parfumées au cumin, la salade fade. Les secondes ponctuées d'appréciations. Et, pour la première fois, en regardant Franck dévorer avec appétit, Lola se demanda si une femme aurait pu entrer dans sa vie sans qu'elle s'en rende compte.

La réponse tomba limpide dans son dessert. Une femme aurait pu, oui, mais il ne l'aurait pas laissée aller loin. Elle posa sa cuiller, il insista pour qu'elle termine ce que les nutritionnistes jugeaient bon de lui faire avaler. « Pas ce soir. »

14

Au beau milieu de cette même nuit, Astrid hurla qu'elle perdait les eaux. Lola sonna et se leva pour lui tenir la main. Trente-cinq minutes plus tard naissaient par césarienne des jumelles très prématurées. Quand Bertrand, qui était rentré la nuit précédente, appela à 8 heures, Lola dit d'une voix difficile qu'Ashley et Penny pesaient moins d'un kilo cinq cents grammes à elles deux. Il fit la même réponse que celle que donnerait la terre entière : « Par chance, elles sont dans la meilleure clinique. Et toi ? » « Ça va. »

Lola mentait, il l'entendit. « Tu n'es pas Astrid. » « Je sais. » Sa voix ricochait dans cette chambre vide, la jeune femme ferma les yeux. « Je voudrais être là, maintenant, je voudrais te serrer dans mes bras. » Il l'entendit prendre une très lente inspiration. Elle murmura : « Moi aussi. » Il laissa filer plusieurs secondes puis dit : « Si tu dis oui, je loue une voiture. » « Tu n'arriveras pas avant Franck et demain, c'est le week-end. » « Je trouve une date la semaine prochaine. »

En fin d'après-midi, Bertrand rappela pour dire qu'il serait malheureusement bloqué à Paris pour les huit jours à venir. Puis, d'une voix très grave, debout dans son atelier, son contrat à la main, il ajouta :

— Je songe très sérieusement à ne pas faire ce voyage.

Sans réfléchir, Lola refusa, catégorique. Se faire une place comme celle qu'il était en train de se construire était inespéré.

— Il n'en est pas question. Tu dois honorer ce contrat comme je dois rester couchée vingt-deux heures par jour. Non, tu entends. Non.

— J'aime quand tu t'énerves.

— Ce tricot me rend folle.

Lola l'entendit sourire. Elle affirma qu'elle était de « nature très patiente » puis se reprit :

— Tu ne l'as pas encore signé, c'est ça.

Bertrand dit après une hésitation :

— Je le tiens à la main.

— Signe-le maintenant. Je veux entendre le stylo.

Il s'exécuta.

— Et je veux savoir ce qu'il y a à l'est de Moscou.

Bertrand se planta devant le portrait de Lola.

— Raconte-moi ce qu'il y a.

— Rien. Tu es à l'ouest et je veux t'enlever.

Sa voix était plus grave. Lola s'assit, bascula ses jambes sur le côté, face à la fenêtre. Des nuages filaient à toute allure entre les montants d'aluminium lisses.

— Tu l'as déjà fait.

— Ah oui ?

— Devant ma porte, rue Hector.

— Non, c'était dans l'encadrement. En plein jour, face à la fenêtre de ton salon. Nous étions seuls à cet étage, sous les toits. Le ciel entrait dans toutes les pièces.

— Pourquoi est-ce que tu as sonné ?

— Parce que je te voulais. Toi, comme tu étais, toute entière avec ta poignée pétée à la main et ta voix douce qui avait besoin…

Dans son dos, la porte s'ouvrit. C'était le pas de Franck. Lola dit juste avant de raccrocher :

— De toi. Franck est là.

— Qui as-tu remballé de la sorte ?

— Diane qui pense que son patron se moque de son travail, alors que c'est d'elle qu'il se moque.

— C'est un gros con s'il se moque de son poids.

Lola clopina jusqu'aux toilettes où la honte et l'amour la firent s'agenouiller. *Ma vie va exploser parce que quelque chose me libère.*

15

Debout dans son bureau, Bertrand voyait tous les détails de cet instant, rue Hector. Depuis son doigt sur la sonnette ronde, en cuivre, avec un bouton noir dont le ressort était nerveux. Il avait appuyé avec l'intention de ne pas cesser avant que Lola ouvre. *J'y serais encore*. Mais elle avait déverrouillé, *vite*.

Et maintenant, il ne pensait pas qu'elle était sans voisine dans cette chambre avec un Franck arrivé plus tôt que d'ordinaire. Il entendit cette voix qu'elle avait. Ni trop fine, ni suave, addictive. Qui disait : « De toi. »

C'est moi.

Le jeune homme attrapa son appareil photo préféré et sortit dans le jardin arrière. Il croisa sa mère qui lui demanda où il allait. Il ne répondit pas, il était devant. Il sauta par-dessus la grille comme un chat et dévala sa rue en courant jusqu'au sentier qui se faufilait entre la maison des parents de Lucas et celle des Maurricet. Il courait encore sur le passage gravillonné sinueux, coupant les voies, jusqu'au chemin qui longeait le bois où il avait passé son enfance. Il était essoufflé et cherchait un arbre, d'une essence précise. Dénudé, petit ou jeune. *N'importe.* Ce qui lui prit un bon moment. Bertrand s'enfonça plus loin, le nez au ciel toutes les deux minutes. Le soleil déclinait vite en ce dernier jour d'octobre quand, enfin il tomba sur un orme d'une bonne dizaine de mètres. *Prometteur*. Il fit le cliché qui s'imposa à ce moment-là.

Pour moi.

Il rentra en marchant, la nuit tombait. Sa mère lui fit remarquer que ce n'était pas bien malin de sortir en chemise avec ce froid. « Quel froid ? » Son fils souriait. Il prit le temps de lui montrer la photo, elle ne posa aucune question parce qu'elle était « belle ». Des ombres, des feuilles vert foncé et d'autres marron, un tronc décidé, une ramure ronde. Ils restèrent côte à côte devant ce cliché, puis elle regarda son fils descendre.

Il cria depuis son atelier : « À quelle heure on mange ta soupe à la courgette ? » « Dans… quand tu veux, c'est prêt ! »

Ils dînèrent sans son père qui pédalait. Bertrand parla mesures et semaines. « Le Dr Schmidt affirme que si Lola tient jusqu'à mi-janvier, ce serait merveilleux. » « Elle va le faire. Elle est sur place. » Elle n'ajouta rien qui puisse dégénérer en : « Et qu'est-ce que vous avez décidé ? » Elle monta dans sa chambre et ne redescendit que lorsqu'il s'enferma dans son atelier.

Où il rédigea mille mots supplémentaires, qu'il relut. *OK.*

16

Au moment où Bertrand écrivait son texte, Franck était couché, Lola dans ses bras. Ils avaient terminé une liste précise des derniers achats pour ses parents qui revenaient. « Je vais me les taper tous les soirs. Mais bon, je ne vais pas me plaindre devant toi. » La jeune femme ne bougea pas. La mauvaise conscience est comme les morts, elle se réveille et génère immanquablement des vagues monstrueuses. Lola demanda s'ils comptaient rester la semaine entière. « Sûrement. Ça te contrarie ? » « Je suis contente qu'ils nous aident. »

De l'autre côté du paravent à peine tiré, Barbara, la nouvelle voisine, n'avait pas mis ses écouteurs. Elle avait dix-neuf ans et lisait un magazine people de son âge alors qu'elle se préparait à une vie d'adulte. Franck s'endormit, Lola sentait son souffle régulier dans ses cheveux et regardait sa main posée sur sa poitrine. Elle suivait l'éclat du néon sur son alliance qui l'accrochait, puis la quittait. Elle songea que Bertrand ne pourrait pas venir avant des jours. Qu'elle ne pourrait pas le lui dire avant tard, ce soir. Elle savait que sa chambre était d'un bleu « presque du même ton que la tienne ». Elle avait ri quand il avait dit habiter Rives-sur-Marne. « On a grandi à moins de vingt kilomètres d'écart dans les boucles de la même rivière. » « Pourquoi je ne t'ai jamais croisé avant ? » « Parce que j'étais con, avant. » *Quelle rue* ? songea-t-elle dans les bras de Franck.

Pour quelle vie ?

Son mari se réveilla en sursaut. Lola murmura que le couvre-feu allait sonner. Plein de sommeil, il enfila son manteau marine, enroula son écharpe et embrassa Lola. Ils ne dirent pas un mot, Barbara ronflait. Il sortit sur la pointe des pieds. Elle hésita à téléphoner à Bertrand. Elle regarda la jeune femme. Elle envia sa vie simple, son compagnon, les mains qu'ils pouvaient se tenir sans se cacher. *Sans mentir.* Elle ferma les yeux et fut traversée par l'idée très romantique que Bertrand pourrait être le père.

C'était la première fois qu'elle surgissait. Elle était si douce que Lola n'y résista pas et s'endormit avec. Pour se réveiller avec le même sursaut que Franck, en trouvant cette idée ridicule, puis triste. Parce qu'elle savait pertinemment que Bertrand avait mis un préservatif et qu'à son retour de Moscou, Franck et elle s'étaient aimés sur le canapé en cuir gris anthracite, et le jour suivant, et le suivant, et encore... *Les choses auraient été si faciles.*

Lola se tourna sur un côté, empesée. Il était 3 heures. Bertrand se réveillerait dans quatre-vingt-dix minutes. *Depuis notre rencontre, nous sommes pris au piège de cet amour et depuis l'aéroport, nous sommes piégés par notre vie.* Elle oubliait Franck qu'elle avait épousé pour la vie. *On dit des choses et on fait le contraire. Par amour.* Elle posa sa main sur son ventre et un de ses enfants vint à sa rencontre. Ni l'un ni l'autre ne bougèrent. Et, dans cette obscurité et ce silence, les larmes qui l'avaient snobée plus tôt surgirent chargées à bloc d'amour et de « c'est MA faute ». Elles vidèrent Lola autant qu'elles la remplirent de désespoir et d'un espoir merveilleux.

17

Les jours suivants furent difficiles et bombardés de questions matérielles. Lola accepta tout des choix de Marie-Ange parce que les bébés risquaient, comme ceux d'Astrid, d'arriver sans prévenir. À chaque fois que cette frayeur surgissait, la jeune femme reprenait son tricot. Il était beaucoup plus efficace que les exercices de relaxation ou les résultats des échos. Lola ne voulait plus qu'on l'ausculte, qu'on mesure ses enfants, perdre du sang… Elle regardait les aiguilles se croiser et la laine construire une forme, petit à petit. Elle releva la tête, songea au geste de son bébé en pleine nuit. La vie en elle était comme ce fil. Elle se tricotait à son rythme, sans se préoccuper de tout ce qui la contrecarrait, *elle est libre*. Alors quand Bertrand appela au beau milieu de ce lundi matin début novembre, Lola dit :

— Mes enfants se fichent que je perde du sang, ils ont pris des centimètres qu'ils ne reperdront pas, alors je m'en fiche complètement !

— Je suis heureux de t'entendre parler avec cette voix-là.

Elle l'entendit se lever, marcher, s'arrêter. Ne rien dire. Elle demanda ce qu'il faisait :

— Je suis devant mon planning. Je viens, même pour t'embrasser cinq minutes dans un placard à balai de ton couloir.

— Il n'y en a pas et on ne me laissera jamais franchir la porte du service, répondit la jeune femme en souriant.

— Je vais bien trouver un créneau, mon cœur.

Le cœur de Lola s'emballa. Elle imaginait le calendrier taille XXL aimanté sur le tableau devant son bureau, tel qu'il le lui avait décrit. Elle ne pouvait cependant voir les dizaines de flèches, les lieux barrés, d'autres réécrits par-dessus, les Stabilo de toutes les couleurs se mélangeant par endroit.

— Cette semaine, toi niet. Lundi prochain dernier délai pour corrections, mardi on m'arrache cette dent de sagesse, mercredi je rends photos Chamonix par chance, ils viennent à Paris, alors jeudi, merde non... Qu'est-ce que j'ai écrit ? À moins que je parvienne à décaler le dentiste...

— Bertrand ?

— Oui ?

Pour la toute première fois depuis qu'elle était hospitalisée, Lola venait de dire son prénom, haut et fort. Le jeune homme pivota comme si elle se tenait derrière lui. Elle l'entendit sourire. Elle eut le sentiment qu'il était là, si proche qu'elle pouvait toucher son épaule. C'était délicieusement bon. Il dit, clair/ému/déterminé :

— Je veux vivre avec toi.

Voilà. Les mots étaient sortis. Ils venaient de s'échapper de son cœur, ils étaient libres, vrais. Ils passèrent de Bertrand à Lola. Ils avaient la mélodie de sa voix. Ils étaient ce qu'elle désirait entendre. Ils étaient la réponse. Cette décision qui flottait comme une évidence, qu'ils voulaient sans même oser la penser. Ils étaient ce lien qui les tenait. De nouvelles larmes filèrent douces et bonnes et la jeune Barbara s'enferma dans la salle de bains. Bertrand en jean noir, pull noir, regarda droit devant lui.

— Je suis sérieux, Lola. Je n'ai jamais été aussi sérieux de toute ma vie. Et toi ?

— Je le veux aussi.

— Quand j'aurai terminé ce voyage. Quand tu auras accouché.

— Oui.

— Je t'aiderai. Je serai là.

— Merci.

La porte de la chambre s'ouvrit :

— On vient pour moi.

Il ne dit pas : « Je te le jure, je t'aime, je t'embrasse », mais : « Ne fais pas d'effort. Pas un. »

18

Bertrand marcha jusqu'à la fenêtre face au jardin. Sans musique. Pourtant, Eminem fredonnait « *Once in a lifetime...* [1] » Avait-il eu tort de parler ? Maintenant ? *Non*. Il se sentait infiniment mieux. Et Lola avait eu cette voix, sans hésitation. Le ciel s'étendait gris pâle, à l'extrême limite du bleu, mais il était prometteur et doux. « Je le veux aussi. » Elle avait la voix de ce ciel. *Elle ira mieux.*

Alors une idée nouvelle traversa le jeune homme. Et s'il modifiait son itinéraire pour rentrer plus tôt ? Il se précipita devant son calendrier. Qu'est-ce qui pouvait être changé ? *Où est-ce que, surtout, je peux me débrouiller seul ?* Déplacer l'Afrique où il devait retrouver Sadi, un guide overbooké avec lequel il avait déjà travaillé, semblait compliqué. *Pourquoi ne pas partir d'abord au Canada ?* C'était géographiquement illogique, mais c'était la solution pour revenir avant qu'elle accouche. *Merde ! Pourquoi je n'y ai pas pensé !* Il appela Lola aus-

1. Une fois dans une vie.

sitôt. Elle trouva l'idée parfaite. « Tu reviendras plus vite. »

Son dentiste le prit en urgence. Bertrand passa quatre journées pendu au téléphone, à courir à droite et à gauche pour terminer ses travaux en cours, à en repousser d'autres au printemps, à surfer sur Internet, refaire ses itinéraires. Il prit un billet pour le Canada, les États-Unis, avant l'Afrique. Après, l'Amérique du Sud, l'Islande. *Pourquoi, mais pourquoi je n'y ai pas pensé ?*

— Je pars après-demain. Niagara Falls en novembre au lieu de février, la lumière est différente, mais la météo annonce un ciel dégagé pour les dix jours à venir et il y a déjà deux mètres de neige. Les autres Grands Lacs dans la foulée. Après, l'Afrique. Par chance, je n'ai pas eu grand-chose à modifier. Je ne vais y rester que trois semaines, quatre maxi. Puis le Titicaca, le lac Nicaragua, le Maracaibo. Pourquoi est-ce que j'ai eu cette idée saugrenue de stipuler dans le contrat que je ferai des clichés des rives opposées et depuis le large ?

— Parce que c'est une belle idée. Les lecteurs voudront voguer sur ces eaux. Je veux que tes photos m'y emmènent.

— Je t'emmène avec moi, dit Bertrand devant le portrait de Lola.

— Tu reviens quand ?

— Je serai en France mi-février. Avant si je suis très bon et si la météo me sourit. Le lac Léman et l'Italie sont à une encablure de Francfort. Je serai là. Je t'aiderai.

— Je t'attends, Bertrand.

19

Un dimanche matin de novembre, Bertrand s'envola. Ses photos l'aideraient à traverser ces mois, Lola pourrait voir ce qu'il avait vu. Il arpenterait chemins, routes, sentiers, elle alignerait des journées de lit et des longueurs de couloir. En s'attendant. *Je veux vivre avec toi.* Oui, c'était exactement ce qu'ils voulaient l'un et l'autre. Ils se sentaient mieux. Enfin d'un certain point de vue, parce que Lola, elle, entre les torsades parfaitement entrecroisées de son gilet, voyait clairement les murs de mensonges qu'elle construisait, jour après jour, autour de Franck. Et les dégâts qu'ils allaient occasionner en s'écroulant.

Une pluie drue s'abattait sur les vitres par rafales, avec l'intention de persister sur toute l'Europe du Nord, et Géraldine détesta ce novembre plus que tous les autres. Elle chargea sa fille de signifier à Franck que, grâce à lui, il était plus long et plus laid que d'ordinaire. Lola termina une première manche, mais se trompa pour la seconde qu'elle tricota sur le modèle de l'autre. Barbara s'en rendit compte avant elle. « Tu n'as pas deux bras gauches. » La Française soupira, très agacée, et sa très jeune voisine sourit. « Ce n'est pas important. »

La pluie cinglait les volets. *Qu'est-ce qui est important ?* Vouloir vivre cent cinquante ans ? Regarder les étoiles, sentir la chaleur sur une photo, aimer sans rien retenir, ne jamais trahir ? *Être soi.*

Lola ne préparait pas les mots qu'elle dirait à Franck, mais imaginait ceux pour ses enfants. Oui, elle leur parlerait des belles choses. Des ponts entre les rives. Entre les personnes. *Entre Bertrand et moi. C'était inévitable.* Elle montrerait des photos comme des preuves. *Cet amour est en moi, je crois qu'il passe en vous. Il ne s'explique pas. Il est là.* Une vilaine contraction arracha un cri à Barbara qui accoucha avant terme d'une Melody de quatre kilos tout ronds.

Elle vint la poser dans les bras de Lola en guise d'adieu. La jeune femme en fut bouleversée mais s'interdit de penser que ses enfants réunis n'atteignaient pas encore ce poids.

— Comme elle sent bon. Comme elle est belle.

— Ne te trompe plus de manche, dit la toute jeune maman en replaçant doucement le téléphone blanc, comme ça, sans la regarder dans les yeux, sans rien ajouter de plus.

Lola voulait confier « ça » à Bertrand, mais le décalage horaire compliquait considérablement leurs échanges. Il se forçait à rester éveillé pour l'appeler. Elle n'était pas toujours dans sa chambre. Sa nouvelle voisine, Annelise, pas toujours aimable ou disposée à décrocher.

Un lundi soir début décembre, vers 18 h 30 heure allemande, le photographe téléphona. Il était enfin arrivé en Ouganda Il était content, le temps promettait de collaborer...

— ... mais je ne pourrai pas te parler pendant une bonne dizaine de jours parce que là où je vais, aucun satellite ne fonctionne véritablement.

— Ce n'est pas grave, je suis patiente.

Elle murmura qu'elle aurait aimé que ses enfants soient de lui. Tic-tac. Il dit : « Je m'en fiche, Lola. Je veux vivre avec toi et tes enfants. » Tic-tac. En rentrant, il viendrait aussitôt en Allemagne. Tic-tac. « Reviens vite ». Tic-tac. « Dis-le encore ». « Franck est là, Maman, je te laisse. »

Lola raccrocha et Bertrand sortit en claquant la porte de sa chambre. Dans la rue, des enfants jouaient au foot pieds nus et criaient. Le soleil allait se coucher dans une quinzaine de minutes. Il rejoignit le restaurant où il avait rendez-vous avec son guide. Il savait que ce ne serait pas Sadi, mais Abouo. Le jeune homme de vingt-deux ans remplaçait au pied levé son père dont la jambe avait été brisée dans la bousculade provoquée par la charge d'une éléphante, dix jours auparavant alors qu'il promenait des touristes danois. Le photographe était ponctuel, les Africains, en retard. Le patron lui offrit une bière. Ils échangèrent quelques mots sur la politique française et sur les femmes.

Une heure plus tard, ils arrivèrent enfin. Pendant le dîner, Sadi raconta une nouvelle fois avec d'amples gestes la façon dont cet Edgar

Danielson lui était tombé dessus avec ses cent vingt kilos. Il répéta que son fils, guide aussi, « Enfin, comme son père ! », connaissait les meilleurs spots. Ils réétudièrent ensemble l'itinéraire. Sadi insista sur les détails et fut, comme à son habitude, très bavard. Abouo hochait la tête, silencieux. Bertrand ne voulait qu'une chose, travailler vite pour revenir vite. Sadi lui serra vigoureusement la main : « J'espère que nous repartirons ensemble. » « Je reviendrai », dit Bertrand.

Le matin suivant, très tôt, alors qu'ils roulaient depuis une heure, son portable vibra contre sa cuisse, une seule fois. C'était le code de Lola. Il composa son numéro et, par miracle, elle était là. Sa voix plus nette et plus proche que jamais. Elle dit qu'elle perdait moins de sang que la veille. « C'est merveilleux. Tu vois, je te l'avais dit que ça irait mieux. » Puis très vite, il ajouta : « Tu vas rentrer chez toi ? » « Non. Pas encore. » Lola sourit puis dit qu'elle avait oublié de le prévenir qu'Air France avait résilié sa ligne au lieu de la suspendre et…

— … je viens de réaliser que je n'ai pas ton mail ou même le nom de ta rue à Rives-sur-Marne.

— Comment se fait-il qu'on n'y ait pas songé ?

Bertrand rit, elle rit. Trois secondes de bonheur pur.

— Parce que tu as mon portable et que j'ai ton adresse et ton fixe, mon cœur. Il ne me manque que ton mail.

— Franck y a accès. Je veux ton adresse.

— … ue…………….rne ………………..@… l.com.

— Je n'ai pas compris !

Bertrand répéta, Lola n'entendit rien. Il commanda au guide d'arrêter la voiture sur-le-champ. Redit tout dans le vide le plus total. Même lorsqu'ils firent marche arrière. Elle recomposa son numéro toute la journée jusqu'à agacer sa voisine qui lui demanda de bien vouloir cesser. La jeune femme demeura clouée dans son lit, les yeux fixés sur le plafond alvéolé, terne, hideux. *Il a mes coordonnées et j'ai son portable. Il va rappeler.*

20

Sept jours plus tard, Géraldine entrait dans la chambre de Lola. C'était la première fois depuis des années qu'elle se séparait d'Elsa pour la laisser à sa belle-sœur pendant deux jours entiers. La voix de son aînée avait une tonalité qui lui avait fait mettre dans une valise les cinq boutons en cuir marron pour le gilet, des quantités astronomiques de dessins « à la Elsa » glissés entre certaines pages de magazines ainsi que d'autres vêtements pour les bébés, lavés, classés par taille, par couleur.

Bertrand n'avait toujours pas repris contact. Lola ne craignait plus qu'il téléphone, *là, tout de suite*, même devant sa mère. Elle le voulait. Elle était très inquiète. *S'il appelle, je dis tout.*

Cependant, avec une émotion impossible à contenir, elle déplia les pyjamas, les bodies, les gilets un à un. Elle n'avait pas de mots pour dire ce qui la traversait. Sa belle-mère avait acheté selon son propre goût, Géraldine avait choisi ce que sa fille aurait choisi si elle avait été libre de ses mouvements. C'était inconcevable d'imaginer ses enfants dans ces quelques centimètres carrés de tissus. Elle les replia avec le plus grand soin et sa mère refit les sacs que Franck rangerait dans les armoires. Lola ne releva pas les yeux, mais se laissa étreindre. Géraldine ne savait comment exprimer ce qu'elle ressentait de la voir clouée dans ce lit, enceinte, dans cette attente.

— Je suis si désolée pour toi et tu me manques tant, dit-elle sans la relâcher. Je déteste Franck de t'avoir expatriée.

— Je vais pleurer, Maman, si tu dis encore ça.

— Je veux une semaine complète au printemps. Je veux entendre les bébés babiller dans ma maison.

— Comment était ton vol ?

— Magique, comme un premier vol. J'avais l'impression d'être une enfant de cinquante ans.

— J'aurais aimé te voir.

— J'avais peur de venir, avoua sa mère très vite, sur un ton qui ne cachait rien.

— Je le sais, répondit Lola sans bouger de ses bras.

Géraldine songea avec effroi qu'elle ne se souvenait plus d'elle, bébé. *À la naissance.* Pas plus d'Elsa. Cependant, elle aurait pu dessiner les motifs des premiers draps du berceau. Lola songea avec autant d'effroi qu'elle était prisonnière. *Le cerveau est détestable, la peau ne vit qu'au présent. Je veux tes bras, Bertrand.*

Conrad Schmidt interrompit leur conversation muette, s'en excusa avec beaucoup d'égards auprès de Géraldine et annonça à Lola qu'elle avait la permission de passer la nuit et la journée suivante chez elle puisque…

— … ces bébés et vous vous portez bien. D'autant que votre maman est de passage. Vous êtes contente du cadeau ?

— Très, répondit Lola, désespérée à l'idée de s'éloigner du téléphone blanc.

— Cependant, dit-il d'un regard poli mais sans équivoque, il faudra être très raisonnable.

Je ne veux pas quitter cette chambre. Je veux te dire quelque chose, Maman.

Lola composa trois fois le numéro du portable de Bertrand, avec sa mère à proximité. Aucun appel n'aboutit. Elle demanda naturellement qui sa fille cherchait à joindre, Lola répondit sans honte :

— Natacha. Je veux la prévenir que je rentre à la maison, ma voisine de chambre est très agacée quand je ne décroche pas assez vite.

— Je ne sais pas comment tu peux cohabiter !

Lola planta ses yeux verts dans ceux de sa mère, caramel :

— Uniquement parce que je n'ai pas le choix.

— Tu prends ton tricot ?

— Non, puisque je reviens.

21

Quand le 13 décembre 2010, Lola quitta à regret son téléphone et les murs bleus de la chambre 2204, Abouo et Bertrand revenaient vers la civilisation, vers un village. Le photographe aurait un million de fois préféré que Sadi l'accompagne, ses bavardages n'avaient rien de gênant, alors que les silences d'Abouo restaient pesants.

Pourtant, le jeune homme n'était pas contrarié. Ils avaient parcouru des kilomètres de pistes, navigué entre les quatre-vingt-quatre îles de l'archipel des Ssese Islands. Il avait de belles photos, le ciel avait coopéré sans envoyer trop de nuages ou de pluie. *Une belle lumière chaque jour.* Le lac Victoria était grandiose. Lui avait été bon, même au beau milieu de cette eau avec des reflets qui mirent ses nerfs à rude épreuve. Le lendemain, ils partaient aux aurores au Kenya prendre des clichés depuis cette corne orientale avant de descendre en Tanzanie. Encore des jours en compagnie du *muet*.

Bertrand espérait surtout pouvoir contacter Lola. Savoir si elle allait bien, entendre sa voix juste une minute. L'entendre dire encore : « Je veux vivre avec toi tous les jours de ma vie. »

22

Avec une émotion évidente, Franck tendit à Lola les clés de leur appartement devant la porte. Elle n'y avait pas remis les pieds depuis ce jour où elle avait retrouvé Bertrand, quasiment deux mois plus tôt, à l'aéroport. Plus un carton ne traînait et elle eut l'impression d'y entrer pour la première fois. Franck avait réaménagé le salon. La description qu'il en avait faite était exacte, le canapé gris en biais optimisait l'espace et l'angle sur la forêt. La jeune femme traversa cette pièce sans retirer son manteau et poussa la porte de la chambre des bébés. Deux berceaux dormaient côte à côte, nus. Les gigoteuses, les couettes, la table à langer, mille petites choses étaient entreposées dans un coin, sur une commode blanche à quatre très larges tiroirs.

Lola ne bougea pas. Elle avait peur de toucher ces meubles, ces vêtements. Elle n'entendit pas Franck arriver mais sentit ses bras l'enlacer. La réalité prenait une dimension différente. *Je veux vivre avec toi.* Elle ne fit pas un mouvement, elle ne voulait – elle ne pouvait – voir ses yeux. Elle aurait été incapable de mentir alors qu'elle ne pouvait rien dire ou faire maintenant.

Il murmura que, désormais, Internet fonctionnait. Il retira le manteau de Lola, elle fermait les yeux. Il prit sa main et dit, en arrivant dans le salon :

— On a même le câble français.

— *Wunderbar*.

— Ça veut dire quoi, cette horreur ? lança sa mère avec une grimace.

— Merveilleux.

— J'espère que ça ne signifie pas que les merveilles sont hideuses.

— On est morts de rire, Géraldine !

— J'essayais d'être drôle.

Lola marcha jusqu'à la fenêtre du séjour. Une neige fine tombait sur le parc, mais la nuit l'empêchait de distinguer les premiers arbres. *Une seule feuille compte…* et Franck, très loin, par-delà une vie, *dans un monde auquel je n'appartiens plus*, dit qu'il avait acheté la meilleure des choucroutes au saumon chez le meilleur des traiteurs, « comme tu me l'as demandé ».

— Merci.

À des milliers de kilomètres, Bertrand, assis sur le siège passager, sortit de son sac une des cartes postales qu'il avait achetées. *Lola veut mon adresse en France. Est-ce que je l'envoie chez elle ?* Si Franck l'interceptait, il poserait des questions. *Si j'étais lui, je le ferai*. Le photographe hésita. Consulta son portable. *Toujours pas de réseau, bien sûr.* « On arrive bientôt. » dit Abouo. Le photographe se tourna vers lui.

C'était une des rares fois où le fils de Sadi intervenait de lui-même sans répondre à une question. Bertrand eut envie de le prendre en photo, mais n'en eut pas le temps car surgit au détour d'un virage l'habituel hôtel-cabane. Le Français sauta de leur Toyota et marcha jusqu'à la réception pour demander au gugusse immense derrière la table en plastique vert de bien vouloir composer un numéro pour lui en Allemagne. Le réceptionniste-patron se désola de ne pas avoir de ligne fixe ni la possibilité d'appeler l'Europe avec son forfait africain. Si, si, son portable français devrait marcher. « Enlevez la batterie et la carte SIM et remettez. Vous voulez une chambre ? » « Deux, s'il vous plaît. » « La douche est fraîche. J'ouvre le robinet quand vous voulez la prendre. » « Dans cinq minutes. » Le type sourit. Bertrand fit quelques pas et démonta son téléphone. *Il se fout de ma gueule*. Mais bon, le photographe retira batterie et carte SIM, remit le tout en place et obtint – par la grâce d'un ange – un lien avec le satellite d'Orange. Sans bouger de l'endroit où il se tenait sur le parking, de peur que tout ne s'arrête, le jeune homme appuya sur le numéro de Lola. Sans succès. Enfin, avec tonalité, mais sans réponse.

Au vu de l'heure, elle devait être en train de marcher dans le couloir avec Franck. Ça le rendait jaloux. Bertrand lança un regard au patron qui leva sa main droite en écartant les cinq doigts. Abouo avait déjà déposé les bagages dans leurs cases. Le Français donna un tour de clé et jeta ses fringues. La douche était plus que fraîche mais *plus que bienvenue !* Elle le délassa. Il rappela à peine sorti, dégoulinant d'eau. Les sonneries retentirent dans le vide. Il se sécha, retourna la carte postale, écrivit : « Kisoli, le 13/12/10. Paysages magnifiques, ambiance exceptionnelle, le ciel est à portée de main. Bon courage à toi. Je t'embrasse. B… » Il suspendit sa main après cette première lettre, hésita sur un prénom féminin commençant par B et se décida pour un simple point. Il glissa la carte dans une enveloppe, cacheta et écrivit : « B. Roy, 25, rue Haute, 94430 Rives-sur-Marne. France », puis « Clinique Guersbruch. Madame Lola Milan, chambre 2204. Frankfurt am Main ». *Quelle rue ? Quel code postal ? Internet ne fonctionne pas, évidemment !*

Il demeura à fixer l'enveloppe. Il ajouta d'une écriture appuyée « Germany » et rangea le tout dans une poche intérieure de son sac, faute de précisions et timbre adéquats. Se vêtit puis remonta en voiture pour dîner dans le seul restaurant local, cinq cents mètres plus bas, en contrebas d'une grappe de quatre maisons, en compagnie du *guide le plus sympa du monde.*

23

La salle était déserte, mais quelques autochtones bavardaient et riaient au bar sans véritablement prêter attention au seul Blanc. Bertrand et son guide dégustaient un succulent poulet aux arachides qui était au moins aussi bienvenu que la douche. Trois types entrèrent en laissant la porte ouverte. Bertrand leva la tête. Ils ne le regardèrent pas. L'un d'eux portait un pull vert foncé avec un très gros « Acapulco » en lettres orange et un sac en plastique noir. Les deux autres, exactement le même sweat beige. L'air devint subitement plus frais et la conversation entre Abouo et le jeune homme en prit un coup.

Entre deux fourchettes chargées de riz et de viande très tendre, Bertrand tenta de rappeler la chambre 2204. Un moment plus tôt, il avait raccroché après une vingtaine de sonneries. Il ne songeait plus à Franck qui tenait la main de Lola, mais à celle d'une infirmière qui pourrait être en train de lui faire une injection. Si la jeune femme ne répondait pas, c'était peut-être parce qu'elle allait mal. Il fut pris de panique et se leva à la douzième pour sortir sur la terrasse. Le téléphone blanc retentissait dans le vide intersidéral. Abouo rejoignit le bar où il commanda des bières et Bertrand leva la tête vers les étoiles qui semblaient pleuvoir. À la vingt-deuxième sonnerie, une voix dit « Allô ! » de très mauvaise humeur. Il demanda à parler à madame Milan, il était très inquiet. La femme dut le percevoir car elle prit un ton plus aimable pour expliquer que sa voisine se portait bien puisqu'elle avait été autorisée à rentrer chez elle pour deux jours. « Sa mère est en visite. Oui, oui, elle va mieux.» « Merci. »

Il raccrocha avant de laisser son nom, demeura un instant dehors, dans la nuit, immobile, les yeux au ciel. Un des types avec un sweat beige sortit et le salua. Bertrand lui retourna son bonsoir puis le regarda traverser le parking à droite du restaurant et descendre sur le chemin dans l'obscurité la plus totale. Il revint dans la salle. Les deux derniers arrivants avaient engagé la conversation avec son guide. Trois autres types se rapprochèrent d'eux. *Lola va mieux.* Bertrand termina son poulet froid. *Lola est avec Franck, chez eux. Elle va dormir dans les bras de Franck.* Il repoussa son assiette. *Je tente d'appeler son fixe ?*

Abouo revint s'asseoir en compagnie de l'homme au pull « Acapulco » et de celui au sweat beige. Il posa une bière devant son assiette et présenta Buma et Kafi, des pêcheurs locaux qui avaient déjà attrapé des perches du Nil de plus de quatre-vingts kilos. Ils racontèrent leurs prises, en détail. Bertrand leur fit préciser les tailles, les lieux. Les nota dans le bloc-notes de son téléphone.

— Tu fais quoi comme photos ? demanda Kafi.

— Ça dépend.

— Des filles ? Mode ?
— Avant. Je préfère voyager.
— Et ça gagne bien un type comme toi ? demanda Buma.
— Ça va.
— C'est un peu comme une partie de pêche, ton gain dépend du poisson que tu rapportes, reprit Kafi.
— Surtout de ma façon de le prendre.
— Tu pêches dans ton pays ? demanda Buma.
— Non.
— Pas même les femmes ?
Bertrand sourit.
— Tu veux une femme ?
— Merci. Je vais rentrer.
— Tu es sûr ?
— On part très tôt demain, dit Abouo.
— Je vais payer, dit Bertrand en se levant.

Le patron calcula la note avec une lenteur record puis partit chercher la monnaie dans une arrière-pièce. Les trois Africains discutaient devant leurs véhicules. Devaient les comparer parce qu'ils examinèrent les pneus, ouvrirent et refermèrent les portières. Bertrand récupéra son argent. Abouo contourna la Toyota, Buma et Kafi s'assirent sur la banquette trois places. Le photographe rangea son portefeuille quand son portable vibra contre sa cuisse. Son cœur s'emballa. Et si Lola l'appelait... Il extirpa son téléphone et vit les deux hommes redescendre. Le message n'émanait que de la banque mais il confirmait que le virement demandé neuf jours plus tôt était – *putain, enfin !* – effectué. Bertrand fit dérouler son répertoire jusqu'à « Baratier

Lola ». Elle apparut, retenant ses cheveux d'une main. Le jeune homme sourit et hésita – tout en marchant – à envoyer l'appel. Une seconde, deux, quatre et Buma tendit sa main que Bertrand serra. « Bon voyage. » « Merci. » Il s'installa sur le siège, son portable dans la main gauche. Il se tourna vers le conducteur qui venait de mettre le contact et qui n'était pas Abouo. Et se figea. Net.

Une onde glacée remonta depuis un point précis à droite, entre ses côtes jusqu'à son cerveau. Sans baisser les yeux, Bertrand vit, en 3D, l'objet cylindrique qui s'y encastrait. Il fut tétanisé. Buma était déjà sur cette banquette trois places et le véhicule démarra calmement pour disparaître dans le noir de la nuit. Le photographe entraperçut Abouo, le sac plastique à la main. Il ne le regarda pas et Bertrand pensa qu'il n'avait rien vu, ni le type sortir son arme, ni la bosse qu'elle devait faire sous son pull « Acapulco ». Il avait remarqué le sac, les sweats beiges, il était monté dans cette Toyota sans réfléchir. Il se sentit subitement être ce qu'il venait de devenir : un vulgaire gibier de bas étage. Il avait été une prise facile. Il demanda combien il valait. Buma demeura silencieux et sourit de nouveau. Il parut terrifiant. Il baissa les yeux sur la bague de Bertrand. *L'histoire de celui qui la porte.* L'Africain tendit sa main, le Français fit glisser le bijou et l'y déposa. *Mon histoire prend fin.* Il releva la tête et reçut dans le ventre un coup qui le fit se plier et tomber sur le plancher. Son ravisseur posa un pied sur son cou.

24

— Ça va ? demanda Franck en entrebâillant la porte des toilettes.

— Aide-moi à me relever.

— Tu es toute pâle.

— Je vais me coucher.

— Il vaudrait mieux la ramener à l'hôpital.

— Il faut d'abord que je m'allonge.

Sa mère et Franck soutinrent Lola jusqu'au lit. Elle demanda à son mari d'ouvrir la fenêtre un moment.

— C'est la choucroute ? demanda sa mère.

— Peut-être. Je ne sais pas.

— Tu perds du sang ?

— Non.

Franck s'assit à côté. Prit sa main dans la sienne et dit combien il était désolé.

— Cette grossesse est inhumaine.

— Oui. Ramène-moi à la clinique, s'il te plaît.

25

Est-ce qu'elle a accouché ? Bertrand comptait chaque journée pour ne pas perdre la boule. Il avait été enlevé trente jours auparavant. Sa geôle actuelle était une toute petite pièce très basse, sombre, cimentée, sans fenêtre. Seul un rai de lumière filtrait sous la porte. Il avait compté six marches irrégulières et très hautes avant d'y être jeté. Il aurait pu être dans un village, ou peut-être même une ville. C'était un trou à rat où il n'entendait rien. Quant à la direction dans laquelle ils étaient partis…

Dans la nuit de son enlèvement, Buma et Kafi l'avaient livré à des mains qui l'avaient jeté dans un 4×4 où des jerricans de gasoil lui avaient flanqué la nausée. Ils avaient roulé non-stop dans un paysage dont Bertrand ne vit rien. Les routes étaient accidentées et le jeune homme s'était focalisé sur la lumière que laissait filtrer sa cagoule. *Un jour. Deux.* Le troisième, quand l'obscurité fut totale, ils avaient fait une première halte de vingt-quatre heures dans un paysage sec, alors qu'il l'imaginait humide, marécageux. Puis, à nouveau, il avait été cagoulé et bâillonné. Déplacé. Au Soudan ? En Éthiopie ? *En Somalie ?*

Il ne comprenait pas un mot. Il avait peur, il avait faim, il avait soif. Il était seul. Il était entré dans un monde irrationnel où rien ne ressemblait à rien. On le remballait comme un tas de viande pour le jeter dans un coffre. On l'avait bousculé, on l'avait giflé, secoué, frappé, menacé avec une arme. On en avait posé une sur sa tempe. Sur son cœur. Il n'avait pas tenté le moindre mouvement de rébellion – enfin, jamais depuis la fois où il avait été battu pour avoir refusé de se lever.

Un type qui s'était présenté dans un anglais approximatif comme médecin (et qui devait l'être tout aussi approximativement) lui avait fait boire des décoctions locales et l'avait prévenu de ne jamais recommencer. Il avait libéré ses mains mais enserré ses chevilles. Bertrand ne pouvait se déplacer qu'en se traînant de l'espèce de natte-matelas jusqu'au baquet qui servait de toilettes, de jour seulement. Parce qu'à la tombée de la nuit, ses poignets étaient systématiquement liés dans son dos.

TERREUR. SOLITUDE. TERREUR. À CHAQUE MINUTE. À CHAQUE INSTANT. À CHAQUE FOIS QU'ON ENTRAIT DANS SON ESPACE.

Bertrand Roy mangeait et buvait quand ces hommes le décidaient. Quelqu'un avait récupéré ses affaires dans la piaule de son dernier hôtel. L'ordinateur, ses jeans, ses chaussures, son passeport, son portable, ses cartes de crédit, son argent, tous ses papiers avaient disparu. Mais on lui avait rendu un sac contenant ses appareils photo (moins les batteries et les pellicules neuves), quelques fringues y subsistaient, la carte postale dormait dans une poche intérieure. Il avait glissé derrière un renfort la photo de Lola qu'il avait sur lui au moment de sa capture. Il ne pensait qu'à une chose : *Je me suis fait piéger comme un con.*

Les premières journées. Les premières nuits avaient été interminables. Les minutes. Les secondes s'étaient égrenées une à une. Dans la terreur. Et maintenant, un mois après, Bertrand pensait que son maigre besoin de sommeil lui avait enseigné non seulement la patience, mais aussi le sens du savoir-bouger-sans-faire-un-bruit. Il se demanda si petit, il avait joué au voleur et au gendarme avec son frère dans le jardin. Il n'en avait plus aucun souvenir. Les années se brouillaient, creusaient des vides, et Bertrand eut peur de perdre la notion des choses. *Que la peur me fasse perdre la notion des choses.*

Alors, laissant courir sa main sur le sol rugueux, il se mit à organiser ses pensées comme s'il attendait que le matin arrive et qu'il puisse se lever, *libre*. Il ne s'en rendit pas vraiment compte, « survivre » n'était plus un mot ni une condition, mais un mode de vie dans lequel il rejeta toute idée douteuse ou, terrible ou, effrayante ou, mutilante ou, avilissante ou mortelle qui ferait de lui ce que ces hommes avaient voulu qu'il soit, *un otage*.

Il se mit à chasser le doute et la peur comme on traque un gibier. Il ne voulait jamais revivre l'horreur des premiers jours. Il s'entraîna à reconnaître chaque anfractuosité, il dressa une géographie de sa geôle – de ses geôles successives –, souligna à l'encre invisible des repères et compta tous les levers de soleil.

Il écoutait sans rien comprendre, si ce n'était les intonations. Il décryptait les pas, les rythmes. Il dormit comme toujours, très peu. Il avait appris à regarder, il apprit à sentir. *Toujours face à eux*. Toujours en pensant à Lola.

Abouo l'avait trahi, c'était un fait. Pourquoi ? Probablement pour du fric. Tout le monde court après le fric. *Même moi*. Quant à Sadi, son père, Bertrand repassait un à un les mots de cet homme, les intonations de sa voix. Ses sourires... Mieux valait ne pas y penser. De toutes les façons, la conclusion ne variait pas d'une pensée à l'autre : *Je n'ai rien senti venir*.

Quand Bertrand avait posé au bout de vingt et un jours devant une caméra, assis et menotté au pied de cinq hommes armés et cagoulés, il n'avait vu que la terre rocailleuse, sans véritable relief, ocre, à perte de vue, *pas un arbre*. Il avait enregistré ce qu'on lui avait commandé de dire : « *My name is Bertrand Roy. I'm a French photographer.* » Un garde masqué avait récité un texte en anglais dans lequel il expliquait appartenir à un groupe de combattants dont le jeune homme n'avait jamais entendu parler. Qui ? Où ? Pourquoi ? *Moi*.

Ces images avaient-elles été diffusées ? Quand ? Ses ravisseurs avaient-ils réclamé la libération de prisonniers, une rançon ? Voulaient-ils démontrer leur puissance, exercer des pressions ? Parce qu'il était français ? Blanc ? *Au mauvais endroit au mauvais moment.*

Finalement, tout ça revenait au même et personne ne répondrait pour lui dire combien de temps il resterait... Alors, Bertrand ne pensait plus.

Si, il y avait ces minutes sordides où il se voyait *otage, à la merci,* et d'autres bien plus noires où il se demandait s'ils allaient le garder en vie. Il n'était pas absolument convaincu d'être utile. Mais, par chance, il était voyageur. Il avait parcouru le Tibet. « Si on vient jusqu'ici, c'est toujours pour prier quelque chose. » Il remercia son sherpa et déchira mentalement des milliers de T-shirts orange à coups de canif, les yeux ouverts sur un mur de pierre où il se vit accrocher les lambeaux dans le vent, dans ce pays proche des étoiles. Comme dans un film.

C'était le dernier que j'ai réalisé.

Cette pensée marqua un tournant dans sa captivité parce que Bertrand songea qu'il avait eu la chance de le faire. Il tint à jour son calendrier pour ne pas devenir fou et pensa et repensa au Baïkal, à Anatoli, aux sapins noirs, si droits. Au soleil russe qui jouait entre les branches pour se refléter sur les eaux de cette toute première rivière qu'il avait immortalisée à la sortie de Moscou. Elle avait la couleur des boucles de Lola. Les reflets dansaient sur la surface comme les mèches flirtaient avec les épaules de la jeune femme. Sa peau était l'onde, son grain de beauté, un rocher auquel le jeune homme accrocha ses doigts pour ne pas couler à pic.

Ces images de sa vie le remontaient à la surface. Il avalait une grande bouffée d'air vaguement saumâtre et vicié de l'endroit où il était confiné. Sa vue s'était accoutumée et il savait que lorsqu'il sortirait en plein soleil, ses yeux risquaient d'être brûlés. Il les baisserait, *pour revoir Lola.*

Comment se porte-t-elle ? Faites qu'elle aille bien. Qu'elle ne reperde plus une goutte de sang. Qu'elle pense à moi. Non, faites qu'elle ne sache rien.

Pourquoi cet Indien m'a-t-il donné cette bague ?

26

Mais Lola avait su. Dès Noël 2010. Oh ! Pas à minuit, au moment où la famille de Franck avait ouvert les cadeaux. Mais le lendemain, juste avant le déjeuner. C'était sa deuxième relaxe. La famille Milan, ignoble grand-mère comprise, avait fait le déplacement jusqu'en Allemagne pour les festivités. Tout se passait plutôt bien jusqu'à ce que La Mégère exige qu'on allume la télé pour écouter la messe. Son petit-fils refusa. Elle s'énerva. Le ton monta et Franck argumentait encore lorsque son père, fraîchement sorti de la douche, s'empara de la télécommande en souriant à sa maman. Le jeune homme dévisagea la sienne, qui repartit en cuisine. Très satisfaite d'elle, Reine Milan supplia Lola et son…

— … ventre proéminent de bien vouloir disparaître de mon champ de vision pendant que mon fils règle la bonne chaîne !

Claude Milan fit défiler les programmes un à un jusqu'à ce que le pape apparaisse enfin, les mains levées au ciel. Un bandeau rouge courait au bas de l'écran. Lola le lut machinalement et entendit la grand-mère articuler. « Le photographe Bertrand Roy, qui n'avait plus donné de nouvelles depuis le 13 décembre dernier, a été enlevé en Ouganda. »

Un portrait de Bertrand libre, de trois quarts, souriant, beau, cheveux longs comme ce jour de juin, s'incrusta à l'image. Le bandeau reprit, suivi de la photo. Reine dit en soupirant : « Un de plus. Prions pour ses parents. Franck, mets plus fort. »

— C'est suffisamment fort.

— Je n'entends rien. Lola, dis à ton mari…

Il croisa son regard. Elle sourit « comme si de rien n'était », puis ferma les yeux. Il fila dans son bureau et elle regarda sa montre. Son cadeau de Noël. Elle était fine, élégante, elle décomptait le temps passé, à venir. Des milliers de gens chantaient place Saint-Pierre, Reine les accompagna. *Où est Elsa ? Chante, s'il te plaît. Pour Bertrand, pour moi. Pour que le monde soit beau.*

Ils passèrent à table, foie gras, salade, chapon, et… *je ne sais plus.* Lola avait bavardé, les heures sur sa montre avaient suivi les aiguilles, mais elle ne les avait pas vues. *Il a été enlevé.* Elle eut très soif. Chercha la carafe sur la table. « Non, laissez, j'y vais. »

Elle marcha jusqu'à l'évier, fit couler l'eau. Le parc était d'un blanc immaculé. Les oiseaux n'osaient y poser leurs pattes. *Le T-shirt blanc de Bertrand est…* Lola eut le sentiment de perdre la vue, la conscience et l'équilibre simultanément. Elle se sentit descendre dans un antre noir, froid, humide où une odeur odieuse l'assaillit.

L'institutrice ne bougea pas. Sa main gauche à plat sur le bureau, ses yeux au fond de chacun des enfants :

— Les feuilles se décomposent, pourrissent et se font oublier. On ne fait pas mieux que l'oubli pour renaître.

1

Lola passa les trois semaines suivantes dans un monde sombre à la clinique. Le sang revint, inquiétant. Le ciel avait beau se dégager, le soleil faire étinceler la neige, la lune et les étoiles se pavaner, la jeune femme vivait dans une nuit perpétuelle. Elle n'avait aucune nouvelle de Bertrand et ne pouvait en obtenir aucune.

Franck n'avait pas fait le lien entre son malaise et le bandeau rouge où s'incrustait le portrait du photographe. Ce Bertrand-là, sur l'écran, souriant, ne ressemblait en rien à celui croisé devant la chambre 2 204, et Lola n'était plus sûre d'avoir dit son nom quand elle avait résumé ses bavardages avec Daphné, rue Hector. Son mari avait-il seulement écouté ?

Mais ce n'était pas pour ça que les mains de la jeune femme ne cessaient pas de trembler. C'était l'angoisse, la peur, l'inconcevable réalité. L'incompréhension. Le vide. La colère. Les pensées qui ne se formulaient pas, mal, toute la nuit. *Je ne t'ai pas dit que je t'aime. Je ne sais pas dans quel hôpital travaille ta mère, dans quel collège enseigne ton père. Tu ne m'as jamais dit où exerce ton frère. Où es-tu, Bertrand ? Comment vas-tu ? Te souviens-tu de ces minutes où nous ne disions rien ? Où nous respirions ensemble ? Je respire encore avec toi. Tout le temps. Je ne dors plus. Je ne t'entends plus. J'attends le matin.*

Aux premières heures, Lola empoignait à nouveau son tricot. Elle termina le col, la ceinture en pensant à chaque maille : *Je ne te lâche pas la main. Sois fort, résiste, bois, mange. Pense à nous.* Elle mit les boutons en place, descendit du lit pour essayer le gilet sans l'attacher. Son ventre énorme pesait, bas. Le miroir implacable renvoya l'image des dix-huit kilos et Annelise lança un regard des plus offensants alors qu'elle bavardait au téléphone. Lola se plaça face à elle, la regarda droit dans les yeux. Mais ne dit strictement rien. *Je veux que mes enfants soient en bonne santé. Je veux sortir d'ici.*

En pleine nuit, ce 15 janvier, une douleur fulgurante cisailla Lola. Une césarienne fut pratiquée en urgence quand un des jumeaux montra une détresse très sérieuse.

Pourtant, Lenny cria seul à 4 h 38. Maria, trois minutes plus tard. Ils étaient grands prématurés, mais vigoureux. « Comme moi », dit Franck, arrivé *in extremis* pour les voir naître. Lola n'avait pas sombré. Elle les avait vus. Elle avait tendu ses mains, elle les avait tenus dix secondes chacun dans ses bras et n'en revenait pas de voir ses deux enfants, chauds, qui bougeaient sur elle, qui respiraient seuls même si leur taille et leur poids étaient à frémir. Elle les voulait, avec leur peau rose trop grande pour eux et leur nez froncé. Elle voulait qu'ils soient forts.

Lenny pesait 1,843 kg et Maria 1,684 kg. Lola ne pensa pas aux grammes ou aux semaines qui leur manquait. Elle enregistra les chiffres comme elle avait écouté les mensurations relevées lors des multiples échographies. Seul le présent comptait. *Maintenant*. Le Dr Schmidt affirma : « Le peau à peau est la meilleure des couveuses. » Elle dit : « Vous aviez vu juste pour la date. » « Je ne voulais pas qu'ils sortent avant. » Puis il ajouta : « Vous m'avez donné des idées avec votre tricot, je vais proposer de lancer un nouvel atelier. » « Ne prenez jamais votre retraite, Docteur. »

2

Cette première semaine fut interminable, parce que capitale. On attribua à Lola une chambre seule, mauve et rose, qu'elle ne vit quasiment pas puisqu'elle vécut en néonatalogie auprès des couveuses de ses bébés. Les infirmières s'y succédaient, relevant les données pendant qu'elle surveillait leur visage, analysant chaque crispation.

Un matin, à la fin de la deuxième semaine, bien avant que le jour se lève, une très jeune femme aux iris d'un bleu comme un ciel d'hiver surprit le regard de Lola assise dans cette salle aux bruits d'usine, Maria contre sa peau. Elles restèrent, un très long instant, les yeux de l'une dans ceux de l'autre, sur ce quelque chose sombre qui sourdait en elles. Lola fronça les sourcils et la jeune infirmière sourit en caressant la joue de Lenny :

— C'est difficile d'attendre, ici. Ce bruit, les chiffres, les courbes. C'est comme attendre les résultats d'un examen.

Lola ne put dire un mot. Les journées avaient mille heures. Ses yeux tombèrent sur le badge rose et les yeux d'Anya devinrent lumineux.

— Je suis stagiaire. Et je vais tout faire pour que mes examens finaux soient aussi réussis que vos bébés.

— Je ne pourrai pas en avoir d'autre. Mon utérus est fichu.

Anya s'assit sur le tabouret et regarda Lola en face. « C'est ce qui vous rend triste ? » « Non. J'ai peur qu'ils arrêtent de respirer. » « Ça n'arrivera pas. Ils se sont battus pour vivre. »

Je pense à toi Bertrand, tout le temps. Bats-toi pour vivre.

3

— Ils sont si beaux, répétait Franck à chaque visite.

Il ne voyait que ce qu'il y avait de bon à voir. Il était émerveillé par ses enfants, par la vie. Il citait le Dr Schmidt, les pédiatres ou Untel. Parfois Unetelle. Lola écoutait les bons mots sans les retenir, faute d'espace suffisant dans son cerveau.

Cependant, elle consigna le nom d'Yves Coppens parce qu'elle le connaissait déjà. « Un scientifique est préparé à recevoir l'inattendu et l'insoupçonné. » Elle songea à Bertrand, plus fort qu'à toutes les autres minutes. Elle voulait le voir. Elle voulait des nouvelles. *Ses yeux.* Elle voulait dire ces choses, ne plus rien cacher. Vivre libre avec lui alors qu'il était prisonnier. Elle avait peur, non, *je suis terrorisée*. Et, pour ne pas sombrer à pic, la jeune maman s'accrochait aux yeux de Lenny et de Maria.

Comment quitter ces regards ? Comment ne pas tout y oublier ? Non, à la vérité, Lola n'oubliait rien, les choses urgentes passaient simplement en premier. Nourrir, porter, changer, mesurer, peser, écouter, embrasser, câliner, caresser, regarder. Se préparer à l'inattendu et l'insoupçonné. *L'espérer.* Contenir ses peurs. Franchir les heures. *Voir Bertrand marcher au soleil, libre.* Noter les chiffres après le bain et la pesée quotidienne. *Sentir ses bras quand il m'enlace.* Et reposer son crayon avec soulagement quand ils affirmaient la progression lente. Penser à lui au présent. À ses enfants au présent. Chaque jour qui certifiait que ses bébés allaient de mieux en mieux était cependant un jour de plus sans nouvelles.

Un matin, Lola descendit au kiosque à journaux. Sans grande surprise, il n'y avait aucun titre français. Elle voulut acheter un portable jetable mais se rendit compte que, depuis des mois, elle n'avait ni argent liquide ni carte bleue avec elle. *Et qui vais-je appeler ? Il faut que je sorte d'ici.* Elle regagna l'ascenseur où le miroir fut très franc. La jeune femme se vit en pyjama rose pâle fripé, avec neuf gros kilos en trop, très moche. La réalité en face. *Comment sont tes cheveux ? Où dors-tu ? As-tu un matelas ? Une couverture ?*

Lola se précipita auprès de ses enfants, quatre étages plus haut. Elle regardait la vie qui les habitait, qui les faisait grandir, pour ne pas imaginer/entrevoir/comprendre celle que Bertrand endurait. Il risquait de tomber à tout moment. Cette pensée était la pire. Pire encore que le fait de se détester, elle. *Faites qu'il supporte. Faites que cette vie aille jusqu'à lui.* Elle tendit ses mains pour prendre Lenny dans ses bras, plein de sommeil, et le garda contre elle. Elle lui dit qu'elle en avait besoin.

Merci d'être là.

4

Un vendredi après-midi, une pédiatre leva l'interdiction des visites, autres que celles de Franck. Géraldine fit un nouvel aller-retour et les parents de son mari rappliquèrent juste après, La Mégère en prime. Tous avaient les bras chargés de paquets. Leur fils fit le calcul exact en tenant compte de ceux qui dormaient à la maison. Il dit que ça donnait le tournis et Marie-Ange affirma sur un ton qu'il ne lui avait encore jamais entendu que c'était…

— … normal, d'autant que Lenny et Maria seront les uniques petits-enfants de nos deux familles.

Elle eut un regard tendre mais implacable. La vérité dans toute sa splendeur. *Elsa n'aurait jamais d'enfant, Franck est fils unique et moi, je n'enfanterai plus.*

— Je suis désolée.

— De toute façon, je n'aurais pas voulu que Lola revive ça, affirma Franck.

— Vous n'aviez qu'à faire une petite sœur à votre fils, réussit à caser Reine Milan. Il aurait eu meilleure compagnie que moi.

— C'est la première fois que je vous entends reconnaître que vous étiez de médiocre compagnie, rétorqua Marie-Ange, avec un sourire des plus vifs.

Une belle seconde prit ses aises. Franck sourit en écho, son père posa une main sur le bras de sa mère et Lola se focalisa sur le changement dans la voix et l'attitude de Marie-Ange. En devenant grand-mère, cette femme avait pris du grade. L'âge, comme les années, avait un sens. Son maquillage s'était allégé. « Je suis grand-mère. » Elle avait plaisir à répéter ces trois mots comme si elle aussi avait réussi un examen et personne ne s'indigna. Pas même le jeune papa qui était bien trop ému par ce que Lenny et Maria avaient créé. Il ne souhaitait qu'une chose : « Que tout continue à rouler comme sur des rails ! »

Les bébés grossissaient, sa femme allait mieux, son boulot se passait « *sehr gut* », le labo lui donnait la place qu'il rêvait d'avoir *alors pourquoi s'énerver quand cette garce n'attend que ça*. Ses yeux coulèrent de La Mégère à ses parents. De sa femme à sa fille et puis à son fils. *Je vois le temps qui s'étire*. Lola suivit son regard, sourit, il lui répondit par un autre sourire. Elle pensa à toutes les formes que prend l'amour et à cette nouvelle perspective qui se dessine quand on devient parent.

Et pourtant, *rien n'a changé*, même si l'essentiel avait deux têtes et deux bouches ouvertes, quatre yeux doux et quatre mains avec de minuscules doigts agiles qui ne cessaient de s'enrouler autour des siens. Lola sentait la peau de Bertrand. Et si elle la sentait encore, ce n'était que parce qu'*il est en vie. Non, rien n'a changé. Je t'attends, Bertrand.*

5

Les parents de Franck repartis, Natacha poussa la porte de la nouvelle chambre de son amie à la clinique.

— Je la trouve bien plus agréable que celle où tu as...

— Grossi ? coupa Lola en passant en revue les couvertures des magazines où Bertrand Roy ne figurait pas. Fais très attention à ce que tu lâches.

— Je n'arrive pas à croire qu'ils étaient dans ton ventre.

— Moi, si.

— Pas encore de baby blues ?

— Ne joue pas les Reine Milan, répondit la jeune maman en feuilletant *Paris Match*. Distrais-moi.

Penchée sur les berceaux, Natacha dressa un point précis des derniers cancans, ponctué de « À croquer ! » toutes les trois phrases. Lola guettait la virgule où elle pourrait demander si quelqu'un au monde avait des nouvelles de l'homme avec lequel elle s'endormait tous les soirs.

— Comme ils sont doux ! Mais j'envie moins leur peau de bébé que le teint lumineux de Daphné que j'ai croisée hier à Roissy. Elle a demandé de tes nouvelles.

Lola suspendit sa respiration et fixa le visage d'une artiste dont le visage et le nom se brouillaient.

— Elle a froncé le nez quand j'ai prononcé « Francfort » et s'est très mal retenue de le faire quand j'ai annoncé le prénom de tes enfants.

Lola posa le magazine ouvert à côté d'elle, elle maîtrisa ses larmes. Elle se foutait de l'avis zéro étoile de Daphné Delatour ou que Natacha trouve « Lenny et Maria très doux ». Tout ce qu'elle voulait, c'était savoir si cette femme avait des nouvelles de Bertrand.

— Qu'est-ce qu'elle t'a raconté ?

— Elle rentrait du Mozambique. Tu savais que son oncle y est ambassadeur ?

Lola hocha la tête. *Bertrand. Bertrand. Bertrand. Bertrand. Bertrand. Bertrand. Bertrand.* Natacha la dévisagea. « T'es pas au courant ? » « De quoi ? » Maria se tortilla et sa maman la souleva pour la mettre au sein. Nat dit qu'évidemment, sans télé française, elle ne devait pas savoir que le type de la photo, « ce Bertrand Roy », avait été enlevé en Afrique. Lola leva les yeux vers son amie :

— Il est en vie ?

— Personne ne sait. Pas même l'ambassadeur qui est pourtant, selon Daphné, très bien placé.

— Ils ne savent rien ou ne disent rien ?

Natacha repoussa le magazine et s'assit à côté de Lola.

— Il paraît que les ravisseurs exigent maintenant la libération de prisonniers après avoir réclamé une rançon. Daphné dit que les autorités espèrent qu'il rejoigne Charly Dupré et Constance Slak. On sait qu'eux sont en vie et plus ou moins dans la même région.

Nat caressa la main du bébé. Lola dit :

— Ses parents doivent être morts d'inquiétude.

Son amie rétorqua qu'elle n'était plus sûre de vouloir des enfants.

— J'imagine que Daphné a créé un comité de soutien.

— Avec d'autres de sa profession. Ses parents sont très discrets, mais d'après ce qu'elle sait, ils ont des consignes.

Lola ne put plus articuler un mot. Elle reposa sa fille aux cheveux bruns dans le berceau transparent, essuya la goutte de lait au coin de ses lèvres. Lenny dormait à poings fermés, ses cheveux étaient de la même couleur. Leur souffle était calme et le soleil entrait de plein fouet dans cette chambre, *le ciel surplombe la terre entière.* Une aide-soignante passa la tête pour proposer du café.

— *Bitte, für meine Freundin auch*.

Lola se leva pour attendre à la porte, dos à Natacha. Elle posa la main sur le chambranle, fixa la peinture jaune sable du couloir, la légère marque marron-gris laissée par les brancards. Sans bouger, terrifiée, malheureuse, affolée, elle dit – en respirant calmement – que ça signifiait qu'il n'y avait toujours pas eu de preuve de la mort du photographe.

— Non, s'il avait été assassiné, on le saurait.

Lola saisit le plateau que lui tendit l'aide-soignante. En se retournant, elle capta son reflet pâle dans le miroir de la micro salle de bains. Dehors, le soleil de février resplendissait. Elle eut envie de partir sur-le-champ, en abandonnant tout – absolument tout – pour retrouver cet homme. Sans remords. *Pour vivre le restant de mes jours avec toi.* Au lieu de rester coincée dans cette chambre, dans cette vie, où elle aussi était otage d'une façon qui lui arrachait les entrailles. Mais elle versa avec précaution le café dans les deux tasses de faïence blanche. Les dernières gouttes dessinèrent quatre cercles réguliers, puis la surface se lissa, noire.

— Tu te souviens comme on s'était moqué d'elle quand elle disait qu'elle ferait tout pour lui, dit Natacha en en prenant une.

— Oui.

— C'est dingue ce que les gens font par amour.

Lola but son café lentement, n'écouta plus les paroles que débitait son amie. Elle avait mille ans, une vie plus lourde que celle de toutes ses connaissances. Elle revit Elsa qui se traînait par terre en hurlant, elle se revit à quatorze ans quand sa mère avait annoncé l'accident de son père. Elle rentrait du collège. Elle était restée debout, à écouter. Elle avait compris que tout serait désormais différent. Que les autres n'allaient pas toujours comprendre. Qu'elle-même ne pourrait tout dire. Aujourd'hui, c'était exactement pareil. Elle ne pouvait pas dire : *J'aime Bertrand comme je ne savais pas qu'il était possible d'aimer, et je ne peux rien pour lui.*

À cette seconde de sa vie, le nez dans sa tasse de café noir, Lola eut envie de hurler, de laisser sortir son cri pour qu'il déchire les murs, le temps et *qu'il nous libère, Bertrand, Franck et moi.*

6

Les avions se croisent à distance pour ne pas exploser en plein vol. Les avions se croisent à distance pour ne pas exploser en plein vol. Les avions se croisent à distance pour ne pas exploser en plein vol. Les avions se croisent à distance pour ne pas exploser en plein vol. Les avions se croisent à distance pour ne pas exploser en plein vol. Les avions se croisent à distance pour ne pas exploser en plein vol.

Cette nuit-là, Lola demeura debout devant la fenêtre, à regarder l'obscurité. Plus de voisine qui ronflait. Plus de téléphone qui sonnait avec la voix grave, chaude, douce, aimante et directe de Bertrand. Son étage était suffisamment élevé. Quelles étaient les chances de ne pas se rater ?

La jeune femme s'éloigna, ne se pencha pas au-dessus des berceaux, s'allongea sur son lit. Non, mourir n'était pas une option, ou un choix, ou un souhait possible. Mourir, c'était abandonner.

Lola ne pensa pas à Bertrand mais à sa mère, à sa voix quand elle avait dit : « Ce qui est grave, c'est d'abandonner. »

7

Et puis, un mardi, la libération de Lola tomba. Il y eut des rires et des embrassades. Et deux bouteilles de champagne. À 12 h 40, la jeune femme quitta les murs bienveillants de la chambre 2 307 pour retrouver ceux où elle avait appris l'enlèvement de Bertrand.

Elle tourna la clé, poussa la porte. Franck dit : « Bienvenue à la maison ! » et Bertrand cria : « Lola, ne me dis pas adieu maintenant ! » Les murs blancs susurrèrent que le photographe pensait à elle parce qu'il en avait besoin. La sensation était physique. Fugace comme ses mains gelées qui couraient sur ses bras. Le pont était là. *Je t'aime.*

8

Bertrand ne voyait rien. Une minute plus tôt, un garde lui avait jeté l'éternelle cagoule, en riant. L'otage l'avait enfilée et s'était couché dans le coffre du 4×4. Les transferts étaient ce qu'il vivait de plus horrible, ils réveillaient ce qu'il avait ressenti à la seconde où il avait compris qu'il était enlevé. Pour ne pas mourir de peur, il les négociait avec les souvenirs de Lola.

Là, maintenant, elle dormait dans cet hôtel à Paris. Elle était nue, à sa droite, couchée sur le ventre. Il aurait pu dessiner toutes les ombres sur son corps et chacune de ses courbes. Il les suivait comme il l'avait fait du bout des doigts. Depuis son talon jusqu'à son grain de beauté. Sa caresse l'avait réveillée, il l'avait senti. Mais elle n'avait pas bougé. Il était resté à la regarder, indéfiniment, puis il s'était allongé sur elle. *C'était merveilleux.* Bertrand demeura dans cet instant, et dans les autres. Les remonta et s'y attarda jusqu'à ce que le véhicule stoppe et que la cagoule soit arrachée. Alors l'otage réintégra son présent. *La réalité.*

Les mêmes rituels s'enchaînèrent avec les nouveaux maîtres. Coups. Intimidations. Le classique universel de la domination. Bertrand subissait, aucune emprise n'était possible. D'ailleurs, que pouvait-il bien contrôler ? Rien. Hormis jouer avec sa mémoire et décompter les jours qui s'enfuyaient. Ne pas perdre le fil du temps était la seule chose qui lui prouvait qu'il ne perdait pas la boule.

Il déroulait des questions/réflexions/souvenirs selon un planning habituel. Penser à ça, le matin, à ça, le soir. *Où dort-elle ? Sa peau. Ses yeux.* Classer ses photos. Toutes les revoir. *Comment s'est passé son accouchement ? Filles ou garçons ? Pas de fenêtre.* Surveiller tout. Les voix. *Tes doigts faisant tourner ma bague. Je ne sais pas pourquoi cet Indien me l'a donnée. Je n'ai pas pensé à le lui demander. On ne pense jamais à tout...* La nuit. *Paris, la nuit. La lumière des réverbères.* La chaîne. Le cadenas. Pas d'intimité. *Garçon ou fille ? J'ai froid.* Prévoir les coups. Écouter tout. Enregistrer tout. *L'Indien est allé la chercher dans sa maison, il ne l'a pas piochée dans celles qu'il vendait sur le bord de la route. J'ai faim. Tes jambes dans l'escalier. JE T'AIME LOLA.* Ne rien oublier. Jamais. *Je veux vivre avec toi.* Ne jamais penser qu'elle a succombé. *Non jamais.*

La nouvelle cellule était une grotte. Petite, exclusivement réservée à Bertrand qui, même s'il tirait au maximum sur la chaîne reliant sa cheville à l'anneau scellé au fond, ne pouvait en sortir. Mais il était capable de se tenir debout. Le plafond culminait à un mètre soixante quinze.

Mon père et mon frère devraient baisser la tête. Ses nouveaux gardes le regardaient. Bertrand s'assit.

Mais entre ses cheveux qui pendaient, il observait les muscles, les gestes. Le langage du corps a quelque chose d'universel plus facile à comprendre que les mots. Pourtant, il était capable depuis quelques temps d'en décrypter une trentaine qui revenait d'un dialecte à l'autre, avec quelques variations. Oui, il avait une aptitude pour les langues. Non, il ne s'en était jamais vanté. Il s'inventait un dictionnaire, il n'écrivait rien qui aurait pu le trahir. De toutes les façons, il n'avait pas le temps de le développer.

Quand on lui avait balancé des feuilles, le photographe avait reproduit ce qu'il voyait. Ses dessins lui avaient valu des coups, de rares sourires. Il ombrait, traçait, estompait une arme, une main, une porte. Autant de cailloux. Un profil. Le seau pour chier… Il avait vu les feuilles se froisser ou se déchirer et, de toutes les façons, y atterrir. Ce qu'il fallait retenir devait rester secret. Ce qui le faisait tenir était la voix de Lola. « Pour les accidents mécaniques, on nous explique ce qu'il faut faire et pour les prises d'otage, on nous ordonne de ne jamais lutter. » *Je t'écoute, Lola. Je veux te revoir. Je veux une vie ensemble.*

9

En sortant de la clinique, Lola ne savait plus combien de fois elle avait composé le + 336……, comme si la voix artificielle morne pouvait changer son message. La ligne était résiliée et aucun des « Roy » de la région parisienne n'était de la famille de l'otage. Idem pour les médecins et les infirmières, puéricultrices ou non. Elle avait été insultée un nombre incalculable de fois. Elle s'était maudite de ne jamais avoir eu la présence d'esprit de prendre le mail ou l'adresse de Bertrand à temps. *On n'imagine pas que tout peut s'arrêter. On ne se prépare jamais à l'horreur, peut-être parce qu'on n'en veut pas. Pourtant elle tombe et écrase.* Elle existait même sans diffuser quoi que ce soit.

Lola lisait tout, absolument tout ce que Google trouvait et ne fut traversée par un trait lumineux que lorsque Wikipédia lui apprit que Bertrand était né le 18 août 1979. *J'étais certaine que tu étais Lion, tu es un lion.* Elle consultait régulièrement la page Facebook Bertrand Roy créée par le comité de soutien. Elle traversait les commentaires sans pouvoir se résoudre à écrire quoi que ce soit publiquement. Elle envisagea d'envoyer une lettre via *Géo* avec l'espoir qu'elle soit transmise chez ses parents à Rives-sur-Marne. La jeune femme en avait rédigé plusieurs et en rédigeait encore pour dire tout ce qui la traversait. Elles finissaient à la poubelle parce que *tu n'es pas libre.*

Ne restait que l'attente et la lecture des informations contraires publiées sur Internet. Le premier groupe terroriste affirmait avoir livré le prisonnier à un autre – via Facebook. Les revendications changeaient avec les noms, le ton demeurait aussi abominable. Les journaux télévisés firent passer de nouvelles images de Bertrand sur lesquelles il parlait, plus longuement mais le son avait été coupé pour des raisons de sécurité. *Lesquelles ?* se demanda Lola. *C'était quand ? Où ?* Il portait le même T-shirt blanc, très sale, et une barbe imposante, des cheveux aux épaules et emmêlés. Son regard était plat, des types vêtus de beige, armés, encagoulés, l'encadraient. Les experts étaient partagés sur le nouveau décor, un drap très blanc. Que pouvait-il signifier ? Qu'ils ont une machine à laver qui ne nettoie que les draps ? Mais pas de fer à repasser au vu des plis ? *Que les armes se vendent bien,* songea Lola en imaginant celles qui se posaient sur le corps de Bertrand. *Qu'est-ce qu'ils te font ? À quoi tu penses, là, à cette seconde ?*

Et puis, un jour, elle découvrit un article qui certifiait que Bertrand Roy avait disparu volontairement. « Qui a écrit cela ? » dit-elle à voix haute, seule devant son ordinateur. La seconde suivante, elle songea : *Et si c'était le cas…* Cette idée la percuta comme une gifle. Lola se leva, les mains en sueur, et sortit sur le balcon. Les feuilles paressaient pour naître, la température ne voulait pas dépasser les cinq degrés. Des oiseaux sautillaient pourtant sur le sol, à la recherche de nourriture. Un rouge-gorge tenait un brin d'herbe. *Il fait son nid, la vie continue.* La jeune femme le regarda poursuivre ses recherches méthodiquement et dit, devant la forêt qui allait déployer des millions de feuilles : « Bertrand n'aurait jamais fait ça. »

Des journées entières se consumèrent sans que Lola ait prise sur rien. Elle ne reprenait pied qu'avec ses enfants qui en s'éveillant lui laissèrent moins de temps. C'était épuisant mais merveilleux de les voir grandir, jouer, se toucher l'un l'autre, *m'appeler « Mama », attraper mes oreilles, poser leur tête dans mon cou, s'y endormir.* Ils n'effaçaient rien, mais ils étaient *la vie. Je la tiens contre moi. Ils sont chauds. Ils sourient tout le temps. Je les adore. Il y a une semaine, j'ai trouvé Lenny assis dans son lit en train de gratter la fermeture Éclair de sa gigoteuse. Maria l'a imité dans la soirée.*

Nous venons d'arriver tous les quatre à Noisiel parce que les déménageurs installent la nouvelle maison. Je ne voulais pas quitter l'appartement. Je fais suivre le courrier, Bertrand. Je voudrais recevoir une carte postale signée de ta main. Je n'ai jamais rêvé de toi parce que je veux la vie, en vrai. Je veux te toucher. La nouvelle maison est immense, sur deux étages au centre de Francfort. Je ne l'aime pas. Je crois qu'elle m'observe. Il pleut des cordes en France, aussi. J'ai fait un détour dans Rives-sur-Marne, en allant acheter du pain. J'aime bien cette ville. Il y a ce portrait de toi devant la mairie. Tu as les cheveux comme ce jour où tu m'as ouvert. J'aime ton sourire même si je me demande à qui tu souriais ainsi. Tu me manques. Aujourd'hui est le 5 juin 2011, Bertrand. JE PENSE À TOI ET MOI. Je veux toujours vivre avec toi. Je t'attends. Il pleut à Francfort. Les enfants ont eu beaucoup de fièvre avec leurs vaccins. Et toi ? Comment vas-tu ? Les feuilles du noisetier sont toutes déployées. Elles ont quitté ce vert jeune et le prunier commence à fleurir. Je préférais le parc, la rue est bruyante. OÙ EST-CE QUE TU ES, BERTRAND ?

Juillet ne délivra aucune information. En août, tous les quatre passèrent deux semaines à Noisiel et une à Besançon. Bertrand Roy fut déclaré mort puis ressuscité dans la même journée. Par chance, Lola ne l'apprit qu'au journal de 20 heures quand son père parla, avec une grande dignité, face à la caméra. « Notre fils a disparu le 13 décembre 2010 et depuis nous vivons dans l'attente. Je n'ai rien d'autre à dire. » Marc Roy, très ému, le visage dur, fermé, disparut de l'écran.

Franck n'avait pas relevé les yeux de son ordinateur, Claude se concentra sur le sujet suivant sans un commentaire, Marie-Ange gazouillait avec Lenny et Maria et Lola partit s'enfermer dans la salle de bains où, assise sur le sol de la douche, elle pleura sans être certaine de l'endroit où elle était. *Juste avec toi.* Les gouttes explosaient sur son corps, partout. Bertrand marchait dans un désert et avait soif. Lola coupa l'eau. Des voix lui parvinrent, parmi elles, celles, très lointaines, de ses enfants. *Nous sommes à Besançon et tu es perdu dans ce monde que je déteste. Tu as trente-deux ans aujourd'hui. Bon anniversaire, mon amour.*

Septembre s'enfuit. Franck oublia l'anniversaire de Lola qui ne lui en fit pas la remarque. *Il ne voit pas que je me suis éloignée de lui, il traverse sa vie comme si elle était éternelle, je ne fais rien pour l'en dissuader parce que vis déjà avec toi, Bertrand.* Octobre n'apporta strictement rien, si ce n'était les excuses de son mari quand il s'en aperçut un mois plus tard en plein repas, au moment où Lola déposa le plat de lasagnes. Il regardait sa femme, trouvait qu'elle avait les joues plus creuses et blêmit. Vraiment. Puis rougit. Beaucoup. Il marcha vers elle, la serra très fort dans ses bras et se désola.

— Merde ! J'ai un mois de retard. Non, trente-trois jours. Pardon, chérie, pardon.

La jeune femme ne lui reprocha rien. Elle accepta la baby-sitter, le dîner dans un restaurant japonais, le parfum, les excuses, les « je n'écoute rien, je ne vois rien, je suis un égoïste ». *Je me déteste tous les jours un peu plus.* Et novembre cloîtra la jeune femme, Lenny et Maria dans ces murs avec lesquels elle n'avait toujours pas fraternisé. Pourtant, à force de tourner en rond, elle avait le vertige au point de devoir s'y appuyer. Ils demeuraient froids et elle écoutait les avions passer à si basse altitude que les ponts suspendus se balançaient avec leur souffle.

Bertrand comptait les avions sans jamais les voir. *PENSE À MOI, LOLA.* Elle rêvait d'ailleurs. Il voulait être ailleurs. Et n'avait toujours aucune idée des endroits où il était, mais se doutait de ce que vivaient ses parents. *Je baisse la tête pour rester en vie. Ils ont besoin de moi. Je les occupe.* Parce qu'en dehors de leurs armes à démonter, graisser et remonter, des entraînements au combat, des jeux de cartes, des disputes, de leurs rituels, *de leur besoin de me frapper,* ces types ne faisaient rien. *Ils attendent de crever comme moi, assis par terre. Mais ils sont libres. Enfin, je ne sais pas s'ils le sont. Ils obéissent. Ils se font chier à me garder. Je suis leur travail. Non, juste un animal qu'ils doivent nourrir.*

Le soleil dessinait des ombres longues à l'entrée de cette nouvelle grotte. Elle était immense, très profonde, son relief naturel d'un gros cône couché avait été respecté parce que parfaitement adapté. Bertrand la partageait avec quatre hommes, mais de l'autre côté de barreaux de deux centimètres de diamètre scellés dans la roche. Il ne cessait d'observer les reliefs, les couleurs de la pierre comme les dégradés du ciment coulé à la va-vite. Quelqu'un en avait eu l'idée, un autre avait exécuté. *Qui est le pire monstre ?* Cette question surgissait assez souvent depuis les deux dernières semaines. Parfois le jeune homme se disait que c'était celui qui leur vendait les barres de fer… Parfois il se demandait s'il en aurait vendu. Dans quelles circonstances…

Ses réponses comme le paysage que Bertrand pouvait apercevoir ne variaient pas. *Non. Je n'en vendrai pas et non, je ne sais pas ce qu'il y a de l'autre côté du rocher gris sur la droite. Mais nous sommes orientés vers l'est. Où est-ce qu'ils planquent leurs véhicules ? Quel est leur satellite ? De quoi ils parlent ? Pas de la cuisson du plat du jour puisqu'ils n'en préparent pas. Ils ne font jamais de feu. Ils ne fument pas. Ils n'ont jamais froid, chaud ou soif. Qu'est-ce qui est important pour eux ? Qu'est-ce qu'ils attendent de la vie ? Que je leur serve de jackpot ultime ? Qu'ont-ils fait des photos et des vidéos ? Que voient les autres otages ?* Une terre beige et marron, accidentée ?

Bertrand ne les avait jamais croisés ou même approchés, mais il pensait à eux. Comme les autres pensaient à lui, non pas parce qu'ils connaissaient son existence. Non, juste parce qu'un otage sait qu'il y en a toujours un quelque part. Ce lien existait. C'était un lien de pensée, de soutien, de fraternité, d'humanité qui ne serait jamais, *non jamais, défait.* Il aidait à passer les nuits de plus en plus froides en refusant de penser *une journée de plus.* Mais il n'avait aucun effet sur la question : *Jusqu'à quand ?*

Alors Bertrand demeurait sombre, dans une pénombre sale, avec des vêtements crasseux. Il avait renoncé à espérer une intervention militaire. Quant à un miracle divin… il n'en connaissait qu'un. C'était cette porte qui s'était ouverte sur Lola qui avait besoin de lui. Il lui avait dit : « Viens. » Il lui disait : « Emmène-moi. » Dans les rues, dans ce café à Paris, dans le hall rue Hector, *dans ta cuisine.* Il revoyait la lumière très tamisée de l'ascenseur de l'hôtel parisien. Ils y étaient seuls, chacun dans un coin opposé. *Tes cheveux avaient un reflet d'or. Tu ne souriais pas. Tu me regardais.* Lui aussi ne l'avait pas quittée des yeux pendant les trois étages, en silence, sans la toucher, les mains sur ses hanches.

NE M'ABANDONNE PAS. REVIENS VITE.

En décembre, on parla beaucoup moins de Bertrand Roy en dehors du rappel hebdomadaire. On souligna la date du 13 décembre. Bertrand songea : *Une année entière.* Lola : *Je t'attends, mon amour*. Elle suivit, seule, sur son canapé gris anthracite une émission spéciale diffusée au début du mois traitant des otages sur les cinquante dernières années. Le journaliste avait fait un travail pointu et précis. Il avait dressé une liste, livré le nombre d'otages pour lesquels des vidéos avaient été diffusées, quand, où, par qui, combien de fois. Le sujet était analysé de façon exhaustive. « Le sujet est toujours d'actualité, international, s'adapte parfaitement aux nouvelles technologies. Aucun profil particulier. » Des voyageurs, des femmes, des hommes, des gens qui vivaient sur place depuis des décennies, des employés seuls, à deux, des employés en groupe, des familles avec enfants, des religieux, des journalistes, beaucoup de journalistes…

Certains enlèvements se terminaient après des années de captivité de façon heureuse, d'autres mal, très rapidement, avec ou sans intervention militaire, de façon si ignoble qu'il est impossible de l'imaginer. La conclusion fut stridente de réalité : « Malheureusement, il y a des otages qu'on ne retrouve jamais, ou sans vie. » Espérait-il, ce monsieur, que « sans vie » était moins fatal/sordide/anti-humain que mort, assassiné, exécuté ? *Peut-être ne peut-il simplement pas dire ces mots…* Il ne citait pas expressément « Bertrand Roy », mais qui n'y pensait pas ?

Ce fut à cette minute que Lola décida de cesser de faire des milliers de plans qui ne généraient aucune énergie positive. Elle éteignit la télé et commanda de la laine vierge d'Irlande, la même que celle qu'elle avait utilisée pour son gilet. *Noire, comme ta chemise.* Elle passerait le temps en préparant quelque chose pour lui. *Je me fiche que trois ans passent, ou dix. Je veux que tu reviennes.*

Les pelotes arrivèrent en deux jours et elle commença aussitôt son ouvrage sans rien cacher.

— Mon cadeau de Noël ? dit Franck en la voyant tricoter devant la télé allumée.

— Non. C'est pour moi.

— Un autre ?

— Un peu différent.

Il tomba sur le canapé, Lola eut la crainte qu'il veuille voir la photo de ce modèle plus court, plus masculin. Mais il s'étira longuement en étendant ses bras au maximum et demanda si elle avait dîné.

— Il est 22 heures.

— Déjà ? Je n'ai pas vu le temps passer.

Lola voulut se lever, Franck dit :

— Reste, je sais me débrouiller. Je n'ai pas très faim de toute façon.

Elle l'entendit ouvrir et refermer le frigo. « Tu as passé une bonne journée ? » lança-t-il depuis la cuisine. « Oui. Et toi ? Tout se passe comme tu veux ? »

— Non. Pas exactement. Mais je vais t'épargner mes soucis et mes heures de discussions compliquées avec Kaminsky. (Franck avala un morceau de fromage suivi d'une mandarine.) Mon partenaire va trop vite à mon goût. Et il n'est pas assez précis.

Lola sourit. Franck s'assit à côté d'elle, lui proposa son verre de vin. Elle refusa.

— Vous avez pu sortir malgré la pluie ?

— Acheter du pain. J'ai d'ailleurs rencontré notre voisine, Anna Golberg. Ils veulent nous inviter à dîner.

— Ah oui ? Quand ?

— Samedi prochain. On n'a pas besoin de baby-sitter, son aînée s'en charge.

Franck posa son verre sur la table puis extirpa un papier de sa poche.

— Un collègue m'a donné l'adresse d'une association qui s'occupe de faire venir des jeunes filles au pair. (Il sourit.) Je ne suis pas là, mais je pense à toi. Je sais que tu veux reprendre le travail.

Lola répondit aussi par un sourire, se déchira intérieurement. Franck prit le tricot de ses mains et le plaça délicatement sur la table basse. Plongea dans ses yeux. Il était fatigué, mais très beau, sûr de lui.

— Comment ont-ils été aujourd'hui ?

— Comme toujours, gentils, conciliants et faciles.

— Comme pendant la grossesse, reprit Franck en caressant la joue de Lola.

— C'est mon corps qui m'a trahie, dit-elle, sûre d'elle, en prenant sa main.

Il ne quitta pas son regard, puis avoua qu'il lui était arrivé de se demander, seul dans leur lit, si elle les désirait vraiment. « Je veux dire inconsciemment. » « Je le sais », répondit-elle sans surprise et sans réprimer l'émotion qui la traversa. Franck ne s'excusa pas. Il dit simplement :

— Vert. Je veux un gilet comme tes yeux.

Lola eut envie de lui dire qu'elle l'aimait avec sa franchise, sa brusquerie, sa maladresse. C'était juste. Cet amour qu'elle ressentait pour lui n'effaçait pas Bertrand, c'était Bertrand qui effaçait son mari. Elle caressa son visage. Il promit de rentrer avant dîner, le lendemain. Plus tard, dans leur lit, dans l'obscurité de cette chambre, il murmura : « Je sais combien tu aimes nos enfants. » Et Lola dit que, pendant ses absences, elle préférerait une nourrice avec de l'expérience à une jeune fille au pair.

— Tu reprendras sur long ou moyen-courriers ?

— Long-courriers à mi-temps.

— Tu as pensé au service commercial, au sol, ici à Francfort ?

— Je ne changerai pas. J'aime être dans le ciel et j'aime travailler. L'idée de travailler.

— Je le sais, chérie. Tu as déjà pensé à une date ?

— Après l'été prochain. Lenny et Maria auront plus de dix-huit mois.

— Bien, ça nous laisse le temps de trouver une femme expérimentée, sympa, pas envahissante, efficace et bilingue. Et forte en jardinage, tiens !

10

24 décembre 2011. Trois cent soixante-quatre jours après avoir appris la disparition de Bertrand, Xavier regardait les photos de son frère dans son atelier, rue Haute. Il passa une main dans les bacs vides que leur père avait nettoyés. Les trois photos qui séchaient, suspendues au fil, semblaient attendre qu'il décide de les décrocher. Un même sapin, seul dans un champ de hautes herbes, ses branches inférieures parfaitement horizontales. Trois cadrages différents, un angle pour chacun. Qu'aurait dit un psy de cette photo ? Bertrand, au milieu des autres, des femmes ? *Trop facile,* songea Xavier. *Et faux. Mon frère, s'il s'était représenté, se serait placé au même niveau.*

Le jeune médecin se demanda où il avait réalisé ce cliché. En Russie ? Il ne s'était pas vraiment intéressé au travail de Bertrand. Il était concentré sur le sien, ses études… Son parcours, ses envies. Devenir médecin, voir des gens qu'il pourrait soulager. Toutes sortes de personnes. *Passer à côté de toi.*

Depuis que le photographe avait été enlevé, les ouvrages que le toubib lisait étaient différents. La psychologie avait pris une place plus importante. Les témoignages, les récits d'anciens otages – comme les études des spécialistes – avaient des résonances particulières et, de façon uniforme, quel que soit l'auteur, la famille restait ce point d'ancrage, de référence, d'amarrage et de retour. *Pourquoi est-ce que je ne veux pas d'enfant ?*

Xavier y avait sérieusement réfléchi pendant une bonne dizaine de minutes, les pieds sur un des tiroirs ouverts de son bureau, passant en revue une vingtaine d'idées. Aucune ne se substitua à sa conviction intuitive. *Je sais que je n'en aurai pas, donc je n'en souhaite pas*. Que souhaitait Bertrand, à part vivre libre ? *Pourquoi s'est-il fait avoir ? Comment ? Par qui ?* À quoi, à qui pensait-il, à ce moment-là ? À cette femme dont il était tombé amoureux ? Xavier voulait remonter à la source pour comprendre. À quoi pensait-il aujourd'hui ? Sûrement pas aux cadeaux qu'il devait acheter à ses parents. *Ou peut-être que si…*

— Je te cherchais, dit Marc en se plaçant à côté de son fils aîné. Elles sont belles, n'est-ce pas ?

— C'est où ?

Il laissa filer un soupir, les yeux sur les photos.

— Je n'en sais rien. J'aime ce vent dans les herbes. On le sent, hein ?

— Je n'ai regardé que le sapin, dit Xavier.

— C'est ce que je voyais au début. Et puis, à force… j'y vais dans ce champ. Je sais que le vent est froid.

Le père et le fils se regardèrent dans les yeux. Ceux de Marc brillaient, mais ce n'était pas le genre de faiblesse qui le préoccupait. Xavier dit :

— Il me manque.

Une minute plus tard, quand Florence parut dans l'encadrement de la porte, elle les dévisagea l'un, puis l'autre. Elle prit une longue inspiration :

— Je ne veux jamais vous revoir avec ces têtes-là. Bertrand n'est pas mort, il va rentrer. Il… va… rentrer.

Pour la première fois depuis son enlèvement, ils la virent pleurer. Du moins, ils suivirent la larme unique qui descendit sur sa joue droite. Elle l'essuya du plat de la main et redit, avec une maîtrise totale, que c'était le réveillon. « Le champagne est servi, les toasts sont chauds, venez. » Elle disparut dans l'escalier, ils lui emboîtèrent le pas. Ce jour-là, Florence Gianelli portait une robe bleu marine, des sandales brillantes à talons qui dataient de Mathusalem. Ses cheveux étaient lâchés. Elle prit place à côté de l'assiette de Bertrand « qui dîne avec nous, ce soir. J'ai préparé ce qu'il préfère. Huîtres, dinde, purée et bûche au Grand Marnier. »

— Il va être content, souffla Jennifer.

— Il a intérêt à me dire qu'elle est bonne, elle m'a rendue folle.

— Il faut qu'on fasse une photo, dit son mari. Où est l'appareil ?

— On n'a qu'à prendre celui-là.

Xavier s'agenouilla sous le sapin. Il déchira l'emballage d'un paquet. Il dit qu'il avait lu la notice en long, en large et en travers.

— Je confirme, glissa Jennifer. Et la batterie est chargée.

— C'est le même modèle que celui que Bertrand préfère. J'ai demandé à… à…

— Je sais à qui.

11

Lola passait les assiettes à sa mère qui les remplissait. Ses beaux-parents avaient fait le déplacement jusqu'à Noisiel, en voiture à cause des paquets. Étrangement, La Mégère n'avait rien trouvé à redire, ce qui, selon Franck, ne présageait rien de bon. Il l'avait placée face à lui, histoire de ne pas se laisser surprendre. Il se pencha au creux de l'oreille de sa femme et murmura une horreur qui la fit sourire.

— Toi, tu parles encore de moi, grinça Reine.

— Non ! mentit-il avec un sourire épanoui. Et pour ta gouverne, sache que l'univers est dépourvu de centre.

— Qu'ils disent ! Mais il y a Dieu !

— *Prosit !*

Franck, debout, leva son verre. Il pétillait. N'importe quelle femme au monde aurait terminé en deux semaines le gilet dont il rêvait et l'aurait glissé sous le sapin. Parce qu'en dépit de ses deux ou trois travers, de sa personnalité envahissante, il était rassurant, gai, positif, il allait de l'avant. Il riait, gueulait, travaillait avec passion. Il était celui qui avait dit à Lenny, au moment où ils avaient passé la porte de Noisiel, trois jours plus tôt :

— Chaque fois que je mets un pied dans cette maison, un truc tombe en panne. J'aime autant que tu te prépares à l'idée de me remplacer.

C'était juste. Avec un sourire irrésistible, il s'en amusait et réparait. Il mettait les mains dans la machine à laver, la tondeuse, les siphons d'évier, le moteur de la voiture de sa belle-mère.

Exactement avant le dessert, le robinet d'arrivée d'eau chaude sous le lavabo de la salle de bains à l'étage se mit à fuir, rien que pour lui. Elsa hurla depuis le haut de l'escalier :

— Franck ! Franck ! Franck !

— C'est quoi ? cria-t-il en retour, en mordant dans son fromage, depuis sa place à table.

— Le robinet !

— Je me disais aussi !

Il récupéra dans le garage la trousse à outils, le seau, la serpillière et monta. Cinq minutes plus tard, il réclama « du champagne ! » Lola apporta sa coupe, la lui fit boire. Il était à genoux sous le lavabo en train de traficoter le robinet démonté. Il dit : « Dans ma poche. » Elle glissa sa main dans la gauche parce qu'il était gaucher et en ressortit non pas un joint, mais un écrin vert sombre. Avec à l'intérieur un pendentif, un saphir divin, moderne, en forme de cœur.

Franck accrocha son regard, il dit qu'il avait raté la naissance des jumeaux, *ta première fête des Mères et ton anniversaire...*

— Embrasse-moi, Lola.

Que font ces dieux que les hommes vénèrent ? Qu'est-ce que je fais dans la vie de cet homme qui mérite mieux que moi ?

12

Bertrand était réveillé depuis peu. Dans le noir total, il écoutait les voix à l'extérieur de la grotte, en feignant de dormir mais il était de nouveau question de voyage nocturne. Il attendit que la chaîne bouge pour ouvrir les yeux. En guise de bonjour, le garde avec une cicatrice sur la joue droite lui balança un coup de pied et le poussa sans ménagement à l'extérieur avec un autre coup. Le photographe pissa sous les étoiles et les yeux d'un autre type qui effleura sa nuque du bout de son arme. Il songea qu'aujourd'hui était le 25 décembre. *Entre minuit et 4 heures du matin.* Un furtif instant, il se dit qu'un geste maladroit suffirait pour tomber sous une rafale. Juste une feinte, un refus d'obtempérer, un faux-départ en courant... Mais voilà, entre les longues mèches de ses cheveux sales, Bertrand avait eu le temps d'entrapercevoir les étoiles.

Maupassant a raison.

Ce n'était pas la première fois qu'il pensait à la mort – à provoquer sa propre mort. Ce n'était pas la première qu'il repensait aux étoiles parisiennes et à la main de Lola dans la sienne. Comme il avait changé depuis. Comme il avait gardé l'essentiel. A.O.L.L. D'ailleurs, ne l'avait-il pas pressenti ? Oh si ! Les oranges. L'Afrique. Un lit. La liberté. Lola. Que du désordre et cette liberté qu'il désirait *autant que toi. J'ai eu une intuition dans ma vie et je ne l'ai pas crue*. Où fêtait-elle Noël ? *Est-ce que tu vas bien ?*

Le canon s'enfonça. Bertrand présenta ses poignets de dos. Clic-clac imaginaire. Des cordelettes rêches, serrées à bloc, jusqu'à entailler sa peau s'il tirait dessus. Les types qui le gardaient devaient avoir quinze ans – dix-huit peut-être –, mais tenaient une kalachnikov entre leurs mains. Le premier garde le retourna, Bertrand aperçut alors un groupe de cinq hommes à côté d'un 4 × 4 clair aux vitres teintées et d'une camionnette bâchée, très haute sur roue. Plus loin, un troisième véhicule était garé. Le type enfonça un tissu répugnant dans sa bouche, lui renfila la cagoule-noire-des-transferts et le tira jusqu'au 4 × 4 où il fut jeté. Le photographe resta allongé sur le sol sans qu'on le lui commande. On lui balança son sac, il se serra contre lui. On lia ses chevilles.

Comme toujours.

Deux nouveaux gardiens prirent place à côté, il ne reconnut pas leurs voix. Un des types lui envoya un nouveau coup de pied dans les jambes. Les portières avant claquèrent. Le conducteur mit le contact et le véhicule refusa de démarrer. Dix, vingt, cinquante fois de suite. Câbles ou non. Cris ou non. La batterie se vida, les voix s'emmêlèrent. Une rafale déchira l'air. Un silence se fit pendant lequel Bertrand songea : *Ils vont me tuer.*

13

Lola se réveilla en sursaut dans sa chambre de jeune fille en plein cauchemar. *Ai-je crié ?* Elle se tourna vers Franck qui dormait profondément. Elle sentit le saphir autour de son cou glisser et un frisson aussi intense que froid la traversa sous l'épaisse couette. Ce présent – pas seulement ce cadeau – était le cauchemar.

Oui, c'était abominable d'être dans cette vie qu'elle trahissait jour après jour, auprès de cet homme qu'elle trahissait encore plus. Il lui avait offert un bijou splendide, il croyait à leur belle vie. Il était dedans, pas à côté. Il la prenait à bras-le-corps avec le sourire et des projets. « Je veux des vacances, juste toi et moi. » Ils avaient fait l'amour après le dîner de Noël. Enfin, Franck avait fait l'amour à une femme qui était devenue une autre. Et qui n'avait pas trouvé le courage et encore moins les mots pour dire ce qui la déchirait. Ou même pour demander conseil. D'ailleurs, ne lui rirait-on pas au nez ? Ne lui répondrait-on pas que la vraie vie était celle qu'elle avait la chance d'avoir avec sa famille, que la solution serait d'oublier cet homme invisible ? Mais c'était *l'abandonner*. Le condamner. Ce qui était *impossible*.

Lola referma les yeux. La couette semblait peser une tonne. *Je ne veux plus être cette petite fille qui repousse son ours. Je ne peux plus traverser cette vie comme une ombre.*

Mais quand parler ? À Noël ? En pleine réunion de famille pour bousiller les choses en beauté ? Non, bien sûr.

Lola étouffait d'énervement, de honte, de lâcheté et de rage. Encore plus d'amour. Mais elle souleva la couette avec une infinie précaution et quitta le lit.

14

La piste rocailleuse, devint sinueuse au point que Bertrand eut des hauts-le-cœur. Après des cris et une troisième rafale, des mains l'avaient arraché du 4×4 pour le jeter dans la camionnette. Du moins, le photographe le supposa, vu la courte distance parcourue. Son sac avait suivi. Quatre hommes étaient montés, deux à l'avant, deux à l'arrière et le véhicule avait démarré au quart de tour. Ils avaient recouvert l'otage d'une épaisse couverture puant l'essence, et de trucs indéfinissables, *légers*. Et depuis une éternité, ils roulaient. Le moteur était probablement de marque japonaise mais le jeune homme n'arrivait pas savoir si une autre voiture les précédait ou les suivait.

D'ordinaire, ils voyageaient en convoi. D'ordinaire, il n'y avait pas de panne. Allaient-ils changer d'itinéraire ? De destination ? Bertrand aurait voulu entendre leur voix pour déterminer leur niveau de stress. Mais ils maintenaient un silence étouffant qui contractait les muscles du photographe, affolait son cœur, desséchait la gorge alors qu'il avait une irrépressible envie de boire depuis qu'il avait été réveillé. Non, depuis la veille où il n'avait avalé qu'un morceau de pain sec, dur, trop salé et un bol d'eau. Un luxe, elle était claire, presque délicieuse avec son éternel goût de plastique.

Le tissu dans sa bouche absorbait sa salive et chaque fois que Bertrand mordait dedans, son palais menaçait de se déchirer. Il se focalisa sur le tic-tac des secondes. TIC-TAC. *Je veux boire.* TIC-TAC. *Je veux boire.* TIC-TAC. *Je veux boire.* TIC-TAC. *Je vais crever.* TIC-TAC.

15

Sans faire le moindre bruit, Lola s'était assise sur le lit dans la chambre d'amis où dormaient ses enfants. Maria ronflait et Lenny avait les bras droits le long du corps. Depuis des mois, la jeune maman ne pouvait plus les arracher à leur sommeil pour les prendre contre elle, alors elle les regardait dormir, écoutait leur respiration, y accordait la sienne, et la crise, comme celle qui l'avait poussée quelques minutes plus tôt, finissait par s'estomper. Une de plus. *Une, encore*. Elle la laissa broyée, le regard fixe sur les murs fraîchement repeints par sa mère. Pour la première fois, en vert pomme. D'épais rideaux de velours vert sombre étaient tendus devant les fenêtres. Ils se dressaient comme les gigantesques sapins de Russie. *« Au garde-à-vous », avait dit Bertrand. Une deuxième année a commencé. Tu le sais ?*

Maria plissa son nez comme un petit lapin et son poing gauche se dressa à la verticale, prêt à parer une quelconque attaque. Lola le rabaissa puis le glissa sous la couette que sa mère avait confectionnée. Combien d'heures avait-elle passées à courir les magasins, couper et assembler le tissu ? À peindre. En écoutant Elsa chanter. *Est-ce que j'aurais été capable de faire ce qu'elle fait avec ma sœur ? Est-ce que j'aurais donné ma vie comme elle ? Est-ce qu'elle t'a aimé, Papa, comme j'aime Franck, ou comme j'aime Bertrand ?*

Elles étaient proches, cependant elles n'avaient jamais véritablement parlé d'elles parce que Elsa déployait ses ailes dans toute la maison. *Qu'est-ce qui est important pour toi, Maman ?* Les bébés s'agitèrent comme si les liens invisibles les unissant avaient reçu la même impulsion, puis replongèrent dans le sommeil.

Alors aussi doucement qu'elle avait quitté son lit, Lola sortit de cette pièce pour entrer dans la cuisine silencieuse. Les bols, les tasses étaient préparés sur les plateaux. Elle ajouta sucre, petites cuillers, serviettes. Dehors, entre les arbres du jardin, la nuit se retirait sur un ciel d'hiver. Il serait très clair, exactement comme les yeux de la jeune stagiaire de la clinique Guersbruch.

Lola se demanda si cette Anya avait réussi ses examens, mais pas pourquoi elle pensait à elle. Il y a des regards qu'on croise l'espace d'une fraction de seconde et qu'on retient pour toujours. Quelque chose sourdait aussi en cette jeune femme, Lola l'aurait juré, pourtant quand elle avait souri, ce quelque chose n'avait plus eu le dessus. Cette fille avait dû réussir ses examens. *Réussit-elle dans sa vie personnelle ?* En tout cas, elle se battait. Elle avait du courage. *Ce jour-là, elle m'en a donné.*

La jeune femme se prépara un café, puis sortit en pyjama sur la terrasse. L'air sec, propre, glacé la transperça. « Tu as envie d'un café ? » Subitement, il faisait très chaud. Bertrand était là. *Je n'ai jamais vu quelqu'un dormir aussi peu et aussi profondément que toi. Il était 7 heures et le soleil entrait dans la chambre. Je me suis levée. J'ai fait du bruit, tu n'as pas cillé. J'ai enfilé ma robe rouge. J'ai ramassé ce que tu avais éparpillé en renversant mon sac. Je t'ai observé pendant un long moment, tu ne ronflais pas et tu ne bougeais pas. Et puis, j'ai retiré ma robe, je l'ai jetée sur le lit. Tu n'as toujours pas fait le moindre mouvement. Je me suis assise à côté de toi et je t'ai regardé t'éveiller.*

Lola sentit le mouvement exact de ses bras quand il l'avait alors enlacée. Quand il la serrait contre lui. Et à cette seconde, elle se ficha éperdument que le vent, les arbres, sa raison, son cœur, son âme, les murs de cette maison, les nuages et tous les dieux la traitent de « menteuse sacrément chanceuse ». Parce qu'une idée se dessina nette dans le ciel.

Il faut que je quitte Franck pour libérer Bertrand.

16

Sur les plateaux, Lola ajouta le beurre demi-sel spécial Reine Milan. La confiture à l'orange et aux mirabelles. Un pot de miel de lavande et un autre de citron. Le café, le thé. Elle pressa six oranges. Elle en croqua une à pleines dents. Sa mère, les cheveux relevés, souriante, détendue, mules vertes assorties à son kimono, entra dans la cuisine.

— Joyeux Noël, ma chérie.

— Joyeux Noël, Maman.

— Tu es déjà levée ?

— Depuis peu.

— Les petits ?

— Non. Ils dorment à poings fermés.

Sa mère remarqua le tricot noir de Lola posé sur la table. Elle déplia et admira le côté droit. « Tu es douée. Je n'ai jamais eu cette patience. » Puis elle précisa : « Parce que je n'ai jamais voulu que ma mère m'apprenne. »

— Pourquoi ?

— Parce que… je ne sais plus.

— Tu préférais la danse.

— J'aimais beaucoup ça.

— Tu ne m'as jamais dit pourquoi tu n'avais pas repris après ta chute !

— La rééducation après l'opération a été très difficile. Je crois que j'ai eu peur de me blesser à nouveau.

D'un geste rapide, elle remonta ses cheveux qui n'en avaient pas vraiment besoin, sourit et se servit une tasse de thé. Puis dit, de dos, en glissant les toasts dans le grille-pain, qu'elle avait entendu du bruit dans la chambre d'amis. Elle lança un regard oblique à Lola.

— Marie-Ange est charmante, mais honnêtement, je ne sais pas comment elle supporte sa… cette odieuse…

— Elle fait comme tout le monde, elle n'a pas le choix.

Les deux femmes se figèrent. La Mégère, en robe de chambre marron-ocre satinée, se tenait dans l'encadrement de la porte. Elle prendrait son café au salon. Avec tartines grillées et dorées, beurre demi-sel et miel, sans « s'il vous plaît »…

— … parce que… (elle soupira avec son expression favorite de lassitude et de supériorité), aujourd'hui c'est Noël et que chacun doit faire des efforts pour…

— … que cette journée reste une fête ! intervint Franck, en glissant son bras sous le sien pour l'entraîner à pas militaires de l'autre côté de la maison.

17

À cette période de l'année, le soleil avait deux heures de décalage entre le monde de Lola et celui de Bertrand. C'était le même soleil, seule son inclinaison changeait. Le jeune homme sous ce qui le recouvrait ne pouvait le voir, ou le sentir, mais il songeait qu'il devait être levé.

L'idée amplifia sa soif. Le photographe était certain que les types à côté de lui n'avaient pas encore bu parce qu'il ne les avait pas entendus déglutir. Il ne guettait plus que cela, le bruit de l'eau dans une gourde qu'on déplace et ne s'était pas encore rendu compte que la piste était devenue une route lisse. La camionnette roulait plus vite, ils croisaient quelques véhicules mais Bertrand voulait *BOIRE*. Même l'huile rance du moteur dont l'odeur parvenait à traverser l'épais tissu noir de sa cagoule. Sa raison défaillait et son corps émit, de lui-même, un long râle. Auquel répondirent des gloussements.

Pourtant, un moment plus tard, il sentit qu'on déplaçait les choses sur lui puis qu'on soulevait sa cagoule. Il croisa le regard d'un jeune Africain qu'il n'avait encore jamais vu. Il aperçut un second garde assis à gauche, sur une caisse devant la bâche beige. Il râla plus fort. Le plus proche abaissa le tissu et un klaxon retentit très loin.

Bertrand se crispa, il y avait longtemps qu'il n'avait pas entendu ce son. La seconde suivante, le type releva la cagoule, retira le mouchoir et força le goulot d'une bouteille entre ses lèvres craquelées. L'eau inonda sa peau, son cou. Le jeune homme eut les larmes aux yeux. Mais il but. « *More, please.* » Et peut-être parce que c'était Noël, il eut droit à deux autres longues et délicieuses gorgées, comme un cadeau. C'était divin. Ça méritait deux coups de pied. Comme ça. Et Bertrand heurta la paroi métallique de la camionnette avec son dos.

Par réflexe, il se recroquevilla en chien de fusil. Au même moment, quelque chose griffa une de ses mains et on renfonça le tissu répugnant dans sa bouche, aussi loin que possible. La couverture retomba, suivie *des cagettes vides* qu'il avait eu le temps de distinguer. Il écouta attentivement. Des voitures circulaient et le soleil était bel et bien levé.

Je suis en ville, je suis attaché. Combien de temps avant qu'ils m'exécutent ?

Le sang battait à ses oreilles et Bertrand sentit une colère fulgurante/puissante/maîtresse l'envahir. Il en avait assez. Vraiment assez. Lola ne disait plus de ne pas lutter, il entendit : « Qu'est-ce qui est important pour toi ? » Il la vit, dans son T-shirt spaghetti rose pâle, avec son air sérieux, le regardant droit dans les yeux.

Mon travail, voyager, aller là où les choses me surprennent. L'instant.

Elle me guide. Aujourd'hui.

Alors Bertrand se focalisa sur ce qui l'avait écorché. C'était la paroi de cette camionnette elle-même. Il se fichait de savoir si une poignée avait été arrachée, ou si une vis avait décidé de se sauver, il fit jouer lentement ses poignets contre cette lame inespérée. Millimètres par millimètres. À l'affût du moindre mouvement de ses gardiens. C'était facile. Ils ne pouvaient voir ses gestes *sous leur bordel !* La cordelette résista, mais Bertrand était de nature butée. Il insista, elle céda. Il hésita à remonter une main jusqu'à son visage pour retirer *leur putain de mouchoir.* Il entendit les jeunes geôliers parler. Il suspendit tout. Compta les secondes. Un chien jappa quelque part. *Libre*.

18

Lola s'installa pour faire manger son fils. Maria attendait patiemment son tour. Elle avait besoin de douceur pour quitter le sommeil. Elle croisa son regard et s'étira. Ses mains remontèrent au-dessus de ses cheveux bruns, qui recouvrirent ses yeux. *Bientôt, je serai obligée de couper ses mèches. L'année prochaine, ils marcheront seuls. Où courront-ils sous le sapin ?*

Lola n'était plus dans le noir de sa chambre à laisser filer ses pensées au fond de son lit, ou sur la terrasse devant un soleil d'hiver, non, elle était assise – en pleine lumière – avec un de ses enfants dans les bras et l'autre, accrochée à ses yeux. Elle était dans le présent et la réalité s'étira dans toute sa vérité. La vie qu'elle voulait signait la fin de cette vie-là pour eux tous. Son fils se redressa, rota et éclata de rire. Maria rit en écho et rampa jusqu'aux barreaux. Franck, qui entrait, se baissa pour l'attraper et se coucha en travers du lit à côté de Lola. Il se tourna vers elle, sérieux :

— Je sens qu'un truc se trame.

La jeune femme demeura silencieuse, interdite. Son mari la fixait, mais il était ailleurs. Sa pensée divaguait dans ce monde où les perceptions prennent une autre inclinaison pour éclairer la réalité. Franck avait du génie, il était acharné, il était intuitif professionnellement. Aujourd'hui, tout cela voulait déborder dans sa vie personnelle. Il revint dans le regard de Lola, puis dit – très calmement et très convaincu – que oui, il le sentait.

— La Mégère prépare quelque chose.

— Évite-la, répondit Lola.

— Comment ? On est coincés dans la même maison et on va passer la journée à table.

Maria, qui suivait l'intérêt de son frère pour le nouveau pendentif, se contorsionna pour le saisir. Le papa se rapprocha. Tous les quatre auraient pu tenir dans un espace bien plus restreint que le fond de la camionnette où Bertrand était recroquevillé, comme un chien, aux pieds de ses gardiens.

Franck sourit, Lola eut envie de pleurer, mais elle l'embrassa. *Je vais te quitter Franck. Pardon.* Bien évidemment, ce ne furent pas ces mots qui sortirent, mais d'autres, affreusement pitoyables : « Il faudrait changer la couche de Lenny. »

Le bébé saisit à deux mains le visage de son père. « Je sais aussi que tu me le réserves. » Et, les yeux dans ceux de son fils, il annonça qu'après son projet de revêtement solaire, il allait se pencher sur une valorisation différente. Le bébé rit de plus belle, Franck rit en disant qu'il allait d'abord en tartiner les biscottes de la vieille…

— … sssssslopppppe.

Lola le fixa. Il rétorqua avec son sourire radieux et ce qu'il avait de plus franc – et de plus Franck – dans les yeux :

— Est-ce qu'elle mérite mieux ?

Lola avait les mains moites, la gorge étranglée de tristesse. Il se pencha pour déposer un baiser dans son cou, souffla au creux de son oreille qu'elle ne pouvait imaginer à quel point il avait envie de trucider de ses propres mains cette terroriste familiale.

Les murs s'effritaient. Le vent et l'hiver s'engouffrèrent. Pourtant, il sembla à Lola que l'air devenait étouffant. Elle vit le désert qui retenait Bertrand prisonnier. Elle vit Franck qu'elle enfermait derrière des barreaux et elle, telle une danseuse mécanique sous une cloche de verre. *Muette.* Le manque d'air lui brûlait la gorge, mais comme elle savait si bien le faire à bord, dans la vie, à cet instant, Lola sourit comme si de rien n'était.

19

Bertrand n'avait pas besoin de se contorsionner pour atteindre ses pieds. Le lien qui enserrait ses chevilles avait un nœud qu'il repéra au troisième passage.

Le véhicule roulait de nouveau plus vite. D'autres circulaient, dans le sens opposé. Le jeune homme parvint à glisser son index entre les boucles qui se desserrèrent pour se resserrer quand il tira. Un nouveau klaxon retentit. *Je traverse une agglomération et je ne peux pas hurler.*

Il changea de tactique. Il fit bouger ses pieds et parvint à glisser le lien sous son talon gauche. *Je suis détaché.* Bertrand ferma les yeux. Écouta. « Maintenant » sonnait dans tout son être. Quelle était leur vitesse ? Y aurait-il des maisons ? L'autre véhicule du convoi était-il devant ? Derrière ? *Ils sont quatre, je suis seul. Ils ont des armes. Je n'ai que… MA VIE.*

Bertrand enroula son bras droit à une bretelle de son sac et arracha sa cagoule et se releva d'un bond et frappa les deux types avec son bagage. Avec toute sa rage. Aussi vite et fort qu'il le put.

Deux fois. Il se jeta sur la bâche qui l'engloutit. Le retint avec ses élastiques qu'il vit s'écarter. Des cris jaillirent, le véhicule freina en faisant crisser les pneus, les élastiques cédèrent et Bertrand tomba sur la chaussée. Il se releva et courut en enfilant son sac à dos.

Dans une rue.

Sur la droite. Puis sur la gauche. Droit devant. Le soleil l'éblouissait, il y eut des tirs qui déchirèrent l'air. Au-dessus. À côté. Sur son bras. Sur son épaule. Dans son dos. Bertrand courut encore et encore *et encore*...

Puis s'écroula.

20

— Qu'est-ce que c'est ? demanda Franck en attrapant le cadeau que sa grand-mère avait réservé à Lenny.

Le bébé assis par terre avait réussi à arracher l'emballage mais n'arrivait pas à soulever l'objet tant il était lourd.

— Une bible ? s'étonna Lola.

Un silence s'abattit sur eux. Il était pesant et composé de surprise, de stupéfaction, d'incrédulité et de colère.

— Pourquoi ? demanda Franck en se levant. Pas pour qu'ils apprennent le latin puisqu'elle est en français.

Reine Milan, installée sur son fauteuil, toisa son petit-fils, lui rappelant d'un regard qu'il ne serait jamais que le petit garçon à qui elle lisait de belles histoires. Probablement qu'un collège d'experts en psychiatrie trouverait une raison… Un gène, une frustration. Franck, lui, pouvait assurer qu'écraser les autres était un besoin. La religion était son accroche préférée parce que la plus facile. D'ailleurs, au fond d'elle, La Mégère n'était pas exactement persuadée de l'existence d'un dieu quel qu'il soit, mais avec celui qu'elle s'était choisi, elle prenait le dessus, puisque rien ne pouvait être plus grand et plus haut. Et ça, c'était la place suprême, incontestable, qu'elle se destinait.

Franck avait dit à Lola qu'elle était méchante sans raison et sans excuse. Reine songeait : *Je règne.* Elle croisa ses mains noueuses aux ongles vernis rouge vif sur ses genoux, sourit.

— Mais, Franck, pour que Lenny et Maria gardent un souvenir éternel de leur arrière-grand-mère.

— Je vais te dire un truc. Je te certifie qu'à la seconde où tu seras enfin morte, tu cesseras d'exister pour mes enfants, comme pour moi.

— On ne jette pas une bible, mon petit.

Franck balança aussitôt le livre aux pieds de sa grand-mère.

— Tu vas t'attirer la foudre divine.

— Tu n'es pas Dieu. Tu n'es pas amour, charité et compassion. Tu es comme ces feuilles que le vent arrache des arbres et colle au sol ! Elles se décomposent, pourrissent et se font oublier. On ne fait pas mieux que l'oubli pour renaître !

Sous les yeux de tous, Reine sourit et termina son café. Puis très digne, elle se leva mais se prit les pieds dans le papier cadeau déchiré par Lenny et tomba à quatre pattes.

21

La vieille femme se plaignit tant de ses poignets et de ses genoux que Lola appela le 15. Trente minutes de grande confusion plus tard, le médecin de garde jugea qu'il valait mieux hospitaliser la malade. Claude lança un regard cinglant à son fils qui le lui retourna.

— Si tu ne l'avais pas laissée t'étouffer, on n'en serait pas là, Papa !

— C'est ma mère ! Et je t'interdis de lui parler sur ce ton !

— Franck, s'il te plaît, supplia Marie-Ange. Oh ! Je suis désolée… et gênée… et…

Elle courut se réfugier dans la chambre d'amis pendant que le fils et le père se chamaillaient dans le jardin pour savoir quelle voiture prendre. Géraldine referma la porte et croisa le regard de Lola.

— Franck a raison, dit-elle.

— Je sais. Mais il devrait apprendre à fermer sa grande bouche. Elle n'est pas éternelle.

— Maman ! Est-ce qu'elle a le droit de tout se permettre avec notre assentiment ?

Géraldine fixa sa fille puis soupira en regardant au loin, par la porte-fenêtre. Lola se demanda si les mots qui venaient de sortir de sa propre bouche ne s'adressaient pas plutôt à elle-même.

— Cette vieille femme méchante est assez adroite pour conduire ton mari là où elle veut qu'il aille et lui est assez idiot pour lui donner ce plaisir, reprit-elle, en coupant sa pensée.

— Tu dis ça parce que ça bouleverse ton timing !

Sa mère posa ses mains sur ses hanches.

— Je ne crois pas que tu dises ça !

— Moi non plus, répondit Lola en se tournant vers la télé.

Le pape récitait sa messe, au loin, à Rome, par écran interposé, en un million de langues devant des millions de fidèles béats sous un temps de chien. Géraldine se plaça entre sa fille et l'ecclésiastique.

— Tu as raison. Franck est peut-être le seul à lui envoyer ses quatre vérités, mais j'aurais préféré qu'il nous laisse profiter de cette journée. Alors, s'il te plaît (elle l'étreignit), sois gentille, boucle-la à ton tour !

Elle sortit, Lola demeura dans le salon, debout. *J'en ai assez de tout ce cirque !* Avec agacement, elle attrapa la télécommande. La messe de Noël se mua en chants interprétés par un Mickey sautillant. Lenny et Maria arrivèrent en cavalant à quatre pattes devant l'écran, délaissant leurs jouets. Ils se dressèrent en même temps, prenant appui l'un sur l'autre, et retombèrent assis. Rirent. Elsa déboula et se mit à leur niveau. Elle rit plus fort, elle chanta, les imita.

Lola ferma les yeux et songea à Bertrand. *À l'enfer que tu dois rêver de fuir.*

22

Claude et Franck Milan franchirent le portail au moment où le four sonnait la fin de la cuisson. Ils crièrent, depuis la porte d'entrée, que la maison sentait « délicieusement bon ! » Ils déboulèrent dans la cuisine, en manteau, d'une humeur presque joviale. Ils avaient faim, ils avaient soif. Madame Milan senior se portait mieux, mais restait en surveillance à l'hôpital pour la nuit. Marie-Ange demanda si c'était inquiétant. Franck répondit en s'emparant du plat :

— Pas suffisamment pour qu'on rate cette oie !

— On ne prend pas la salade en entrée ? demanda Géraldine.

Lola proposa de la manger à l'allemande, avec le plat. Elle compta et recompta les coupelles pour rester seule dans la cuisine. Elle se posta devant la porte-fenêtre, observa la danse des avions.

Joyeux Noël, mon amour... Plus loin dans la salle à manger, tous les convives s'extasiaient devant la peau de l'oie. Lola avait subitement l'esprit vide. Elle entendit sa mère l'appeler. Elle partit comme une automate, les yeux sur les carreaux grège. Elle ne releva la tête qu'au moment où Claude Milan pinça le bras de sa femme :

— On dirait Marie-Ange quand elle sort de ses séances d'UV !

Franck ne renchérit pas à la blague de son père, trop occupé à décortiquer le volatile. Il distribua les portions et arrosa de sauce à mesure que sa belle-mère lui passait les assiettes. Il se réserva les ailes qu'il saisit à pleines mains, aussitôt imité par les petits. Elsa se mit à fredonner en mangeant, comme toujours. Lola ne quittait pas ses enfants des yeux. Marie-Ange ne cessa de répéter à quel point cette oie était divine et merveilleusement cuisinée.

— Ces champignons dans la farce, le cognac… L'année prochaine, quand nous fêterons Noël à Besançon, je referai votre recette à la lettre et vous me direz ce que vous en pensez !

Lola se figea et Géraldine dit :

— Je ne crois pas qu'il sera possible d'aller chez vous l'ann…

Elle s'interrompit et regarda Elsa qui poursuivit :

— … né le divin enfant ! Jouez, hautbois, résonnez, musettes ! Il est né, le divin enfant. Chantons tous son avènement ! C'est quoi avènement ?

— C'est l'arrivée d'un roi ou de Jésus dans la Bible, dit Franck, le nez dans son assiette.

— Dans la Bible de La Mégère ! lança Elsa, souriante.

Un court silence se posa. Que personne ne décortiqua mais pendant lequel Géraldine ne s'étonna pas que sa fille ait associé la Bible à la Mégère, mais qu'elle ait terminé le mot « année » en le reliant à une chanson différente de celle qu'elle était en train de fredonner pour une rime parfaite. Elle avait isolé « avènement » dans son ensemble pour demander son sens. Elle ne le retiendrait pas, mais elle avait posé la question. Elle ne l'aurait jamais remarqué l'année passée. Ou même il y a six mois. Elsa ne comprenait pas tout – *parfois rien* –, mais faisait des rimes justes et entendait *tout*. *Plus que je ne l'imagine…*

Alors, quelque chose de délicieux la traversa. Elle n'entendit pas les autres convives éclater de rire. Elle ne quittait pas des yeux sa fille brune qui continuait de chantonner et de manger. Lola croisa son regard, elle lui sourit.

Ce qui était important était là, dans ce progrès d'Elsa, et Lola n'eut plus aucune pensée.

Plus tard, personne n'eut vraiment le courage d'affronter le froid pour une promenade digestive entre fromage et dessert. En rampant sous le sapin, Lenny sortit deux paquets oubliés dans « l'action » du matin. Marie-Ange demanda le prix du pendentif de Lola. « Splendide ! » lança Franck en précisant que le vélo que Lola lui avait offert était une « splendide » idée pour éliminer ce qu'il venait d'engloutir.

— Non, Papa, je n'estime pas la réussite de ma carrière à mon tour de bide. Par chance, ma cantine est moyenne.

Claude regarda son ventre. Oui, c'était trop tard. Son regard l'avouait, mais il révélait aussi à quel point il avait aimé sa vie de commercial sur les routes. « Je connais des milliers de très bons petits restaurants. » Géraldine lui demanda s'il appréhendait sa retraite à venir.

— Je compte profiter de mon dernier mois, dit-il en posant ses deux grosses mains à plat sur son ventre.

Lola se dit qu'elle appréhendait l'année à venir. Et puis Elsa apporta le dessert, triomphale. Elle prit soin de couper sa merveilleuse création avec une égalité millimétrée et distribua les portions en comptant sur ses doigts. Elle mit un « beau morceau de côté pour La Mégère ». Personne n'entendit. Elle s'assit et dit encore : « Bon appétit, les amis ! »

Tous s'émerveillèrent à la première bouchée et se turent à la seconde, subjugués par cette bûche originale. Géraldine insista sur les talents pâtissiers exceptionnels de sa fille. Elle était créative et audacieuse. Cette année, elle avait choisi une recette aux oranges. La jeune fille brune avait disposé des tranches finement coupées à cheval les unes sur les autres. Certaines étaient confites, d'autres avaient été plongées dans un sirop à la framboise, sans raison.

— Quelle délicieuse idée, ces oranges ! dit Marie-Ange. Où as-tu eu la recette ?

— Allez savoir ... répondit Géraldine après un silence.

— Elles viennent d'Espagne ? demanda Claude.

— Non, d'Afrique. En avion, comme Lola dans le ciel ! cria Elsa en regardant sa sœur qui l'embrassa.

— Tu me montreras ? demanda la maman de Franck.

— L'Afrique ?

— Non. Les oranges. Comment fais-tu pour coller les tranches ? Tu mets du sucre ?

Le portable de Claude vibra puis retentit d'une marche militaire au beau milieu de la table. Il sortit dans le couloir. Referma la porte et les cuillers restèrent suspendues. Chacun avala sa bouchée péniblement. Marie-Ange n'avait pas écouté la réponse d'Elsa qui, de toutes les façons, n'avait pas répondu. La jeune fille n'expliquait jamais rien. Elle faisait les choses, elle était concentrée sur l'instant. Elle goûtait son dessert, sentait tous les ingrédients. Elle évaluait son travail, à sa façon d'Elsa, en fredonnant et en se fichant de savoir si La Mégère allait bien ou mal.

Madame Milan senior tombait de sommeil et ne voulait pas de visite. Elle leur transmettait le « bonsoir ».

— Tu n'y vas pas ?

— Je viens de le dire, Marie-Ange ! Maman préfère se reposer. J'irai la chercher demain. Elle a hâte de goûter la bûche extra-or-di-naire d'Elsa.

Tout le monde pensa : « Super ! Ouf ! Génial ! Merci, Maman… Bon débarras ! Crève ! Miel de lavande. »

23

Au 25, rue Haute, le déjeuner de Noël était traditionnel et tardif, si bien que le téléphone retentit au moment du chapon. Il figea Florence, Xavier, Jennifer, comme chaque fois qu'il résonnait depuis l'enlèvement de Bertrand, et Marc, qui sortait de la cuisine avec les haricots verts, décrocha, les yeux rivés sur son portrait. Il retint son souffle. « M. Roy, j'ai le plaisir de vous annoncer que votre fils s'est évadé. Il est sur la table d'opération. » Son père pivota, balança le plat et cria, les bras au ciel : « IL EST LIBRE ! »

En trois secondes, les haricots furent piétinés, écrasés, collés à toutes les chaussures. Mais qui en avait quelque chose à faire ? Xavier obtint les coordonnées de l'hôpital et prit le relais pour demander des informations précises, comprendre puis expliquer ce qu'on faisait à son frère. « Combien de balles ? Où ? Quelles analyses ? Les résultats ? »

Même s'il s'exprimait en anglais, Florence et Marc saisirent que leur fils pesait cinquante-deux kilos. Elle échangea un regard avec Xavier et articula : « Il a perdu dix-huit kilos. Il ne pouvait pas perdre autant.»

— C'est rien, Maman. C'est rien. Il va les reprendre.

Elle visualisait Bertrand beaucoup plus maigre qu'elle ne s'était autorisée à l'imaginer. Son père, lui, s'assit à l'ordinateur. Il consulta le mail que les autorités françaises venait d'envoyer. « On peut partir cette nuit. »

— On part cette nuit, répondirent Florence et Xavier.

Jennifer dit qu'elle s'occuperait de la maison.

Marc enregistra les coordonnées de l'hôpital, de l'hôtel, des contacts sur son portable, puis les inscrivit dans son carnet. Il empaqueta l'ordinateur du bureau de Bertrand. Le sien, celui qu'il lui avait acheté, et Florence fit un tri dans les vêtements de son fils. Combien de tailles avait-il perdues ? Dans quel état était-il ? Son mari la surprit alors qu'elle fixait un de ses jeans, les deux bras tendus.

— Prends une ceinture.

— Je vais prendre son jogging, aussi. Pourquoi je n'en ai pas acheté un nouveau ?

— Tu sais bien qu'il ne met que celui-là, dit-il en l'enlaçant.

De longues minutes passèrent, imprimant ce moment merveilleux dans leur chair. Où, l'un contre l'autre, ensemble, ils pensèrent beaucoup à leur fils et un peu à eux. Puis très fort, à cette année d'angoisses et de pensées impossibles à verbaliser. À ces quatre heures pendant lesquelles les autorités ne leur avaient rien dit. Pourquoi ? Bertrand avait-il été entre la vie et la mort ? Pendant combien de temps ?

Elle leva les yeux vers Marc :

— Cinquante-deux kilos... Qu'est-ce qu'il a mangé ?

— Il va les reprendre, il dévore comme quinze.

Il caressa son visage, sourit.

— Il l'a fait. Tu l'avais dit.

Florence eut subitement la gorge serrée/sèche/arrachée. Toutes les émotions s'y enchevêtraient. Son mari – qui ne l'était pas officiellement – avait le sourire qui l'avait renversée trente-cinq années plus tôt. Elle ne quitta pas son regard et, quand elle le put, elle dit :

— Je veux que tu m'épouses.

24

La nuit tomba sans que personne ne s'en aperçoive. Géraldine tira les volets, laissant les étoiles filer où bon leur semblait. Une neige lourde se mit à couvrir le jardin, la rue, la France entière et l'Europe du Nord. On bavarda au salon et à la cuisine. Lola rangea, Franck s'occupa du feu et les heures s'écoulèrent comme le goutte-à-goutte dans les chambres des hôpitaux. Une goutte. Puis une autre. Un progrès des jumeaux, celui d'Elsa.

Une somnolence digestive emporta Claude sur le fauteuil, Franck fermait les yeux dans l'autre. Lenny et Maria, qui avaient évité la sieste, se chamaillèrent pour la télécommande. Elsa bondit comme un chat. S'en empara pour zapper et s'arrêta – net – sur la même photo de Bertrand, en plein écran. Debout au milieu du salon, Lola retint son souffle, ses gestes, son regard, le cours de sa vie. Ses joues s'empourprèrent, elle le sentit. Une voix off annonça : « Nous venons d'apprendre que le photographe Bertrand Roy, enlevé en Ouganda l'année passée, est libre mais très grièvement blessé. Nous ne savons pas comment s'est passée cette libération ni si elle... » Elsa se mit à bondir devant l'écran :

— Le monsieur du mariage qui mange les oranges ! Le monsieur du mariage qui mange les oranges !

Il y eut de très longues secondes pendant lesquelles Lola aurait juré que le temps était véritablement en pause et puis elle vit sa mère marcher vers sa sœur qui cria encore : « Le monsieur du mariage qui mange les oranges ! »

— Quel mariage ? Il n'était pas au mariage de Lola, chérie.

Sa fille, le regard sur la télé, ne répondit que :

— Si ! Si ! Si ! Je l'ai vu ! Je l'ai vu !

— Où ? demanda Marie-Ange.

— Derrière l'arbre ! Derrière l'arbre !

Claude et Franck se redressèrent. Ils se tournèrent vers Lola en même temps que sa mère et sa belle-mère. Elle haussa les épaules et se baissa pour prendre Maria qui venait de tomber le nez contre le carrelage. Elle se précipita à la salle de bains. *Bertrand est libre.* Sa fille pleurait. Des larmes montèrent. *Aujourd'hui. Bertrand est libre aujourd'hui.* Elle compta les secondes avant de voir surgir Franck derrière elle, mais le téléphone de Claude retentit une nouvelle fois.

Sa voix prit un ton qui ne laissait aucun doute et qui certifiait que La Morcière était passée.

25

Le « Crève ! » avait été exaucé. Franck jura qu'il n'avait rien souhaité. Marie-Ange, elle, pleura sur commande sans pouvoir se calmer, sans trouver la force d'aller voir la défunte qui avait succombé à un imprévisible AVC et Lola ne pensa qu'à Bertrand. *Grièvement blessé. Grièvement blessé. Grièvement blessé. À quel point ?*

À la seconde où son mari accompagna son père à l'hôpital, elle se précipita sur son ordinateur et n'apprit rien de plus que ce que la télé annonçait. L'information de la libération de Bertrand tournait en boucle, avec les mêmes mots, décuplant ses angoisses. L'otage était libre et blessé. Toutes les hypothèses étaient envisagées et énoncées identiques d'une chaîne à l'autre. Elsa ne réagit pas lorsque le portrait de Bertrand réapparut à l'écran, même lorsque sa mère l'interrogea à nouveau. Lola affirma en toisant tour à tour sa mère et sa belle-mère : « Vous savez comme moi qu'il n'était pas invité au mariage. »

Elle eut un tel aplomb que la conversation se concentra sur les funérailles. Elle se coucha quand le portail s'ouvrit. Elle prétendit dormir si mal qu'elle laissa Franck lui faire l'amour. Elle n'avait qu'une pensée : *Bertrand est libre et blessé*.

Elle se leva aux aurores. Les journaux télévisés se perdaient dans leurs suppositions. Elle écoutait le son très bas, à l'affût des bruits de la maison. Elle ne pensait plus, elle ne sentait rien d'autre que son cœur qui battait lentement. Il y eut des pas dans le couloir et la jeune femme ouvrit précipitamment les volets. Elle fut soulagée, oui soulagée de constater que la neige recouvrait généreusement tout le jardin. Franck, qui entrait, se posta devant la porte-fenêtre et plaça son bras autour de ses épaules. Lola dit sans se détourner de cette étendue blanche parfaite :

— Je viens de voir la météo, ils annoncent que ça va durer plusieurs jours. Je ne me sens pas de faire la route dans ces conditions pour aller à l'enterrement avec les enfants et je ne me vois pas les laisser.

— Tu ne peux pas. Ils ont encore besoin de toi. Et puis, qu'est-ce que ça va changer ? D'autant qu'ils ont chacun leur bible pour penser à elle.

En tout début d'après-midi, Franck et Lola se retrouvèrent immobiles devant les deux livres posés sur la couette épaisse et blanche comme la couche de neige, attendant sagement qu'on décide de leur sort. Elles avaient transité de main en main. Quelques minutes auparavant, Géraldine les avait placées, bien en vue, sans un mot. Franck ferma sa valise et lança : « Mets-les au feu ! »

— Fais-le toi-même !

Il planta ses yeux dans les siens, Lola répéta :

— Fais-en ce que tu veux, mais ne me demande pas de m'en charger.

Il les jeta dans son bagage en affirmant qu'il savait bien – « putain ! » – que quelque chose se tramait.

— Je ne te l'ai pas dit ?

Lola ne trouva rien à rétorquer. Il poursuivit en enfilant son manteau marine très sombre :

— Elle a passé sa vie à foutre la merde et morte, elle continue. Pas la peine d'aller en Afrique pour être pris en otage !

Franck faisait-il des allusions par pure intuition ou bien les choses suintaient-elles tant des murs que, forcément, il s'en imprégnait ? La jeune femme demeura le regard fixe. La vérité voulait être démasquée, elle avait choisi pour chevalier servant son mari.

— À quoi tu penses ? Que j'ai tort ?

— Non. Tu as raison. Mais tu devrais l'oublier.

Il la serra dans ses bras, la garda contre lui. « Tu as raison, il faudrait que j'y arrive. » Puis il la regarda et dit : « Embrasse les petits pour moi. Je n'ai pas envie de les réveiller. » Marie-Ange apparut emmitouflée dans son manteau de fourrure. Elle maudit la neige qui s'était mise à tomber en abondance alors qu'on n'en voulait pas. Elle aurait tant aimé que les choses se passent différemment parce que…

— … nous avons gâché votre Noël.

— Ne vous en faites pas, répondit Géraldine. Soyez prudents.

— J'ai les chaînes dans le coffre et Maman poussera en cas de besoin.

Elle se perdit en nouvelles excuses-compliments, Franck abrégea, l'éjecta sous les flocons et embrassa Lola à pleine bouche. Elsa se cacha les yeux derrière ses mains et cria, en tirant la langue, un « Beurk ! » que personne ne prit de travers.

— Je reviens en train le plus tôt possible.

Il descendit le perron, puis fit demi-tour:

— Tiens, le double de ta clé de voiture. Pas la peine que je l'oublie je ne sais où !

Il embrassa Lola une nouvelle fois et demanda si elle avait le trousseau de Francfort.

— Non, je l'ai laissé sur le meuble à l'entrée.

— Faut pas que je perde les miennes en route !

— Non.

Il marcha droit sous la neige, se retourna, accrocha le regard de Lola qui sourit sous les yeux de sa mère, des nuages blancs, gris et infinis et d'Elsa qui avait le nez au ciel. La voiture remonta l'allée devenue quasiment invisible dans un silence total. Pourtant, la jeune femme avait l'impression d'entendre l'impact des flocons qui tombaient par tonnes.

— Ne t'inquiète pas, Franck sera bientôt de retour. Ces quelques jours passeront vite.

26

La neige redoubla ses averses et occupa une bonne partie des journaux télévisés. Lola fit profil bas, joua avec ses enfants et évita le regard et la conversation de sa mère pour glaner ce qu'elle pouvait – le plus discrètement possible – sur Bertrand. En quelques heures, de nouvelles informations circulaient. « L'otage a faussé compagnie à ses gardes, il a été atteint par plusieurs balles. Il ne peut être rapatrié en France actuellement. Il est hospitalisé dans un lieu tenu secret. Ses parents sont partis avant la tempête… »

Internet ne diffusait rien de plus, le numéro qu'elle connaissait par cœur n'existait plus. Elle était terrifiée et soulagée, paniquée et envahie par une douce vague de bonheur suivie d'une déferlante d'angoisses. Elle ne pensait pas à elle, mais à lui. Bertrand était libre, mais dans quel état physique, psychologique ? Qu'avait-il traversé exactement ? Toutes les questions terribles, qui avaient plané quelque part dans un monde que Lola avait tenu à l'écart, s'abattaient comme cette neige.

Comment un homme comme lui a-t-il vécu cette horreur ?

À 19 h 30, Franck avait enfin passé la porte de la maison de Besançon. La route avait été un « calvaire », l'enterrement aurait lieu le vingt-huit. Lola se perdit dans son bavardage, atterrée par ce qu'elle répondait et par le vacarme des flocons qu'elle regardait tomber. Chacun lui rappelait que la vérité demandait des comptes. Franck promit de revenir dès le lendemain, Géraldine cria depuis la cuisine de bien vouloir fermer les volets dans le salon.

Lola sortit sur la terrasse. Le silence glacial la saisit. L'avenir, la mort, la souffrance se confondaient dans la nuit. Elle balaya la neige à grands coups de pied pour dégager le volet. Elle tira si fort que le battant écrasa son doigt, lui arrachant un cri. sa mère accourut.

— Tu n'es quand même pas sortie sans te couvrir ?

— Si, et je me suis coincé l'index.

— Mais tu saignes ! Bouge-le. Ça va ?

Sa mère regarda la coupure, Lola avait des larmes dans les yeux. Elle avait neuf ans, quatorze, trente et un. Elle était cette petite fille qui repoussait son ourson, cette adolescente qui entendait que son père était mort et la femme qui avait raté l'homme de sa vie, raté son mariage... Ses enfants pleuraient quelque part dans la maison. Elle s'enfuit à toutes jambes.

En pleine nuit, Lenny la plongea dans l'angoisse quand il se réveilla avec plus de quarante de fièvre. Un autre médecin de garde diagnostiqua une belle grippe.

— Cette année, le virus est très actif et violent. Il faut vous attendre à ce que sa sœur l'ait. Et vous aussi, parce que ne rêvez pas, si comme vous le dites, vous ne l'avez pas eue depuis longtemps. Votre réveillon du trente et un risque d'être perturbé et je vous déconseille vivement de rentrer en Allemagne avant, dit-il en remplissant les documents administratifs pour qu'elle soit remboursée. On ne voyage pas si loin avec des bébés grippés, surtout sous cette neige qui, si j'en crois les ingénieurs de Météo France, n'a pas l'intention de cesser.

— Bien sûr, Docteur.

— Je suis prêt à parier que votre mari va aussi l'attraper, affirma-t-il avec une certitude inébranlable. Il reviendra vous chercher plus tard.

Il rangea ses ordonnances avec un soin mitigé, mais sourit avec application avant d'ajouter :

— Quelques jours de séparation, c'est toujours une bénédiction pour un couple !

Lola regarda les yeux gris du médecin, puis les murs de la chambre. *Se pourrait-il qu'ils soient tout aussi traîtres que moi ?*

27

Lenny ne voulait que rester dans les bras de sa maman, il était brûlant et grognon. Lola passa la journée entière à le tenir sur le canapé, dans son lit, devant l'ordinateur, la télé, à regarder ce qu'Elsa voulait voir. À fermer plus ou moins les yeux quand il les fermait et quand sa mère passait à proximité. À 17 heures, la jeune femme eut très chaud et subitement très froid. La tête lui tourna, ses jambes semblaient passées au broyeur. *C'est mon tour.*

La grippe l'envoya au fond de son lit dans un sommeil déchiré avec une température de cheval. Ses rêves furent des cauchemars, sans Franck, sans Bertrand, mais avec du sang noir, épais qui se déversait comme de la lave sur la neige. Elle se réveilla mille fois avec l'impression déstabilisante de ne pas avoir dormi. Elle ne résista à rien et se laissa soigner par sa mère ou Elsa qui n'avaient pas encore succombé. Lenny restait contre elle, sans force. Ses cils longs et noirs s'étiraient à l'infini sur ses yeux pleins de fièvre. Lola eut envie de pleurer mais ouvrit les bras quand Géraldine entra avec Maria. Elle repoussa l'ordinateur et s'assit :

— Elle veut te voir.

La petite se blottit au creux de son bras, sa mère s'assit sur le lit. Elle caressa les cheveux de son aînée, prit sa température frontale. « Tu as plus de 40 °. » « Lenny ? » « 39,9 °. » Géraldine remplaça les verres d'eau, ferma les volets, remonta les couvertures avant de sortir. « Je laisse la porte ouverte ? » Lola dit oui, mais fermait les yeux. Quelque chose de sourd grondait sous cette neige, sa mère le sentait. Mais que fait une maman quand son enfant est malade ? *Rien, hormis le veiller.*

Cependant, Elsa n'était pas malade. Quand Géraldine lui redemanda, de façon détournée, des explications sur le « monsieur du mariage », sa fille brune ne dit rien. Elle poursuivit ses dessins. « Trois cochons verts. » Que sa mère aurait été incapable de reconnaître. Elsa ajouta avec un sourire lumineux qu'ils étaient « verts comme tes chaussons ». *Où va Elsa ? Elle voit tout et entend tout ? Que retient-elle ? Où ira-t-elle quand je serai à la place de La Mégère ?*

Cette femme avait tant de questions auxquelles elle n'avait aucune réponse qu'elle aurait voulu disparaître dans la neige. Fondre avec elle et partir loin… Elsa leva le nez, sourit encore et dit : « Je sais. » Enfin, elle ne l'articula pas, mais ce fut exactement ce que sa maman comprit.

Géraldine savait qu'il y avait un monde où elle pouvait lire dans les yeux de sa fille. Il ne lui était pas accessible en permanence mais parfois

– *oui, parfois* –, elles échangeaient bien plus que tout ce que la médecine aurait jamais pu imaginer. Non, elle n'était pas étonnée. Juste traversée par un éclat, aussi bref qu'exquis, délicat et rare d'une joie très pure.

28

Les rideaux vert sombre n'étaient pas tirés et la pleine lune versait un reflet pâle sur les cristaux gelés quand Lola se réveilla, seule, dans son lit. Depuis combien de jours était-elle grippée ? Deux ? Trois ? Depuis que Bertrand l'avait quittée à Francfort ?

Elle avait le vague souvenir de sa mère venant prendre ses enfants pour les coucher dans la chambre voisine. Elle ne grelottait plus, mais uniquement parce que la fièvre était tombée dans la pointe basse du V grippal. *V de vérité*. Ses idées reprirent vie à l'endroit où elles s'étaient suspendues avec une acuité reposée et ne soulignèrent que ses mensonges.

Lola attrapa son ordinateur en veille sur la table de nuit. Pendant des jours, Internet n'avait trouvé qu'une information fraîche. « Bertrand Roy est en soins intensifs. » Pour combien de temps ? Quels soins exacts ? *Tu es conscient ? Dans le coma ?* Elle temblait et s'arrêta sur une photo de lui. Elle lui sembla étrangement lointaine. *Comment sont tes yeux maintenant ?*

Tu te souviens que tu m'as prise dans tes bras, un jour de juin ?

Lola se leva et marcha jusqu'à la fenêtre, pieds nus. Le ciel était sans nuages, des étoiles posées à l'infini. Ses jambes tremblaient un peu comme à Moscou lorsqu'elle attendait de la bouche de Bertrand le résultat du test et, pendant un long moment, la jeune femme demeura à regarder la nuit. Ce jardin. Enfant, jamais elle n'avait grimpé aux arbres et ne savait même plus pourquoi. Mais, à cette minute, Lola eut terriblement envie d'escalader le grand sapin jusqu'à sa cime pour toucher les astres du bout des doigts. Ça semblait si facile. *Neuf ans, quatorze, trente et un.* Elle ouvrirait les bras, planerait comme un oiseau libre et se laisserait tomber dans cette neige épaisse, vierge de toute trace. Elle imprimerait la première. Elle descendrait l'allée en écoutant le crissement vivant de ses pas. Elle tournerait la clé, ouvrirait le portail et recommencerait *tout*.

La fièvre remonta en flèche, ses idées s'envolèrent trop vite pour que Lola les saisisse. Seuls ses mensonges demeurèrent à portée de main. Ils défiaient la gravité, ils bravaient tous les temps et se plantèrent face à elle, prêts à combattre.

29

L'enterrement de Reine Milan avait été éprouvant parce que très long, sous une neige cinglante. Franck succomba à la fièvre, dès le lendemain, au réveil. Il se recoucha aussitôt et son père, comme à son habitude, répéta très fort chaque commentaire de journaliste.

L'ingénieur hurla de fermer « toutes les portes ». Il avait mal à la tête, aux jambes, au ventre. Il ne supportait pas ses 40°, mais ils carbonisaient toute pensée avant qu'elle laisse de belles traces. Il se foutait pas mal du réveillon ou que les routes ne soient pas praticables. Il ne s'inquiétait pas pour son revêtement parce que ce qu'il faut retenir, c'est le bénéfice sur une année. Sur une vie. Il se tourna et se retourna pendant trois jours dans un lit défait. Qu'il quitta pour s'affaler dix mètres plus loin, sur le canapé, les jambes sciées de fatigue.

D'un regard, son père se tut. Les news n'avaient rien de neuf. La neige, Bertrand Roy et encore la grippe. Parfois se compliquant. Emportant des vieux. *La Mégère aurait-elle résisté à ce cru si son cerveau ne s'était arrêté de lui-même, étouffé par la méchanceté ?*

— Quand je pense qu'ils sont incapables de me dire pourquoi ! lança son père.

Franck se leva et marcha en direction de sa chambre. *Ils n'ont pas voulu d'elle en enfer.* Il envoya un coup de pied dans la porte et s'affala sur son lit. Dans un sommeil de très mauvaise qualité. Dans une année qu'il terminait seul et malade. *Dans une maison avec une conversation unique !* En ne pensant qu'à résoudre ses équations pour prouver qu'à - 25 ° son revêtement ne se microfissurait plus. C'était une question d'honneur et *ce sera ma première bonne résolution de l'année !*

30

Bertrand n'avait pu être rapatrié, son état s'était brutalement aggravé tard dans la journée du 26 décembre au point de suspendre toute décision, toute pensée. Il ne reprit conscience que trois jours plus tard et depuis quarante-huit heures, il délirait, trempé de sueur et inondé de fièvre. Le soleil brillait derrière l'épaisse couverture tendue devant la fenêtre. La lumière était là, à portée de main et si lointaine. Le jeune homme entendait les mots du médecin qui lui interdisait de se lever. Sa voix se perdait, ses mains étaient froides, ses paroles se mêlaient à celles des autres. Il referma les yeux. *Je suis libre et je suis en vie.*

Quelque part dans la chambre, une voix d'homme dit que bientôt des rideaux de toile blanche remplaceraient la couverture. Et puis, subitement, ses parents étaient, de nouveau, dans la pièce. Ils souriaient en déployant des millions de banalités pour masquer leur inquiétude. Il écouta leurs voix, ne reconnaissait pas la sienne et s'accrochait aux bruits, au rythme des pas des infirmières. Le temps s'écoulait étrangement mais Bertrand aurait pu affirmer qu'à l'instar de celui de ses geôliers, ce rythme s'accordait aux voix. Comme si c'était une vérité universellement fiable. Plus que les mots. D'ailleurs, lui-même répondait : « Je vais bien. » Alors qu'il n'allait pas bien du tout.

Ce n'était pas la douleur physique de ses blessures qui le torturait, ni la fièvre. Non. Ce qui venait de se réveiller avec sa conscience était cette chose infâme qu'on lui avait servie, jour après jour, pendant des mois. Qu'il avait guettée et tenue à l'écart pour survivre. Il sentit au plus profond de lui que sa liberté n'allait pas chasser cette monstruosité vivante. Elle allait se dresser dans l'ombre à tout instant de sa vie, elle deviendrait menaçante et terrifiante, elle étendrait ses longs bras noueux pour saisir sa gorge et l'écraser doucement entre ses doigts. Elle réclamerait de lui qu'il la reconnaisse et l'appelle par son nom. « Tu es la peur. » Elle répondrait : « Je suis ta peur. Je suis éternelle car je vis en toi. »

Qu'il cauchemarde ou non au fond de son lit, le jeune homme était encore otage. Il sentait contre sa peau cet accroc dans le métal – *mon cadeau* – qu'il n'arrivait pas à visualiser. Il revoyait cet instantané de l'intérieur de la camionnette pendant les furtives secondes où ce garde lui avait donné à boire. Il sentait encore la soif. La bâche. L'odeur de l'huile. La couverture. Ses pieds nus sur le goudron s'étirant à l'infini. Et puis, le soleil comme une idée de liberté qui dansait devant lui. Une beauté pure guidant ses pas entre les tirs.

Il avait été touché à plusieurs reprises, mais la liberté ne lui avait pas lâché la main. Sa vue s'était subitement troublée, il était tombé au beau milieu d'une rue. Avant même qu'il ne réalise quoi que ce soit, des mains avaient saisi ses bras. Il aurait voulu hurler mais avait regardé, muet, ceux qui le tiraient. *Des enfants*. Puis, il y avait eu un rideau de femmes enroulées dans leurs voiles noirs comme le goudron qui l'avaient traîné dans une échoppe. D'autres mains énormes et ensanglantés l'avaient jeté dans un antre au milieu de carcasses suspendues à des crochets le long des quatre murs. La porte s'était refermée avec le même bruit que celle d'un frigo, tout simplement parce que c'était celle d'un frigo géant. Un vent glacial s'était abattu comme une tempête de neige. Ses yeux le brûlaient. Il n'avait plus rien senti et n'avait plus rien vu. Juste le froid. Le sang avait déserté ses extrémités comme lors de cette nuit de juin, quand il avait tenu la main de Lola. Son cœur avait été épargné. Des nuages noirs l'avaient envahi, des flocons avaient tourbillonné quand il avait tenté de se redresser. Les carcasses dansaient et criaient tout autour de lui. Il avait senti la mort. Il avait entendu des pas approcher et… et puis, plus rien.

Bertrand délirait au milieu de flaques de sang. Était-il dans l'appartement de Lola ? Était-ce une nouvelle geôle ? Par réflexe, il s'était accroché désespérément à son sac et, aujourd'hui, au fond de son lit d'hôpital, il se sentait perdu. Il était incapable de penser qu'il s'était extirpé seul de son enfer, il songeait que son combat ne faisait que commencer.

Des rideaux masquaient la nuit, lui s'enfonçait dans un matelas trop mou et trop chaud. Non, les idées n'étaient plus les mêmes que pendant tous ces jours où il avait attendu, obéi, repassé une à une ses photos, cogité à des milliers de choses parmi lesquelles il avait opéré un tri drastique. Perdu espoir et espéré autant qu'il avait accroché de fanions invisibles en élaborant des plans. En pensant à Lola, à chaque instant, jusqu'à en oublier tout le reste. Quel était le nom de sa rue à Francfort ? Les chiffres de son fixe ? *Mes codes de carte bleue. Mes mots de passe.* En n'étant aujourd'hui *plus sûr de rien.*

31

Lola regardait le décompte des dernières secondes de 2011 sur l'écran de la télé, enroulée dans une couverture, sur le canapé en daim chocolat de sa mère. À minuit et quelques minutes, elle l'éteignit après avoir admiré les feux d'artifice du monde entier. Une bûche se consumait sans flamme, intensément rouge, et la jeune femme ne la quitta pas des yeux. Elle était guérie, ses questions demeuraient, identiques. Bertrand n'était plus en soins intensifs, mais toujours hospitalisé dans un lieu qui n'avait pas de nom. Probablement « en Afrique » parce que les conditions météorologiques compliquaient tous les transports aériens, ferroviaires et terrestres. Y compris militaires. Parce que surtout, aucune information ne certifiait son retour en France. *Je sais que tu vas très mal.* La jeune femme n'osa bouger, de peur de réveiller de plus horribles pensées. Elle s'endormit sans s'en rendre compte et se précipita vers Maria quand celle-ci hurla à 3 heures en plein cauchemar. La petite débordait de fièvre, sa mère, elle, ne bougeait pas de son lit. Les heures s'étiraient à l'infini sur une nouvelle année très longue. Sa petite soudée à elle, Lola ne retrouva pas le sommeil. Elle songea à Franck, malade, à qui elle ne pourrait dire ce qu'elle avait à dire en guise de bonne et heureuse année. Elle ne mentirait pas dans son souhait, elle mentait dans sa vie. Elle ne mentait pas à Bertrand, elle ne pouvait le voir. *Très bonne et heureuse année, mon amour. Guéris, s'il te plaît. Écris-moi dès que tu le pourras. J'attends de tes nouvelles. J'ai déménagé mais mon courrier est suivi.*

En plein après-midi, ce 1er janvier, alors qu'elle se rasseyait sur le canapé, Lola réalisa qu'elle était en France, à cinq cents kilomètres de sa boîte aux lettres. Que Franck et elle avaient décidé après s'être souhaité le meilleur qu'il ne reviendrait pas la chercher avant le 13 janvier. Elle n'avait pas envie de faire la route seule avec les jumeaux. Elle voulait lui parler en face. Subitement, elle songea : *Et si entre-temps il trouve une enveloppe de Bertrand* ? L'ouvrirait-il ? Non, il la préviendrait, puis dirait : « C'est qui ? »

Lola empoigna son tricot sur la table basse du salon, monta deux rangs très vite et puis le reposa, les mains subitement tremblantes. Où Bertrand avait-il noté son adresse ? De quoi se souvient-il ?

Quel homme est-il devenu ?

La jeune femme demeura immobile, longtemps. Saisie par une frayeur froide/abyssale/laide *parce que je ne sens plus rien*. Ni ses mains, ni son regard, ni son souffle, ni son bras qui effleurait le sien. Dehors, un soleil discret et pâle faisait étinceler des cristaux. Jamais sur le même point si on regarde attentivement. Le soleil court dans le ciel, le temps passe, les ombres se déplacent. *Bertrand a-t-il changé ? Comment ne pas être différent après une telle épreuve ?*

Quelque chose d'éblouissant et, cependant, de très sombre tomba sur le jardin immaculé. Comme si cette neige épaisse et glacée effaçait tout, comme si plus rien n'existait. Lola se sentit percutée par une de ces pensées inoubliables qui laissa un très long écho car elle mit en évidence les négligences, les légèretés, les absences, les erreurs. Elle déplia/dessina/imprima les conséquences sur ce monde blanc. *Je ne suis pas sortie de l'ascenseur, j'ai insisté pour que tu partes. Je suis responsable de ce que tu as vécu.*

La conclusion était ce présent. Un vide blanc qui brillait par endroits comme une illusion de bonheur, mais qui glacerait à mort si jamais la jeune femme succombait à la tentation de s'y promener.

Derrière elle, dans le salon, elle entendit Elsa qui courait, chantait, dansait et jouait avec ses enfants. Et la seule idée à laquelle la jeune femme se raccrocha fut : *La grippe a épargné ma sœur par crainte de contracter son mal étrange.*

32

Bertrand regardait la photo de Lola. On ne lui avait jamais enlevée parce que aucun de ses geôliers ne l'avait surpris en train de le faire. Il l'avait planquée derrière un renfort de son sac, mais elle avait toujours été à portée de ses doigts.

Ce matin, quand Florence poussa la porte de sa chambre d'hôpital à Khartoum, elle surprit son fils, des larmes dans les yeux. Si elle était entrée par hasard, elle n'aurait pas reconnu son enfant au premier coup d'œil. D'ailleurs, quand ils l'avaient découvert après l'opération, la première chose qui l'avait traversée était : « Où est Bertrand ? » Ce n'était pas ses cheveux, sa barbe, ses joues creuses, sa peau sèche et cireuse ou ses bras mous. Les tubes ou le masque. Non, c'était ce qui émanait de lui. Xavier avait soulevé le drap pour palper son ventre. Marc avait regardé, pas elle. *Et cette voix.* Encore aujourd'hui, des jours plus tard, elle ne la reconnaissait pas.

— J'ai oublié son adresse, son téléphone. Je n'avais fait aucune sauvegarde.

Sa mère ne répondit pas parce qu'elle le savait déjà. Les affaires, les dossiers de son fils, son cloud avaient été épluchés par les agents du renseignement. Sa vie avait été mise à nu, elle avait eu du mal à l'accepter, aujourd'hui c'était de voir son enfant ainsi qui la ravageait et tout ce qu'elle était capable de penser était : *Tu es en vie.* Bertrand eut ce regard qui la fit asseoir. Puis se relever aussitôt pour se rasseoir tout à côté de lui. Elle prit sa main et la tint comme si elle allait s'envoler. Sa peau semblait collée à même les os. Sa mère se sentait dans le même état.

— J'aurais aimé qu'on dise dans quel hôpital je suis. Elle aurait pu appeler. Peut-être.

— Tu as été très malade. Tu es encore trop faible.

Il planta ses yeux dans ceux de sa mère. *Mon Dieu, ce regard.* Alors les larmes de Florence emportèrent des mots, n'importe comment, en vrac.

— On a fait ce qu'on nous a dit. On nous a briefés très longuement avant et après notre arrivée. Pendant que tu étais en réanimation… (Elle essuya ses joues d'un geste sec.) Quand tu as disparu, je ne sais même plus quand… Un agent nous a présenté la liste de tes derniers appels. Il a dit que le numéro en Allemagne correspondait à la chambre de Lola Milan. Que son portable à elle n'avait composé le tien qu'une seule fois. Ils savaient quel jour tu avais fait l'aller-retour Paris-Francfort. J'ai dit qu'elle était une amie enceinte très souffrante et… que tu n'aurais pas voulu qu'ils l'inquiètent. Je n'ai rien demandé par la suite. Tu étais…

Sa voix se cassa, Bertrand ne quittait pas ses yeux. Il ne pensait plus. Qu'est-ce que cela pouvait bien faire que l'armée, les services secrets, le président lui-même enquêtent sur lui ? Il était *la* victime. *Non, je suis celui qui est monté de son plein gré dans cette Toyota.* Elle reprit :

— Je te demande pardon. Nous étions perdus. Les décisions qu'on a prises n'ont pas toujours été justes et encore moins réfléchies. Nous étions submergés par la peur de te perdre. De ne jamais te retrouver. On est passé par tant de gens, tant de… Peut-être qu'elle ne sait pas que tu es libre. Le temps reste un allié, Bertrand. Tout n'est pas perdu.

Il était brûlant mais ne cillait pas. Elle caressa son visage, dit : « J'ai honte de dire cela. » mais songea très sérieusement en voyant ce qu'il y avait dans les yeux de son fils que Lola pourrait le tuer. Un moment plus tard, Bertrand murmura avec cette voix déchirée qu'il voulait le numéro de la clinique.

— Xavier a déjà appelé. Il n'a rien pu obtenir par téléphone, ils ont dit d'envoyer un courrier… Pense à toi. Il faut que tu te rétablisses. Tu dois reprendre du poids.

Bertrand écouta sans réagir. Il n'ajouta rien de plus, ce matin-là. Il ne pouvait pas parler, de tout, comme ça, à haute voix. Mais il pensait. Contacter Air France, demander si elle avait repris ses vols, *non, elle voulait une année pour s'occuper des enfants, pour qu'on…, elle avait dit qu'ils redéménageraient…* Suivre son mari de Bayercom à chez eux. Attendre qu'elle sorte. *Il faut qu'on se voie, Lola. On doit décider. Se parler maintenant… On avait dit… J'avais dit que je voulais vivre avec toi. Et toi ? Peut-être marcher… Pourquoi tu n'as pas écrit à* Géo ? La fièvre remonta, les cauchemars aussi.

Ils furent réactivés, quelques jours plus tard, par sa très longue entrevue avec les militaires. Bertrand écouta leurs actions, ils enregistrèrent son témoignage. Il livra les détails dont il se souvenait, fut précis sur une couleur, un mot, un accent, une marque de véhicule, un vêtement, une arme, leur nombre. Il apprit que Sadi n'avait pas menti sur sa jambe cassée. C'était arrivé comme il le lui avait expliqué. Cet homme ne savait rien de ce que son fils avait manigancé. Il avait été approché pour de l'argent puis avait rejoint le Mali. Sadi, lui, avait été tué dans un banal accident de circulation. Bertrand demanda à connaître les circonstances. « Le chauffeur d'un camion a perdu le contrôle, il a traversé la chaussée, le guide a voulu l'éviter mais a heurté un pylône. Il est mort sur le coup. » « C'est arrivé quand ? » « Il y a trois mois. » Bertrand ferma les yeux.

Le médecin des armées, un homme grand et maigre, avec des cheveux blancs en brosse lui proposa de poursuivre l'entretien plus tard. Le jeune homme secoua la tête. On lui demanda de rester « évasif à l'extérieur ». « Je n'ai pas envie d'en parler. » Parce que ce serait écrit, transmis. Ça existerait indéfiniment. Bertrand ne voulait pas être plus marqué qu'il ne l'était. Il dit : « Je veux vivre libre. »

Plus tard, quand ce toubib resté en tête à tête avec lui trouva les termes appropriés pour évoquer ce que Bertrand avait « peut-être subi », il répondit : « J'ai pris des coups mais j'ai eu plus de chance que d'autres, je suis en vie. »

Le toubib le regarda franchement : « Je peux vous faire rapatrier dès demain. Vous pourrez voir un psychiatre. Les mois à venir vont être lourds de questions. » Bertrand réfléchit et songea inévitablement à sa bague. *Elle raconte l'histoire de celui qui la porte.* Pendant toute sa captivité, il s'était demandé pourquoi l'Indien la lui avait donnée. Cette question l'avait occupé en lui faisant élaborer mille hypothèses. On avait volé son histoire, on avait volé sa vie…

À cet instant, dans ce lit africain, le jeune homme réalisa que la seule réponse était : *Cette bague raconte mon histoire. C'est à moi de la vivre.* Alors sans plus réfléchir, il demanda à rester à Khartoum. « Je ne sais pas l'expliquer, mais j'ai besoin d'être ici. J'ai besoin de récupérer ici. Je veux repartir d'ici.»

Le médecin hocha la tête, il eut un regard qui encouragea Bertrand. D'une voix différente, le jeune homme exigea « l'adresse de Lola Milan. Je sais qu'elle est quelque part dans mon dossier. » Il ajouta sans baisser les yeux qu'il ne répondrait à aucune demande. Le militaire promit et tint parole.

Il communiqua lui-même au soir du 5 janvier l'adresse et le numéro de téléphone de Lola en Allemagne. Les mains tremblantes, Bertrand nota les lettres, les chiffres. Son cœur battait étrangement. Il décrocha, composa le numéro mais ne fut pas surpris d'entendre que la ligne était résiliée. Ils avaient déménagé, c'était certain. *Lola fera suivre son courrier.* Puis la seconde d'après il songea : *Tes enfants vont très mal ? Tu vas très mal ?* Le jeune homme sortit de son tiroir la carte postale, marcha jusqu'au couloir où il fit un malaise.

Une heure après, une infirmière apportait une enveloppe neuve. Il ne modifia rien de son texte. Il ajouta 5 janvier 2012, le nouveau numéro qu'Orange lui avait attribué puis : « J'espère te revoir très vite. » et demanda à son frère de la poster. « Telle quelle. En courrier suivi. »

Xavier le regarda, Bertrand affirma, la voix dure :

— Je veux remonter à ce que je voulais faire.

Le médecin sourit. Il fit le nécessaire le lendemain et confia à ses parents que c'était « un très bon signe que son frère reprenne le cours de sa vie, là où on la lui a volée. Il doit se la réapproprier. »

33

Ce dimanche 8 janvier 2012, en début de soirée, Franck était assis, en Allemagne chez lui, devant son ordinateur. Il alignait et corrigeait des chiffres pour faire mieux que ce que Kaminsky, son partenaire, voulait se résoudre à développer. Il engloutit une cuiller pleine de céréales infâmes. Une assiette de ces choses détrempées dormait à côté des graphiques qui jonchaient la table du séjour. La télé française par satellite ronronnait. Il entendit madame Chazal décliner les sujets du jour et annoncer qu'un avion pourrait peut-être rapatrier Bertrand Roy. Une invitée allait donner de ses nouvelles. Il leva machinalement le nez. Il fixa, une seconde, les manches courtes du pull corail angora de la présentatrice qui s'excusait de pas pouvoir lancer l'interview suivante. *Des manches courtes et un mètre de neige ?*

Franck replongea dans ses courbes et ses diagrammes corrigés en rouge. Il se frotta la nuque. La voix de la journaliste monta d'un cran promettant que le lendemain serait en-so-leil-lé et l'ingénieur coupa le son avec l'envie de crier que de ce côté du Rhin, le ciel restait sacrément plombé ! Les sapins chargés de neige. Leurs troncs noirs s'élançant vers le ciel comme des routes aussi rectilignes que celles dessinées sur ses plans. Le noir. Le blanc. Le rouge. La lumière. La neige. Le soleil.

Au fond de la pièce, derrière l'écran plat, Franck entraperçut le rouge sombre de la robe de la nana qui parlait. Le goudron des routes, des autoroutes et des pistes d'atterrissage. L'ingénieur eut une grosse envie de bière. Il se leva, passa tout près de la télé et son œil capta la silhouette assise sur un fauteuil blanc. *Merde ! L'ancienne voisine du dessus !* Il voulut monter le son mais son téléphone retentit au beau milieu de ses plans. Kaminsky s'affichait sur l'écran.

— J'ai eu ton message, répondit Franck en éteignant la télé.

— Pourquoi t'as pas rappelé ?

— J'allais le faire.

— Tu fais chier !

— Probable ! Mais je crois que j'ai peut-être trouvé comment on peut éviter que le revêtement se microfissure à - 25°.

— « Tu crois que tu as peut-être... » Aïe... J'aime pas ça.

Le Français se reprit.

— J'ai trouvé. Il faut retester avec une nouvelle donnée.

— Tu fais vraiment, mais vraiment, chier.

Deux secondes d'agacement réciproque les piquèrent. Kaminsky finit par souffler un « Je t'écoute » aussi curieux que contrarié.

— On n'a pas donné assez de souplesse.

— Plus souple ? *Nicht möglich !* lâcha l'Allemand avec une pointe de sourire.

— Si. *Sehr möglich*. Je viens de refaire tous les calculs avec une donnée intermédiaire et je crois – non, je sais – que ça va fonctionner.

Kaminsky s'assit en s'entendant demander : « Plus souple comment ? » Quelque chose au fond de lui savait que Franck allait lui sortir une théorie qui allait l'obliger à se lever aux aurores alors qu'il avait pris des cuites monumentales pendant les anti-congés de Noël, à la suite desquels il avait évidemment chopé cette cochonnerie de grippe.

— 0,35.

— 0,35… Tu te fous de moi ?

— 0,35 est la marge qui augmente la souplesse et la résistance.

— Ces microfissures n'ont aucun véritable effet…

— Pour les commerciaux, si. Je veux essayer à 0,35.

— Tu as rerereveérifié tes calculs ?

— Je vais y passer une bonne partie de la nuit, mais je sais que j'ai raison.

— Ton intuition de Français ?

— Mon intuition d'ingénieur.

— On va perdre notre temps.

— Putain Kaminsky ! On peut faire mieux ! Et c'est ce qu'on veut depuis le début toi et moi, non ?

— On fait notre présentation après-demain.

— Ça nous laisse demain pour essayer.

— …

— Je te demande juste…

– … une autre chance ?

— Tu fais ce que tu veux, coupa Franck, moi, je serai au labo à 7 heures.

34

Au même moment, dans le salon de Noisiel, devant une télé ronronnant, Lola lisait et relisait l'évasion de Bertrand à la recherche de ce qui lui aurait échappé. Il s'était libéré lui-même en sautant d'une camionnette, on lui avait tout volé sauf ses appareils qui avaient dévié la balle qui aurait été fatale. *Il a failli mourir.* Il lui fallait du repos, il demeurait sur place en Afrique et n'avait donné aucune interview. Aucune photo n'avait encore filtré. *Pas un mot de lui. Pourquoi ?*

Seuls ses parents et son frère, médecin, étaient apparus à l'écran via Skype pour ne pas en révéler davantage. Bertrand avait quelque chose du regard de sa mère et de son frère, la couleur des cheveux de son père. *Dans quel état est-il encore pour qu'on ne sache rien ?* songea-t-elle au moment où elle entendit Claire Chazal prononcer son nom. Elle leva le nez et marcha jusqu'à toucher la télévision. Elle monta le son à fond, imposa un « chut ! » catégorique à Elsa qui tournoyait comme une abeille. À l'écran, Daphné portait une robe rouge sang, col Claudine mauve. Ses cheveux étaient retenus en une queue-decheval sage. Sa frange était aussi impeccable que sa façon de se tenir assise dans son fauteuil blanc au milieu d'une pièce que Lola ne reconnut pas. Son visage était grave et souriant à la fois. La journaliste se voulait sérieuse et rassurante. Elle expliquait qu'elle avait pu s'entretenir brièvement avec « son ami ». Les téléspectateurs du monde entier comprirent « son amour ». Elle était heureuse d'annoncer qu'il pourrait quitter l'hôpital dans quelque temps. *Elle a parlé à Bertrand. Elle sait où il est.*

— Pour rentrer en France ? questionna Claire.

Daphné secoua la tête.

— Vous savez quels sont ses projets ?

— Se reconstruire et travailler.

Elsa se posta devant la télé doigt tendu :

— Le monsieur du mariage ! Le monsieur du mariage ! Le monsieur du mariage ! Le monsieur...

— Arrête ! cria Lola.

— Le monsieur du mariage ! Le monsieur du mariage ! Le monsieur...

— Arrête !

— Il mangeait une orange ! hurla Elsa en balançant son chausson en travers de la pièce. Il mangeait une orange ! Il mangeait une orange !

Géraldine accourut et attrapa les mains de sa fille-qui-disait-toujours-la-vérité pour se tourner vers celle-qui-mentait-en-permanence.

— On te croit, ma chérie ! On voudrait juste comprendre pourquoi ce monsieur-qui-mangeait-une-orange était au mariage de Lola.

— Comment veux-tu que je le sache !

Elsa se plaça devant sa sœur, poings sur les hanches. Elle cria qu'il avait « posé la peau de l'orange en tas à côté de ses chaussures bleues. Il avait deux sacs posés par terre. Il avait un T-shirt vert comme les chaussons de Maman. Il avait dans la main (elle attrapa la droite de Lola), un appareil photo. Il avait des cheveux courts là. » Elle plaqua ses mains contre le crâne de sa sœur, au-dessus de ses oreilles, la regarda droit dans les yeux et Lola s'enfuit en courant.

Géraldine s'assit sur le canapé. Elsa demeura debout, face à elle. Elle souriait comme lorsqu'elle sortait ses gâteaux du four. Sa mère dit :

– Tu te souviens de bien plus de choses qu'on ne le croit.

Elsa ne dit rien. Son regard s'éloignait comme une vague se retire à marée basse. « Tu sais qui est Bertrand Roy ? » Sa fille tendit son doigt vers la télé, son regard filait encore. Il plongeait profondément et, en un éclair, la jeune fille avait fait demi-tour. Une demi-minute plus tard, la porte du congélateur s'ouvrait et se refermait rapidement. *Un cône à la fraise.*

35

— Tu connais Bertrand Roy.

Allongée sur son lit, Lola regarda la silhouette longue et mince de sa mère marcher jusqu'au lit et se coucher à ses côtés. Les deux femmes restèrent silencieuses, dans la pénombre. Leurs cœurs chaotiques couraient comme s'ils voulaient s'enfuir. Géraldine posa ses mains sur sa poitrine. Peut-être pour rattraper le sien au vol, peut-être voulait-elle s'en aller avec lui dans un monde où le temps n'avait pas de sens ni d'effet. La peur fissurait les murailles qu'elle s'était patiemment construites tout au long de ces années. Pourtant, s'il fallait parler, il fallait que ce soit maintenant. *Après, je n'aurai plus le courage*.

— J'avais seize ans la première fois que j'ai aimé un homme. Il s'appelait Benoist Delval, il était beaucoup plus âgé que moi. Il était marié et allait m'opérer du genou.

Elle marqua une pause. Elle revoyait leur échange de regards au premier rendez-vous, le suivant. Et les autres. Tous les autres jusqu'au dernier.

— Nous avons très vite compris que cet amour n'était pas une aventure et nous l'avons vécu en nous cachant. Je prétendais aller dormir chez une amie et Benoist s'inventait des urgences. Il m'emmenait à l'hôtel et à Deauville ou en week-end à Cannes. Il disait qu'il quitterait sa femme dès que j'aurais terminé le lycée et j'ai travaillé d'arrache-pied. J'ai passé toutes les vacances de Pâques enfermée, à réviser pendant qu'il était en conférence aux États-Unis et quand les cours ont repris... quand j'ai vu sa voiture en sortant du lycée... Sa femme était assise au volant. Elle était magnifique. Elle portait un manteau en coton léger vert sombre sur un tailleur vert pomme. Elle m'a dit avec son accent américain qu'elle était au courant pour nous depuis le début. Qu'elle avait laissé son mari s'amuser, mais que la partie prenait fin à présent. Elle m'a tendu une lettre de Benoist que j'ai dû lire à voix haute. C'était humiliant. C'était une lettre dictée, je le savais, mais je n'ai rien dit parce qu'elle avait ce regard... Elle était heureuse de m'apprendre qu'à cette minute même, Benoist était en train d'opérer son premier patient à New York. Sa carrière prenait un nouvel envol et elle lui offrait une deuxième chance, ce qui signifiait que moi, je devais « reprendre le contrôle de ma vie et effacer tous les restes de cette passion d'adolescente ».

Sa mère marqua une pause, très courte.

— J'ai appliqué à la lettre le conseil de madame Delval. Je voulais *ma* deuxième chance, que la vie m'offre ce cadeau. Je l'ai eue, puisque j'ai rencontré ton père. J'ai emmuré tous mes souvenirs et je suis tombée enceinte quelques mois plus tard. Par bravade, je t'ai appelée Lola, pour la danse, pour le caractère libre de la Montès... Mais aussi pour la passion.

Elle se tourna vers sa fille.

— J'étais satisfaite qu'il n'y ait rien de passionnel entre Jean et moi. Je me couchais en me disant que la vie m'avait donné cette autre chance. Je voulais qu'elle me donne une belle et grande maison, des tailleurs élégants et un deuxième enfant. Et moi, qui ne crois pas en Dieu, j'ai allumé des cierges en pensant qu'il n'y avait aucune raison de ne pas avoir droit à ma part du gâteau. Et puis, Elsa est arrivée...

Géraldine se tut. Longuement. Même son souffle demeurait imperceptible, mais elle ne quitta pas Lola du regard.

— Ta sœur a tout changé. J'ai pensé que sa vie était une tragédie et que la vengeance lui tombait dessus parce que j'avais été orgueilleuse, naïve et prétentieuse. Le jour où on m'a dit qu'Elsa devrait être placée dans une institution, je n'ai pas pris peur. J'ai été tout simplement terrifiée à l'idée qu'on me l'enlève. Je me suis battue contre tout, mais Elsa a marché. Puis elle a dit quelques mots. Je voyais que ma fille comprenait plus qu'on s'entêtait à me certifier et, ce soir, je suis profondément heureuse d'avoir eu cette intuition. Je regrette juste que ton père ne soit pas là pour le partager.

Elle ferma les yeux et dit sans soulever les paupières qu'elle avait vu Jean boire, cacher ses bouteilles, mais…

— … je n'ai rien dit. Il y avait cette chose qui avait pris place entre nous. Ce n'était pas qu'Elsa… Il y avait aussi la triste certitude que je n'aimerais plus comme j'avais aimé Benoist. Plus autant.

Elle regarda Lola, elle dit encore que c'était comme s'ils dévalaient une pente verglacée sans pouvoir prendre appui nulle part. Elle ne savait pas si les choses auraient été autres si ses parents avaient été en vie à cette époque. Elle se sentait seule. Elle avait laissé Jean seul.

— Aujourd'hui, je me le reproche tout comme je m'en veux de t'avoir fait grandir en te répétant de contrôler ta vie. J'étais incapable de penser qu'il y avait une autre voie et j'ai… oui (elle laissa échapper un rire triste), j'ai sincèrement cru y être parvenue quand j'ai pris plaisir à repeindre la chambre où dorment tes enfants en vert pomme. Je me disais que c'était enfin la preuve que j'en avais fini avec tout ça. Mais à la vérité, je me suis trompée.

Sa voix s'étrangla.

— Maman…

Elle posa sa main sur celle de Lola. Elle expliqua avoir ouvert sa porte fin novembre à une femme, la fille de Benoist Delval.

— Judith m'a appris que son père est atteint de la maladie d'Alzheimer et qu'il ne cesse de répéter « Géraldine » et « Pardon », en français, alors qu'ils ont passé toute leur vie à New York. Elle a fouillé dans ses affaires et est tombée sur une photo de moi sortant du lycée de Noisiel. Il avait écrit « Géraldine le 11/12/76. » Par chance, j'étais la seule à porter ce prénom parmi les dossiers médicaux de son père. Elle a retrouvé l'adresse de mes parents. Elle a hésité plusieurs mois et, finalement, elle a pris un vol pour Paris. Les nouveaux propriétaires l'ont envoyée chez la voisine qui n'a jamais déménagé. Je suis née à Noisiel, j'ai passé ma vie ici…

Lola et sa mère ne dirent rien, pendant longtemps. Géraldine n'arrivait toujours pas à évaluer comment tout cela était possible, alors que Lola voyait se matérialiser deux longues et fines traînées dans ses yeux, sur les murs, dans tous les cieux de l'univers.

— Rien ne disparaît vraiment, ajouta sa maman d'une voix légèrement différente. Et…

— Et ?

— Judith voudrait que je vienne le voir à New York.

— Et sa femme ?

— Elle est partie d'un cancer de la rate voilà deux ans.

— Je peux m'occuper d'Elsa. Elle acceptera ton absence pendant plusieurs jours.

— Je sais. Mais j'ai peur. Ce genre d'amour a la dent dure. (Elle caressa le visage de Lola.) Je pense que tu le sais.

Elle se redressa et Lola retint sa main. Elle repoussa les cheveux de sa fille :

— Ne me dis rien. Quelle que soit ta décision, Lola, elle t'appartient. Moi, on a décidé pour moi.

Sa mère se dirigea vers la porte où, la main sur la poignée, sans vraiment se retourner, elle poursuivit :

— Je me suis construit une tombe pour enfouir mes secrets, pensant que c'était le meilleur moyen pour que l'histoire ne se répète pas. Aujourd'hui, il me semble que toutes ces choses qu'on ne dit pas ne cessent pas d'exister. Comme si elles imprégnaient mon corps. Je ne sais pas si je te les ai transmises, ou si elles s'enfuient, mais j'ai peur qu'elles se répètent indéfiniment. Je veux que tu sois libre, Lola.

36

Lola demeura dans la pénombre à mesurer l'inattendu et l'insoupçonné. Leur immense pouvoir et les conséquences qu'ils tissent en sourdine. Pourtant, de façon irrémédiable, elles finissent par remonter à la surface comme une goutte d'eau prisonnière d'un iceberg que le réchauffement climatique aura libérée. L'état solide, puis liquide et enfin gazeux. Un avion qui voyage dans le ciel. Le piège d'un regard brûlant. Des particules en suspension, mauvais souvenirs et joies. Tristesse et bactéries. Petits bonheurs et poussières de toutes sortes. La condensation se met en place et les nuages se forment. Se déplacent au gré des vents. Mais si jamais ils s'élèvent trop brusquement, les gouttelettes se métamorphosent en une glace lourde qui s'abat et brise ce – et ceux – qu'elle rencontre.

On explique que c'est le cycle de l'eau qui subit les caprices de la météo. On devrait également envisager l'inattendu et l'insoupçonné qui ont tous les deux le pouvoir d'emprisonner ou de libérer les impuretés, les souvenirs incandescents, légers ou glacés. Les secrets, les passions comme les mensonges.

Quel que soit le combat qu'ils livrent avec la gravité, tôt ou tard, ils investissent les microfissures des âmes, des cœurs ou même celles des murs. Alors ils se mettent à suinter telle une créature monstrueuse. Cette créature fait peur. Parce qu'elle pose des questions et exige des ultimatums.

Pour ne pas que l'histoire se répète sur mes enfants ?

Lola fermait les yeux. La voix fragilisée de sa mère flottait dans la chambre. Le dernier regard de Franck, avant qu'il monte en voiture. Celui qu'avait Bertrand sur la photo que les médias n'avaient cessé de diffuser. Il souriait, il ne regardait pas l'objectif, mais plus loin.

Alors la jeune femme attrapa son téléphone et composa le numéro de son mari. Qui était en ligne. Le répondeur lui déroba tout son courage. Elle ne savait pas trop ce qu'elle aurait dit s'il avait décroché, mais certainement pas : « Je vais rester encore ici. Maman a besoin de faire un voyage. Rappelle-moi dès que tu peux, c'est important. »

Elle regarda dans le coin face à elle. Une ombre s'y dressait les bras croisés et Lola l'entendit dire que la honte ne la quitterait plus.

À 3 heures du matin, elle tournait encore dans son lit. Mille fois elle voulut rappeler, mille fois elle perdit ses mots. Elle remonta le drap sur ses yeux. Sur ses larmes. Elle se savait lamentable et, à cet instant précis, Lola aurait *tout* accepté pour que ça cesse enfin.

37

De l'autre côté du Rhin sombre, large et profond, à la même heure, Franck ne dormait pas. Il venait de se coucher et fixait depuis son lit la fenêtre qui se découpait sur l'obscurité. Des calculs et des lignes lui vrillaient la tête. Des tracés noirs corrigés en rouge. L'envie de faire mieux, la volonté d'être meilleur. *D'être à la hauteur de mon honneur*. Il avait autant d'adrénaline dans le sang que lorsqu'il avait envie de faire l'amour à Lola. Couché au fond de son lit, il se focalisa sur les plages d'Honolulu, sur le soleil qui enflammait la mer au crépuscule après avoir doré le dos de sa femme dormant pendant des heures. *Ce serait cool d'y emmener les enfants, un jour*. L'eau serait idéale pour apprendre à nager. À pêcher. Il leur construirait une cabane avec les palmes tombées ici et là. Il prendrait du temps pour leur en donner… *Dès que j'aurais réglé la question de ce nouveau procédé.*

L'ingénieur vérifia mentalement ses corrections écarlates, tournant et se retournant dans son lit. L'aube rougirait bientôt les nuages. Selon ses nouveaux calculs, ces premiers rayons seraient pris en compte. *Aucune perte jusqu'au crépuscule. Toute cette énergie*… Elle imprégnerait tous ces kilomètres de routes noires qui la conduiraient directement à des centrales électriques. Ça semblait tellement évident. Il fallait que ça marche. *Putain de Bon Dieu de merde !*

Il ricana. Mais ne put empêcher la voix de crécelle de La Mégère de résonner à son oreille. Comme lorsqu'elle disait avant qu'il s'endorme enfant : « Il faut être naïf pour croire que la lumière chasse un monstre. Quand il s'installe chez toi, il te suit pour la vie. Et pas la peine de regarder sous ton lit, il n'aime que les coins. »

Franck jeta un œil dans le coin gauche. Les bibles étaient posées sagement sur la chaise, dans l'angle des deux murs. Il se leva dare-dare, les attrapa à deux mains, fonça à la cuisine pour les balancer dans la poubelle. Mais au dernier moment, il se ravisa. Il les plaça bien en vue sur le comptoir pour que *je n'oublie pas de dire à mes enfants que c'est Reine le monstre. Oui, c'est ce que je leur transmettrai*.

Il avala un verre d'eau glacée. L'horloge du four affichait 3 h 34. *Où donc ma très belle belle-mère a-t-elle envie d'aller ? Seule ?* Elle ne partait jamais. Il imagina un voyage au bord de la mer. Les Maldives. Les Baléares. La Tunisie. *Plutôt Cabourg*. Puis se ravisa. *Non, pas en janvier*. Son intuition et sa logique lui chantaient que ça sonnait plutôt comme un face-à-face, *le retour d'un homme*. Franck, qui était très curieux de nature, eut une folle envie d'entendre des explications sur le surprenant voyage de Mamie Géraldine.

Seulement les chiffres sont les chiffres et le réveil indiquait 3 h 36.

L'ingénieur ouvrit la fenêtre pour baisser le volet récalcitrant. Un vent froid le frigorifia. Il se précipita sous les couvertures. Dans le noir. Et se demanda ce qu'il faudrait changer dans sa formule pour que les rayons de lune soient pris en compte…

38

Bertrand ne dormait pas non plus. Pas parce qu'il avait parlé avec Daphné deux jours plus tôt mais parce qu'il avait donné sa première interview depuis sa chambre d'hôpital à un journaliste du *Monde* via Skype. Il repassait ses mots un à un :

— Oui, c'est arrivé en Ouganda, à une vingtaine de kilomètres de la frontière avec le Kenya. Je n'ai jamais eu une idée précise des lieux où j'ai été enfermé. Je ne sais plus combien de fois j'ai été déplacé. J'ai été échangé à plusieurs reprises. Je n'ai jamais compris à quoi je servais ni à qui je pouvais être utile. Je suppose être resté en Afrique de l'Est. Je sais que les autorités travaillent à comprendre, moi je ne suis pas certain que tout ça ait un sens.

Le jeune homme avait confessé une certaine naïveté, mais aussi la volonté de continuer son travail. Non, il n'avait pas été en contact direct avec d'autres otages. Plusieurs fois, il avait pressenti qu'il valait mieux ne pas poser de questions. « J'ai lu ce qu'on m'a contraint à lire. Je ne faisais rien si ce n'est compter les fourmis ou classer les cailloux. » « Avez-vous pensé à vous évader ? » Bertrand avait songé à Lola puis dit : « Le jour où j'ai sauté du véhicule. J'ai tout perdu. » Il n'avait pas parlé des coups de pied gratuits, ni du seau pour chier, ni des promenades liens aux pieds, ni de la cagoule puante, ni du manque de lumière, ni de cette soif abrutissante. Ni de tout le reste… Les images surgissaient de nouveau, étouffantes.

Quand Michel Dormand lui avait demandé si c'était le désir de retrouver la liberté qui l'avait tenu en vie, Bertrand fut submergé d'émotions. Il avait perdu l'habitude de s'exprimer, il aurait voulu trouver les mots adéquats. Parler et penser plus vite. Mieux. Dire : « Vivre avec la femme que j'aime. »

— M'autorisez-vous à écrire que vous n'avez pas supporté qu'on vous vole votre liberté, et qu'alors vous l'avez reprise ?

À nouveau, l'ex-otage était resté muet, cloué par ce qui l'envahissait. *Lola m'a sauvé.* Mais maintenant qu'il était hors de danger, elle lui semblait inaccessible.

— Bertrand ?

— C'est une belle conclusion.

— Une dernière question, si vous me le permettez. Votre avenir ?

— Ne jamais parler de ce passé pour oublier.

Dormand avait rédigé son article en respectant les idées de Bertrand. Il parut le 9 janvier, en première page, avec une photo du jeune homme crâne rasé, amaigri, visage sec, regard droit dont l'ex-otage avait accepté la diffusion parce qu'il l'avait prise lui-même. Il titrait : « Ne jamais parler du passé pour oublier. »

39

Le 9 janvier 2012, à 6 h 50, le portable de Franck retentit. Il freina comme une brute sur l'autoroute qui avait été déneigée et salée pendant la nuit et s'arrêta sur la bande d'arrêt d'urgence. Il vit simultanément le visage de Lola s'afficher sur son écran ainsi que les deux traces noires de caoutchouc qui n'avaient aucune chance de se disperser avant longtemps. Il ne pensa pas que ce genre de conneries affaiblirait le rendement de son revêtement parce qu'il en avait tenu compte et l'avait intégré dans ses calculs. Non. Ce que Franck sut – dans ses tripes – était ce que sa femme allait dire. Et qu'elle articula :

— J'aime un autre homme.

Il vit chacune des pièces du puzzle tomber en place. L'image devint claire. Sans équivoque. Vivante et en 3D. *Elsa et le monsieur-qui-mange-les-oranges.* Le rouge des joues de Lola. Son regard. Son malaise l'année passée. La photo de l'otage en contrechamp pendant des mois dansant comme une satanée ombre dans un coin de sa mémoire. Cette persistante impression de l'avoir déjà croisé quelque part. Ce type était sorti de la chambre 2204 et il l'avait pris pour un ami d'Astrid. *Et cet enfoiré qui m'a fait un signe de tête !*

Au même moment lui revinrent les paroles de La Mégère : « Épouse-le ! Et je prierai pour que tu lui pourrisses la vie jusqu'à son dernier jour ! » Franck s'entendit dire :

— Bertrand Roy.

— Oui.

— Quand ?

Lola demeura sans voix.

— Quand ? hurla-t-il. Je veux savoir !

— Quand tu es parti enterrer ta vie de garçon. La porte de la cuisine a claqué et la poignée est tombée. J'ai sonné chez Daphné pour demander un tournevis. Il a ouvert, je ne l'avais jamais vu avant.

Les électrodes envoyèrent un blast monumental. Son mari eut le souffle coupé. Lola ne trouva aucun mot pour justifier ou demander pardon. Aucune explication n'était possible hormis « c'était inattendu et insoupçonné ».

— Franck ?

Il raccrocha. Il ne pouvait pas demander ce qui lui brûlait les lèvres par téléphone. Il voulait voir les yeux de Lola lui répondre quand il demanderait : « Il t'a baisée mieux que moi ? » Il démarra avec l'envie féroce de faire demi-tour sur l'autoroute et de la remonter en sens inverse jusqu'à la sortie précédente pour aller encore plus vite poser cette putain de question à cette putain de gonzesse qu'il avait épousée pour la vie et qui… et qui…

Son téléphone vibra.

— Salope ! hurla-t-il en décrochant sans regarder qui appelait.

— *Was sagen Sie ?* répondit Metzer, le gardien de nuit qui annonça qu'une explosion avait eu lieu au labo et que Kaminsky était à l'intérieur.

Franck ne sortit pas de l'autoroute. Il appuya sur l'accélérateur et vit les flammes bien avant d'arriver sur le parking. Il bouscula les pompiers pour monter. Alors une seconde explosion retentit. Elle souffla l'ensemble du bâtiment.

40

Lola était assise dans la cuisine à la table. Elle n'avait pas bougé depuis cette seconde où elle avait avoué. Où Franck avait compris. Elle regardait son téléphone, posé face à elle. Elle voyait la situation parfaitement. Elle savait qui était responsable, *moi*, comme elle savait aussi qu'elle ne pouvait agir différemment pour la simple et bonne raison qu'elle – et personne d'autre – avait été clouée dans ce lit d'hôpital à conduire une grossesse éprouvante.

Elle aurait voulu avoir le choix, une autre vie, une autre enfance, le courage, le caractère de Daphné ou même celui de Natacha, remonter le temps pour partir avec Bertrand au Tibet. *J'aime cet homme sans comprendre pourquoi, sans pouvoir y échapper. J'aurais dû te le dire, Franck. Je l'ai su tout de suite, mais je n'ai pas voulu y croire. Non, j'ai eu peur d'oser y croire, de t'abandonner, de briser notre mariage, toutes ces choses qui s'étaient enchaînées depuis des années. J'ai pensé avec une naïveté idiote que je l'oublierais... Je l'ai revu par hasard dans un avion pour Moscou un an plus tard. Jamais depuis l'aéroport. Je n'ai pas de nouvelles. Je ne sais pas quand il m'en donnera ou s'il veut encore vivre avec moi. Je n'ai pas cessé de t'aimer mais je ne veux plus continuer à vivre comme ça.*

À 7 h 20, son portable vibra. L'indicatif était allemand. Un responsable de Bayercom annonça que son mari avait été très gravement blessé dans l'explosion du labo.

L'institutrice livide marcha jusqu'à la fenêtre et fixa les feuilles qui tourbillonnaient maladroitement avant de tomber n'importe où. Sans cohérence. Sans aucune chance d'amortir leur chute. Les gamins eurent l'impression qu'elle restait silencieuse pendant mille ans et pas un n'osa bouger de peur de basculer dans un monde d'où il est impossible de revenir.

1

L'hôtel où Bertrand poursuivait sa convalescence se trouvait sur Tumbatu, une toute petite île à une encablure au nord de Zanzibar, au bord de l'océan Indien. Il y était invité avec sa famille. C'était l'oncle de Daphné, Alexandre Delatour, avec lequel il s'entendait bien, qui le lui avait proposé.

« Je connais un endroit que tu aimerais, tranquille à l'écart, la vue est belle. Le propriétaire est un très bon ami. Tes parents et toi pouvez prendre du temps pour vous. Paris va être fatigant. » « Pourquoi pas », avait dit Bertrand couché dans son lit d'hôpital à Khartoum, l'appareil-photo-cadeau de Xavier entre les mains. L'instant d'après, il avait commandé : « Assieds-toi en face. Sur le lit. Regarde-moi. »

Jour après jour, plus ou moins fiévreux, le jeune homme avait réalisé une multitude de portraits à l'hôpital, des toubibs, de son frère, des soignants, des meubles, de ses parents. Des rideaux blancs qui se soulevaient, à toute heure.

De la fenêtre sans rideaux. Il travaillait en numérique, il avait perdu confiance en ce qu'il voyait, il avait besoin de se jauger et ne se faisait aucun cadeau. Mais l'envie était là, vivante. Elle titillait son besoin d'extérieur, de lumière, de soleil, d'espace, *sans mur ni porte ni barreau.* Elle faisait passer le temps pendant que lui se remettait. Réfléchissait.

Il y avait d'abord cet article du *Monde* que son père avait lu à voix haute quand Dormand l'avait envoyé par mail. « Ne jamais parler du passé pour oublier. » Bertrand comprenait la mécanique du titre, mais savait qu'il n'avait pas articulé exactement ces mots. Qu'allait comprendre Lola ? Ses mains s'étaient mises à trembler, il les avait placées sous sa tête. Encore fallait-il qu'elle lise un journal français en Allemagne... Il avait fermé les yeux et entendu des voix d'enfants. Avait-elle appris à vivre sans lui ? Imposerait-elle *ça* à ses enfants ? Quand allait-elle répondre ? Revoir Lola devenait effrayant. Avait-elle aussi peur que lui ?

Est-ce que tu m'aimes encore ?

Et puis, trois nuits plus tard, le 12 janvier, Bertrand avait entré le numéro de suivi. Sa carte était toujours « en cours d'acheminement ». Il avait soupiré mais eut l'idée de consulter le site de Bayercom pour voir si Franck Milan faisait toujours partie de l'organigramme. Il avait alors lu que toute la société soutenait l'ingénieur et sa famille dans ces moments difficiles. Il ne reprendrait pas ses fonctions avant plusieurs mois suite à l'explosion du laboratoire. Des articles dans la presse allemande expliquaient qu'il avait été plongé dans un coma artificiel parce que brûlé sur une grande partie du corps. Bertrand avait vu Lola lui tenir la main. Se pencher sur ses blessures. Il avait refermé son ordinateur. Sa décision était prise. Aux aurores, Bertrand avait questionné Xavier. « Ouvre le lien que je viens de t'envoyer. » Dix minutes plus tard, son frère avait rappelé : « Je tablerais sur six mois. » L'instant d'après, le photographe avait recontacté Alexandre Delatour.

« Le temps reste un allié », répétait sa mère. Et l'océan Indien devint son compagnon du matin. Bertrand fit quantité de clichés, tôt sur cette plage privée. Il marchait pieds nus dans le sable. Son short flottait, il resserrait sa ceinture des crans plus haut, mais à la vérité, il ne se voyait pas tel qu'il était. Perdre du poids, en reprendre… Cheveux longs, rasés, barbe ou pas. Il ne s'était jamais vraiment regardé, lui. Ce qui l'intéressait était autour. Ce qui le préoccupait était ailleurs. Et une fois encore, il fallait que les journées défilent.

Le jeune homme se disait qu'il avait eu un entraînement récent *de compétition !* Une idée à la fois… Sentir ses pieds marquer le sable, écouter le bruit de ce sable aux aurores, s'accroupir pour capturer les ombres dans son empreinte, les bulles, les reflets sur les vagues molles. Goûter le sel de l'océan. Marcher dans l'eau *à mon rythme.* Admirer la ligne de l'horizon. Sentir les carreaux hexagonaux, rue Hector. Plonger dans son objectif pour ne plus penser à cette carte qui n'avait toujours pas été réceptionnée. Il se préparait tous les jours à découvrir une mention assurant sa délivrance. Elle se profilait déjà comme une nouvelle angoisse. *Est-ce que Lola me répondra ?* La réponse tombait : *Franck est brûlé.* Bertrand ne pouvait franchir cette pensée, il rentrait pour petit-déjeuner en famille.

Sa mère surveillait son assiette, souriait. Lui attendait des confirmations pour évoquer sa décision. En faisant du bateau avec Marc, en pêchant au beau milieu d'une eau turquoise, en nageant avec sa mère. En regardant la lumière au fil des heures, en la photographiant. *En attendant de te revoir, Lola. En attendant que tu me répondes.*

Par miracle, la vie avait fait que Xavier était médecin. Dans la pénombre de sa chambre, avec deux ou trois bonnes bières, celui-ci avait livré ce qu'il savait de la psychologie humaine. Bertrand l'écoutait comme un grand frère. Sans contester une idée, sans que ce grand frère joue au grand frère. Le toubib, comme le militaire, avait les mots, les phrases pour ce qu'il traversait. Ils collaient parfois exactement à ce que Bertrand ressentait. Et ça, c'était déjà pas mal. « Beaucoup. »

— Quant à cet... amour qui t'habite, dit Xavier un soir, je ne sais pas. Je n'ai rien appris dans les livres ou pour l'avoir vécu moi-même. Éprouvé est peut-être le terme adéquat... Je l'ai vu chez des patients, c'est assez peu fréquent. Je ne sais pas si c'est par chance.

Ils se dévisagèrent.

— Ils ne disent jamais grand-chose, mais ils ont ce qu'il y a dans tes yeux.

Bertrand se leva, ouvrit le frigo et passa à la vodka. Il dit après un long moment : « Un autre jour, Xavier. »

Cet autre jour ne vint pas. Parler de Lola ou de l'année écoulée était insupportable. Le photographe écoutait les conversations de ses parents. Ils avaient la délicatesse de ne pas le questionner. Ils étaient là, tous les quatre, ensemble. C'était de bons moments en famille auxquels le jeune homme avait – de façon exquise – le sentiment d'appartenir. Oui, les choses avaient changé, chez tous. D'ailleurs, un soir, Florence annonça une chose…

— … qu'on ne vous a pas encore dite. Ces quelques jours sont notre voyage de noces anticipé parce que j'ai décidé d'épouser votre père.

Marc dit « Enfin ! » et Xavier demanda pourquoi elle ne l'avait jamais fait.

— Est-ce que je le sais, moi-même ?

— Moi, je sais, corrigea son futur époux. On s'est rencontré, on a emménagé ensemble deux mois après et Xavier est arrivé dans la foulée, suivi de Bertrand.

— Voilà, le manque de temps !

— Je n'ai pas fini mon histoire.

Bertrand fixait le fond de son assiette, mais il souriait, ce qui n'échappa à personne. Son père expliqua avoir fait…

— … une demande, bague comprise – (« que j'ai toujours ! » précisa Florence) – mais votre mère trouvait que les robes ne la mettaient pas en valeur (« j'étais énorme ! »), le papier officiel inutile, la cérémonie, un cirque… Bref.

— Pourquoi maintenant ? demanda Bertrand sans quitter le point central de son assiette.

— Pour m'appeler Roy.

Il releva la tête.

— Je suis désolé de vous avoir infligé ça.

2

— Je ne vais pas rentrer avec vous, dit Bertrand à la fin du dîner, quelques jours plus tard.

— Quoi ? répondit son père, blême.

Florence n'était pas au courant mais sut en un claquement de doigts. Tout. Elle regarda son fils. Ils se sourirent.

— Bertrand est tombé de cheval, il remonte.

— Je reprends ma vie.

Son père se leva puis retomba sur sa chaise. Il n'avait plus de jambes. Il eut envie de pleurer comme un gamin terrorisé à l'idée de retraverser la forêt en plein jour. Il dit qu'il ne comprenait pas, ce que tous comprirent.

— Mon contrat court toujours et je veux l'honorer. Je veux poursuivre mon travail. Il faut que je gagne de l'argent.

— Bertrand…

— Sait ce qu'il a à faire, coupa Xavier. Et ce qui lui fera du bien.

— Je veux reprendre ma place, Papa.

Puis d'une voix plate/maîtrisée, implacable, il ajouta que la carte postale était arrivée depuis trois jours. Il se leva.

— Lola ne m'a pas appelé.

Plus tard, sa mère retrouva Bertrand dans sa chambre. Assis sur son lit. Il la regarda traverser. Elle ne dit rien mais le prit dans ses bras. Il resta contre elle. « Tu as pris la bonne décision. Travailler fera passer le temps. »

Les médecins des assurances n'émirent pas de réserve parce que les analyses étaient satisfaisantes, *Géo* ne fit aucune objection, mais imposa une protection armée sur certaines destinations. Le photographe avait convaincu Tristan, le rédacteur en chef, non pas de faire un numéro spécial sur les lacs, mais d'en traiter quelques-uns par mois, sur plusieurs numéros. « Idée validée. À condition que tu travailles à distance, en numérique. » « Je ne vois pas en quoi ce sera un problème. » « Je revois notre contrat et te l'envoie. » « Merci. » « De quoi ? »

Sa décision ne soulevait pas que des hourras de joie auprès des autorités, mais Alexandre Delatour était un homme persuasif. Il fit jouer ses relations, pendant que Bertrand reprenait des kilos et profitait de la salle de musculation avec un médecin personnel en guise de coach.

D'abord le Kenya, puis la Tanzanie. La Patagonie, le Titicaca, le Maracaibo, le Nicaragua, l'Islande et l'Europe.

Xavier répéta qu'en tant que professionnel, il devait reconnaître que son frère était « apte ».

Marc lui fit la gueule, discrètement mais durablement. Un matin, Bertrand entra dans la salle de bains où son père se rasait. Il dit face à lui, dans le miroir, d'un trait :

— J'avais cette bague que m'avait donnée un Indien, il y a dix ans. Il m'avait dit qu'elle racontait l'histoire de celui qui la porte. Je l'ai posée dans la main du type qui m'a enlevé parce qu'il me l'a demandé d'un regard. J'ai alors pensé que mon histoire prenait fin. Je la continue. J'ai besoin de me sentir libre sur les routes, Papa. Je ne veux pas attendre et devenir fou.

3

Quelques jours avant son départ, Daphné fit une visite qui ne surprit pas vraiment Bertrand. La jeune femme ne considérait pas qu'elle était née sous une bonne étoile parce que ces choses ne l'effleuraient pas. Elle profitait des circonstances, des gens, de tout, comme si c'était ce qu'il y avait à prendre de la vie. Son métier de journaliste mode la passionnait et elle y excellait. Elle avait du goût, de la curiosité, de l'audace, de la ténacité. Elle avait découvert une styliste africaine et la suivait depuis quelques années déjà. Le shooting de ses créations sur l'île voisine de Zanzibar était prévu de longue date parce que tout ça....

— ... se précise six mois à l'avance, expliqua-t-elle à table en regardant Xavier. Et il y a très longtemps que je suis Angela Basso. Je porte d'ailleurs une de ses créations.

— C'est une très belle robe, commenta Florence.

La jeune femme acquiesça, détailla longuement les tissus, leur provenance, la culture des cotons, « ces teintures naturelles »... Puis parla photos et souligna que Chloé Blain réalisait le reportage.

— Tu te souviens d'elle ?

— J'aime beaucoup ce qu'elle fait, dit Bertrand.

— C'est un travail exclusivement féminin, souligna Xavier.

— Celui-ci, oui. Et j'en suis très fière parce que le style d'Angela a quelque chose de très délicat et pourtant, elle travaille des toiles qui peuvent être rudes. Je voulais absolument une femme pour mettre en valeur ces robes. D'ailleurs, c'est à cause de Chloé que le reportage n'a lieu que maintenant, tout le monde se l'arrache.

Daphné monopolisa encore la parole. Mais ne rata pas une occasion de féliciter le courage de Bertrand. Elle expliqua avec franchise ce qu'elle avait fait avec d'autres journalistes en France pour « toi et les autres ». « On n'en parle jamais assez. Ou jamais comme il faut. Il faut le dénoncer encore et encore. Ne pas s'habituer. » Florence regarda son fils, qui écoutait sans rien dire puisqu'il n'y avait rien à ajouter.

Il était au courant du soutien constant et poli de Daphné qui jamais ne s'était imposée dans la maison de ses parents en son absence. Elle y était venue six fois au cours de leur longue « relation ». Lui n'y pensait jamais, elle avait une mémoire exacte du temps qu'il faisait, les deux fois où elle l'avait attendu devant la grille. Elle savait comment était sa chambre. Ils y avaient fait l'amour quatre ans auparavant, un après-midi d'été très pluvieux. C'était ce jour-là qu'elle avait rencontré Xavier et Jennifer qui arrivaient pour l'anniversaire de Florence, auquel Bertrand n'avait pas assisté.

À l'hôpital, sa mère avait été précise sur le nombre et la teneur des conversations. « Elles n'étaient pas inutiles, ni déplacées. » Comme ce soir, son fils n'avait pas dit un mot.

Ce soir, quand Daphné parlait, Xavier ne voyait pas ce mélange de douleur et de bonheur dans les yeux de son frère. Dans ceux de la jeune femme, il voyait de l'amour, enfin une autre forme d'amour. Il n'aurait pas trouvé les mots pour le décrire, mais il aurait bien aimé que Jennifer le regarde comme la jeune femme aux jambes musclées regardait Bertrand.

Il ne se demanda pas si c'était le lessivage des neuf ans de vie commune, non, c'était juste ce qui les faisait vivre ensemble. Un amour somme toute calme. Plus facile à vivre, à éprouver que celui de son frère pour cette Lola qu'il n'avait jamais rencontrée. Il se fichait pas mal de savoir si elle était la bombe du siècle, les choses ne fonctionnent pas comme ça dans la vie. L'amour, c'est l'alchimie de la rencontre entre deux personnes. Tout est question de chimie, le coup de foudre n'y échappe pas. Certaines relations humaines, aussi. Les neurologues le soutiennent. Les psychologues l'expliquent et Bertrand avait dit, un soir, au bar, le nez dans son verre : « Il y avait ce garde qui me donnait à boire quand j'avais soif, sans que je réclame. »

Xavier pensait à tout ça, mais il regardait aussi les jambes de Daphné. Qui admirait la volonté du jeune homme de vouloir reprendre sa place. « Tu as raison et, du reste, les choses te donnent raison puisqu'elles se sont mises en place, sans moi ! » Elle évita d'en dire plus. Elle ne voulait pas agacer le type fragile, bronzé, en chemise blanche, à qui les cheveux ras allaient plutôt très bien. Elle savoura son dîner en compagnie de toute la famille Roy comme un méga gros point, une avancée, une petite victoire, quelque chose en plus *entre lui et moi*.... Elle sourit avec justesse. Elle croisa et décroisa les jambes, toujours élégamment.

En plein repas, Bertrand demanda des nouvelles d'Untel et d'Unetelle. Daphné se montra précise.

— Ta rue, c'est la rue Hector ?

— Rue Daudey. Je n'habite plus rue Hector depuis longtemps.

Bertrand dit : « Oui, c'est vrai », mais elle raconta :

— Eh bien, l'épicier a eu une huitième fille. Que des filles, c'est fou, non ?

Florence expliqua très sérieusement avoir vu des familles à filles, et d'autres à garçons, « et je ne parle pas des familles à cons, même bébés ». Xavier approuva avec un sourire très charmant, sauf pour son père qui lui faisait toujours la gueule. Daphné dit en regardant Bertrand qu'elle avait rencontré à Roissy, l'année dernière, une amie de sa voisine hôtesse de l'air, Lola. « Tu sais, elle se mariait. »

— Elle a eu des jumeaux en janvier 2011, avec des prénoms qui ne vont pas ensemble. Lenny et Maria. Son amie m'a dit qu'elle est très heureuse de pouponner à Francfort, son mari codirige un labo qui développe son projet.

Madame Gianelli vit son fils se tendre parce qu'elle était sa mère. Bertrand n'avait pas bougé un muscle, son regard était droit, mais quelque chose en lui se déchirait. Elle dit comme ça que les grossesses gémellaires étaient souvent à risque. Daphné expliqua que ça avait été le cas de celle de Lola qui avait dû passer des mois couchée à l'hôpital, pour finalement donner naissance prématurément à des bébés petits mais bien portants qui seraient les seuls, elle ne pourrait plus enfanter. Florence osa dire que, parfois, c'était le couple qui s'achevait prématurément, dans ces circonstances. Daphné répondit, en souriant, à Xavier : « Heureusement que Franck est Franck, parce que séduisant comme il est, j'imagine que certaines femmes ont dû lui tourner autour en l'absence de Lola. »

Bertrand termina son verre de vin. *Elle ne sait pas qu'il a failli crever.* Son père demanda le prénom de la petite dernière de l'épicier, puis glissa qu'il aurait aimé avoir une fille et Bertrand partit aux toilettes, un – très – long moment. Il demeura debout à fixer l'eau au fond de la cuvette. Elle était claire. Quelques semaines plus tôt, il l'aurait bue avec délectation, même sans tirer la chasse. Il fit tomber le couvercle et s'assit dessus. Il ne pensait pas. Il était ailleurs comme il s'était entraîné à le faire pendant trois cent soixante-dix-huit jours. Cet ailleurs, aujourd'hui, lui faisait abominablement mal.

Quand il regagna la salle, ses parents étaient retournés à leur bungalow. Xavier bavardait au bar avec Daphné. Bertrand but deux bières très fraîches qui ne lui tournèrent pas la tête et partit se coucher. Un quart d'heure plus tard, la jeune femme consulta sa montre. Elle repartait tôt le lendemain.

— Et toi ? Tu rentres quand en France ?

— Dans trois jours, avec mes parents, puisque Bertrand repart la semaine prochaine.

— Il va assez bien ?

— Pour moi, il fait ce qui va lui faire du bien.

— C'est toi le médecin.

Xavier sourit, raccompagna Daphné à pas lents vers sa paillote.

— Il passe beaucoup de temps à regarder ses fichiers, poursuivit-il. Je crois qu'il a très envie de faire un livre autour de l'idée de l'eau.

Ils étaient arrivés devant la porte de la jeune femme. Elle dit qu'elle comprenait…

— … sans véritablement pouvoir entrevoir ce que ça peut être d'avoir soif.

Elle posa une main sur son bras, s'attarda dans son regard. « J'ai été heureuse de te revoir. » Puis disparut.

Quand elle fut certaine qu'il était loin, elle remonta la petite allée qui serpentait d'un bungalow à un autre. L'homme qu'elle voulait coûte que coûte était à quelques mètres, mais elle fit un prompt demi-tour. C'était une erreur de toquer chez Bertrand maintenant, comme ça.

Elle s'allongea sur son lit sous le ventilateur et réfléchit. En septembre prochain, leur romance/relation/amitié passerait le cap des onze ans… Bon, avec des gros trous comme dans le gruyère. Mais sa grand-mère disait que « chez nous, le gruyère sans trou n'existe pas ». D'ailleurs, cette femme pleine de bon sens dirait à cette minute : « Si tu veux quelque chose, fais ce qu'il faut pour. » Cette visite, ce dîner, voir Bertrand comme il était devenu avait fait un bien fou à

Daphné qui déroula son répertoire. Nom après nom. Elle ne connaissait aucun éditeur de livre d'art, mais la vie pourrait lui offrir l'occasion d'en rencontrer un, *si je m'y prends correctement*.

Elle régla son réveil aux aurores. Bertrand était un lève-très-tôt qui ne devait pas très bien dormir. Si Xavier le trouvait rétabli, elle l'avait trouvé cerné. Elle enfila une robe blanche légère comme un nuage, natta ses longs cheveux bruns, ferma sa valise. Elle marcha jusqu'à la réception, jeta un œil à la salle de sport déserte puis demanda un café. Le réceptionniste le lui apporta sur la terrasse face à l'océan. « Commandez-moi un taxi dans quarante-cinq minutes, s'il vous plaît. » Il faisait encore bien sombre, mais elle pouvait distinguer l'homme qui arpentait le sable au loin.

Non, Bertrand n'avait pas bien dormi parce qu'il avait songé énormément à Franck Milan. Le mari idéal, le gentil papa, le type séduisant, doué, brûlé… *qui a épousé la femme que je n'ai pas su retenir*.

Quand Daphné s'assit à côté de lui, il but le café qu'elle tendit, les yeux sur l'océan. Alors elle n'eut aucune hésitation et ne fit aucun geste parce qu'elle sut qui elle appellerait. Elle dit que Xavier lui avait parlé de son projet de livre sur l'eau. Les nuages nocturnes se déchiraient ici et là, le ciel apparaissait rosé, Bertrand suivit les reflets du jour sur les vagues. Il tourna la tête vers elle.

Elle sourit : « Mon taxi va arriver. » Elle se pencha pour lui faire une bise tendre et lui souhaita un très bon voyage.

4

Je voulais une autre chance. Je voulais améliorer mon revêtement... Mais j'ai reçu une paire de cornes en or massif et la vie sauve en prime. En somme, oui, j'ai obtenu cette autre chance.

Je ne sais pas quand j'ai merdé avec Lola. Si même, j'ai merdé. Mais je suis celui qui est cloué au lit dans le service des grands brûlés de l'hôpital de Francfort. Le pire, c'est qu'il y a des moments où un frisson de bonheur me parcourt mais il me laisse, en me désertant, dans un état de culpabilité effroyable. J'ai mis des jours à comprendre que certains m'appellent le Miraculé parce que seul mon côté droit, de l'épaule à mi-cuisse, est atteint, et d'autres le Chanceux parce que je suis gaucher. Mais la veine a un prix, je suis sourd.

L'enquête n'a pas révélé d'acte de malveillance. Le toit, en s'effondrant sous le poids de la neige, a provoqué une fuite de gaz. J'ai assez de calculs à reprendre pour me maintenir à flot. Johan Heiss m'assure que j'ai tout mon temps. D'après les médecins, il sera possible de m'appareiller prochainement. Je serai « réparé » d'ici quelques mois et, comme par magie, c'est à peu près le temps qu'il faudra au nouveau labo pour être installé.

Mon père prétend très mal que tout va s'arranger et ma mère pleure chaque fois qu'elle entre ici. Elle dit qu'il ne faut pas que Lenny et Maria aient peur de moi. Je sais qu'elle a raison. Lola ? Je ne l'ai pas revue depuis la mort de La Mégère, et voilà deux jours que je tiens entre les mains la demande de divorce. C'est moi qui ai refusé qu'elle vienne, et moi encore qui ai réclamé ce divorce.

La colère, la haine, la rancœur, le dépit, la tristesse, la culpabilité m'habitent. Chaque soir, je les place dans le coin de ma chambre. Je prie pour qu'au matin, un monstre les ait dévorés. Mais je les retrouve assoupis et en meilleure forme que moi. Oui, je voudrais les matérialiser pour pouvoir les balancer dans la poubelle des déchets hospitaliers. Peut-être alors aurais-je la force de comprendre ? Mais je ne le crois pas. Je ne crois pas non plus au temps. Mais au désastre. Je voulais un monde meilleur… Je voulais une autre chance et… ça, putain, je l'ai eue. Parce que si Lola ne m'avait pas cocufié, je ne me serais pas arrêté sur cette autoroute quand elle a téléphoné, je me serais garé sur le parking du labo avant Kaminsky. Je l'aurais traversé dans le noir en écoutant la neige crisser sous mes bottes et j'aurais eu le visage gelé en composant les chiffres du code. Aucune chance que je perçoive l'odeur du gaz derrière la porte que j'aurais – de toutes les façons – prise dans la gueule avec le blast. Et aujourd'hui, je serai à la place de Kaminsky, sous terre. Non. Je ne crois pas au temps mais au désastre. Je vou-

lais être meilleur et j'ai négocié le pire. J'ai souvent répété que seul le résultat compte. Je sais le poids de chacune des lettres de cette saloperie de phrase. Il m'écrase et je vis avec. Comme je suis obligé de vivre avec le fait qu'elle m'a menti du 5 juin 2009 au 9 janvier 2012. Je passe des nuits à faire le calcul sans y parvenir. Je me réveille en vie et sourd après avoir été aveugle. Elle m'a sauvé la vie et c'est précisément elle qui me tue.

Je sais que j'ai tué Kaminsky.

Mon avocat viendra demain. Je lui confierai les papiers. Je ne veux rien savoir, je ne veux rien comprendre. Parce que moi, Franck Milan, je ne pourrai rien oublier. Je pourrirai cet ersatz de vie qu'on essaiera de se reconstruire, si tant est qu'on le fasse. Je ne pourrai pas renaître. Tu avais raison, Mamie, je vais souffrir. Mais je ne suis pas mort. Je vais travailler, je vais reprendre ma place et, un jour, je m'occuperai seul de mes enfants pendant le temps que je réclamerai.

Je dirai à Lola que je lui dois la vie. Je reprendrai ce qui reste de la mienne.

5

Subitement, il y eut du bruit, des voix, des rires. Bertrand détacha les yeux de son écran et se pencha pour regarder par la porte de sa paillote qui donnait sur la plage. Une bonne trentaine de personnes investissaient le sable blanc comme des fourmis fondant sur un sucre. Et parmi elles, il reconnut, au loin, Chloé Blain à ses longs cheveux blancs. Elle sifflait comme un berger rassemble son troupeau. Des membres du staff de l'hôtel, des mannequins, de toutes les couleurs de cheveux ou de peau, des techniciens qui disposaient des barrières. Le spectacle s'installait sous son nez. Il replongea dans l'étude de ses photos.

Les deux prochains *Géo* traiteraient des lacs africains. Le rédacteur en chef lui avait laissé le choix, Bertrand aurait pu commencer par l'Amérique du Sud, ou l'Europe, ou même l'Asie, mais il voulait continuer. Ce qui impliquait de reprendre sa route là où on l'avait interrompue. De plus, l'appareil qui avait dévié la balle – celle se dirigeant droit vers son cœur – avait sagement gardé dans sa carte mémoire une série de clichés très bons du Victoria qu'il avait bien l'intention d'utiliser pour ce premier numéro. Il jugeait son travail, il regardait les portraits qu'il avait faits récemment, les lumières d'un instant sur un visage, une pensée.

Tous les gens ne se ressemblent pas, tous ne lui faisaient pas entièrement confiance. Certains regards se retenaient par timidité ou parce qu'ils avaient peur de voir *ce qu'ils sont*. Il y avait des secondes où des hommes, des femmes, des enfants, des vieillards lui donnaient plus, face à son objectif, qu'à n'importe quelle autre personne dans leur vie. « Je t'ai donné tout ce que je pouvais te donner, Bertrand. » *Je veux plus, je veux tout*. Il ferma les yeux, le regard de Lola quand elle l'attendait à Francfort flottait en lui. C'était bon, délicieux, douloureux, tendre, atroce, merveilleux... Ses parents rentrés en France n'avaient rien trouvé dans le courrier, pas un mot d'elle. *Et maintenant, Lola ? Est-ce que tu as encore besoin de moi ? Je voudrais voir tes yeux, pour le savoir. Pourquoi tu ne m'appelles pas ? Tu n'es pas prête ? Tu veux du temps ? Tu ne peux pas abandonner Franck ainsi... Est-ce que tu veux encore vivre avec moi ? J'attends de tes nouvelles, Lola.*

Bertrand se frotta le visage. La voix de Chloé lui parvenait, perçante. Il releva la tête, le groupe migrait à pas lents au bord de l'eau. Sous les quatre palmiers. Il ferma la porte de sa paillotte et marcha jusqu'à eux. Une très jeune femme d'un blond blanc exécutait avec docilité toutes les poses demandées par la photographe qui portait, avec classe, le short le plus court de la terre. Elle se tourna vers Bertrand et l'invita d'un clin d'œil à la rejoindre. Elle tendit son appareil, poursuivit ses directives, il déclencha une bonne dizaine de fois avant de le lui redonner.

— Suivante !

— Elle arrive dans deux minutes !

Chloé balaya les clichés, puis l'enlaça très tendrement.

— C'est bon de te revoir.

— Pourquoi vous êtes là ? Qu'est-ce qui n'allait pas à Zanzibar ?

— La couleur du sable. Trop blanc pour les robes blanches.

— Je ne vois pas de robes immaculées, souligna le jeune homme.

— Parce qu'elles arrivent à part avec Daphné et Angela. Entre toi et moi, quelle ch… Je parle d'Angela. Elle m'a fait une vie pendant ces trois jours avec ses robes blanches sur le sable blanc. Si Daphné n'avait pas dit que cette plage était blonde, je crois que je serais rentrée illico à Paris m'occuper de ma fille.

— Elle a quel âge ?

— Lili a cinq ans. Ma femme est une merveilleuse mère.

— Je veux faire les photos de votre mariage.

— Dès que la loi passe, mon cœur ! Je ne désespère pas des humains.

Bertrand sourit et Chloé fut assez réactive pour saisir ce sourire-là et l'immortaliser avant de se tourner vers la suivante. Elle mesurait près de deux mètres, écarta les bras selon l'angle imposé par la photographe et, dans sa robe orange identique à celle que portait Daphné, elle dessina sur la sable une ombre claire qui s'étira jusqu'au rivage.

Les vêtements attendus arrivèrent une heure plus tard, par bateau spécial. Angela trouva le sable « un peu pas assez *white* », si bien que les photos se firent sur une barque qui manqua de chavirer à de nombreuses reprises. Bertrand participa aux manœuvres de stabilisation. Daphné se tenait de l'autre côté, face à lui. Absorbée dans son travail d'organisatrice qui déploie tout ce qu'il faut de bonne volonté pour que les choses prévues se fassent. Angela était « la ch... » décrite par Chloé, mais avait un désir précis pour mettre en valeur son travail. Bertrand demanda à la photographe de lui passer son appareil. La modèle, une très jeune femme métisse aux yeux bleus comme l'océan, se figea en le regardant.

— *What do I do?* dit-elle désemparée.

— *Just look at me.*

Le jeune homme fit une seule photo depuis l'eau puis tendit le Pentax au type à côté de lui pour se hisser à bord. Il balança sa chemise mouillée n'importe où puis se baissa pour le reprendre. Un court silence se fit sur ses blessures. Il l'ignora et prit tous les clichés qu'il eut envie de faire.

Plus tard, quand la nuit s'était installée, il quitta le groupe pour marcher sur la plage avec Chloé. Ils bavardèrent de Paris, enfin, elle lui fit la conversation. Travail, technique, appareils, nouveautés, cancans, Lili, « Marina-ma-femme », l'appart boulevard Saint-Germain qui devenait trop encombré.

— On pense aller en dehors de Paris, une maison pour notre fille. Une rue où elle pourrait courir jusqu'à chez ses copines.

— Tu veux une bière ?

— Merci, je bosse demain et j'ai besoin de tous mes yeux. Si tu as envie, rejoins-moi… (Elle l'embrassa sur la bouche, sourit). Je parle de demain.

— Je sais, Chloé.

— Je te laisse mon mojito. Trop sucré pour moi.

Bertrand n'eut aucune idée du temps qu'il passa à écouter l'océan dans l'obscurité la plus totale. *No moon, no stars*. Franck. *Franck*. Quand il rouvrit les yeux, il se souvint que Daphné l'avait rejoint. Qu'elle s'était allongée près de lui. Il avait terminé le mojito d'un trait.

— Cette femme à qui tu penses est mariée, n'est-ce pas ?

— Oui.

Un très long silence s'était installé, double sur un seul transat. « Ça me fait plaisir qu'elle t'en fasse baver. » Il avait eu envie de jeter la journaliste dans les vagues le plus loin possible, mais ce n'était pas exactement ça qui s'était passé. Après, tous les deux avaient admis que « ça ne changeait rien » avant de s'endormir. Daphné n'était plus à côté de lui quand il s'était réveillé.

La première pensée qui le traversa fut, sans surprise : *Comment Lola regarde-t-elle Franck ?*

6

Lola n'avait découvert l'article du *Monde* que plusieurs jours après sa parution. L'accident de Franck l'avait plongée dans des heures noires. Les journées suivantes furent noires. Elles devinrent sombres et la jeune femme sut qu'elles le resteraient. Même si elle ne mentait plus, même si un pan de sa lourdeur l'avait quittée, il y avait désormais ces murs de vide au coin desquels se dressait un monstre de culpabilité.

Elle traversait le temps, rivée au sol devant un écran, à poursuivre ses recherches sur Google où Bertrand n'affichait rien personnellement. Elle relisait l'article, à différents moments de la journée et de la nuit, en espérant voir jaillir quelque chose d'autre que : « Ne jamais parler du passé pour oublier. » *Il veut m'oublier ?* Elle n'était même plus très sûre s'il s'agissait d'une question ou d'une affirmation. Elle regardait son portrait, ses joues creuses, ses cheveux ras, son regard où elle ne voyait que l'obscurité. Elle avait envie de frapper ceux qui lui avaient fait ça. De crier à la terre entière qu'elle l'aimait, de lui dire : *Pardon de t'avoir poussé à partir. Pardon pour tout.* Inévitablement, l'ombre de Franck surgissait. Elle ne l'avait pas revu puisque avant d'être plongé dans le coma, il avait exigé qu'elle déménage « ses merdes. » L'oncle de Lola avait fait l'aller-retour pour rapporter ce que Marie-Ange avait préparé. Tous ses vêtements, tous ceux des petits. Les jouets, les chaussures, les bijoux, les parfums, le maquillage, des babioles. Des tonnes de livres. Dix enveloppes dont aucune n'était de Bertrand. Aucun des albums photos qu'elle constituait puisque, comme l'avait dit sa belle-mère à son oncle : « Lola possède les fichiers. » Il avait assuré que les choses s'étaient « bien passées », Lola n'en avait pas demandé plus, son courrier lui parvenant régulièrement.

Cependant, sa belle-mère appelait tous les deux jours pour avoir des nouvelles des enfants et en donnait de son fils. Détaillées. Il avait subi deux très lourdes opérations et devrait en supporter d'autres. Chaque appel tétanisait Lola et la nuit, Géraldine laissait sa porte ouverte. Elle guettait sa fille, mais qui mieux qu'elle pouvait comprendre son silence ? Au matin, elle inspectait la poubelle. Aucune boule de papier froissée, aucun confetti. Elle savait que lorsque aucun mot ne peut être écrit, il faut juste être là.

Elle repoussa un premier projet de voyage à New York puis demanda à Lola si mars était agréable dans cette ville.

— Il va probablement faire froid. Regarde la météo avant de partir.

— C'est juste. Je suis idiote.

Sa fille, assise devant son ordinateur, la fixa.

— Tu as peur de revoir Benoist, Maman ?

Géraldine remonta ses cheveux dans sa pince puis dit très franchement :

— Oui. J'ai très peur.

— J'ai traversé Rives-sur-Marne pour voir si je reconnaissais la rue de Bertrand, dit Lola d'une voix qui déchira sa mère. C'est si grand. Je ne sais même pas de quel côté de la rivière ses parents habitent.

Elle savait parfaitement où et quand Lola l'avait vue puisqu'elles étaient assises ensemble sur le canapé en daim chocolat. La mère de Bertrand, en veste molletonnée blanche, répondait à un journaliste avec une fermeté indiscutable : « Mon fils n'est pas en France pour les mois à venir. Il travaille et voyage, libre. Je ne sais pas quand il rentre. Merci. » Géraldine avait vu le sourire de Lola qui avait dit sans se détourner de la télé : « Il a son regard. »

Lenny et Maria se mirent à crier plus loin et la jeune femme se leva. En passant devant Géraldine, elle dit que le caméraman avait cadré d'une façon où il était difficile de reconnaître la maison. « Je ne peux pas lui en vouloir. Je n'ai pas su demander ce qu'il fallait quand il le fallait. » Sa maman la suivit des yeux quand elle quitta la pièce et pour la première fois, elle songea à cet homme qui retravaillait, libre. *Il ne peut pas tout combattre en même temps.*

Elle marcha jusqu'à la chambre des petits pour dire cela à Lola. Elle était assise, sur le parquet châtain, les genoux repliés sur le côté, elle regardait ses enfants construire un truc indéfinissable. Géraldine s'immobilisa à la porte.

Jamais sa fille ne lui avait parue aussi belle, forte et fragile. *Elle est devenue une femme.* Qui interrogea sa mère d'un regard. Celle-ci prit une inspiration et demanda :

— Tu peux m'aider à réserver un vol pour New York ?

— Quand, Maman ?

— Eh bien, le plus tôt possible. C'est idiot d'avoir cinquante et un ans et aussi peur !

La maîtresse se retourna vivement. Elle afficha un grand sourire et colla aux élèves un devoir surprise sur des calculs de surfaces que personne n'oserait jamais imaginer dans la vie réelle.

1

Accroupi sur un rocher surélevé en Patagonie, en plein vent, devant le lac Argentino, Bertrand fixait la photo de Lola. Ses yeux, sa main gauche retenant une mèche, la dentelle, ce qu'elle laissait filtrer, le mouvement de celle-ci. *J'aime le vent. Et toi ?* On était fin mars, et *tu ne m'as toujours pas appelé*. Le jeune homme s'était habitué à cette idée. Il avait épluché quantités de scénarios. Allant de la carte réceptionnée par la femme de ménage, égarée, lue par Franck, détruite par Lola. Qui peut-être attendait que son mari aille mieux, que les enfants soient plus grands, *de savoir si notre amour passerait cette nouvelle épreuve...* Anatoli avait dit que l'espoir est une bonne drogue. *Pourquoi suis-je allé en Russie ?*

L'amour qui se mouvait en Bertrand lui vrillait le cœur et les tripes. *Parce qu'il n'est pas mort*. Il rangea Lola au chaud et fit des photos du ciel à cette heure de l'après-midi, *pour toi*. Puis du bloc de glace déchirée flottant à vingt mètres, des reflets du soleil jouant avec lui. Ses mains avaient retrouvé les gestes qu'il avait maîtrisés et son regard avait un amour plus grand de son métier. Et du monde. Le photographe observait tout, dans toutes les directions. Devant, derrière, dans les yeux, sous la peau des gens.

— Il faudrait rentrer, cria Alvaro, son guide.

— Je viens.

Le jeune homme sauta de rocher en rocher. Xavier aurait dit à sa mère qu'il allait bien, elle aurait répondu qu'il lui manquait encore huit ou neuf kilos mais qu'elle aimait ses cheveux de cette longueur.

Il grimpa dans le 4 × 4, posa son sac entre ses pieds. La photo était retournée dans la poche latérale de son pantalon, contre sa cuisse droite. Alvaro lui jeta un regard, puis lui demanda si le lendemain, il était partant pour une longue balade à cheval.

— Où ?

— J'ai envie de te surprendre et de t'emmener là où les voitures ne passent pas.

— Parfait.

Bertrand fixa la route, un point devant. *Surprendre… Est-ce que j'ai encore envie d'être surpris ?* Il se tourna vers Alvaro, puis sourit. Non, cet homme n'était pas du genre à tendre un guet-apens. Il dégageait ce quelque chose que le photographe avait rencontré chez Anatoli et chez Sadi. *Non, je n'ai jamais douté de toi. Je ne t'en veux pas. Je suis désolé pour toi*. Quant à son fils… Abouo n'avait toujours pas été retrouvé, Buma et Kafi non plus. L'enquête avançait, comment ? Le photographe s'en fichait à la vérité. Il était ailleurs, il reprenait confiance dans ses sensations. Il sourit et Alvaro se mit à chanter.

Il avait des cheveux de jais qu'il n'attachait que sous le vent. Il travaillait dans la ferme familiale, devenait guide « quand je le sens » et peignait « un peu, le reste du temps ». Il était marié et, parfois, emmenait son fils de cinq ans avec lui, pour lui apprendre « à sentir l'air ». Il avait ce même amour pour sa terre, ce lien avec tout ce qui l'entourait. Mais c'était plus léger. *Peut-être parce qu'il est plus jeune*.

— Ce soir, on va fêter tranquillement mon anniversaire, on se couche pas trop tard et demain, on partira à cheval, au lever du soleil.

— Je me lève tôt.

— Je sais.

— Tu as quel âge ?

— Je vais avoir trente-deux ans.

Bertrand songea que lui-même en aurait trente-trois dans quelques mois, il demanda :

— Qu'est-ce que tu veux pour ton anniversaire ?

— Je suis un homme comblé. Je suis heureux ici, chez moi. Dans ce vent. Dans ces paysages. Je ne rêve pas de vie meilleure.

Il se tourna vers le photographe et ajouta d'une voix paisible : « *Soy aquí*. » Bertrand fit le portrait de l'homme conduisant, de trois quarts, à l'aube de ses trente-deux ans. Il l'exposerait un jour quelque part, le baptiserait « *Soy aquí* ».

— Tu as de la chance, dit-il en reposant son appareil sur ses genoux. Je crois que je ne vivrai pas ça.

— Pourquoi ?

— Je ne sais pas si j'en suis capable.

— À cause de cette photo ?

Bertrand ne sourit pas, mais quelque chose le traversa, comme à chaque fois qu'il pensait à Lola.

— Elle est la femme que j'aime.

Alvaro ne demanda rien. Il sentait que le photographe n'en aurait pas dit davantage. Du reste, avec sa voix et son regard, il venait d'en révéler plus qu'en une année de confidences. Peut-être était-ce à cause du vent qui soufflait les nuages, par-delà les océans, emportant dans leur sillage gouttes et émotions... Peut-être était-ce juste Alvaro et Bertrand, à cet instant, dans cet habitacle, face à toute cette immensité...

Le reste du trajet fut silencieux, le dîner ponctué de chants. Le Français s'excusa à la fin du repas.

— C'était délicieux, merci.

— On laisse la porte ouverte.

Dehors, la nuit s'était posée, partout. Nécessaire. *Elle est ma vie. Ma maison. La personne avec qui j'aurais été heureux.*

2

— Je suis heureuse pour toi, dit Lola quand Géraldine l'appela juste après ses retrouvailles avec Benoist.

La distance ne modifiait rien de la voix de sa fille, bien au contraire. À Noisiel ou dans les rues de New York, la tristesse de Lola sonnait aussi douloureuse. Sa mère s'arrêta devant une vitrine et se vit. Ou plutôt, elle vit l'ombre de son aînée déambuler d'une pièce à l'autre chez elle, un de ces enfants lui tenant un doigt, ou assise devant son ordinateur, ou encore à table, les yeux rivés sur les mains d'Elsa qui découpait son steak en morceaux réguliers. Son regard changeant, les années écoulées… *Où est son rire ? Quand Lola a-t-elle ri pour la dernière fois ?* Géraldine eut très peur, alors elle dit d'une voix nue :

— C'est difficile à comprendre, mais être à côté de Benoist a été réparateur. Il m'a reconnue puis s'est posté devant la fenêtre pour regarder le jardin en bas. Chérie, je m'en veux d'être si maladroite ! (Elle soupira.) Je suis troublée, un peu confuse avec ce décalage horaire et je ne sais pas comment te dire les choses, mais je crois… non, je comprends que le temps n'abîme pas tout.

— Combien de temps, Maman ?

Géraldine fit dos à la vitrine, regarda ses bottes dans la neige grise qui transperçait le cuir.

— Je ne sais pas. Je voudrais te le dire.

Les deux femmes demeurèrent silencieuses. Lola perçut une sirène de pompier comme si elle passait à côté. Quand le bruit s'évanouit, elle demanda quel temps il faisait à New York. Géraldine répondit qu'elle avait les pieds…

— … *in the snow*. Elsa dirait qu'elle est « grabouillée ».

Alors Lola sourit et sa mère aussi. Parce que la jeune fille faisait de leur vie une existence unique. Elle écorchait certains mots, en inventait, balayait les murs et se baladait d'un univers à l'autre en fredonnant, en faisant les gâteaux les plus audacieux. Elle ouvrait des portes, elle agrandissait le monde. Elle était heureuse, l'absence, le manque n'existaient pas et la mort ne lui enlevait rien. Et une bouffée d'émotion après, Lola dit : « *Have a nice day.* »

Après la sieste de Maria et de Lenny, le temps était trop maussade pour tenter une excursion poussette le long de la Marne. Mieux valait se contenter du jardin et des balançoires. Lola descendit jusqu'au portillon en bois qu'elle n'ouvrit pas. *Elsa a vu Bertrand au mariage. Pas moi*. Elle resta devant à regarder les lames de bois vernies, l'esprit arrêté sur cette porte. *Bertrand me manque. Bertrand est invisible. Bertrand me fait peur. J'ai détruit la vie de Franck.* Elle fit demi-tour et croisa le regard d'Elsa qui lança, les poings sur les hanches : « Des crêpes velours ! »

En quelques minutes, tous les quatre passèrent d'un ciel chargé de nuages gris et bas, à des crêpes blondes accueillant des nuages de sucre. Lola décida de noter la recette, étape après étape. Elle aurait aimé filmer ou photographier cette scène, mais Elsa ne l'aurait pas supporté. Alors la jeune femme prit soin de décrire avec des mots choisis cette façon qu'avait sa sœur de couler la pâte dans la poêle très chaude, de l'accompagner des yeux le temps qu'elle caramélise et de la retourner avec une facilité éblouissante. Elle conclut : « Elsa aurait pu devenir une grande danseuse, elle a des gestes magnifiques. » Puis Lola releva la tête, traversée par une pensée toute personnelle : *Je vais reprendre mon travail comme toi, Bertrand. Je ne repasserai pas sur long-courriers. Je regarderai la liste des passagers. Je ne te reverrai pas à bord, mais je sais ce que j'attends. Toi et moi, seuls, face à face. Je veux voir tes yeux comme dans l'avion qui nous emmenait à Moscou. Je veux cet instant. Je veux voir ce que tu ressens en me voyant.*

Elsa fit faire un double flip à la crêpe. Lenny et Maria applaudirent et ne grimacèrent pas quand elle ajouta le trait de jus de citron de Nice « sur la pluie de sucre brun ».

3

De retour de New York, Géraldine ne raconta pas grand-chose de plus et Lola ne lui demanda pas de détailler quoi que ce soit. Encore moins ses sentiments. Elle regardait sa mère qui avait un éclat différent. D'ailleurs, elle-même se sentait un peu différente. Tout prenait une envergure autre. Cependant, les choses n'avaient pas trouvé de solution. Deux ou trois fois, elle songea qu'Elsa avait de la chance. Elle ne vivrait pas l'horreur d'un amour absent auquel échapper était impossible. Benoist, Bertrand, Jean, Franck. *Les choses se répètent-elles indéfiniment ? Comment savoir si elles sont imprimées dans ma chair et dans celle de Lola ?* songeait Géraldine, assise dans son lit. Elle ouvrait et refermait un dictionnaire anglais-français, attrapant au vol un mot comme s'il pouvait apporter une réponse, et sursauta quand Lola poussa sa porte pour annoncer qu'elle récupérait le lendemain ses uniformes à Roissy.

— Parfait ! Je ne suis pas à New York !

— Tu apprends le dictionnaire ?

— Avec beaucoup de mal.

Sa fille sourit.

— Tu aimerais y vivre ?

— Moins qu'à Noisiel. Mais l'appartement que me laisse occuper Judith est très lumineux et les rues ont quelque chose qui me plaît.

— Moi aussi.

— J'aimerais pouvoir y aller avec toi, dit Géraldine en restant dans son regard. J'ai toujours pensé que tu avais fait ce métier parce que nous ne sommes jamais repartis en vacances après Elsa.

— C'était une idée de Natacha. Mais je ne l'ai pas regrettée.

Puis, après deux ou trois secondes, elle dit :

— Bonne nuit, Maman.

Elle tourna les talons, sa mère suivit ses jambes du regard, enfin le pyjama qui flottait autour de son corps. Elle allait chercher ses uniformes, *de quelle taille ?* Géraldine dormit mal. Elle se leva tôt, écouta l'eau s'écouler dans la douche puis entra dans la salle de bains dès que celle-ci s'arrêta.

Sa fille était nue, mouillée, beaucoup plus maigre qu'elle ne l'avait imaginé. Mais sa mère sourit, prit son visage entre ses mains, la regarda au fond des yeux et articula très clairement : « Tu n'es pas la méchante. »

4

L'ingénieur allait devoir vivre appareillé. *Bon...* Certains bandages tombèrent. *Bien...* La peau est un organe exceptionnel. Fascinant. Il serait réopéré dans quelques mois. *D'accord...* Il abandonna le fauteuil roulant pour des béquilles et marcha jusqu'au bureau de l'oto-rhino qui allait désormais le prendre en charge. Il entra en boitant et serra la main de la spécialiste.

Séance après séance, il se concentra sur les exercices et les réglages. *Entendre est précieux.* Il aimait la tonalité qu'avait la voix du docteur Bettina Hochbach au milieu du bordel sonore avec lequel il devait vivre. Elle eut un vrai sourire quand il demanda s'il pouvait se permettre de l'appeler par son prénom plutôt que par « votre nom-à-écorcher-les-oreilles-d'un-écureuil ». Elle répondit que ses jumeaux l'avaient contrainte à développer son sens de l'humour.

— J'ai des jumeaux, aussi. Une fille et un garçon.

— Ils ont quel âge ?

— Bientôt quinze mois. Et les vôtres ?

— Bientôt quinze ans.

Franck ne sut pas pourquoi il confia qu'il ne les avait pas vus depuis déjà trois mois parce qu'il était en plein divorce. Elle dit sur le même ton qu'elle était veuve. Son mari avait succombé à un cancer, six mois auparavant.

— Je suis désolé. Votre désastre ne ressemble pas au mien. Être veuve n'a rien à voir avec être divorcé.

— Non, c'est vrai, répondit-elle. Le chagrin doit rester une histoire personnelle.

Elle soutint son regard. Et, sans le baisser le moins du monde, elle lui demanda de bien vouloir appuyer sur le bouton rouge quand le son deviendrait intolérable.

Cet après-midi-là, Franck rentra dans sa chambre en songeant : *Le chagrin est une histoire personnelle.* Il posa ses béquilles et sortit du tiroir de sa table de chevet l'enveloppe kraft contenant les papiers du divorce finalisé. Il songea à ce regard, leur tout dernier, au milieu d'un jardin blanc. *Est-ce qu'on aime une femme pour la vie ? C'était quoi notre vie ?*

Lola accepta tout des conditions dictées par son ex-mari. Leurs rares échanges directs étaient écrits. Ils étaient au mieux difficiles, au pire… les mots ne s'effaçaient pas. Ils flottaient, ils distillaient des coups mais ils étaient bien plus supportables que le poids du mensonge. « Il a mis un préservatif ? » « Toujours. » « J'espère que tu te sens coupable. » Cette phrase était partie plus vite que Franck ne l'avait voulu. Elle écrivit, aussitôt : « Oui. »

Tous les deux étaient restés à fixer leur écran. Elle avait renvoyé : « Il faut qu'on parle. » « Je veux rien savoir de ce que tu ressens pour ce type. Je ne veux pas vivre avec ça. Je veux refaire ma vie. Je veux t'oublier. »

Deux jours plus tard, l'ingénieur exigea de voir ses enfants dès qu'il sortirait de l'hôpital. Lola posta : « Quand ? » « Je te tiendrai informée. »

Elle consulta ses mails avec une nouvelle angoisse. *De le voir, lui.* Elle montait à bord avec la certitude de ne pas découvrir Bertrand parmi les passagers et rentrait chez sa mère avec la crainte d'y habiter pour le restant de sa vie.

Natacha eut beau lui certifier que la roue tournait pour tout le monde – « La preuve, j'ai rencontré Théo ! » – Lola n'écoutait qu'Elsa qui comprenait *tout* et savait *tout.* Sauf évidemment la date idéale pour accompagner Lenny et Maria en Allemagne.

Après de multiples tergiversations – très anti-Franck –, l'ingénieur décida de passer la semaine avant l'Ascension à Paris, chez sa grande cousine, Philippine, en compagnie de ses parents. Lola déposerait Lenny et Maria puis reviendrait les chercher. S'il se passait une catastrophe, quelque chose d'insoutenable du style j'ai-peur-de-cet-homme-qui-dit-être-mon-papa, elle viendrait expliquer très vite *la merde dans laquelle tu les as plongés.*

Lola contint ses craintes et décompta les jours. Franck avait peur de ses propres réactions. Il était soupe au lait et catégorique, mais il avait le besoin impérieux de voir ses enfants. En chair et en os, autrement qu'avec Skype qu'Elsa faisait turbiner à merveille et qui lui arrachait des larmes.

Alors lui aussi décompta les jours. Lui aussi dormit mal, mais prit des résolutions. *Je ne veux pas paraître déplorable pour une seule et unique raison : mes mômes.*

Depuis combien de semaines ne les avait-il pas vus ? C'était terrifiant. Encore plus de la revoir, *elle*. Son médecin bouleversa ses plans en reportant une opération. Il l'autorisa à quitter l'hôpital. Ses parents étaient à la retraite, pourquoi attendre l'Ascension, pourquoi pas un gîte à la campagne plutôt que s'enfermer dans l'appartement parisien de sa cousine ? En quelques clics, Franck trouva un chalet en rondins en forêt de Fontainebleau et composa le numéro de Lola sans réfléchir au fait qu'il allait entendre sa voix.

Elle décrocha, il dit : « C'est Franck » au lieu de dire : « C'est moi. »

— Bonjour.

Elle se figea, le téléphone dans une main et le presse-purée dans l'autre, en l'air, au beau milieu de la cuisine de Noisiel.

— Comment vas-tu ?

— Je veux voir les enfants.

— On avait dit l'Ascension.

— Je veux du 26 avril au 3 mai. J'ai réservé à cinquante kilomètres de chez toi. Tu t'arranges.

Il marqua une pause, histoire de moduler son emportement. Lola attendit, immobile, suspendue au presse-purée, les yeux rivés au paquet de pommes de terre qui glissait inexorablement.

— Je veux savoir ce que tu leur as dit.

La purée s'écrasa sur le chausson de la jeune femme.

— Que Maman et Papa n'habitent plus dans la même maison mais que nous les aimons très fort. J'ai mis une photo de toi sur leur table de nuit.

— Une où je suis seul ?

— Oui. Dans le parc à Francfort.

Franck savait laquelle, le moment précis. Lola portait un jean très clair et un T-shirt blanc. Une photo n'est pas qu'une image, il y a cet instant autour, en dehors, qui reste ineffaçable. *L'autre con est photographe. Putain !* L'ingénieur raccrocha avant de ne plus avoir de voix. Lola envoya le presse-purée dans l'évier, suivi de son chausson. Elsa avait raison, balancer des trucs soulage à mort. Elle fonça faire les demandes nécessaires pour obtenir un congé. Il ne lui fut pas accordé sur-le-champ, mais à la vérité, elle s'en fichait.

Franck, lui, l'imagina dans un lit avec « l'autre con » et se convainquit de la fermer pour ne pas avoir à se battre pour revoir Lenny et Maria. Comme un aventurier pour un voyage périlleux, il allait se préparer à la voir physiquement dans le même espace que lui. Elle devait rester pour le restant de ses jours ce qu'elle était devenue : une étrangère avec qui il avait deux enfants. Mais une belle étrangère qui *m'a rendu heureux*.

Dans la chambre d'hôpital, quelque chose, aussi, vola. Une canne, qui emporta sur son passage le café qu'il avait oublié de terminer. Mais ça non plus, Franck Milan n'en avait pas grand-chose à faire.

5

Bertrand, son appareil à la main, attendait, debout, la seconde où le geyser islandais allait jaillir, quand il vit le numéro de Daphné s'afficher sur son portable posé au sol. Il ne décrocha pas. Il fit des photos moyennes, puis *la* dernière avant de rentrer. Il était trempé des pieds à la tête et frigorifié. Il n'avait pas de guide, il voyageait en tête à tête avec ses meilleures idées. Pas toujours excellentes. Il monta le chauffage à fond dans la voiture, parcourut des kilomètres en grelottant pour rejoindre son hôtel en front de mer. Il prit une douche brûlante, enfila son jogging délavé, se coucha sur le lit, grignota chips, biscuits sucrés, salés et insipides à la vodka.

La carte postale occupait une bonne partie de ses pensées. Aucune réponse n'était parvenue rue Haute. Du moins, il savait que l'enveloppe n'avait pas été retournée « N'habite pas à l'adresse indiquée ». Il savait encore mieux qu'il n'avait pas reçu d'appel de Lola.

Les jours de grande forme, il se disait que les six mois n'étaient pas encore écoulés. Les jours comme aujourd'hui, il regardait la télé et écoutait ses messages. Au beau milieu de détails techniques, de rendez-vous à venir, de sa mère, il entendit Daphné annoncer : « Je connais quelqu'un qui pourrait être intéressé par ce bouquin sur lequel tu travailles. Il s'appelle Max Delorme, il va t'appeler. » Le Max en question appela assez tard, le jour même.

— Je suis un ami d'enfance de Daphné. Je veux dire que j'ai passé toutes mes vacances avec sa famille depuis ma naissance jusqu'à ce que mes parents divorcent. J'avais treize ans, je la connais par cœur, je n'ai jamais couché avec elle par la suite, je précise. Elle a son caractère, mais je sais qu'elle a de bonnes idées. (Il sourit.) De temps en temps. Non, assez souvent.

Il marqua un temps, Bertrand ne fit aucun commentaire.

— Mon père éditait des BD, j'ai repris le flambeau depuis trois ans. Je sais qui tu es, j'ai déjà vu ton travail, et l'idée de ton bouquin sur l'eau m'intéresse. Je ne suis pas en mesure de te promettre quoi que ce soit, mais je voudrais savoir ce que toi, tu envisages.

Sans marquer d'hésitation, le photographe dit :

— J'aimerais quelque chose de fluide comme une promenade. Quelques textes, courts. Je veux qu'on sente l'eau. Je travaille là-dessus. Je veux beaucoup de photos, pleine page. Ce sera épais, riche. Il faut que les images n'aient pas besoin d'explication. J'en ai pas mal. J'en veux plus.

— Je veux te voir quand tu rentres.

— Je t'appellerai. Pas avant mai.

— Prends ton temps. Je regarde de mon côté.

— Merci.

Bertrand savait qui était la personne à remercier. Il le fit, sobrement. Daphné était assise dans son salon sur un canapé en velours ras lichen. Elle souriait et songeait que le téléphone est une merveille. Il amplifie le sourire, les larmes. Elle aurait pu pleurer de joie, aujourd'hui, parce qu'elle avait reçu un appel très positif concernant un avenir très encourageant/attendu/inespéré. Elle avait l'instinct de la bonne tenue et de ce qu'il fallait dire ou faire, de cette seconde qui offre un choix. Mais pour le diriger vers son objectif, son but personnel. Toutefois, elle ne dit que :

— Chloé veut que quatre de tes photos paraissent. Elle certifie que tu as été meilleur qu'elle avec la barque.

— Dans quel numéro ?

— Juin.

— Je vais l'appeler.

— J'ai vu ces photos, Bertrand, elles sont vraiment bonnes. Tu devrais envisager la mode plus souvent.

— Non. C'était l'instant.

Elle sourit et adora ajouter qu'elle ne parlait « que travail ». Il raccrocha.

Lola, pourquoi je ne sens plus tes mains ?

6

Marie-Ange ouvrit la porte pour accueillir Lola et les jumeaux. Franck, une canne à la main, en pantalon large et pull ample, attendait au bout du couloir, il ne la regarda pas un instant mais souriait à ses enfants. Lenny et Maria ne se montrèrent pas farouches parce qu'ils le voyaient tous les jours via un écran. Ils dirent « Papa ! », l'embrassèrent comme s'ils l'avaient quitté la veille et Lola ressortit pour aller récupérer la valise et la poussette. Elle ne vit rien du paysage, elle songeait que Franck avait les cheveux de la même longueur qu'à Noël, son sourire était le même, sa voix pour ses enfants aussi. Sa démarche était cependant très raide.

Elle empoigna les bagages et fit plusieurs allers-retours en se préparant à croiser ses yeux bleus. Marie-Ange lui désigna la chambre. Elle détailla ce qu'elle avait apporté, les lits de voyage... Lola n'écoutait que la voix de Franck plus loin, son rire qui se mêlait à celui des enfants, les souvenirs pleuvaient. Sa belle-mère dit : « Je suis sûre que tout va très bien se passer. » « Je vous ai fait une copie de mon planning. » « C'est à Franck que tu dois la donner. »

Lola le retrouva dans le salon, assis sur le canapé, avec les petits sur les genoux. « Je te laisse les carnets de santé et mes vols. » Il se releva, elle attendit qu'il s'éloigne pour embrasser ses enfants. « Maman revient dans neuf jours. » Et une pensée abominable la traversa. Franck l'intercepta, la décrypta et lui fit signe de sortir. Devant la porte, sous un ciel d'avril dégagé, il planta ses yeux dans les siens. « Je ne suis pas assez con pour enlever Lenny et Maria. » Puis il ajouta ce qu'il s'était évidemment promis de dire :

— Si je ne m'étais pas arrêté sur cette autoroute pour entendre que tu me trompais, je serais aujourd'hui dans la tombe de Kaminsky.

Lola encaissa sans un mot. Franck ne bougea pas. Il poursuivit avec ce qu'il s'était promis de ne pas dire :

— La Mégère avait raison. Tu me fais souffrir comme je n'imaginais pas être possible et je n'aime pas ce gâchis monumental qu'est devenue ma vie.

— Franck, je…

Il interposa sa canne, son regard :

— Je ne suis pas prêt à entendre tes excuses comme je ne suis pas prêt à vouloir te comprendre.

Le silence reprit sa forme et Franck fit demi-tour. S'il était resté une seconde de plus à la regarder, il aurait été obligé d'admettre qu'il l'avait trouvée aussi belle qu'auparavant et qu'elle ne le laissait pas indifférent. Que le gâchis l'obsédait. Il aurait été contraint d'avouer que, chaque jour, il se noyait dans des équations sans fin et qu'il entretenait sa colère pour qu'elle le maintienne à flot. Il aurait fini par dire qu'il était toujours convaincu qu'ils auraient pu y arriver. Parce qu'il l'aimait *encore*… Il aurait pu entendre ce qu'elle avait à dire. C'était envisageable, oui. Mais oublier ? *Jamais*.

Dans le chalet au milieu des bois, rien ne vola parce que Maria demanda sans un mot que son papa la prenne dans ses bras.

7

Je comprends ton regard.

Non, l'aveu de Franck ne soulageait en rien Lola, et les cinquante-six kilomètres du retour furent plus longs qu'à l'aller. Elle encaissa ses dernières phrases comme le prix à payer. L'absence de ses enfants comme *la conséquence de ma décision*. Par chance, elle s'envolait dans l'après-midi et n'eut que le temps de se préparer pour rejoindre Roissy. Elle dormit exceptionnellement à Lyon, repartit le lendemain pour Varsovie et de Varsovie, elle décolla pour Oslo. Ses émotions demeurèrent sous contrôle. Aucune hôtesse n'attrapait la liste des passagers plus vite qu'elle.

— Quelle star rêves-tu d'épouser ? demanda une collègue aux cheveux gris très courts.

— George Clooney, comme tout le monde ! répondit Lola en songeant très fort à cet instant : *Je ne veux pas te voir, Bertrand. Je te veux, toi.*

— Tu as l'air très amoureuse de lui !

— Bien plus qu'aucune autre ! lança Lola en souriant.

Le vol aller fut très agréable. Les passagers, l'équipage, la météo, les plateaux-repas, tout convergeait vers une légèreté joyeuse et la soirée à Oslo fut drôle, George évidemment. Lola referma la porte de sa chambre, balança ses mocassins comme si elle avait treize ans et activa Google. Qui, comme à son habitude, ne se montra pas hilarant et encore moins visionnaire. Elle empoigna son tricot noir. Parce qu'en escale ou à Noisiel, il occupait ses mains. Cependant, les rangs se montaient et se démontaient comme ses pensées, devant une télé allumée, sans avancer à la vitesse de la lumière. Songeant, ce soir, aux yeux de Franck... À ceux de Bertrand sur ce portrait du *Monde*, inquiets, francs, tristes. *Est-ce que tu pensais à moi ? Je te rends triste ? Je t'ai envoyé dans cet enfer... Je suis sûre que tu pensais à moi quand ils t'ont enlevé. Je veux savoir. Je veux te voir. Tu ne veux plus me voir ? C'est pour ça que tu n'écris pas. Je voulais juste que tu reviennes plus vite.* Lola jeta le gilet.

Je t'ai perdu et j'ai bousillé Franck alors que je voulais le contraire.

Elle saisit la télécommande et zappa. Pour tomber sur une fin d'émission norvégienne où ce n'était pas un pêcheur qui bougeait les bras avec grâce, mais une très jolie jeune femme blonde souriante et heureuse. Elle tricotait le pull dont rêvent les femmes du monde entier. Lola entendit la voix de Bertrand dire : « Et toi ? » *Je veux vivre avec toi.* Elle réempoigna le sien et termina les côtés du poignet droit. *Je suis sûre que je ne me trompe pas de taille. Ce gilet t'ira. Le noir, c'est ta couleur, Bertrand. Tes yeux, ton objectif. Monte dans mon avion, s'il te plaît. Il m'arrive de faire quatre vols par jour. Je vais à Moscou la semaine prochaine. J'ai mille choses à te dire. Écris-moi. Écris-moi. Écris-moi.*

Le lendemain matin, à la réception, ses yeux tombèrent sur une carte postale. Un drakkar noir dans un port. Qu'elle acheta. Leur taxi arrivait et Lola la glissa dans son sac. Le vol retour fut aussi agréable que l'aller et la liste des passagers dépourvue de tous les Bertrand Roy de la terre. Même si Lola songea en la consultant : *Je donne tous les autres à Daphné, je veux le mien,* ce n'était que parce qu'elle était sur le point de décoller et que, dans le ciel, la perspective est immense. *Les étoiles sont proches.* Le temps du vol, seulement.

Parce qu'à terre, sans ses enfants à câliner, la nuit s'annonça implacable et mille choses légères se chargèrent d'ombres et se transformèrent en larmes. *Où vont les larmes ?* Dans le Baïkal ? Par quel chemin ? Avec quel vent ? Elles traversent les murs qui font miroir ? Elles chopent au passage les vilaines idées pour nourrir les monstres qui résident dans les coins... Lola monta en courant dans la chambre d'Elsa et se glissa dans son lit. Sa sœur ne se réveilla pas.

Cependant, au matin, quand elle ouvrit les yeux, Elsa n'y était plus. Elle était assise sur son canapé, dans la salle télé de l'étage. Elle regardait *Tintin et les oranges bleues*, la tête à l'envers.

— Salut Lola-Lola !

— Comment tu fais pour regarder à l'envers ? dit-elle en s'asseyant.

— Tintin a une chemise bleue.

— Toujours. Ou jaune. Je crois que je lui ai déjà vu….

— L'orange a une chemise bleue.

Lola se plaça comme sa sœur et le professeur Tournesol dit que ce fruit pourrait pousser dans le désert.

— Dessert, corrigea Elsa, sérieuse. L'orange pousse dans le dessert.

Lola ferma les yeux. Elle songea aux oranges de Momo. D'où venaient celles qu'elle avait partagées avec Bertrand ? Elle se releva aussitôt pour ne pas y penser, mais elles la poursuivirent dans l'escalier et dans la salle de bains. *Je me souviens de tes mains quand tu les as épluchées. De leur goût, de ta bouche, des gouttes d'eau dans la douche. De ces heures où nous n'avons pas prononcé un seul mot. Je me souviens de tout - absolument tout.*

8

Le divorce fut prononcé sans que Franck ou Lola ne l'évoquent une fois lorsqu'ils s'étaient entrevus. Quelques jours après avoir rendu Lenny et Maria à une Lola qui avait ouvert les bras dans lesquels ils s'étaient précipités en criant « Maman ! » d'une voix qui lui avait fracassé le cœur, Franck décida qu'il ne voulait jamais remettre les pieds dans la maison de Saint-Thibault. Et le dimanche 6 mai à minuit, il posta un mail dans lequel il annonça : « 1. Je ne rachète pas ta part. 2. Pas en dessous de 450 000 euros. Je te reverserai la valeur du terrain et des meubles que je garde. »

À la vérité, il avait tergiversé devant son écran. Parce qu'il y avait un petit 3 qui disait qu'il ne signerait rien si « l'autre con, le salaud, Bertrand Roy, Roy, celui que tu me préfères, cet enfoiré, celui qui t'envoie plus haut que moi, celui qui a détruit ma vie » voulait acheter. Mais il effaça ce point pour la simple et bonne raison qu'il ne pouvait supporter de voir son nom. Encore moins de l'imaginer *sous cette verrière que j'ai dessinée pour te faire plaisir...* Franck cliqua sur « envoyer » et fila en clopinant en direction du frigo.

Sa mère surgit dans la cuisine et lui rappela que le lendemain, il repassait sur le billard pour une intervention sur son cou.

— Tu ne dois plus rien avaler à cause de l'anesthésie.

— Pourquoi tu ne dors pas ?

— Ton père ronfle. Mais ne t'inquiète pas, j'ai mis le réveil.

— Quel est le rapport ?

Elle planta ses yeux dans ceux de son fils qui dit :

— Merci d'être là.

— La Mégère m'a assez reproché de t'abandonner.

Franck retira ses appareils auditifs et dit sans s'entendre : « Bonne nuit, Maman. »

Elle le suivit des yeux. *Il boite encore beaucoup.* Elle caressa du bout des doigts une enveloppe enfoncée dans la poche de son gilet. Elle l'accompagnait depuis longtemps déjà, partout. Elle avait même fait le voyage jusqu'à Paris où elle s'était rapprochée tout près de Lola.

Lorsque Marie-Ange l'avait découverte parmi le courrier, elle l'avait d'abord posée sur la pile destinée à sa garce de belle-fille que son oncle allait récupérer. Mais le timbre aux motifs africains l'avait accrochée. Son intuition l'avait retournée. Elle avait blêmi puis rougi en lisant le nom de l'expéditeur. « B. Roy... » Elle l'avait ouverte, enfermée dans les toilettes. Il n'était pas nécessaire d'être passée par l'ENA pour comprendre que le photographe ne savait pas où la méchante était.

Marie-Ange avait hésité à la déchirer ou la montrer à son fils, mais elle l'avait cachée par peur que tous les morceaux ne disparaissent pas, ou pire créent un blocage que Franck devrait résoudre un jour lointain. Sur qui s'abattrait sa rage ? *Moi.* Marie-Ange avait opté pour *bien fait pour eux !*

Quand le lendemain, elle téléphona à Lola, l'enveloppe était dans son sac à main, sur ses genoux.

— Franck vient de sortir de la salle d'opération.

— Que s'est-il passé ?

— C'était prévu. Ils ont refait une pointe sur son cou avec un morceau de peau de sa cuisse gauche. Tu as dû remarquer que c'était très vilain ?

— Comment va-t-il ?

— Il est en salle de réveil. Le chirurgien nous a expliqué que tout s'est bien déroulé. Je te tiendrai au courant. Tu as vu son mail pour la maison ?

— Je l'ouvre.

— Tiens-nous au courant et embrasse très fort Lenny et Maria.

— Il y a du courrier pour moi ?

— Non. Tu sais très bien que tu as fait toi-même par internet les démarches pour le faire suivre et que j'ai tout donné à ton oncle.

Marie-Ange raccrocha avec une vraie satisfaction et Lola passa un bon quart d'heure à « lire » le mail qui avait sa voix. À penser à Franck qui n'avait rien dit de cette greffe quand ils s'étaient vus. Il ne l'avait pas non plus signalée dans ces quelques lignes. Il ne devait pas lui avoir demandé de la prévenir.

Sa belle-mère prenait des libertés depuis que Reine n'était plus de ce monde. Elle avait un peu son ton et la jeune femme songea à son père. *Je vais vendre ce terrain que tu avais acheté, Papa. Je ne peux plus vivre dans cette maison, tu comprends ? J'ai quitté Franck parce que sinon j'aurais perdu le contrôle, comme toi. Je crois que je ne t'ai jamais remercié d'avoir acheté cette terre et l'appartement rue Hector. J'ai dit à Bertrand que j'aurais dû continuer à aller à la pêche avec toi. Je me suis montrée ingrate, tu avais raison.*

Une minute plus tard, elle téléphona à son oncle, l'agent immobilier. « Pas de problème, je sais qu'elle se vendra bien. Le moment est idéal. »

— Si tu vois une petite maison, pas loin de chez Maman.

— Jusqu'où ?

Lola répondit, les yeux sur l'écran devenu noir. « Rives-sur-Marne. » Il remarqua : « Je parlais du prix, mais pourquoi pas Rives ! » La jeune femme sourit, puis courut dans la cuisine où Géraldine épluchait des légumes.

— Tu peux garder Lenny et Maria ? J'ai une course à faire.

Elle partit sans attendre la réponse. Dix-huit kilomètres plus loin, elle se garait sur le parking de la mairie de Rives. Était-ce parce qu'elle allait fermer dans les cinq minutes une veille de 8 mai que la réceptionniste fut mal aimable ? Ou parce que Lola demanda à voir le maire pour évoquer avec lui une question importante.

— Vous êtes Rivenaise ?

— Non.

— Alors ?

— Je suis une amie de Bertrand Roy et…

— Vous êtes journaliste, coupa la femme.

— Non. Non. Je suis…

— Si vous n'êtes pas une journaliste, vous êtes une amie qui n'a pas son adresse. (Elle avait des yeux détestables.) Mes amis ont la mienne et monsieur Roy souhaite avoir une sacrosainte paix. Du reste, il n'est pas rentré et j'ai des consignes pour ne pas communiquer ses coordonnées, alors même si vous me laissiez un mot, il finirait dans la corbeille avec les autres. Je vois toutes les semaines des amies-avec-les-mêmes-yeux-que-vous.

— Si je supplie ?

Lola fut raccompagnée jusqu'à la porte, mais elle ne rentra pas chez elle. Elle fila à toute vitesse au parc des Buttes-Chaumont. Il pleuvait. Elle se perdit mais retrouva l'orme. Oui, il existait, oui il avait fait chaud. *Ta chemise avait des boutons noirs. Six. J'ai trouvé ta peau très douce. Je sais sa couleur exacte sur ta poitrine. Personne n'est assis sous notre arbre, Bertrand. Je suis seule et je t'attends. Parfois, la nuit, je pleure parce que j'ai peur. J'ai acheté une nouvelle cafetière italienne à Rome, il y a deux semaines. Tu connais Rome ? Je pense souvent à l'oncle de Daphné. Le mien est agent immobilier, un peu lourd, mais gentil. Je suis sûre que tu t'entendrais bien avec. Il n'y a qu'avec toi que je voudrais vivre cent cinquante ans.*

Au retour, il faisait sombre et Lola se trompa de rue pour repérer sa voiture. Ses derbies en daim gris étaient détrempées, son jean à tordre, son parapluie l'inonda quand elle le replia. Elle grelottait et poussa la porte au moment où Géraldine s'apprêtait à coucher ses enfants. La jeune maman la remplaça, remonta la fermeture de leur gigoteuse. Lenny et Maria dirent : « Feux illés, Mama. » « Oui, il pleut. »

Elle joua un moment avec leurs peluches comme ils aimaient qu'elle le fasse. Leurs rires étaient chauds. Elle les embrassa, ils gazouillèrent et le firent encore dans le noir. Elle les écouta derrière la porte puis rejoignit la cuisine où elle se servit une assiette de ratatouille. Sa mère buvait une tisane.

— Je ne sais pas ce qu'ils se racontent, mais j'aimerais le comprendre. Je devrais demander à Elsa de me traduire.

— Elsa te dirait que ça ne te regarde pas et que les mères sont trop curieuses.

Les deux femmes se sourirent et Lola résuma son expédition, la mairie, l'orme, l'oncle de Daphné. Ce que Bertrand penserait de Jacques. Puis replongea le nez dans son assiette. Une bouchée plus tard, sans relever la tête, elle dit :

— Est-ce que tu pourrais revivre ça ?

Une très, très longue seconde se déroula. Géraldine retint son souffle parce que la peur dansait et virevoltait et, chantait et les frôlait à tour de rôle.

— Un amour plus petit, dans quelques années.

— C'est bien ce que je pensais.

— Tu devrais lui envoyer un mot. J'imagine que la poste de Rives-sur-Marne saurait le lui faire parvenir.

Lola joua avec sa fourchette.

— J'y ai pensé… J'ai même acheté une carte postale à Oslo. Un drakkar noir dans un port.

Elle est très moche. (Elle sourit merveilleusement.) Je suis sûre qu'il l'adorerait.

Et puis son sourire disparut.

— Mais… dit sa mère.

Lola leva la tête :

— Je veux ses yeux. J'en suis à… ça, Maman.

Géraldine dit qu'elle comprenait. La peur se pencha à son oreille et murmura une horreur que cette mère fut contrainte de répéter.

— Tu sais que ça peut ne pas arriver ?

— Tu veux dire que je ne trouverai jamais son adresse ?

— Je veux dire que tu auras de moins en moins de courage. Tu n'oseras plus envoyer cette carte.

Lola se leva, la fixa, les deux mains sur la table, puis partit dans sa chambre. Géraldine demeura assise. *Ce regard*… Elle eut le sentiment affreux que la vie n'était qu'une longue attente. Le temps posait des pièces, ici et là, dans leurs puzzles respectifs, mais elles étaient incolores et mornes comme des jours de ciel gris et bas qui s'étirent de saison en saison, sans soleil, sans lumière. Elsa surgit, tombant du ciel. Elle courut trois fois autour de la table une orange dans chaque main. Elle les replaça dans la corbeille à fruits et lança après un nouveau tour : « Bonne nuit, la nuit-la nuit ! » avant de repartir avec sa cinquième glace à la fraise.

Géraldine ferma les volets. Elle débarrassa, mit le lave-vaisselle en route et se retourna quand elle entendit Lola demander si elle avait racheté des timbres.

— Je crois que j'en ai un dans mon portefeuille.

9

Combien de temps pour que la carte lui parvienne ? Lola jouait avec cette question depuis le jour où elle l'avait postée. La première semaine avait fui facilement. Elle avait assuré deux allers-retours Paris-Barcelone et deux Paris-Milan où elle avait eu le temps de flâner au soleil. Elle avait même acheté une robe pour Maria, blanche et froufrouteuse comme une chantilly d'Elsa qui en prépara une dès qu'elle la vit.

La deuxième semaine s'était terminée sur des jours de réserve où l'attente commença à prendre son véritable sens. La jeune femme parla beaucoup du temps frais et pluvieux pour éviter de penser à l'endroit où se promenait la carte. La troisième venait de dépasser la moitié.

Où est ce drakkar ?

Lola arpentait de long en large l'agence immobilière de son oncle et sa tante qui, eux, vivaient le grand jour de leur vie puisqu'ils accueillaient à Roissy leur fille adoptive. La jeune femme avait accepté d'assurer la permanence mais n'avait eu qu'une visite et les heures piétinaient. Elle s'assit au bureau et monta un rang, puis un deuxième du gilet noir. Dix minutes. Quinze mots et dix chiffres. « Je t'aime. Je suis divorcée, j'habite 87, chemin de Tournon à Noisiel. VIENS. Lola. 06....... » *À quelle heure passe le facteur à Rives ? Et si j'écrivais à* Géo.

La jeune femme s'arrêta sur la photo qui trônait à côté de l'ordinateur. Luana, trois ans, brune, colombienne, une bouche en cœur, un peu comme celle de Maria. Puis elle regarda les passants. Des poussettes simples, une triple. Des chiens tirant des vieux de tous les âges et de toutes les silhouettes. Comme les nuages qui dessinaient aujourd'hui des formes informes. À quoi pensaient-ils quand ils imitaient un ours, une bouteille de champagne, un visage ? *Tes cheveux ? Ils sont des preuves que tu existes, reviendras, m'as embrassée.* La jeune femme vivait au gré de leur passage. Un chien aboya et elle le chercha machinalement du regard sur le trottoir à droite.

Lola se mit debout. À la seconde.

Elle fixa la voiture garée en contrebas. Elle s'approcha de la vitre sans quitter des yeux le logo en forme de losange blanc dont les bords étaient soulignés d'un double trait rouge, au centre duquel, en lettres rouges et sur deux lignes, s'affichait : « André Touraine Immo ». Combien de fois l'avait-elle vu sans percuter ? Sûrement autant de fois qu'elle avait lu, assise sur le canapé en daim chocolat, tous les catalogues publicitaires qui tombaient dans la boîte aux lettres.

André Touraine officiait sur plusieurs départements, sans avoir toutefois l'envergure suffisante pour faire de la publicité à la télévision. *J'ai vu* ce logo au 20 heures. Dans le reportage où la mère de Bertrand avait répondu au journaliste chauve que son fils poursuivait courageusement son travail, « Merci ». Elle souriait mais était une muraille. La jeune femme avait alors pensé que Bertrand avait définitivement ses yeux et que le cadrage était trop serré pour reconnaître sa maison. Elle avait vu, sans le remarquer, le panneau blanc en forme de losange « André Touraine », sur la droite, accroché à une clôture. *De quelle couleur ?* Lola ferma les yeux. Se concentra. *Blanche, pour que je ne la remarque pas*.

La maison est peut-être encore à vendre.

Elle courut sur l'ordinateur. Elle tremblait. Quel était le jour du reportage ? Elle n'en avait aucune idée, mais elle vérifia une à une les photos des biens de cette agence à Rives. Combien de maisons ? Elle ne compta pas, ne voulait pas perdre son temps en probabilités ou statistiques, car la vraie vie s'en contrebalance. La vraie vie envoie des faits, pas des stats. La vraie vie afficha « Vendu » sur le cliché d'une maison avec des volets électriques et un portail à lattes de bois blanches. Mais un coup de fil – de consœur à confrère – suffit. « Mon seul bien sur cette commune depuis un an. »

Lola obtint la rue et le numéro sans avoir à implorer. Elle entra l'adresse dans son GPS. Il était 17 h 03. Elle ferma l'agence, démarra, roula la musique à fond, prit l'A4, en sortit, parcourut les rues de Rives-sur-Marne, Amy Winehouse chantait « Back to Black ». Lola avait le cœur en feu. Elle s'arrêta au stop, à l'angle de la rue Gaston-Louis-Bourgeois et de la rue Haute. On était le 26 mai. Le portail blanc était sur la droite. La maison de Bertrand en face, à cinquante mètres. Un ciel nu, aucun nuage pour délivrer de message. Juste un avion qui le déchirait. En deux.

Revoir Bertrand... Maintenant...

Une ombre géante se tenait debout, devant son capot. Elle souriait, croisait les bras. Elle disait : « Ta carte n'est pas revenue et il ne t'a pas appelée... » Lola avait appris à vivre avec le passé, le rêve, *ton absence*, mais imaginer un avenir, c'était aussi envisager de perdre cet homme, à nouveau. Et ça... *J'en mourrais*.

Elle enclencha la marche arrière, repartit en sens inverse et se fit flasher à 157 km/h sur l'autoroute en direction de Reims. Elle se gara à toute allure chez Géraldine. Elle courut serrer ses enfants dans les bras. Tous les atomes, toutes les particules, tout son corps hurlaient qu'ils ne survivraient pas à une autre séparation. Son cœur certifia qu'il lui faudrait revoir ses ambitions sentimentales à la baisse. Elsa s'assit en tailleur en face d'elle sur le tapis. Elle ne sourit pas, elle ne baissa pas les yeux, elle ne dit rien mais *elle sait*. Oui, Lola le sentait, Elsa savait. *Tout*.

10

Des jours comme ça, la jeune femme n'en voulait plus. Elle repoussait toutes les oranges que sa sœur plaçait devant elle à table. Ce matin, elle explosa :

— Arrête, Elsa !

— Elle fait ce qu'elle peut.

— Moi aussi ! La carte postale n'était pas une bonne idée !

Elle s'enfuit en courant dans le jardin. Elle longea le mur en pierre sèche. Géraldine songea à annuler son voyage éclair du lendemain pour New York. Elle ne savait pas comment faire ni même le dire. Elle s'y prit si mal qu'elle déclencha les foudres de Lola quand elle la rejoignit.

— Tu y vas. J'ai besoin de tout sauf de te voir baisser les bras !

Elles échangèrent un regard bref et soutenu.

— Et ne demande pas à mon oncle de m'appeler tous les jours. Il ne dit que des conneries.

— Je trouve aussi ! dit-elle en prenant le bras de sa fille.

Elles se rassirent à la table, dans la cuisine. Elsa plaça un verre de jus d'orange frais devant elles, deux plus petits pour Lenny et Maria et un dernier « pour Papa ». Géraldine croisa le regard de Lola et sa sœur se pencha face à la place qu'il occupait. « Meringue chocolat noir deux grains de poivre rouge. » Puis elle disparut. Sans un mot de plus ou même un regard, sa mère se leva pour vérifier si elle avait les ingrédients nécessaires. Elle ouvrit puis referma des portes et Lola dit quand elle reprit sa place :

— Je voudrais avoir cinquante ans.

— Pourquoi ?

— Tu es mieux.

À bord, juste avant d'éteindre son portable, Géraldine posta le message qu'elle avait rédigé, effacé, corrigé, revu, rérérêanalysé. Sa pensée exacte était : « Je vais mieux parce que j'ai retrouvé Benoist », mais ce n'était pas la meilleure des vérités à dire à ce moment. Le brouillon passa de : « Merci, chérie ! » à « C'est l'éclat de la mort » pour enfin devenir simplement ce qu'elle voulait que sa fille fasse : « N'attends pas pour être heureuse. »

Lola ne répondit pas. *C'est quoi être heureuse ?* C'est Natacha et Théo ? Diane et son mari, Ève et Louis ? *C'est leur regard qui ne comprend pas comment j'ai pu quitter un homme comme Franck ? Comment dire Bertrand Roy et ne pas m'effondrer ? Comment ne pas voir que nous avons raté notre chance.*

Peut-être qu'on ne peut pas être heureux, Papa.

11

Bertrand n'était pas dans l'avion qui déchirait le ciel de Lola, mais il était rentré rue Haute, ce 26 mai, en pleine nuit, pour que personne ne le voie. Il redoutait les questions, les regards, et ne voulait « surtout pas de fête, s'il vous plaît ». Ses parents avaient respecté son souhait. « J'ai du travail par-dessus la tête. » Des piles de lettres l'attendaient, triées et classées. Aucune enveloppe ne revenait ni n'arrivait d'Allemagne. Aucune n'était de Lola. Il n'ouvrit rien. Il passa la nuit à détailler le plafond, couché sur son lit. À écouter les bruits de sa maison, à retrouver à leur place les éclats sur la peinture de la fenêtre et sur le parquet blanc. Il fit le tri dans ses vêtements. Dans ses papiers. Tout avait été examiné. Il s'endormit aux premiers traits du jour jusqu'à midi puis s'enferma dans son antre où il rédigea/corrigea/réécrit dix fois un mail pour demander qu'on retrouve la nouvelle adresse de Lola Milan. À qui l'adresser ? Quelles explications fournir ? Seraient-ils discrets ? Aviseraient-ils Franck Milan ? Bertrand enregistra son brouillon quand son portable sonna. Max Delorme voulait le rencontrer, très vite. Il se déplaça chez lui. L'éditeur suivit les conseils de Daphné à la lettre. Il ne dit pas de mots du style : « captivité », « otage », « soif », « faim », « peur »…

D'ailleurs, il ne dit rien parce qu'il tomba sous le charme des images. Oui, il y avait quelque chose là-dedans à faire. Quelque chose de sérieux.

— Il faut t'éditer. Je suis heureux d'avoir trouvé les moyens de le faire. Et *Géo* est partant pour cette collaboration.

— Je veux que Daphné ait un pourcentage.

— Combien ?

— Vois avec elle, s'il te plaît.

Max n'insista pas, il regardait les photos qui se suffisaient à elles-mêmes. Bertrand l'observa, suivant des yeux ce qui passait sur son visage, mesurant son émotion, la surprise, la réflexion. Puis il montra le cliché qu'il voulait pour la couverture. « Validé. » En tendit un autre. Une main, en gros plan, tenait un bocal d'eau trouble. Max l'interrogea d'un regard.

— Elle date de fin 2009 et provient d'un puits à Dimock, en Pennsylvanie. Cette eau a été utilisée pour la fracturation de gaz de schiste. Depuis, les animaux perdent leurs poils, il vaut mieux ne pas la boire ou se laver avec.

— Tu comptes mettre ce cliché ?

— Et trois autres que je n'ai pas encore faits. Ils concerneront la pollution de l'eau. Elle nous revient tôt ou tard dans la gueule.

Max s'attarda sur cette idée puis affirma qu'il aimait ces images tombant « comme une gifle ». Bertrand ajouta :

— Sans prévenir. Je ne peux pas les éviter. Non, je ne veux pas les éviter.

— Tu t'engages.

— J'ai changé.

Max resta dans ses yeux. Un sourire plus tard, il dit :

— Écoute, je prépare les contrats et on pourrait se revoir en juillet. Ça laisse à tout le monde le temps d'analyser pendant que j'emmène ma femme aux Maldives. Tu connais ?

Bertrand avait les mains enfoncées dans les poches de son jogging dont la couleur originale n'était qu'un lointain souvenir.

— Non, c'est une destination d'amoureux.

— Je suis très amoureux de Jenna.

Le photographe sourit. « Tu as de la veine. » Ils sortirent par l'arrière, dans le jardin. Le soleil de fin mai dorait les pissenlits dans la pelouse. Ils contournèrent la maison, Bertrand ne franchit pas la grille et n'attendit pas que Max démarre pour faire chemin inverse.

Il s'enferma aussitôt dans son antre. Il consulta son portable et écouta les trois messages enregistrés le temps de son rendez-vous. Dont un de Daphné. « Je te souhaite un bon retour. Rappelle-moi quand tu peux pour me dire comment s'est passée ton entrevue avec Max. » Il le fit sans attendre. Elle écouta, remercia pour le pourcentage puis dit – très sobrement – qu'elle était enceinte…

— … de toi. Je n'ai pas eu d'autre amant à cette date.

— Tu prenais la pilule.

— Je suis tombée enceinte sous pilule, la gynéco assure que le voyage a brouillé mon organisme.

Sans plus réfléchir, le photographe s'entendit dire qu'il reconnaîtrait l'enfant et raccrocha.

Il ne fit pas de décompte pour savoir de combien elle était enceinte, ni ne mit en doute sa paternité. Il savait très bien comment les choses s'étaient déroulées. Il resta debout, au milieu de cette pièce peinte en noir mat. Sans ressentir quoi que ce soit. Il avait lui-même l'impression d'avoir été enduit avec cette matière épaisse, lisse et à fort potentiel couvrant. Il revit le pot rectangulaire, cet instant où il l'avait empoigné pour en lire les qualités. Il se revit y plonger le rouleau. Son bras qui courait verticalement puis croisait la surface peinte horizontalement. Et ainsi de suite. *Et ainsi de suite*... Bertrand ferma les yeux. Les jours s'écoulaient, noirs et peuplés d'une ombre incontournable/omniprésente/brûlée. *Franck*.

Cet homme fidèle avait accompagné Bertrand depuis l'hôpital en Tanzanie, au Rwanda, au Nicaragua. En Islande. Mais pas en Suisse, sur les rives du Léman, où Bertrand n'avait pensé à rien. Si ce n'est à la couleur que prenait le lac, à toute heure, sur toutes les rives, parce que Francfort devenait trop proche et trop dangereux. Lola était trop dangereuse. « Il vaut mieux pour nous deux que nous restions éloignés l'un de l'autre. »

Tu avais raison, mon amour. Je ne fais que des conneries. Je tombe dans tous les pièges. Je suis monté dans cette voiture sans me poser une question, j'ai eu envie de sexe avec Daphné.

12

Géraldine était stressée. Son départ avait été délicat, et son retour ne l'enchantait pas. Elle tenait entre les mains les numéros de juin de *Géo* et *ELLE*. Elle préparait ce qu'elle allait dire et le regard qu'elle aurait quand Lola la fixerait sans rien demander.

Elle aurait voulu être une as du poker, être actrice… La danse ne cache aucun muscle. *Je n'ai rien lu.* Seulement mentir n'est jamais la bonne solution. Lola le verrait même si elle parvenait à détruire tous les exemplaires dispersés dans l'univers entier.

L'avion se posa sans apporter d'éclaircissements. Le chauffeur de taxi ne parlait pas français, le ciel était dégagé et la narguait. Géraldine tourna la clé de sa maison vide. Elle posa ses chaussures à l'entrée, se prépara un café et entendit des chants dans la rue. Le portail s'ouvrit. Lola, Elsa, les petits déboulèrent dans la cuisine, l'embrassèrent et ressortirent les bras chargés de peluches. Les deux femmes gazouillèrent à propos de Benoist. Des averses de pluie à New York.

— Tous les jours !

— Toujours pas de carte en retour.

— Avec tous ces ponts, le facteur en profite.

Géraldine sourit, *mal*, et Lola plongea sa main dans le sac de sa mère qui referma la porte derrière elle. *Géo* titrait en lettres blanches : « LACS, par Bertrand Roy. Chapitre africain. Victoria. » L'hebdomadaire *ELLE* emportait ses lectrices à Zanzibar.

Debout, dans la cuisine, la jeune femme regarda longuement les photos du Victoria, si différent de l'une à l'autre. Elles ressemblaient à l'homme qui les avait faites. *Inattendues* et *insoupçonnées*. *Indispensables*. *Belles*. Elle demeura une éternité devant la dernière image. Elle aurait parié sa vie que c'était sa préférée.

Un homme de dos regardait un lac immense. Il se tenait sur la gauche du cliché comme une ombre, les pieds nus au bord de l'eau. On devinait deux ou trois ridules paresseuses qui venaient se fondre sur le sable. L'homme était mince et paraissait grand. Mais il aurait pu – tout aussi bien – être petit. Il n'y avait rien autour pour comparer. De toute façon, ça n'avait aucune espèce d'importance. Il était une tache sombre qui fixait le ciel bleu posé sur le lac bleu. Une même couleur que l'horizon ne parvenait pas à départager. L'air sentait la chaleur et la fin d'après-midi. Dans une heure tout au plus, ce ciel se parerait d'un dégradé rose pâle. Il virerait à l'orange incandescent en tombant vers l'eau. Elle deviendrait alors sombre et inquiétante. Qui sait ce qui vit sous les flots ? Qui sait combien de gouttes d'eau, combien de souvenirs des quatre coins du monde sont tombés ici pour se perdre ? Qui sait combien de monstres attendent, planqués à l'abri derrière un rocher pour peupler la nuit ? La vie ?

Cet homme sur la gauche, lui, le sait. Il observe les couleurs changer minute après minute. Il traverse les jours et les nuits. Il fait face. Seul.

Cette image était si belle que Lola eut les larmes aux yeux. Et puis, elle repensa au sourire raté de sa mère.

Elle feuilleta les pages du *ELLE* et s'arrêta sur les robes d'Angela Basso, plus exactement sur celle que portait Daphné. C'était sa touche, elle concluait chaque reportage en portant un des vêtements présentés.

Certaines photos étaient signées Bertrand Roy. Chloé Blain soulignait qu'elle avait eu la chance d'être au bon endroit au bon moment pour que son ami réalise les clichés qui lui échappaient. Lola referma ce magazine, puis *Géo*.

Un moment plus tard, Géraldine la retrouva assise au pied de son lit, en tailleur, enroulée dans son gilet écru. Les magazines étaient tombés sur le parquet, ses yeux étaient implacables. Ils scièrent ses jambes et cette mère ne put bouger de l'encadrement de la porte.

— Voilà trois ans, jour pour jour, j'ai sonné chez Daphné. Il faisait beaucoup plus beau qu'aujourd'hui. Je ne sais pas si ça a fait pencher la balance. (Lola sourit, puis ne sourit plus.) Je ne suis plus sûre que Bertrand ait existé… (Elle resta dans les yeux de sa mère.) Est-ce que ça va durer toute la vie, Maman ?

Alors Géraldine se baissa pour ramasser *Géo* puis s'assit tout contre Lola. Elle dit d'une voix très convaincue, élégante et douce : « J'aurais voulu comprendre tout de suite. J'aurais dû en être capable. » Lola plongea dans les yeux de sa mère. Puis revint sur la couverture. Une eau saphir s'étendait à perte de vue. La rive apparaissait comme un trait ocre esquissé au loin. Bertrand était dans une embarcation invisible. Cependant, le soleil dans son dos jetait son ombre allongée discrètement sur les flots. Géraldine l'effleura : « C'est la preuve qu'il existe, il est là. » Lola ne dit rien.

— C'est courageux de faire ce qu'il fait.

Sans relever la tête, la gorge serrée, Lola dit :

— Je l'ai poussé à partir et Daphné l'aide.

— Qu'est-ce que ça change qu'elle l'aide ?

— Dans ma vie d'aujourd'hui, rien Maman. Dans ma vie de demain….

Géraldine ne la laissa pas terminer sa phrase. Elle passa son bras autour de ses épaules et Lola ne lutta pas, posa sa tête au creux de son cou. Elle était à bout, épuisée, désespérée et si terriblement amoureuse. « Je crois qu'il a besoin de temps. Je crois que tu as, aussi, besoin de temps. »

13

Le site de Bayercom actualisait l'avancée des travaux du labo. Bertrand connaissait par cœur toutes les photos renouvelées régulièrement. Cependant, les mêmes mots stipulaient que Franck Milan était toujours absent, son entreprise le soutenait pendant ces mois difficiles... *Quand va-t-il reprendre ?* S'il y avait un jour où Bertrand devait appeler, c'était aujourd'hui, le 5 juin. Trouver le bon moment lui prit du temps. Il répéta à voix haute ce qu'il voulait demander. À 15 h 30, il composa enfin le numéro de Bayercom Deutschland, parla deux minutes en allemand, puis raccrocha. L'ingénieur était en convalescence auprès de sa famille en France. La personne ne put dire jusqu'à quand, Bertrand ne put demander mieux. *Franck et Lola sont en France.* Cette pensée carbonisa les autres. Elle dévora les heures. Le photographe arriva en retard au dîner organisé chez son rédacteur en chef.

Il s'installa directement à table, sans arriver à se fondre dans la conversation. On ne lui posa pas de questions, son regard suffisait à étrangler les curiosités. Il savait qu'on parlait dans son dos, mais bon, qui ne parle pas dans le dos de quelqu'un ?

Le repas était raffiné. Il apprécia chaque plat, en petite quantité. Il n'arrivait pas à reprendre tout le poids qu'il avait perdu, parce que quelque chose le consumait. Mais il apprécia le vin et la vodka. В нашем здоровьи, à notre santé ! Anatoli, Alvaro et toi, Sadi... *Là où tu es*... C'était un mardi, il était 23 h 45, il s'excusa, Daphné demanda s'il pouvait la déposer. Elle jeta ses sandales quand il démarra et ferma les yeux. Ils ne dirent rien pendant le trajet. Elle attendit qu'il coupe le moteur pour soulever les paupières. « Merci. » Il demeura à la regarder, muet, triste. Il se vit chez elle, rue Hector, à l'instant où il lui avait dit froidement en claquant la porte : « Je ne suis pas un homme qu'on enferme ! » Il s'entendait encore si sûr de lui.

Daphné renfila ses chaussures : « Tu veux boire quelque chose ? »

— Tu l'as fait exprès ?

Elle croisa les jambes, les bras, et le regarda bien droit dans les yeux :

— J'aimerais beaucoup avoir ce pouvoir de prévoir la mode, la date des reportages, les désidérata des unes et des autres. Le blond du sable. Tes envies de sexe avec moi.

Bertrand ne trouva rien à répondre. Elle ouvrit son sac à main, sortit un dossier qu'elle lui tendit. Elle alluma le plafonnier. « C'est ton double. » Il consulta le résultat de l'amniocentèse, celui des échographies. Elle dit pendant qu'il lisait :

— Mais tu as raison, j'y ai pensé, ce matin où je suis venue te dire au revoir sur la plage. Tu sais que je n'ai pas fait un geste. La suite fait partie des surprises de la vie.

Il leva les yeux vers elle. Elle poursuivit :

— Je vais avoir trente-sept ans. Je prends les choses comme elles viennent et, comme dirait ma grand-mère, vaille que vaille !

Bertrand baissa le nez sur le profil de ce bébé dont le sexe n'était pas précisé. Elle ajouta d'une voix certaine : « Je ne t'ai rien dit parce que je voulais savoir avant si tout allait bien. » Il referma la chemise cartonnée blanche. « Elle a des enfants ? » Il planta ses yeux noirs dans ceux plus noirs de la journaliste. Les enfants compliquent la vie, les divorces comme ils enchaînent les personnes les unes aux autres. Elle sourit puis évoqua les premiers mouvements.

Alors quelque chose remua aussi, en Bertrand, au centre de sa cage thoracique. Par moments, c'était brusque et violent comme si une main monstrueuse lui arrachait le cœur. Par surprise, une vague chaude, caressante envahissait tout son être. C'était presque plus intolérable, parce qu'en se retirant, ne restaient que l'absence et la souffrance.

Daphné, elle, avait répété cette scène comme une prise de vue. Elle revit les petites pilules décapsulées dans le lavabo après… Comme ça… Pour voir si la vie était tentée... Oh oui ! Elle aurait adoré dire que sa grossesse était la victoire de la vie. Que cet enfant les unissait pour toujours. C'était mille fois plus fort qu'un amour-gruyère. Mais les imprévus tombent, le sable est parfois trop blanc, les regards trop marqués, et son intuition lui conseilla d'être mesurée. À table, elle avait vu que Bertrand mangeait lentement, mastiquant et avalant chaque bouchée comme si elle était unique. Cet homme était à vif. Elle ne baissa pas les yeux, mais sa voix :

— Je ne t'oblige à rien. Je ne voudrais pas que cet accident te fasse souffrir.

Bertrand rétorqua plus vite qu'il ne le voulut :

— Je ne veux pas briser la vie de ce gosse.

Elle baissa la tête une demi-seconde, puis revint dans ses yeux. Il fixait la jeune femme, en robe de crêpe marron. Ses cheveux châtains très foncés et raides dansaient sur ses sourcils. Ses yeux n'étaient pas inquiets. Bertrand aurait aimé qu'ils le soient, rien qu'une fois. Peut-être que si Daphné avait eu cette frilosité, cette petite touche d'indécision, il aurait foutu une claque d'adulte à son cerveau, il aurait, lui aussi, revu ses ambitions sentimentales à la baisse et laissé son cœur suivre le même chemin que son sexe. Mais cette femme appartenait à la race dépourvue de conscience des conquérantes. Elle abattait ses atouts sans penser aux cartes qu'elle avait perdues, sans penser véritablement aux autres. Elle exultait d'être enceinte. Elle était belle, désirable, à baffer.

Sans bouger, il demanda ce qu'elle avait annoncé à leurs connaissances communes.

— La vérité. Nous avons couché ensemble en Afrique et comme je te l'ai dit, la vie s'est imposée. (Elle sourit en décroisant les jambes.) Les gens nous connaissent depuis toutes ces années, ils ne posent pas de questions.

Elle quitta la voiture sans un mot ou un geste de plus. Elle poussa la porte cochère vert sombre. Elle remercia sa patience, son intelligence, et se félicita au passage d'avoir enfin casé son idée de la « vie qui s'était imposée ». L'ascenseur l'attendait, elle monta en savourant sa victoire. Car elle aimait qu'on lui dise oui. À la vérité, les non ne l'embarrassaient pas tant que cela, elle les ignorait, et au final, elle était comme Bertrand était avant. Égoïste, n'agissant qu'en fonction de son objectif.

Elle laisserait filer les jours. Non seulement, ils seraient liés par un contrat, mais aussi par ce cadeau merveilleux. Une petite fille. Lui ne le saurait qu'à la naissance. Ils auraient une vie en commun pour l'éternité, inscrite dans les registres, ineffaçable... Ce bébé balayait presque la femme dont Bertrand était très amoureux et qui, de toute évidence, ne devait pas vouloir de lui.

Daphné se coucha sur son canapé en velours ras lichen. Bertrand, lui, roulait au pas et sans musique.

Il poussa le portail du 25, rue Haute, contourna la maison et s'assit dans l'herbe au milieu du jardin, la chemise blanche cartonnée à la main. Puis s'allongea. Le sol était froid, un peu humide. Il sentait le moindre relief sous sa peau. Le sol d'Afrique, *les geôles puantes. Les muscles de Lola sous mes mains.* Il savait à quelle minute, à quel endroit. Le nombre de jours depuis que cette carte avait été délivrée et pendant lesquels Lola n'avait pas appelé ou écrit. Il songea au hall rue Hector, quand elle avait couru dans sa robe grise pour l'oublier. Il fixa les étoiles. Et pleura.

14

Quand Florence trouva le moyen de glisser que c'était une très bonne chose de devenir père, Bertrand sonda sa mère. Elle était sincère, parce qu'elle aurait trouvé une piqûre de frelon bénéfique. Quand il dit : « Oui, mais c'est Daphné », elle répondit : « Tu la connais, au moins. » Il claqua la porte de la cuisine après avoir lâché : « Pourquoi tu m'as fait si con ? »

Des jours durant, il demeura cloîtré, prenant ses repas en différé. Seul Xavier parvint, un soir, à le sortir. Ils atterrirent chez Clémence, au bar du RER. Le médecin remarqua la place la plus excentrée que son frère choisit, la chaise face à la porte et dos au mur. Il lui donna un livre de la part de Jennifer.

— Je ne sais pas ce que ça vaut, je ne lis rien.

— Pas mieux, répondit Bertrand, en le retournant sans même regarder la couverture. Remercie-la.

— Tu penses à cet enfant ?

— Pas encore. Pas trop. Pas mal. (Il se passa une main dans les cheveux, soupira.) Le pauvre.

— Fais quand même un test de paternité prénatal.

— Je sais que c'est moi, dit-il en enfonçant les documents dans sa poche.

Une gorgée plus tard, il demanda pourquoi Xavier ne voulait pas de môme.

— Ce n'est pas que je n'en veux pas, c'est que je sais que je n'en aurai pas.

— Tu as de la veine d'avoir de l'intuition. Ça m'aurait servi.

Bertrand laissa filer une poignée de secondes. « Est-ce que tu sais pourquoi j'en suis totalement dépourvu ? » Une autre poignée de secondes fondit. Son frère, très brun, en chemise marine, une barbe noire naissante, croisa les bras.

— Tu es photographe, tu regardes, tu montres le présent. Moi, je suis scientifique. Je cherche à le comprendre. Je ne dis pas que c'est mieux.

Bertrand termina sa vodka, en commanda deux autres et raconta avoir reçu un mail d'Anatoli le matin-même. Son guide russe n'avait que récemment découvert ce qui lui était arrivé. Il s'excusait « de tout. Des hommes. » Le jeune homme raconta ses bottes dans la rivière, son cri. Il but son verre puis celui de Xavier, coup sur coup.

— C'est elle. Lola m'a sauvé et elle me tue. Tout. Son absence, qu'elle soit mariée à un type très bien, que ce type ait failli crever dans l'explosion de son labo, qu'elle l'ait trompé pour moi, qu'elle soit à son chevet, qu'elle ne m'ait toujours pas contacté… Qu'elle n'ait passé – en tout et pour tout – que cinquante heures avec moi alors que je voulais une vie. S'il te plaît, ferme-la, Xavier.

— J'allais rien dire.

— Je vais rentrer.

— Moi aussi.

Aucun des deux frères ne bougea. La porte du bar s'ouvrit et se referma deux fois.

— Ça va ton boulot, en ce moment ? demanda Bertrand.

— Tranquille, pas de grippe, pas de gastro. La routine pépère. D'ailleurs, je vis avec une femme pépère, j'ai une voiture pépère. Je vois des patients pépères. Mais je ne me fais pas chier.

— T'es comme Papa.

— Excepté pour le vélo.

Bertrand sourit une toute petite seconde. Xavier poursuivit : « Si j'étais toi, je ferai ce test », mais nota que son frère ne l'avait pas entendu. Il fixait plus loin derrière lui. Le médecin jeta un regard par-dessus son épaule et aperçut les deux types qui dévisageaient « l'otage ». C'était exactement ce qui passait dans leurs yeux, dans leur expression. Le médecin chercha à intercepter leur attention, en vain. Bertrand était déjà debout, il avait jeté un billet. Il traversa la salle, la tête droite. Xavier le suivit.

Ils remontèrent en voiture et vingt mètres plus loin, l'aîné dit : « Je suis désolé. J'aurais dû t'emmener ailleurs. » Bertrand secoua la tête sans répondre. Ni l'un ni l'autre n'ajoutèrent un mot, mais en arrivant devant la maison familiale, le toubib coupa le contact et avoua : « Je crois que je n'aurais pas supporté. » « Être otage ou que Lola ne réponde pas ? » « Les deux. »

Ils demeurèrent assis. Les yeux sur cette rue qu'ils avaient descendue et remontée en courant, en se chamaillant, en riant, en faisant la course. Sur leur vie. Ils se tournèrent l'un vers l'autre au même moment, se regardèrent, et Bertrand descendit.

Le 17 juin, Daphné reprit contact pour détailler la nouvelle échographie en 3D. Le jeune homme ne parla pas du test prénatal mais enregistra que le bébé se portait parfaitement bien. Il répéta juste que ce qui s'était passé ne se reproduirait pas. Il sut à sa voix qu'elle souriait : « Je te l'ai dit, ça ne change rien. » Ce qui, évidemment, avait plusieurs sens, selon le point de vue. Aucun des deux n'eut envie d'entrer dans les détails et Bertrand demeura dans son antre, assis près de l'interrupteur à allumer et éteindre. Sortir impliquait des regards…

À la vérité, ce qui l'avait mis mal à l'aise au bar, ce n'était pas tant que ces hommes l'observent ou le voient comme « l'otage ». Non, c'était ce que Bertrand n'avait pu empêcher de remonter et qu'il avait été incapable de confier à son frère. Depuis son retour en France, des flashs l'assaillaient. Il ne les avait pas ressentis avec autant de violence pendant les mois où il était en voyage. Le mouvement avait dû les maintenir au loin. Maintenant qu'il était statique, c'était comme un nuage de tempête crevant sur lui. Ses mains devinrent moites. Chaudes. Tremblantes. Bertrand ralluma. *J'ai un livre à faire. Point barre.* « Grâce à qui ? » chanta une petite voix. *Une fois de plus, otage.* Il ferma les yeux. *Comme tu me manques, Lola.* Avait-elle lu

Géo ? Probablement ELLE... Franck était ingénieur, *donc intuitif et tourné vers l'avenir.* Si elle avait parlé, l'aurait-il comprise, *pardonnée* ?

Elle n'a plus besoin de moi.

Bertrand avait éteint depuis longtemps. Les idées lui manquaient. Quand il en avait, elles le rendaient malade. La liberté retrouvée compliquait certaines choses. Il avait appris à demeurer dans l'obscurité. À NE RIEN FAIRE. Il avait du mal à s'en défaire. S'en rendait compte. S'énervait, sur sa chaise, sans bouger, dans le noir de son atelier. En silence. Jour après jour. À se demander ce qu'elle ressentait. *Encore et encore et encore et encore et encore et encore et encore et encore. Rien n'a changé, JE T'AIME, LOLA.*

19, 20, 30 juin. Tunis. Londres. Lisbonne. Genève… Lola se promenait au bord du Léman en songeant au drakkar noir. Il flottait sur ce lac, comme une ombre, mais il était revenu chemin de Tournon, le 27 juin 2012, un mois et vingt jours après que Lola l'avait glissé dans la boîte aux lettres. Sa mère avait raison, les machines du tri postal avaient profité de tous les ponts et plus pour indiquer que le courrier ne pouvait être délivré pour « défaut d'adresse ». Géraldine avait aussi raison quand elle lui avait dit : « Je crois que tu as besoin de temps. » Lola se savait incapable d'aller au 25, rue Haute. Elle s'arrêta sur la passerelle, face à l'île Rousseau. Trois cygnes se laissaient porter par un courant mou, se fichant pas mal de tout, avec une grâce incomparable. Lola les suivit des yeux et un des oiseaux courut sur l'eau en déployant ses ailes.

Tu as déjà fait des photos de ce lac ? Je me souviens que tu avais dit… Un autre cygne plongea la tête sous la surface. Lola compta les secondes puis tressaillit quand son portable vibra. Le SMS de Géraldine annonçait que le facteur était passé à Noisiel – Lola comprit qu'il n'y avait aucun mot, carte ou lettre de Bertrand qui aurait transité par l'Allemagne. Sa mère ajouta que les petits avaient chacun leur tour dit : « Nuage ». Lola entendit Maria dire : « Nuaz » et l'oiseau disparut entièrement sous l'eau. La jeune femme écrivit très vite : « Tu crois que je ne vivrai jamais avec B à cause de ce que j'ai fait à Franck ? » L'oiseau remonta sans qu'une goutte jaillisse, sa mère répondit : « La vie ne marche pas comme ça. » *Je voudrais savoir comment marche la vie, Papa.*

15

8 juillet. Bertrand quitta précipitamment son antre et sortit en courant dans le jardin où il s'arrêta net. Les yeux posés à l'endroit où il s'était allongé des nuits plus tôt. Il venait de rappeler Bayercom en oubliant que c'était dimanche et qu'il était tard. Le site affichait une nouvelle photo du labo avec un toit pointu. Rien de plus concernant la reprise de Franck Milan. De rage, il avait posté son mail au toubib des armées rencontré à Khartoum. Une réponse automatique lui était revenue aussitôt précisant qu'il avait pris sa retraite. Que sa demande serait transférée et traitée dans les meilleurs délais ! *À qui ?*

Bertrand étouffait. Il vira son T-shirt et l'envoya avec rage, très loin. Il atterrit sur la Clio de sa mère. Le jeune homme demeura sans bouger, sans voir la lumière douce qui déclinait, mais cette tache blanche au beau milieu du capot rouge. Des idées compliquées se chevauchaient, se contredisant ou s'anéantissant mutuellement.

Subitement, Bertrand se sentit pâlir.

Et s'ils étaient tout simplement à Saint-Thibault-des-Vignes puisqu'ils sont en France ? Pourquoi n'y avait-il pas songé plus tôt ? *Et s'ils n'y sont pas ?* Anne Truc-Machin, dont Bertrand avait aussi oublié le nom, avait le téléphone de Lola. Pourquoi n'aurait-elle pas des nouvelles ? Le jeune homme regarda sa montre. Trop tard pour ce soir. *Demain.*

Il monta dans la Clio, mit le contact, vérifia le niveau d'essence, puis celui de l'huile, très bas. Il descendit dans le garage et en ressortit avec un bidon.

Il était 21 h 55. Bertrand, torse nu, était penché sur le moteur quand son père, jeune retraité, rentra de sa balade quotidienne à vélo. Il repoussa le portail, descendit l'allée et nota que son fils était loin d'avoir repris le poids qu'on lui avait volé quelque part dans un monde auquel il avait honte d'appartenir. Il vacilla, posa un pied à terre. La mort se profilait certains jours depuis certaines nuits passées à penser à ce fils perdu, là où lui ne pouvait rien. Cet enfant transpercé par quatre balles, retrouvé si… *maigre.*

Bertrand se retourna et vit son père, lui sourit, et Marc jeta son vélo, et marcha d'un pas vif et prit cet homme – *mon fils* – dans ses bras. Oh ! Il l'avait fait lors de leurs retrouvailles à Khartoum, il l'avait fait par la suite, mais aujourd'hui, il voulait lui dire plus. Parce que aucun mot de son vocabulaire – ou de ce monde – n'aurait jamais traduit ce que son corps pouvait transmettre.

— Elle manquait d'huile, articula enfin Bertrand.

— Ta mère n'a rien dit.

Il marqua une pause avant d'ajouter :

— Pourtant, elle est plus bavarde que moi.

— Alors je sais de qui je tiens, Papa.

Ils se regardèrent longuement. Un père, un fils, deux hommes. Le plus vieux, une demi-tête de plus, aurait donné sa vie pour certifier que le plus grand des deux était le plus jeune. Il vit la mort reculer, la peur avoir peur et son fils-aux-cheveux-emmêlés, à nouveau dehors, glaive à la main, invincible. *ÉTERNELLEMENT LIBRE.*

16

9 juillet, 9 h 45. Le photographe se garait devant le portail de la maison de Lola, allée des Contrevents. Les volets étaient clos et un panneau bleu annonçait : « À vendre ». La maison de la voisine était fermée, tout comme les deux autres de cette rue parce qu'en juillet, *les gens normaux prennent des vacances !* Bertrand fixa les deux bouleaux qui avaient considérablement grandi. Rien ne traînait dans cette partie du jardin. Il hésita à escalader le portail pour frapper à la porte, regarda autour de lui, puis se ravisa. *Où est la boîte aux lettres ?* Il arpenta le muret et la découvrit sur le dernier pylône, sans nom. Il vérifia celle des voisins : « Jack et Anne Baxter. Louis, Max, Alan ». Le jeune homme sourit. Il lui sembla que c'était le premier point positif depuis des mois. Le soleil chauffait ses épaules et Bertrand, en chemise noire, marcha jusqu'au panneau pour composer le numéro de « Votre Agence ». Une voix féminine répondit à sa première sonnerie. Il demanda si le bien était à vendre depuis longtemps. La secrétaire marqua un temps puis demanda :

— Vous voulez visiter ?

— Je l'ai déjà visitée du temps où monsieur et madame Milan étaient les propriétaires. Ils y habitent toujours ?

— Nous ne communiquons pas les noms des propriétaires par téléphone, mais si vous êtes intéressé, dit-elle très habilement et en s'en félicitant intérieurement, je peux vous proposer un rendez-vous le 12. Je sais qu'il n'y a personne avant.

Très efficacement, Bertrand dit : « OK. » Encore plus adroitement, elle poursuivit :

— Dans ce cas, jeudi 12, à 11 heures. Devant la maison.

— J'y serai. Merci.

Bertrand raccrocha et la secrétaire se mordit la lèvre. *J'ai oublié de demander son nom.* Son patron allait-il lui sonner les cloches ? Alors elle écrivit sur le planning M. BRTOJEJJDS, le 12 juillet à 11 heures.

Le jeune homme rentra chez lui, songeant : *Dans trois jours.* Puis qu'il avait appris l'accident de Franck Milan le 12 janvier. *Six mois*… Ce que Xavier avait évalué. *Mon frère est intuitif*…

Bertrand n'osa aller au-delà de cette pensée.

17

En début de soirée, sous un ciel lézardé verticalement de violet et de rose, Marc déposa Bertrand place de l'Opéra à Paris. Le photographe remonta en direction des Galeries Lafayette à grands pas. Un orage grondait, pourtant les piétons semblaient ne pas s'en soucier. Tous attendaient de traverser en pianotant sur leur portable. Le jeune homme, lui, regardait les éclairs se répondant toutes les deux secondes. Et subitement, d'énormes gouttes explosèrent au sol quand le feu passa au rouge. Les passants s'engagèrent très vite, en courant, et le bousculèrent. Il trébucha mais un type le rattrapa d'une main ferme. « Merci ! » « De rien ! »

C'était Franck Milan, en chemise blanche, son fils dans les bras.

Il s'arrêta net et fixa Bertrand droit dans les yeux, au beau milieu du boulevard Haussmann, entre les pluies d'éclairs et les voitures qui passaient à quelques centimètres à toute allure en klaxonnant de plus en plus fort. Et Bertrand se réveilla en sursaut, en sueur. Sa fenêtre ouverte laissait entrer une pluie d'orage et les cauchemars. Le jour pointait, le jeune homme quitta sa chambre.

Quand sa mère l'aperçut assis à la table, avec le même T-shirt gris depuis quatre jours, elle palpa la température de sa tasse de café. Froide. Elle se plaça à vingt centimètres. Son fils soupira.

— C'est ce bébé ?

Bertrand soupira de nouveau et dit :

— Il n'a rien fait pour mériter des parents comme Daphné et moi.

— S'ils choisissaient…

Leurs regards restèrent soudés. Il sourit. Enfin, presque. *Je ne suis pas certaine que c'était le plus beau de ses sourires,* songea-t-elle alors qu'il se leva pour se planter face à la fenêtre. L'orage avait cessé, mais une pluie lourde tombait, interminable. Elle regarda ses cheveux qui commençaient à reprendre leur liberté. De dos, Bertrand résuma son expédition à Saint-Thibault. Sa voix grave et contenue résonnait dans toute la cuisine. Sa mère marcha jusqu'à lui :

— Je vais revisiter la maison de Lola, demain.

Elle se tourna vers lui, son fils regardait la vitesse avec laquelle les gouttes tombaient.

— Je ne pense pas qu'elle y sera, mais j'espère obtenir de l'agent immobilier des informations. Sinon, peut-être que la voisine, cette Anne Baxter, sera rentrée de vacances. Je gagnerai un peu de temps.

Sa mère fronça les sourcils. Bertrand lui fit face. Son regard était aussi déterminé que dur. Aussi anxieux que plein d'amour.

— Le 3 septembre prochain, Franck Milan reprend le travail. L'information est tombée entre 1 heure et 8 heures. Au plus tard, le 4, je saurai. Je verrai ce que Lola ressent en me voyant.

Sans un mot de plus, il sortit. Sa mère le regarda quitter la cuisine. Qu'est-ce qui s'était tordu là-haut pour que son fils en bave de la sorte ? Et si Lola ne voulait plus de lui ? Depuis des semaines, des mois, elle n'osait aborder le sujet ou même prononcer son prénom. Elle songea qu'un compte à rebours venait de se démarrer. *Est-ce que j'ai bien fait de retrouver cette adresse ?* Florence se figea, une petite voix en elle affirma très sèchement : « Ton fils serait mort. Réjouis-toi qu'il sorte de son antre. Réjouis-toi qu'il soit buté. Réjouis-toi qu'il parle, qu'il avance. »

Là-haut, Bertrand était couché sur son lit, sa photo entre ses mains. *Je vais sonner à ta porte, Lola.* Une minute plus tard, il dit à voix haute : « Je t'aime. »

18

Quand Daphné arriva chez l'éditeur, elle embrassa le petit Milo, s'excusa de son retard et signa le contrat sans le relire sur la table de la cuisine où Max tranchait avec soin un jambon ibérique.

— J'ai l'eau à la bouche ! Où est Bertrand ?

— Sur le balcon.

— Et Tristan ?

— Son fils est à l'hôpital, dit l'éditeur. Appendicite. Opéré cet après-midi, il va bien et…

L'éditeur poussa un hurlement qui figea tout le monde, même le photographe, sur le balcon. Jenna, sa femme, lâcha la carafe d'eau. Bertrand accourut et comprima la plaie pendant que Daphné prévenait les secours.

— Bichat est au bout de la rue ! dit Jenna.

— Non, il faut aller à la clinique de la main, assura Bertrand avec calme.

Max était blême, sa femme, transparente et la journaliste s'accroupit pour plaquer le téléphone contre l'oreille de Bertrand qui détailla la blessure. Le sang imbibait la serviette. Il en réclama une autre.

Puis se tournant vers son éditeur, il dit : « Je vais la changer. Ne regarde pas. » Sans affolement, avant l'arrivée des pompiers, Bertrand remplaça deux fois le linge. La blessure était nette, très, très moche, mais : « Ça va aller. » Trente minutes après, Max était installé dans le véhicule médicalisé. Le photographe et Jenna le suivirent. Daphné resta pour s'occuper de Milo. Elle l'interdit de cuisine, le colla devant la télé le temps de préparer un plateau. Ils mangèrent en tête à tête avec appétit. Elle lui posa mille questions auxquelles l'enfant répondit par un regard et un sourire. En moins de dix minutes, il s'endormit comme un ange sur la banquette. *Est-ce que je le couche ? Il va se réveiller ?*

Il ne bougea pourtant pas quand un portable retentit sous lui. *Celui de Bertrand.* La voix féminine marqua une petite hésitation puis se lança :

— C'est la secrétaire de « Votre Agence », je confirme le rendez-vous de Monsieur demain à 11 heures, 12, allée des Contrevents à Saint-Thibault-des-Vignes. Vous êtes sa femme ?

— La mère de son enfant.

— J'avais oublié de le faire et ma collaboratrice ne veut pas se déplacer pour rien.

— Je vais lui transmettre et il vous recontactera s'il a un empêchement, mais sûrement pas avant demain matin, il est retenu pour la soirée.

— Je n'ai pas compris son nom.

— Roy.

— I ou Y ?

Daphné sourit, songea deux secondes quelle tête pouvait avoir la collaboratrice pour que cette nana appelle à 21 h 02. Elle précisa : « Y », raccrocha quand son portable à elle sonna.

— Max va être opéré, dit Jenna. Je veux attendre son réveil, tu peux rester, s'il te plaît ?

— Je vais squatter la chambre d'amis.

— Milo dort ?

— Sur le canapé.

— Laisse-le. Je le coucherai en arrivant.

— OK. Dis à Bertrand qu'il a oublié son téléphone et qu'une nana a appelé pour confirmer son rendez-vous de demain pour la maison et qu'il la prévienne tôt s'il n'y va pas.

Il rappela dans la foulée. Daphné prit plaisir à dire que la secrétaire de « Votre Agence » semblait décervelée. « Merci. » *Saint-Thibault-des-Vignes. Pourquoi ça me dit quelque chose ?* se demanda la journaliste en écoutant Milo ronfler. Elle le couvrit puis investit la chambre d'amis où une télé très grand écran l'attendait. Daphné s'arrêta sur l'excellent *Match Point* de Woody Allen. La chance sur un rebond. *La chance, tout court,* se dit-elle en sentant un franc et très agréable petit coup de pied en elle.

19

Franck se leva dans un lit qui n'était pas le sien, s'assit et demanda à voix haute si l'énergie produite ne pourrait pas servir – aussi – à alimenter directement les véhicules.

— *Warum nicht ?* répondit la femme qui lui avait rendu l'ouïe.

C'était leur deuxième nuit passée ensemble en quatre mois. Le premier matin, où Franck petit-déjeuna dans la cuisine de Bettina. Ils n'évoquèrent pas le lendemain ou les jours suivants. Bettina Hochbach et Franck Milan n'étaient pas exactement engagés dans cette voie. Ils arrivaient tout juste à entrevoir une direction à leur vie. Le reste demeurait noyé dans un brouillard blanc, comme celui que l'ingénieur traversa pour rejoindre son bureau en Allemagne. Il était rentré de Besançon le 1er juillet et avait repris non officiellement. C'était lui qui, la veille, avait indiqué sa date de reprise sur le site. Il avait besoin de temps, il naviguait dans les couloirs, en boitant pas mal. Il s'interdisait la pression, suivait les travaux de finition du labo. Réfléchissait à ses équations, tranquillement. À sa vie d'avant, un peu, *pas mal*. Mal. C'était douloureux. L'absence, la déchirure, les questions. L'oubli… *Ces trucs où j'ai merdé. Elle.*

Mais Franck parlait avec des collègues, souriait. Il ferait une nouvelle pause du 15 juillet au 15 août parce que Lenny et Maria venaient pour un mois entier. Il l'aurait bien dit à Kaminsky. Mais celui-ci, depuis qu'il avait explosé, était capricieux. Il apparaissait et disparaissait comme un fantôme. Franck s'en accommodait, *mon enfance m'a préparé à ce genre de monstres.*

Il y avait des heures où il était presque content d'avoir sa compagnie. Toutefois, cette journée défila sans lui. L'ingénieur travailla tard, rentra chez lui tard, seul, dans sa voiture blanche invisible au milieu du même brouillard blanc molletonné que celui du matin. Il se coucha tard. Mais se leva tôt sur une brume fraîchement lavée. Café, douche. Néon blanc. Il songea encore à Maria et à Lenny qui arriveraient le dimanche suivant dans un grand avion blanc, accompagnés d'une hôtesse qui ne serait pas *mon ex-femme.* Il aurait aimé dire : « la-Salope-qui-n'avait-pas-mis-une-robe-de-mariée-blanche-mais-crème ». Mais elle ne l'était pas, il le savait bien. Ce qui était *pire*.

Franck se focalisa sur les joues des petits contre les siennes. Il considéra sa barbe noire non rasée depuis plusieurs jours. Il décida d'avoir une peau douce, *dès aujourd'hui*. Mousse, rasoir mécanique, une joue après l'autre. Aucun son autre que ceux dont il ne pouvait se débarrasser. Il se rinça le visage, se sécha et remarqua que sa bombe laissait échapper un filet de mousse aussi blanche que le brouillard, la brume, le néon, la peinture de sa voiture. Franck pâlit, posa les deux mains à plat sur le lavabo.

Tout le monde sait ce qu'est un test de paternité. Mais l'ingénieur, ce matin-là, percuta. Il vit tous les blancs se positionner bout à bout pour former une très longue flèche sur ce qui dégoulinait. Il voyait une tout autre substance. Il songea à Lola, ce jour, sous la verrière, au test positif et aux analyses confuses. *Ses yeux. Moi qui n'ai pensé qu'à moi.* Franck avait le cœur mort, c'était là, *tout ce temps et je n'y ai pas songé*. L'autre salopard avait soi-disant mis un préservatif… Et s'il ne l'avait pas fait ?

L'ingénieur consulta Google, sur place, devant son lavabo. Un laboratoire promettait quarante-huit heures de délai. *Timing parfait.* La réponse serait-elle parfaite ? Franck Milan essuya d'un coup de serviette noire le miroir qui avait eu le temps de s'embuer pendant ses digressions. Il se vit tel qu'il était, sourd, brûlé, nu. La seule chose qu'il pensa ne concernait pas la tonalité précise de chaque blanc ou l'éclat rouge du bandeau qui s'était déroulé à Noël 2010, mais celle de la voix d'outre-tombe de sa grand-mère.

Je n'ai pas percuté. Je l'ai vu sortir de la chambre 2204. Mes gosses sont les siens. Franck ne quitta pas son reflet. Il se fit face. Il sentit sur ses joues les petites mains, il entendit les gazouillis et les bavardages chez lui. Il sut que le type qui soutenait son regard dans le miroir ferait les tests, mais il lui dit : *Je suis leur père.*

20

La nuit reculait au moment où Bertrand ouvrit la porte arrière qui coinçait après avoir raccompagné une Jenna décomposée et récupéré son portable. Il confirma aussitôt par SMS qu'il maintenait le rendez-vous puis rentra rue Haute où il s'effondra dans son lit. Trois heures trente plus tard, il mangeait une orange et descendait un demi-litre de café, tout en résumant sa soirée à sa mère qui était déjà en train de préparer de la confiture d'abricots, donnés par la voisine. « L'orage les a fait tomber. »

Florence dénoyautait les fruits en écoutant la tonalité de la voix – encore contenue – de son fils. Bertrand soupesa l'imposante cagette, sa mère dit : « Dix kilos. » Il sourit et ajouta un délicieux : « Plutôt dix ans. » Elle le trouva très beau. *Tendu mais un peu plus lumineux.* Elle le suivit des yeux quand il rinça son bol. Ses épaules étaient plus droites. Dehors, la pluie avait cessé. *Faites que l'agence soit très coopérative, qu'Anne Baxter soit rentrée. Qu'il sourie en revenant. Toute la vie...* Il se retourna, elle accrocha son regard, ils restèrent ainsi deux ou trois secondes.

— Je te refais du café ?

9 h 45, Bertrand termina une autre tasse, avala trois abricots et reprit le volant au moment où Lola entrait dans l'agence immobilière de son oncle et de sa tante qui profitaient de leurs premières vacances avec Luana. « Pardon ! Je suis en retard ! » Pourtant, la secrétaire l'avait réveillée tôt en lui envoyant la confirmation du rendez-vous de 11 heures, mais bizarrement le temps s'était enfui comme lorsque Lola rechignait à faire quelque chose.

Elle s'installa au bureau de sa tante et afficha le planning. *Est-ce que j'ai envie de mettre un pied dans cette maison ?* Elle s'approcha de l'écran. Lut à voix haute : « M. BRTOJEJJDS ? » La secrétaire s'excusa.

— J'ai oublié de corriger sur l'ordi. Il s'appelle…

— Tu sais que cette maison est la mienne et que je suis divorcée ? coupa Lola.

— Oui.

— Sois gentille, s'il te plaît, fais cette visite pour moi, je n'ai pas vraiment le cœur d'y entrer aujourd'hui.

— Je n'en ai jamais…

— Ce n'est pas compliqué, tu commentes ce que tu vois et tout est écrit dans le dossier. Ne laisse pas la locataire prendre en main la conversation. Demande-lui gentiment de te laisser faire. Insiste sur la verrière, la vitre est autonettoyante. (Elle sourit.) Tu m'appelles en cas d'urgence ! Surtout si ton client veut acheter !

Bertrand s'arrêta au stop, tourna à droite, fit cinq cents mètres et négocia le rond-point dans le calme. Deux feux rouges plus tard, il entrait sur l'autoroute. Deux kilomètres plus loin, il freina en urgence. Des dizaines de voitures étaient à l'arrêt, feux de détresse allumés. Lui-même fut noyé par la vague suivante. « Quel con ! » cria-t-il quand tout doucement, les véhicules se remirent en marche sans jamais dépasser les cinq kilomètres à l'heure. *Mer-de !* Il songea à tous les autres itinéraires possibles sans pouvoir en tester un seul puisqu'il n'avançait pas. Enfin si, à la vitesse d'une tortue en grève. Les minutes, elles, défilèrent comme un jour de Noël. *Pourquoi je n'y ai pas pensé ?*

Lola tricotait, assise dans l'agence, porte ouverte pour laisser entrer ce soleil. À 10 h 30, il se posa sur le gilet noir. Elle ferma les yeux. La chaleur est toujours bonne après la pluie. Elle éloigne les mauvais souvenirs et fait remonter les beaux. Les photos de Bertrand. *Son ombre légère sur le lac…* Le regard d'Elsa quand la jeune femme la lui avait montrée. Les rires de ses enfants quand sa sœur se mettait à les pourchasser et qu'ils se jetaient dans ses bras. Leurs rires différents quand elle les sortait de la cuisine en les poussant avec son torchon pour préparer « une surprise-gâteau ». Ils obéissaient, ils comprenaient ce qu'elle voulait. Ils écoutaient tout ce qu'Elsa racontait, ils voyaient une maison quand elle traçait une forme ni ronde ni ovale. Elle décrivait la porte, les fenêtres et « là, le ciel dans le trou ». Elle était convaincante parce qu'elle disait vrai.

Elle n'arrivait pas à dire « verrière ». Ou « désert ». Seuls existaient le « ciel dans le trou » et le « dessert ». Elle l'affirmait avec sérieux parce qu'elle l'était en tout. Même quand elle faisait rouler les oranges sur la table du salon et qu'elle lançait des : « Bravo-Bravo ! » à chaque fois que Lenny et Maria les rattrapaient. Lola se leva, prit son sac. *Il faut que je leur achète de vraies balles.* Elle accrocha le panonceau « Je reviens dans cinq minutes. » Franprix était à cent mètres mais suffisamment loin pour qu'elle n'entende pas le téléphone de l'agence. Qui sonna dans le vide.

Bertrand s'assit sur le capot après une dizaine de sonneries sans pouvoir prévenir qu'il ne viendrait pas au rendez-vous. Était-il furieux ? À cette seconde, il était au-delà de tout. Tant qu'il se trompa dans son répertoire et appela l'agence au lieu de la secrétaire. Il se voyait lui-même au beau milieu de rien, sous un soleil très chaud, perdu entre des champs de blé doré encore marqués par la pluie orageuse de la veille. *Combien de chances d'avoir un embrayage qui lâche ici un jeudi 12 juillet 2012 à 10 h 40 ? Autant que d'être enlevé ou de rencontrer Lola ?*

Le jeune homme se focalisa sur sa soif et sur les véhicules. Deux tracteurs en quarante minutes. Mais la compagnie d'assurances avait promis d'être réactive… Mentait-elle ? Une petite Fiat blanche approchait. Bertrand se mit en travers de la route, la femme baissa à peine sa vitre et jura qu'elle ne travaillait pas pour

« Votre Agence » quand elle aperçut une dépanneuse qui arrivait.

L'homme d'âge indéfini, très petit, très brun, commenta toutes ses manœuvres en hissant la voiture pendant que la secrétaire téléphona. Bertrand s'excusa, expliqua sa mésaventure et reprit rendez-vous pour le lendemain matin, même heure, tout en se tournant vers le type qui lui tapait sur l'épaule. Le jeune homme raccrocha. Le gugusse demanda avec un sourire jovial :

— Vous habitez où ?

— Rives-sur-Marne.

— Je vous conduis pour vingt euros. Je suis moins cher qu'un taxi.

— Vendu, dit Bertrand en montant à bord.

Debout au milieu du rayon jouet, Lola hésitait. Lenny et Maria risquaient de mettre les petites balles dans leur bouche et les grosses étaient des ballons. *Pourquoi je n'ai pas de chance ? Pourquoi aucune balle n'a la taille d'une orange ?* Elle courut jusqu'à sa voiture et fila en direction de la zone commerciale.

Ce matin-là, la maîtresse portait un pull-over noir à col roulé, une jupe jaune écossaise à fils rouges et noirs, des chaussures noires à talons bas. Elle n'était pas revenue chercher sa classe quand la cloche avait sonné après le déjeuner. Le directeur avait conduit les élèves dans leur salle. Les enfants s'étaient dissipés doucement mais sûrement.

De temps à autre, l'institutrice d'à côté passait sa grosse tête à lunettes, menaçait, prenait un nom puis jetait un regard à Anya avant de repartir dans sa propre classe où ses propres élèves prenaient à bras-le-corps leur propre envie de liberté. Et puis, à 14 h 55, le directeur l'avait appelée, elle, moi. Anya l'avait suivi dans le couloir où devant l'escalier en bois marron très foncé, il avait dit des mots vrais, définitifs.

Sa mère avait été retrouvée dans le canal. D'autres saloperies de mots attendaient sur une feuille sous une pierre.

« ON NE FAIT PAS MIEUX QUE L'OUBLI POUR RENAÎTRE. J'AURAIS TANT VOULU OUBLIER. PARDON. »

Ils sourdaient, loin puis près, comme de vilaines idées difficiles à dompter dans un torrent d'hiver. Anya avait des yeux clairs, comme un ciel d'hiver. Elle se disait que c'était un cadeau. Dans le firmament vivent les étoiles.

1

Le garagiste ne dit plus un mot mais conduisait comme s'il avait obtenu le permis le matin même. Il freinait en pleine ligne droite, transpirait à l'approche d'un rond-point et accélérait pour y entrer, voitures arrivant ou non. Bertrand le regarda, le type répondit que ça passait, le photographe agrippa la poignée.

– Vous vous demandez si je viens de le passer ?

— En toute franchise, oui.

— C'est ce que tout le monde me dit.

Il freina brusquement, Bertrand aussi.

— Vous avez peur ?

Le jeune homme répondit qu'il avait envie de rentrer vivant. Ce fut un tort, le garagiste décéléra à mort.

— Trente-cinq ans de permis et pas un accident. Vous savez pourquoi ?

Parce que tu ne sais pas enclencher la troisième.

— Parce que je suis prudent. Je regarde partout.

— Bonne réponse, lança Bertrand en le dévisageant.

Le trajet fut très long, pénible, mais lui apporta tout le temps nécessaire pour trouver la bonne réponse. *Reprends rendez-vous pour cet après-midi.* La secrétaire répondit aussitôt. Elle écouta et dit :

— Je vais demander à madame Baratier et je vous rappelle.

La communication coupa, Bertrand sourit. Le temps marqua une pause, les bruits se délitèrent et le silence se déroula partout, jusque très loin, vaste. *Je vais demander à madame Baratier…* Le garagiste s'arrêta dix mètres avant un panneau « Cédez le passage » et cala. Bertrand rit. La voiture qui les suivait les dépassa en klaxonnant. Le type brun demeura impassible, redémarra. Le ciel n'avait pas un nuage, les mains de Bertrand étaient gelées, le temps était ensoleillé et la secrétaire tint parole :

— Je n'arrive pas à la joindre parce qu'elle a dû partir déjeuner, mais la locataire est d'accord pour 16 heures. Je vous y…

— Madame Baratier est la mère de Lola Milan, la propriétaire ? coupa Bertrand.

— Non. C'est elle, je veux dire qu'elle...

— Lola est divorcée ?

— Oui. Vous la connaissez ?

— Je suis un ami, dit Bertrand, sans croire qu'il était en train de prononcer ces mots. Un très bon ami, je rentre de l'étranger. Je ne savais plus comment la retrouver.

— Venez à l'agence à 14 h 30. Lola y sera. Ou si vous voulez, je lui demande de vous rappeler.

— Oui, bien sûr. Tout de suite !

Puis il se reprit :

— Non. Ne lui dites pas. Je voudrais apporter des fleurs.

— D'accord. Et pour la visite ?

— Eh bien, je verrai avec Lola. Vous êtes sûre qu'elle y sera ?

— C'est ce qui est convenu. Si jamais, je vous rappelle. Vous avez l'adresse de l'agence ?

La secrétaire la lui donna. Bertrand fixa son téléphone et rit encore. La dépanneuse brouta comme si elle en profitait. Le garagiste dit sans quitter la route :

— On arrive à Rives. Faudrait me dire où.

Bertrand le guida avec l'envie de conduire à sa place, beaucoup plus vite, mais se ravisa. Il se laissa aller dans son siège et se délecta de ce moment *dans ma vie*, en admirant la façon avec laquelle le petit homme brun tournait son volant, archi concentré sur sa trajectoire. Le photographe songea à des roses rouges. *Je vais voir ses yeux. Je vais faire ce que j'attends de faire depuis des mois..* Puis lança en se redressant : « Vous n'avez qu'à me laisser à ce stop. Vous allez coincer dans ma rue. »

Le photographe glissa vingt-cinq euros dans la main du garagiste, le remercia, et l'homme dit sans détourner la tête de la route, stoïque, le regard fixe : « Un gros bouquet. »

Bertrand sourit, referma la portière et survola la distance jusqu'à chez lui en courant. *Je vois Lola Baratier aujourd'hui à 14 h 30.* Il sauta par-dessus le portail. Il était 13 heures pile, le soleil réduisait son ombre au minimum. Il gravit les quelques marches du perron en deux enjambées.

Il poussa la porte d'entrée et lança, depuis le couloir : « J'espère qu'il y a autre chose que de la confiture d'abricots ! »

Aucune réponse ne lui parvint. Il se lava les mains, balaya rapidement le courrier du jour, le reposa et se servit une assiette de poulet et de purée qu'il mangea sans la faire réchauffer. Son père, qui entrait la carafe vide à la main, s'arrêta net en le voyant engloutir fourchettée sur fourchettée.

— Tu ne vas pas le croire, l'embrayage de Maman a lâché en rase campagne avant que j'arrive à Saint-Thibault, mais (Bertrand sourit, lumineux) je vois Lola à 14 h 30, à l'agence immobilière. Je crois qu'elle y travaille. Et je crois qu'elle est divorcée.

Marc posa une main sur le comptoir devant la fenêtre ouverte. Son fils poursuivit :

— J'ai appelé l'assurance et un dépanneur qui ne sait pas conduire m'a raccompagné. (Il avala deux fourchettes coup sur coup.) Il faut que tu me prêtes ta voiture, je veux acheter des fleurs.

Son père n'eut pas le temps de répondre car, depuis le jardin en contrebas, Florence cria de bien vouloir rapporter le sucre avec le café. Son mari lança :

— Bertrand est là !

— Dis-lui de descendre ! cria à nouveau sa femme.

— J'ai pas le temps ! lança en retour, très fort, le jeune homme en fixant le ciel parfait dans le trou vertical face à lui, puis sa montre. Viens !

Il termina son assiette :

— Tu sais si le fleuriste vers la gare reste ouvert entre midi et deux ?

Son père ne répondit pas. Sa mère dans le jardin non plus. Mais Bertrand se retourna à la seconde.

2

— Bonjour, Bertrand.

Lola était là, debout, dans l'encadrement de la porte, derrière lui. *À deux mètres.* Elle portait une robe bleu ciel comme sa chemise. Ses cheveux avaient poussé et couvraient ses épaules. Elle souriait comme lorsqu'elle avait dit : « Je note » en regardant la tête de la vis. Le jeune homme ne bougea pas. Ses parents, eux, se dématérialisèrent. Elle avait maigri, c'était certain. Sa peau était légèrement dorée. Ses lèvres, délicieuses. Ses yeux, *verts.*

La chaise sur laquelle Bertrand était assis vola. En un éclair, Lola était dans ses bras. Une seconde. Une vie. Deux secondes. Deux vies. *L'éternité.*

3

Bertrand prit son visage entre ses mains : « Je veux vivre avec toi tout de suite. » Puis rien d'autre. Parce que Lola l'embrassa et glissa ses bras à son cou, lui enroula les siens autour de son corps. Ce présent devint vrai, vivant, chaud, unique et *à nous*. Des portes s'ouvrirent et se refermèrent sans qu'ils aient bougé. *Notre chance est maintenant*. Et la voiture de ses parents s'éloigna.

Alors, Bertrand prit Lola par la taille. Ils parcoururent les dix mètres du couloir vert pâle, ils s'aperçurent dans le miroir et se sourirent. Ils gravirent l'escalier jusqu'à sa chambre, marche après marche, les yeux dans les yeux. Le soleil les accueillit par la fenêtre ouverte, Lola effleura un mur, se tourna vers Bertrand qui resta immobile, les mains sur les hanches. « Tu avais raison, c'est presque le même bleu. » Il ne bougea pas. Son lit était en vrac. Le bureau contre le mur débordait de photos. Elle s'approcha et les regarda, toutes. Il l'observa longuement, puis sans qu'elle s'en rende compte, il attrapa son appareil qui dormait sur la table de nuit et la photographia alors qu'elle passait d'une image à l'autre. Mille fois. *Ici, dans ma chambre.* « Regarde-moi, Lola. » Elle leva les yeux vers lui et il ne déclencha qu'une fois, parce qu'elle lui donnait tout.

— Je t'aime, Bertrand.

C'était la première fois qu'elle lui disait ces quatre mots, à haute voix, les yeux dans les siens. Il posa son appareil, marcha jusqu'à elle et enleva la photo d'entre ses doigts. Doucement. Elle défit les boutons de sa chemise, un à un. Il dénoua la ceinture de sa robe. Ils se regardaient pour ne jamais oublier une seule petite seconde de leur vie ensemble. Leurs mains se croisaient, caressaient, remontaient, plongeaient, se cherchaient, s'envolaient, dansaient, s'attendaient, se répondaient, se serraient, couraient l'une vers l'autre et se rattrapèrent pour ne plus se lâcher.

Elles gommaient le temps, elles promettaient d'effacer les blessures. Lola effleura celles de Bertrand. Il sourit en dessinant sa cicatrice d'un mouvement lent sans quitter son regard.

— Lenny et Maria. Dix-huit mois, ce mois-ci. Quel jour ?

— Ils sont nés le 15 janvier.

— Comme le voulait ce Conrad.

— Oui.

Ils se fixèrent, Bertrand souriait mais dit d'une voix plate qu'il le savait parce que…

— … Daphné a croisé une de tes amies sur un vol.

— Natacha.

Il resta dans ses yeux, son sourire disparut.

— En Afrique, j'ai couché avec. Elle est enceinte de moi parce que…

Lola s'assit et plaqua une main sur sa bouche.

— Je m'en fiche.

Bertrand la retira. Il se redressa à son tour. Il était à vif. « Je dois le dire, Lola. Laisse-moi te dire que j'étais perdu. » Il prit une longue inspiration et sans quitter son regard, il n'évoqua rien de son enlèvement ou de sa captivité, mais lui dit :

— J'étais dans ce lit à Khartoum et je ne me souvenais de rien. J'avais toujours cette carte que je n'avais pas pu t'envoyer. Je voulais reprendre ma vie où elle s'était arrêtée. (Il marqua un temps très bref, expliqua que les militaires avaient fait une enquête.) Je l'ai postée à ta première adresse, et le 12 janvier, j'ai eu l'idée de consulter le site de Bayercom... J'ai alors décidé de repartir. L'oncle de Daphné m'a aidé et nous a permis de séjourner sur l'île de Tumbatu avec mes parents et mon frère. Daphné avait ce shooting à Zanzibar, je n'en savais rien. Elle est venue une première fois, je n'ai pas demandé de tes nouvelles, mais de la rue Hector, lâchement. (Il marqua un nouveau temps, ne quitta pas ses yeux.) Je n'ai pas couché avec elle, ce soir-là, mais quand ils sont revenus parce que le sable était trop blanc à Zanzibar.

Lola dit qu'elle avait vu ses photos. La voix de Bertrand devint froide.

— Elle m'a rejoint sur la plage, en pleine nuit. Je savais que cette carte avait été délivrée. Je n'avais pas de tes nouvelles. Je pensais à Franck tout le temps, j'avais peur de lui. De toi. Je voulais être à la hauteur, gagner de l'argent, me sentir libre, laisser passer du temps… Je n'arrivais pas à raisonner. Je ne sais même pas si j'en suis capable aujourd'hui. J'ai une idée tous les deux mois, pas toujours exceptionnelle, je me trompe. Je… Il n'y a que les photos que je ne loupe pas. Je fais n'importe quoi.

— Non. Tu dis des bêtises, Bertrand, répondit Lola en reprenant sa main. Grâce à toi, je sais réparer une poignée. Je saurai le montrer à Lenny et Maria.

Elle souriait. Elle comprenait. Elle l'aiderait. *Lola est capable de dire la seule chose qui me fait du bien.* Il posa ses lèvres sur sa main.

— Je le ferai.

Elle le regarda d'une façon qui le renversa.

— Je veux rencontrer Maria et Lenny avant de t'emmener dîner, en tête à tête, sur une terrasse, dehors. Sous les étoiles. Au bord de la Marne.

— Il y a un très joli restaurant à quelques rues de chez moi, avec des tilleuls où j'ai toujours rêvé d'aller.

Bertrand embrassa l'épaule de Lola et se pencha pour attraper un carnet sur la table de chevet :

— Je veux ton adresse.

— 87, chemin de Tournon à Noisiel. 06…

Il écrivit et expliqua qu'il notait désormais tout en double voire en triple pour ne plus rien perdre. Elle dit : « Je veux ton mail et ton numéro. Sur une feuille. » Son écriture était très inclinée sur la droite mais très claire. Il précisa d'une voix qu'elle adora que c'était le même qu'avant : « bertrand.roy.images@gmail.com »

— J'ai essayé avec « photos, photographies, photographe... b.roy, bertrandroy, roy.bertrand... »

Il jeta stylo et feuille. Le carnet vola.

— Embrasse-moi, Lola. Vite.

Un très bon baiser plus tard, il replaça ses mèches sur ses épaules. Il aimait cette longueur. « Je me suis souvent demandé si tu les laisserais pousser. » Puis sur le même ton, en s'arrêtant dans ses yeux, il dit :

— Je te cherchais dans les rues, partout. Même en Patagonie.

— *Géo* sur la Sibérie et sur le chapitre africain sont sur ma table de nuit. Je regarde tes photos tous les soirs et les enfants les ont vues. Je... (Lola sourit) je n'ai pas encore pu lire tes mots, et je n'arrivais plus à t'écrire.

— En Islande, j'ai vu une bague, simple, avec une pierre volcanique. Je suis resté devant la vitrine trois soirs de suite. Le quatrième, je suis entré et, au dernier moment, je l'ai reposée parce que j'ai pensé qu'il ne faut pas vendre la peau de l'ours...

— Je t'ai commencé un gilet, noir, en novembre. J'en suis au trois quarts. J'ai tricoté un rang par soir. Pas tous les soirs.

Bertrand prit la main de Lola, la gauche, sans son alliance. Elle palpa les siennes, plus maigres, plus sèches. Elle ne parla pas de l'absence de cette bague ancienne, en argent, mais dit juste : « Je les aurais reconnues les yeux fermés. »

— Je pensais qu'il pardonnerait et que tu resterais avec lui.

Elle revint dans son regard. « Je veux savoir, Lola. J'en ai besoin. » Alors elle fit un résumé sincère des mois passés depuis leur dernier appel. Ses angoisses, ses mensonges. Ses erreurs. Ses hésitations. Cette peur qui l'étouffait.

— Je n'ai appris ton évasion que dans la soirée de Noël et la grand-mère de Franck est morte. Il est reparti à Besançon, seul. Le 9 janvier, je l'ai appelé pour lui dire que j'aimais un autre homme. Il a deviné que c'était toi... Il a demandé le divorce, je ne l'ai revu que fin avril à Paris. C'est difficile.

Bertrand se passa les deux mains dans les cheveux. Il n'avait pas toujours les bonnes idées, mais savait calculer sans erreur. *Tout... ce... temps... perdu...* Lola avoua qu'elle avait souvent pensé à Daphné.

— Je veux dire, je ne suis pas surprise qu'elle soit enceinte. Mais je n'ai pas menti tout à l'heure, Bertrand. Je m'en fiche. Nous aurons trois enfants.

— Il faut que je lui parle aujourd'hui face à face. Je veux me débarrasser de ça avant ce soir. Je veux que notre vie commence bien.

Lola caressa son visage, ses lèvres. « Merci. » Il demanda si elle avait lu le seul article où il avait parlé. Elle hocha la tête.

— Ce que j'ai dit exactement c'est : « Je ne veux pas parler *de ce* passé pour oublier. »

Bertrand vit l'ombre qui passa en Lola. Il prit son visage entre ses mains, l'embrassa puis dit, sa bouche contre la sienne : « Je veux que tu me dises maintenant, mon amour, comment tu as trouvé mon adresse puisque je pense que tu n'as pas reçu ma carte. » « Non, je ne l'ai pas reçue. » « Je veux savoir. » Alors Lola raconta la mairie de Rives, son drakkar noir très moche revenu chez elle. Puis... comment elle avait compris ce 26 mai. « Je ne te sentais plus. J'ai eu si peur. Ce jour-là... » Elle se tut, Bertrand comprit. Il se pencha pour ouvrir le tiroir de sa table de nuit et lui donna sa photo. Lola la regarda longuement, les yeux noyés de larmes.

— Elsa t'a vu. Elle ne l'a dit qu'à Noël dernier. J'aurais voulu te voir.

— Je t'avais dit que je serais là et je ne t'ai pas aidée.

— J'aurais dû envoyer mes lettres à *Géo*... J'aurais dû sortir de cet ascenseur.

D'un geste vif, Bertrand enlaça Lola. Elle dit : « Tu as tout gommé dans ma vie, je ne voulais que toi. » « Je n'ai pas cessé de penser à toi, pour ne pas mourir. » « Je t'ai poussé à partir. » « Je t'interdis de penser cela. Jamais. » Elle resserra son étreinte, lui encore plus. « Je pensais tout le temps à ce que tu m'avais dit pour les prises d'otages, et le matin de Noël je t'ai vue me demander ce qui était important pour moi. Est-ce que tu as pensé à moi ? » « Oui. Qu'il fallait que je quitte Franck pour te libérer. » Ils ne bougèrent plus. Ils respiraient lentement, ensemble. *Ensemble*. Et Bertrand dit : « Merci d'être revenue. »

4

À 16 h 50, Lola enfila sa robe, Bertrand son jean. Elle vit ses blessures mais fit comme si de rien n'était. Il se retourna, souriant, vif. Elle tendit sa chemise. Ils se sentaient ensoleillés comme cette journée d'été, les heures passées avaient emporté ce qu'il fallait qu'ils se disent pour que leur vie ensemble commence bien. *Maintenant*. Par chance, elle était de repos. « Par chance, mon métier me permet de caler mon emploi du temps sur le tien. »

Ils passeraient les deux jours suivants avec les enfants, dans le jardin, à ne rien faire d'autre que de vivre ensemble. Au vu de l'heure, Bertrand décida de se déplacer avec la moto de son père pour être « chez toi, à temps ».

— Tu veux que je prenne ton sac ?

— Bonne idée ! dit-il en jetant aussitôt deux chemises, un jean, un short, des paires de chaussettes, deux T-shirts, ses tongs dans un sac, l'appareil photo qui dormait sur la table de nuit. J'oublie un truc…

Elle enfilait ses sandales. Il aurait aimé faire cette photo mais retint sa main.

— Je vais faire quelques courses. Qu'est-ce que tu préfères comme brosse à dents ?

— Souple.

— Et comme rasoir ?

— N'importe quoi.

Elle caressa sa joue. Bertrand était certain que la marque qu'elle choisirait n'était pas une que Franck aurait utilisée. Il entrelaça ses doigts aux siens pour sortir de la chambre, mais elle le retint. Elle se pencha vers une photo. Un lac bleu d'acier. Des rives qu'on devinait et une eau où se reflétaient deux traînées se délitant.

— Tu prépares un livre sur l'eau, n'est-ce pas ?

— Oui, dit-il. Ce sera la couverture.

Lola la regarda longuement. Bertrand souleva ses cheveux, lui dit à l'oreille :

— Je n'ai pas cessé d'écouter les avions. Je pensais à ces milliards de gouttelettes, je me disais qu'un peu de toi finirait par me retomber dessus.

Lola ne bougeait pas. Il sentit qu'elle respirait différemment. « Qu'est-ce qu'il y a, mon cœur ? »

— Il m'arrive de voir ces traces comme des mauvais souvenirs qui resurgissent. Il m'arrive de penser que je monte dans les avions pour ne pas les voir.

Bertrand se plaça devant elle. Elle parla du ciel, déchiré en deux, ce 26 mai. Il l'entraîna devant sa fenêtre.

— Regarde, ce n'est que beau.

Lola suivit les lignes se croisant et se frôlant. Il dit : « C'est une toile infinie, éphémère mais vivante. » Elle embrassa Bertrand passionnément. Il dit : « Encore. » Elle l'embrassa encore et ils descendirent les escaliers en courant. Il dit très vite en ouvrant les portes : « Là, c'est mon studio, au fond mon atelier et ici, mon bureau. Je te montrerai lundi, après ton vol. » « Bien. » Ils étaient déjà devant la porte qui menait à l'extérieur. « Elle coince quand il pleut, tu forces comme ça. » « OK. »

Ils sortirent dans le jardin derrière la maison. Trois pissenlits en fleurs profitaient du soleil au milieu de sphères blanches et de pistils nus. Lola songea furtivement au vœu qui se réalise si toutes les soies s'envolent. Bertrand vit qu'elle les regardait. Ils se sourirent, le vent avait tenu promesse. Ils passèrent à l'endroit exact où le jeune homme s'était allongé, il dit pour l'effacer :

— J'ai fait une très jolie photo d'une perle de rosée, un matin.
— Dans ton jardin ?
— Depuis ma fenêtre. Je te raconterai ce soir.

Il ouvrit le portail. Elle déverrouilla sa Nissan noire, garée à quelques mètres de la maison, monta, descendit sa vitre. Il s'accroupit, posa les bras sur la portière, ses manches relevées à la va-vite jusqu'aux coudes. Il sourit en regardant les deux sièges enfant.

— Je serai à l'heure. Je suis maladivement ponctuel.

Lola caressa sa joue puis dit plus sérieusement :

— Elsa ne veut pas être prise en photo par surprise et jamais sans moi. Elle n'offre que son dos.

— Je préfère qu'elle m'ait vu.

— Tu es le seul, Bertrand.

— Tu es l'unique, Lola.

Elle l'embrassa, deux fois, des baisers courts. Sourit merveilleusement et tendit le bras pour mettre le contact, il la retint :

— Pourquoi *aujourd'hui* ?

Elle raconta les balles qu'elle voulait acheter, les oranges qu'Elsa posait ici et là, les jus...

— Je ne comprends pas tout, mais me garant, j'ai réalisé que ce n'était pas une balle qu'il me fallait, mais toi.

Il l'embrassa, deux fois, deux baisers longs. Lola démarra, s'arrêta au stop et, dans son rétroviseur, ne vit que Bertrand, les bras croisés au milieu de la rue, la regardant.

Elle disparut et il demeura là où il se tenait. Il n'avait jamais eu d'autre adresse. Trente-trois ans, enfin bientôt. Il regarda les maisons, les arbres, le ciel, les étoiles que personne n'envisage en plein jour et qui sont là, éternelles. Il songea à ces choses qu'il voulait quand on l'avait enfermé. À cet orme jeune et prometteur. Il n'y avait pas non plus de pissenlits dans ses geôles, *mais rien ne m'a empêché de les souffler.*

Il bascula la tête en arrière, les yeux ouverts sur l'immensité. Le soleil comme les mains de Lola. Bertrand sourit.

Soy aquí.

NOTES ET REMERCIEMENTS

Après l'écriture de *L'instant précis où les destins s'entremêlent,* j'ai eu besoin de prendre l'air au sens littéral du terme. Lectures, promenades, expos, travaux d'extérieur. Je ne saurais dire si c'est la lumière, les ombres sur les murs, ce qui se dessinait dans le ciel… cette infinie liberté des nuages ou ce qu'il y a plus loin qui m'a apporté la rencontre avec ces personnages. Mais je sais quelle a été l'étincelle. C'est une photo. Celle d'un échafaudage improbable construit en bambous pour dérober une galette de miel.

J'ai eu le sentiment étrange de voir à travers l'objectif de Bertrand. Ces lignes qui s'agencent dans la lumière. L'émotion que l'image génère, celle qui s'imprime au moment où il appuie sur le déclencheur… Il me semble (en toute modestie) avoir perçu cet « instant décisif » du photographe.

Il me semble, par ailleurs, que photographes et écrivains ont ce même désir de rendre une échelle adaptée aux sentiments, aux ressentis, aux émotions. À tous les instants importants qui jalonnent une vie.

Pour qu'on n'oublie jamais les visages des hommes et des femmes à qui on a pris la liberté et la vie.

Je tiens à remercier mes éditeurs, Caroline Lépée et Michel Lafon. Florian Lafani, pour son aide précieuse. Cette « chose » qui m'accompagne et distille ses surprises. Maupassant forever. Et toi, Isabel, qui a répondu à mes questions avec la gentillesse de ne jamais m'en poser et qui es malheureusement partie, il y a quelques jours, en dessinant un merveilleux souvenir.

Et bien sûr, chacun de vous.

J'aimerais conclure en vous disant qu'un roman est un travail long, qui sommeille, s'impose et dont le trait se précise au fil des relectures. J'en fais beaucoup. J'en ai besoin. Le temps passe, le monde change. Le premier jet a été terminé en 2012. Je relis les épreuves le 07/01/2015. Une journée d'horreur. Mes personnages s'interrogent sur l'oubli et la renaissance…

JE SUIS CHARLIE.

11431

Composition PCA

Achevé d'imprimer en Espagne
par CPI Books Ibérica

le 2 février 2016

Dépôt légal février 2016

EAN 9782290122136
OTP L21EPLN001909N001

ÉDITIONS J'AI LU
87, quai Panhard-et-Levassor, 75013 Paris

Diffusion France et étranger : Flammarion